D1490279

WITHDRAWN
No longer the property of the
Boston Public Library.
Sale of this material benefits the Library.

Traducción de Hernán Sabaté

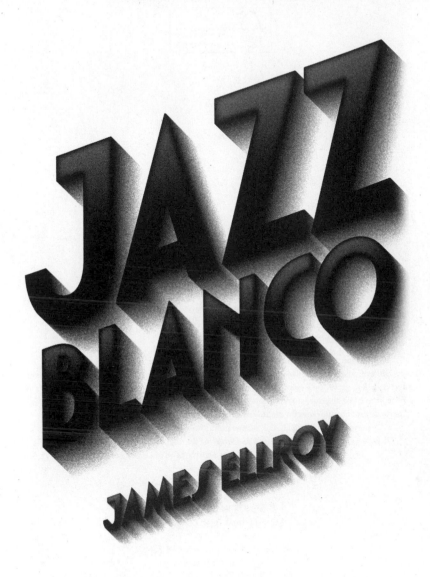

JAZZ
BLANCO

JAMES ELLROY

LITERATURA RANDOM HOUSE

Papel certificado por el Forest Stewardship Council®

MIXTO
Papel procedente de
fuentes responsables
FSC
www.fsc.org   FSC® C117695

Título original: *White Jazz*
Primera edición: noviembre de 2017

© 1992, James Ellroy
© 2017, Penguin Random House Grupo Editorial, S. A. U.
Travessera de Gràcia, 47-49. 08021 Barcelona
© 2006, Hernán Sabaté, por la traducción

Printed in Spain – Impreso en España

ISBN: 978-84-397-3306-5
Depósito legal: B-17.123-2017

Compuesto en M. I. Maquetación, S. L.
Impreso en Liberdúplex
(Sant Llorenç d'Hortons, Barcelona)

RH 33065

Penguin
Random House
Grupo Editorial

A Helen Knode

Índice

A la larga poseo el lugar en que he nacido y estoy poseído por su lenguaje.

Ross MacDonald

Lo único que tengo es la voluntad de recordar. Tiempo cancelado/sueños febriles: despierto inquieto, temeroso de olvidar. Los retratos mantienen joven a la mujer.

Los Ángeles, otoño de 1958.

Hojas de periódico: una los puntos. Nombres, hechos: tan brutales que suplican ser relacionados. Pasan los años; la historia sigue dispersa. Los nombres están muertos o son demasiado culpables para contar nada.

Estoy viejo y temo olvidar:

Maté hombres inocentes.

Traicioné juramentos sagrados.

Saqué provecho del horror.

Fiebre: en esa ocasión, ardiente. Quiero ir con la música: girar, caer con ella.

Herald-Express de Los Ángeles, 17/10/58:

AVANZA LA INVESTIGACIÓN
SOBRE EL BOXEO;
LOS TESTIGOS DECLARARÁN ANTE
EL GRAN JURADO FEDERAL

Un portavoz de la Fiscalía de Los Ángeles anunció ayer que los agentes federales están investigando los círculos pugilísticos de Southland «infiltrados por el hampa», a fin de obtener autos de acusación por parte del gran jurado.

El fiscal Welles Noonan, exconsejero del Comité McClellan sobre el fraude organizado, declaró que los investigadores del Departamento de Justicia interrogarán próximamente al pintoresco Mickey Cohen, «miembro prominente del hampa» de Los Ángeles, respecto a ciertas informaciones suministradas por informantes anónimos. Se rumorea que Cohen, quien salió de la cárcel hace trece meses, ha propuesto infracciones de contrato a diversos pugilistas locales. En la actualidad, están siendo interrogados Reuben Ruiz, boxeador de peso gallo y atracción habitual del Olympic Auditorium, y Sanderline Johnson, ex peso mosca que trabaja actualmente como crupier en un garito de póquer de Gardena. Una nota de prensa del Departamento de Justicia afirma que Ruiz y Johnson son «testigos favorables». En un aparte privado con el reportero del *Herald*, John Eisler, el fiscal Noonan declaró: «La investigación se en-

14

cuentra aún en pañales, pero tenemos grandes esperanzas de que resulte fructífera. El fraude en el boxeo no es más que eso: fraude organizado. Sus tentáculos cancerosos están conectados con otras ramas del crimen organizado, y si gracias a esta investigación conseguimos que el gran jurado federal dicte autos de acusación, tal vez se aprecie la conveniencia de una investigación general sobre la delincuencia en el sur de California. El testigo Johnson ha asegurado a mis investigadores que los amaños en el ring no son la única información incriminatoria de la que tiene conocimiento, así que tal vez podamos partir de ahí. Sin embargo, de momento, todos nuestros esfuerzos se centran en el mundo del boxeo».

INSINUACIONES DE OPORTUNISMO POLÍTICO

La noticia de la investigación sobre el mundo del cuadrilátero ha sido recibida con cierto escepticismo. «Lo creeré cuando el gran jurado haya dictado los autos de acusación –ha declarado William F. Degnan, exagente del FBI y actualmente retirado en Santa Mónica–. Contar con dos testigos no significa que la investigación vaya a tener éxito. Además, desconfío de todo lo que aparece en la prensa: este asunto huele a búsqueda de publicidad.»

La opinión del señor Degnan es compartida por una fuente de la Fiscalía del Distrito de Los Ángeles. Interrogado sobre la investigación, un fiscal que desea permanecer en el anonimato afirmó: «Esto es pura y simple política. Noonan es amigo de John Kennedy (senador por Massachusetts y posible aspirante a la Presidencia), y he oído que va a presentarse para fiscal general de California en 1960. Esta investigación tiene que servirle de carburante para esa carrera, pues es probable que el candidato republicano para el cargo sea Bob Gallaudet (responsable interino de la Fiscalía del Distrito de Los Ángeles, para la cual se espera que resulte elegido dentro de diez días para un período completo). Una investigación federal es un reconocimiento implícito de que la policía y los fiscales "locales" no son capaces de controlar la delincuencia en su jurisdicción. Yo calificaría este asunto de Noonan y su gran jurado como una maniobra de oportunismo político».

El fiscal Noonan, de 40 años, rehusó hacer comentarios sobre estas declaraciones, pero un aliado inesperado ha salido en su defensa con cierto vigor. Morton Diskant, abogado por las libertades civiles y candidato demócrata a la concejalía del Distrito Quinto, ha declarado a este redactor: «Desconfío de la capacidad del Departamento de Policía de Los Ángeles para mantener el orden sin infringir los derechos civiles de los ciudadanos. Por las mismas razones, desconfío de la Fiscalía del Distrito de Los Ángeles. Y desconfío especialmente de Robert Gallaudet, sobre todo por su apoyo a mi oponente, Thomas Bethune (concejal republicano por el Distrito Quinto). La postura de Gallaudet en el tema de Chavez Ravine es inmoral. Se propone expulsar de sus casas a los latinoamericanos pobres para hacer sitio a un nuevo estadio para los Dodgers, una frivolidad que considero criminal. Welles Noonan, en cambio, ha demostrado ser un decidido defensor de la ley y un amigo de los derechos civiles. El boxeo es una actividad turbia que convierte a seres humanos en vegetales ambulantes. Aplaudo a Noonan por haber tomado la iniciativa de combatirlo».

TESTIGOS BAJO CUSTODIA

El fiscal Noonan ha respondido a la declaración del señor Diskant: «Aprecio su apoyo, pero no quiero comentarios políticos partidistas que enturbien el tema. Y el tema es el boxeo y el mejor modo de cortar sus conexiones con el crimen organizado. La Fiscalía no pretende suplantar la autoridad del Departamento de Policía de Los Ángeles, ni tampoco ridiculizarla o socavarla».

Mientras tanto, la investigación continúa. Los testigos Ruiz y Johnson se encuentran bajo custodia en un céntrico hotel, protegidos por agentes federales con el apoyo del teniente David Klein y el sargento George Stemmons, Jr., del Departamento de Policía de Los Ángeles.

16

EL MISÁNTROPO MICKEY SE REFORMA, PIERDE COMBA Y CAE EN PICADO TRAS SU LIBERTAD CONDICIONAL

Enteraos, jazzeros y jazzeras: Meyer Harris Cohen, el maravilloso, benévolo, malévolo Mickster, lleva fuera de la custodia federal desde septiembre del 57, tras cumplir una sentencia de tres a cinco años por evasión de impuestos; su heterogénea banda se disgregó y la vida del antiguo jefe ha sido desde entonces una continua serie de patinazos a lo largo de la ciudad de Los Ángeles Caídos, la ciudad que un día él dominó a base de balas, sobornos y fingida afabilidad. Enteraos bien, queridos, y oled la goma quemada de esos patinazos: extraoficial, confidencial y muy *Hush-Hush*.

Abril de 1958: Johnny Stompanato, antiguo secuaz de Cohen, es apuñalado por la hija de Lana Turner, una precoz jovencita de 14 años que debería haber estado probándose vestidos para el baile de fin de curso en lugar de acechar la puerta de la alcoba de su madre con un cuchillo en la mano. Una lástima, Mickster: Johnny fue tu principal guardaespaldas entre 1949 y 1951, más o menos, y tal vez podría haberte ayudado a frenar tu declive en barrena tras el paso por la cárcel. ¡Ay, muchacho!, está claro que no deberías haber vendido las sensacionales y escandalosas cartas de amor de Lana a Johnny (se dice que allanaste el nidito de amor de tu «mamporrero» en Benedict Canyon mientras Johnny aún estaba en el furgón de la carne camino de Ciudad Morgue).

Más noticias de Mickster en centelleante exclusiva:

Bajo la atenta mirada de su agente de la condicional, Mickey ha hecho varios intentos de enderezarse y sentar cabeza. Primero adquirió una heladería que no tardó en convertirse en centro de reunión de delincuentes y que tuvo que cerrar cuando los padres dejaron de llevar a sus hijos al local. Luego financió su propia actua-

17

ción en un club nocturno, un número sonámbulo en el Club Largo, Ciudad de los Bostezos: chistes malos sobre Ike y su dominio del golf, bromas acerca de Lana T. y Johnny S. con insistentes referencias a «Oscar», el apéndice del matón del tamaño de la estatuilla de la Academia. Y luego –Ciudad de la Desesperación–, ¡¡¡Mickster abrazando a Jesucristo durante la Cruzada de Billy Graham en el Coliseum de Los Ángeles!!! ¡El jeta de Mickey renunciando a su herencia judía como maniobra de relaciones públicas! ¡Qué vergüenza, Mickster, qué vergüenza!

Y, ahora, la trama se ensombrece.

Asunto:

Agentes federales se disponen a regañar a Mickey por la violación de contrato de varios boxeadores locales.

Asunto:

Cuatro de los muchachos de la banda –Carmine Ramandelli, Nathan Palevsky, Morris Jahelka y Antoine «El Pez» Guerif– han desaparecido misteriosamente, se supone que asesinados por persona o personas desconocidas, pero Mickey, normalmente tan locuaz, mantiene la boca cerrada al respecto (cosa muy extraña, queridos).

Llegan rumores de los bajos fondos: dos pistoleros supervivientes de la banda de Cohen (Chick Vecchio y su hermano Salvatore «Touch» Vecchio, un actor fracasado de quien se dice que es muy mariposón) proyectan organizar sus actividades sin el control de Mickey. Hay que volver a empezar desde abajo, Mickster: hemos oído que tu única fuente de ingresos son las máquinas expendedoras del Southside –cigarrillos, gomas, fotos porno– y las tragaperras instaladas en las trastiendas llenas de humo de los clubes de jazz de los barrios negros. De nuevo, ¡qué vergüenza, Mickey! ¡Explotar a los *shvartze*! ¡Tener que ir recogiendo monedas, tú que un día dirigiste el fraude organizado en Los Ángeles con una energía y una violencia sobrecogedoras!

¿Os hacéis una idea, gatitos y gatitas? Mickey Cohen está en la ciudad y necesita pasta, guita, el viejo parné. Lo cual explica nuestra próxima confidencia, un rumor de lo más fenomenal que revelamos aquí en absoluta y frenética primicia.

18

Ahí va:

¡Ahora, Meyer Harris Cohen se ha metido en el negocio del cine! Aproximación a C.B. DeMille: el fabuloso, benévolo, malévolo Mickster financia actualmente, bajo mano, una película de horror de bajo presupuesto que se rueda estos días en Griffith Park. Mickey ha ahorrado las monedas extraídas a los negros y ahora es socio de Variety International Pictures en la producción de *El ataque del vampiro atómico*. ¡Es sensacional, es antisindical, es un fiasco de proporciones épicas!

Más novedades:

Siempre tacaño y presto a reducir gastos, Mickey ha colocado en un papel clave a Touch Vecchio, el guapito de la acera de enfrente… Y ahora el tal Vecchio está colado, coladísimo, por la estrella de la película, Rock Rockwell, ese seductor blandengue. ¡Juergas homo fuera de cámara! ¡Lo leísteis primero aquí!

Último cotilleo:

Entra en escena Howard Hughes, el magnate Míster Aviones/Máquinas Perforadoras, acosador lascivo de bellezas de Hollywood. Antiguo dueño de los estudios R.K.O., en la actualidad es un productor independiente conocido por tener a un montón de chicas extraordinariamente bien dotadas bajo «contratos de servicios personales», léase pequeños papeles a cambio de frecuentes visitas nocturnas. Un rumor: hemos oído que la protagonista de la película de Mickey había mandado al magnate sobatetas a tomar el viento de sus propias hélices. Por lo visto, había roto uno de esos contratos con Hughes y acabó sirviendo comidas por las ventanillas de los coches hasta que Mickey se materializó en el autorrestaurante Scrivner's muriéndose por un chocolate malteado.

¿Impresionado por la chica, Mickster?

Y a ti, Howard, ¿te ha roto el corazón?

La Cabalgata de Hollywood cambia ahora de tema con una carta abierta al LAPD, Departamento de Policía de Los Ángeles:

Querido LAPD:

Recientemente, tres indigentes alcohólicos han sido encontrados estrangulados y mutilados en casas abandonadas de la zona de

Hollywood. Muy *Hush-Hush*: nos hemos enterado de que el asesino, que aún anda suelto, les rajó la tráquea después de muertos, empleando una fuerza extraordinaria. La prensa ha prestado escasa atención a estas muertes atroces; solo al sensacionalista *L. A. Mirror* parece preocuparle que tres ciudadanos de Los Ángeles hayan tenido un final tan horrendo y espantoso. La División de Homicidios del LAPD no ha recibido orden de investigar y solo se ocupan del caso dos detectives de la División de Hollywood. Jazzeros míos, es el pedigrí de las víctimas lo que determina la magnitud de la investigación. Y si tres ciudadanos de poca monta han sido estrangulados por un psicópata rompecuellos, el jefe de Detectives del LAPD, Edmund J. Exley, no va a perder el tiempo organizando una investigación a gran escala. A menudo es preciso dar con un nombre pegadizo para que el público tome conciencia de algún oscuro asunto criminal y exija justicia. Por ello, *Hush-Hush* bautiza aquí a ese asesino anónimo como «el Diablo de la Botella», y eleva su exigencia al LAPD para que lo encuentre y le consiga una cita caliente en la sala verde de San Quintín. Allí cocinan con gas y este asesino merece una cocina de cuatro quemadores.

Estad atentos a futuras novedades sobre el Diablo de la Botella y recordad que lo leísteis primero aquí: extraoficial, confidencial y muy *Hush-Hush*.

I

Una vida convencional

1

El trabajo: una redada en una casa de apuestas. Dejad que se inmiscuya la prensa: un poco de tinta para competir con la investigación del boxeo.

Un marica que sufría una denuncia por sodomía se chivó: catorce teléfonos, un telégrafo. La nota de Exley decía utilizad algo de fuerza, exprimid a los testigos del hotel más tarde; averiguad qué habían planeado los federales.

En persona: «Si las cosas se tuercen, no permita que los reporteros tomen fotos. Es usted abogado, teniente. Recuerde que a Bob Gallaudet le gustan los casos limpios».

Odio a Exley.

Exley cree que compré el título de derecho con dinero de sobornos.

Le pedí cuatro hombres, armas, y a Junior Stemmons de segundo. Exley: «Chaqueta y corbata; esto saldrá en televisión. Y nada de balas perdidas: recuerde que trabaja para mí, no para Mickey Cohen».

Algún día le meteré una lista de sobornos por la garganta.

Junior lo preparó todo. Perfecto: una calle del barrio negro acordonada; agentes de uniforme vigilando el callejón. Periodistas, coches patrulla, cuatro hombres con chaqueta y corbata empuñando hierros del calibre doce.

El sargento George Stemmons, Jr., dando rápidas chupadas al cigarrillo.

Alboroto: reunión de vagos y maleantes, vigilantes ojos de vudú. Mis ojos en el objetivo —cortinas cerradas, el camino de entrada lleno de coches— calculan que hay un buen puñado de gente haciendo apuestas en el interior. Una choza de bloques de cemento, imagino que con la puerta de plancha de acero.

Lancé un silbido; Junior se acercó, guardando el arma.

—Tenla en la mano, puedes necesitarla.

—No, tengo un rifle antidisturbios en el coche. Echamos abajo la puerta y...

—No echamos abajo la puerta. Está blindada. Si aporreamos la puerta, quemarán los boletos. ¿Todavía cazas pájaros?

—Claro. Dave, ¿qué...?

—¿Tienes munición en el coche? ¿Algún cartucho de perdigones?

Junior sonrió.

—La ventana grande. Disparo, la cortina amortigua los balines y entramos.

—Exacto. Ve a decírselo a los demás. Y diles a esos payasos de las cámaras que lo filmen, por cortesía del jefe Exley.

Junior volvió corriendo, extrajo las balas del rifle, cargó las postas. Cámaras a punto; silbidos y aplausos de los ociosos entre trago y trago.

Manos en alto, cuenta atrás...

Ocho: Junior corre la voz.

Seis: los hombres apostados.

Tres: Junior apunta a la ventana.

Uno:

—¡Ahora!

El vidrio estalló, ka-BUM, fuerte fuerte fuerte; el retroceso derribó al suelo a Junior. Los agentes demasiado aturdidos para gritar «¡DIANA!».

La cortina de la ventana hecha jirones.

Gritos.

Carreras. Salto el alféizar. Caos: salpicaduras de sangre, confeti de boletos de apuestas y billetes. Mesas de teléfono derribadas, una estampida: los apostadores se pelean para salir por la puerta de atrás.

Un negro tosiendo cristal.

Un pachuco sin varios dedos.

«Munición equivocada» Stemmons:

—¡Policía! ¡Quieto todo el mundo o disparamos!

Le agarro, le grito:

—Se han oído disparos en el interior, un maldito altercado criminal. Hemos entrado por la ventana porque calculamos que la puerta no cedería. Sé simpático con la prensa y diles que les debo una. Reúne a los hombres y asegúrate bien de que aprenden la lección. ¿Entendido?

Junior se soltó de una sacudida. Fuertes pisadas: agentes de paisano irrumpiendo por la ventana. Ruidos para la coartada: saqué mi arma de reserva, dos tiros al techo. Limpié la pistola: pruebas.

Arrojé el arma a un rincón. Más caos: los sospechosos, a patadas en el suelo, boca abajo, esposados.

Gemidos, gritos, casquillos de bala/hedor a sangre.

«Descubrí» el arma. Los reporteros irrumpieron en la casa; Junior les echó un sermón: Fuera, al porche a tomar el aire.

—Me debes mil cien, consejero.

Reconozco la voz: Jack Woods. Oficios diversos: corredor de apuestas/guardaespaldas/intermediario de sobornos.

Me acerqué a él.

—¿Has visto el espectáculo?

—Acababa de llegar. Y deberías atar más corto a ese Stemmons.

—Su papá es inspector. Yo soy el mentor del chico, por encargo del capitán. ¿Tenías alguna apuesta pendiente?

—Exacto.

—¿Qué haces por los barrios bajos?

—Yo también estoy en el negocio, de modo que vengo a negociar las apuestas con mi clientela. Dave, me debes mil cien.

—¿Cómo sabes que has ganado?

—La carrera estaba amañada.

Alboroto: periodistas, vecinos.

–Los sacaré de la caja fuerte de las pruebas.

–*C'est la guerre.* Por cierto, ¿qué tal tu hermana?

–Meg está bien.

–Salúdala de mi parte.

Sirenas: coches patrulla frenando ante la casa.

–Jack, lárgate de aquí.

–Me alegro de haberte visto, Dave.

Comisaría de Newton Street: fichar a los detenidos.

Comprobación de informes: nueve órdenes de detención pendientes en total. El tipo de los dedos amputados resultó ser un encanto: violación, agresión, estafa. Pálido por la conmoción, quizá muriéndose. Un enfermero le dio café y aspirinas.

Anoté en el registro de pruebas la pistola, los boletos de apuestas y el dinero, menos los mil cien de Jack Woods. Junior, relaciones públicas con la prensa: el teniente te debe una historia.

Dos horas de un trabajo de mierda.

4.30: de vuelta en Detectives. Mensajes esperando: Meg, para decir que se pasaría por allí; Welles Noonan, para recordarme el turno de vigilancia, a las seis en punto. Y Exley: «Informe con detalle».

Detalles: mecanografiarlos, más trabajo de mierda:

Naomi Avenue 4701, 14.00 horas. Cuando nos disponíamos a irrumpir en un local de apuestas ilegales, el sargento George Stemmons, Jr., y yo oímos unos disparos procedentes del interior. No informamos a los demás agentes por temor a sembrar el pánico. Ordené disparar una andanada contra la ventana delantera; el sargento Stemmons despistó a los demás con una historia falsa sobre un «asalto a perdigonadas». En el registro se encontró un revólver del 38. Detuvimos a seis apostadores. Los sospechosos han sido fichados en la comisaría de Newton Street. Los heridos han recibido los primeros cuidados precisos y tratamiento hospitalario. La comprobación de antecedentes en Archivos ha revelado que los seis tienen pendientes numerosas órdenes de detención, por lo que serán enviados a la prisión municipal acusados de violar los artículos 614.5 y 859.3 del Código Penal de California. A continuación, los seis hombres serán interrogados acerca de los disparos efectuados y sobre sus relaciones con las apuestas ilegales. Me ocuparé de los interrogatorios yo mismo: como jefe de la división, debo garantizar personalmente la veracidad de todas las declaraciones realizadas. La cobertura del suceso por parte de la prensa será mínima: los reporteros presentes en el lugar no estaban preparados para la rapidez con que se desarrollaron los hechos.

Firmado: teniente David D. Klein, Placa 1091, oficial responsable, Antivicio.

Copias a: Junior, jefe Exley.

El teléfono...

—Antivicio, Klein.

—¿Davey? ¿Tienes un momento para un viejo expresidiario?

—¡Mickey! ¡Cielo santo!

—Ya sé, debería haberte llamado a casa. Esto... Davey... ¿puedo pedirte un favor de parte de Sam G.?

G. de Giancana.

—Supongo que sí. ¿De qué se trata?

—¿Conoces a ese crupier que tenéis bajo protección?

—Sí.

—Bueno... el radiador de su dormitorio está suelto.

2

Reuben Ruiz, el boxeador:

–Esto es de puta madre. Podría acostumbrarme a esta vida.
El hotel Embassy: salón, dormitorios, televisión. Noveno piso,
servicio completo en la suite: comida y bebida.

Ruiz, nervioso y medio trompa, bebiendo lingotazos de whisky. Sanderline Johnson viendo dibujos animados con la mandíbula colgando.

Junior haciendo prácticas de desenfundar el arma con rapidez.

Intentar un poco de conversación:

–¡Eh, Reuben!

–¡Eh, teniente! –responde amagando unos directos.

–Oye, Reuben. ¿Mickey intentó infringir tu contrato?

–Lo que hizo fue sugerirle a mi representante con mucha insistencia, ¿lo pilla?, que le cediera el contrato. Envió a los hermanos Vecchio para que hablaran con él y luego se achantó cuando
Luis les dijo: «Eh, largaos porque no voy a firmar ningún traspaso».
¿Quiere saber mi opinión? Creo que Mickey ya no tiene huevos
para andar dando mamporros.

–Pero tú tienes *cojones* para ir de soplón.

Directos, ganchos.

–Tengo un hermano desertor del ejército, quizá los federales
ya van a por él. Dentro de poco tengo tres peleas en el Olympic
y Welles Noonan me las puede joder a citaciones. Mi familia
forma parte de una, digamos, larga estirpe de ladrones, lo que se

diría propensa a los problemas, de modo que me gusta hacer amigos entre lo que se podría llamar la comunidad de servidores de la ley.

—¿Crees que Noonan tiene algo sólido contra Mickey?

—No, teniente, creo que no.

—Llámame Dave.

—Le llamaré teniente. Ya tengo suficientes amigos entre la comunidad de servidores de la ley.

—¿Por ejemplo?

—Por ejemplo, Noonan y su colega del FBI, Shipstad. Eh, ¿conoce a Johnny Duhamel, el Escolar?

—Claro. Estuvo en los Guantes de Oro, pasó a profesional y se retiró enseguida.

—Si pierdes el primer combate profesional, es mejor que te retires. Se lo dije, porque Johnny y yo somos viejos amigos, y ahora Johnny es el «agente» Johnny Duhamel, el Escolar, del puto LAPD, en la intocable Brigada contra el Hampa, nada menos. Y es muy amigo del... ¿cómo le llamáis?, ¿legendario?, capitán Dudley Smith. Así que basta ya de joder...

—Ruiz, vigila ese lenguaje.

Junior, enojado. Johnson, embobado ante el televisor: el ratón Mickey huyendo del pato Donald.

Junior quitó el volumen.

—Conocí a Johnny Duhamel cuando estuve de instructor en la Academia. Le tenía en mi clase de recogida de pruebas y era un estudiante jodidamente bueno. No me gusta que los criminales confraternicen con los policías, *¿comprendes, pendejo?*

—*Pendejo*, ¿eh? Bien, yo seré el *estúpido*, pero tú eres un vaquero de pacotilla, jugando con la pistola como ese ratón marica de la jodida televisión.

Un tirón de la corbata, una señal a Junior: PARA YA.

Junior paró de juguetear con la pistola.

Ruiz:

—Siempre puedo utilizar a otro amigo, «Dave». ¿Hay algo que quiera saber?

Subí el volumen del televisor. Johnson miraba, extasiado: Daisy vampirizando al pato Donald.

Ruiz:

—Eh, «Dave». ¿Se ha agenciado este trabajo para sonsacarme?

Me arrimé a él, para hablar casi en privado:

—Si quieres hacer otro amigo, suelta información. ¿Qué tiene Noonan?

—Tiene lo que uno llamaría aspiraciones.

—Eso ya lo sé. Qué más.

—Bueno... he oído hablar a Shipstad y a ese otro tipo del FBI. Decían que Noonan quizá tema que la investigación sobre el boxeo sea demasiado limitada. En cualquier caso, ya está dándole vueltas a ese plan B.

—¿Y?

—Y se trata de una especie de redada general contra las bandas de Los Ángeles, sobre todo en el Southside. Drogas, tragaperras... ya sabe, máquinas expendedoras ilegales y mierdas por el estilo. Oí a Shipstad decir algo de que el LAPD no investiga los homicidios de negros a manos de otros negros, y como todo esto va de que Noonan consiga dejar en mal lugar al nuevo fiscal del distrito... ¿cómo se llama?

—Bob Gallaudet.

—Exacto, Bob Gallaudet. En fin, se trata de hacerle quedar mal para que Noonan pueda disputarle el cargo en las próximas elecciones.

El barrio negro, el negocio de las tragaperras: el último asunto que Mickey C. tenía entre manos.

—¿Qué hay de Johnson?

Risitas.

—Vaya con el mulato cabeza de serrín. Quién diría que tiene un historial de cuarenta y tres, cero y dos, ¿verdad?

—Vamos, Reuben, habla.

—Está bien. Vale que no le falta mucho para ser un idiota profundo, pero tiene una memoria asombrosa. Es capaz de memorizar barajas enteras, de modo que unos tipos bien situados le dieron un empleo en el Lucky Nugget, en Gardena. También es capaz de memorizar conversaciones, y algunos clientes no eran lo que se dice muy discretos en su presencia. He oído que Noonan quiere que exhiba esos trucos de memoria en el estrado y...

—Me hago una idea.

—Bien. Yo he abandonado mis actividades conflictivas, pero sigo teniendo una familia propensa a meterse en problemas. No debería haberle contado lo que hice, pero como es usted amigo mío, estoy seguro de que esto no va a llegar a oídos de los federales, ¿verdad, «Dave»?

—De acuerdo. Ahora termínate la cena y descansa un poco, ¿vale?

Medianoche. Luces apagadas. Yo me encargué de Johnson; Junior, de Ruiz. Lo propuse yo.

Johnson leyendo en la cama: «El poder secreto de Dios puede ser tuyo». Acerqué una silla y observé sus labios: Sigue el camino interior hacia Cristo, combate la conspiración judeo-comunista que intenta desnaturalizar la América cristiana. Envía tu contribución al apartado de correos bla, bla, bla.

—Sanderline, déjame preguntarte algo.

—¿Uh? Sí, señor.

—¿Tú crees lo que dice ese folleto?

—¿Uh? Sí, señor. Aquí pone que una mujer que resucitó dice que Jesucristo garantiza a todos los contribuyentes de la categoría oro un coche nuevo cada año en el cielo.

HOSTIA PUTA.

—Sanderline, ¿verdad que te sacudieron un poco en tus dos últimas peleas?

—¿Uh? No. El árbitro detuvo el combate con Bobby Calderón por cortes y perdí en una decisión muy dividida frente a Ramón Sánchez. Señor, ¿cree usted que el señor Noonan nos llevará un almuerzo caliente cuando estemos ante el gran jurado?

Saqué las esposas.

—Póntelas mientras echo una meada.

Johnson se levantó, bostezando, desperezándose. Comprobé el radiador: tubos gruesos, resistentes.

La ventana abierta: nueve pisos de altura. El mestizo y su sonrisa de zumbado.

—Señor, ¿qué coche cree que conduce Jesucristo allá arriba?

Le estrellé la cabeza contra la pared y lo arrojé por la ventana, gritando.

3

Homicidios declaró suicidio, caso cerrado.

La Fiscalía del Distrito: probable suicidio.

Confirmación de Junior y Ruiz: Sanderline Johnson, chiflado.

Declaración:

Le vi leer, dormirse, despertarse. Johnson proclamó que podía volar. Y saltó por la ventana sin darme tiempo siquiera a expresar mi incredulidad.

Preguntas: federales, LAPD, hombres de la Fiscalía del Distrito. Hechos: Johnson se estrelló sobre un De Soto aparcado, muerte instantánea, ningún testigo. Bob Gallaudet parecía complacido: un tropiezo en el camino de un rival político. Ed Exley: preséntese en mi despacho a las diez en punto.

Welles Noonan: vergüenza de policía incompetente; triste parodia de abogado. Suspicaz; mi antiguo apodo: «el Ejecutor».

Ninguna mención de un 187 CP: homicidio culposo.

Ninguna mención de investigaciones externas.

Ninguna mención de acusaciones interdepartamentales.

Me fui a casa, tomé una ducha y me cambié. Ningún periodista rondando, todavía. Al centro, un vestido para Meg; lo hago cada vez que mato a un hombre.

Diez en punto de la mañana.

Esperando: Exley, Gallaudet, Walt van Meter (jefe de la División de Inteligencia). Café, pastas... Mierda.

Tomé asiento. Exley:

—Teniente, ya conoce al señor Gallaudet y al capitán Van Meter.

Gallaudet, todo sonrisas:

—Nos hemos llamado «Bob» y «Dave» desde la facultad de derecho y no voy a fingir la menor indignación por lo sucedido anoche. ¿Has visto el *Mirror*, Dave?

—No.

—«Caída mortal de un testigo federal», con un ladillo: «Declaración de suicidio: "¡Aleluya, puedo volar!"». ¿Te gusta?

—Es una mierda.

Exley, frío:

—El teniente y yo discutiremos eso más tarde. En cierto modo está relacionado con lo que nos ha traído aquí, así que vamos a ello.

Bob Gallaudet tomó un sorbo de café.

—Una intriga política. Cuéntaselo, Walt.

Van Meter carraspeó.

—Bueno... Inteligencia ha hecho algunas operaciones políticas anteriormente y ahora tenemos el ojo puesto en otro objetivo, un abogado rojillo que tiene por costumbre hablar mal del Departamento y del señor Gallaudet.

Exley:

—Continúa.

—Bien. La próxima semana, el señor Gallaudet debería ser elegido para un período normal. Es un expolicía y habla nuestro idioma. Tiene el apoyo del Departamento y de parte del Consejo Municipal, pero...

Bob le interrumpió.

—Morton Diskant. Esta igualado con Tom Bethune para la concejalía del Distrito Quinto y lleva semanas atacándome. Ya sabes: que si solo he sido fiscal durante cinco años, que si me aproveché fraudulentamente cuando Ellis Loew dimitió como fiscal del distrito. He oído que tiene una amistad muy estrecha con Welles Noonan, quien podría estar en mi carnet de baile para el año 60. Y Bethune es de los nuestros. Están muy a la par. Diskant anda diciendo que Bethune y yo somos unos derechistas cerriles, y el distrito tiene un veinticinco por ciento de negros, muchos de ellos registrados como votantes. Sigue desde ahí.

Van Meter tomó de nuevo la palabra.

–Diskant ha estado agitando el asunto de Chavez Ravine; algo así como «Votadme para que vuestros hermanos mexicanos no sean expulsados de su barrio de chabolas para dejar sitio a un estadio de béisbol para las clases acomodadas». El Consejo está cinco a cuatro a favor nuestro y tomará una decisión definitiva hacia noviembre, después de la elección. Bethune ocupa el cargo interinamente, como Bob, y si pierde tiene que dejarlo antes de que se tome la decisión. Si Diskant consigue el puesto, hay empate. Y todos nosotros somos hombres blancos civilizados que sabemos que los Dodgers son buenos para los negocios, de modo que manos a la obra.

Exley, sonriente:

–Conocí a Bob en el 53, cuando era sargento en la oficina de la Fiscalía. El mismo día que se licenció en derecho se registró como republicano. Ahora los popes nos dicen que solo le tendremos dos años como fiscal del distrito. En el 60, fiscal general, ¿y luego qué? ¿Te quedarás en gobernador?

Un coro de risas. Van Meter:

–Yo conocí a Bob cuando él era patrullero y yo sargento. Ahora somos «Walt» y «señor Gallaudet».

–Sigo siendo «Bob». Y tú solías llamarme «hijo».

–Volveré a hacerlo, Robert. Si retiras tu apoyo al juego en el distrito.

Una broma estúpida: la legislatura estatal no aprobaría la ley. Cartas, tragaperras y apuestas confinadas a ciertas zonas y gravadas con muchos impuestos. Los polis estaban en contra; Gallaudet aprovechaba el tema para conseguir votos.

–Cambiará de idea. Es un político.

No hubo risas. Bob carraspeó, incómodo.

–Parece que la investigación sobre el boxeo está acabada. Con Johnson muerto, no tienen ningún testigo que pueda confirmar nada y tengo la impresión de que Noonan solo utilizaba a

Reuben Ruiz porque tiene cierto nombre. ¿No estás de acuerdo, Dave?

—Sí, Reuben es una celebridad local que despierta simpatías. Al parecer, Mickey C. cometió la torpeza de intentar hacerse por la fuerza con su contrato, así que probablemente Noonan se proponía utilizar a Mickey también por su nombre.

Exley, entrando a cuchillo:

—Y todos sabemos que el teniente es un experto en Mickey Cohen.

—Nos conocemos de antiguo, jefe.

—¿En calidad de qué?

—Le he ofrecido cierto asesoramiento legal gratuito.

—¿Por ejemplo...?

—Por ejemplo: «No intentes joder al Departamento». Por ejemplo: «Cuidado con el jefe de Detectives Exley, porque nunca dice exactamente lo que piensa».

Gallaudet, tranquilizador:

—Vamos, vamos, ya basta. El alcalde Poulson me pidió que convocara esta reunión, de modo que estamos empleando su tiempo. Y tengo una idea, que es conservar a Ruiz de nuestro lado. Le utilizaremos para apaciguar a los mexicanos de Chávez Ravine: si el asunto de los desahucios se pone feo, Ruiz puede ser nuestro relaciones públicas. ¿No tiene antecedentes por robo?

—Correccional juvenil por robo con allanamiento. He oído que formaba parte de una banda de ladrones de casas y sé que sus hermanos también hacen trabajitos. Tienes razón: podríamos utilizarle. Prometerle que no habrá líos con su familia si colabora.

Van Meter:

—Me gusta.

Gallaudet:

—¿Qué hay de Diskant?

Me lancé a fondo:

—Es un rojillo, ¿no? Entonces debe tener algunos colegas comunistas. Daré con ellos y los presionaré. Los amenazaré con sacarlos por la tele y seguro que lo delatarán.

Bob, moviendo la cabeza:

–No. Es demasiado inconcreto y no tenemos tiempo suficiente.

–Chicas, chicos, licores… denme una debilidad. Escuchen, anoche metí la pata. Déjenme que cumpla mi penitencia.

Silencio, largo, sonoro. Van Meter, tras un suspiro:

–Tengo entendido que le gustan las jovencitas. Se supone que engaña a su mujer con mucha discreción. Le gustan las chicas universitarias. Jóvenes, idealistas.

Bob, con un asomo de sonrisa presuntuosa:

–Dudley Smith puede encargarse de prepararlo. Ya ha hecho cosas parecidas otras veces.

Exley, con extraña insistencia:

–No, Dudley no. Klein, ¿conoce a la gente adecuada?

–Conozco a un redactor jefe de *Hush-Hush*. Puedo hablar con Pete Bondurant para las fotos y con Fred Turentine para poner los micrófonos. Antivicio reventó una casa de citas la semana pasada y tenemos pendiente de pagar la fianza a la chica perfecta para el asunto.

Intercambio de miradas. Exley, con una media sonrisa:

–Entonces cumpla su penitencia, teniente.

Bob G., diplomático:

–Dave me dejó sus apuntes en la facultad de derecho. Sé amable con él, Ed.

Desfilando hacia la salida: Gallaudet, tan tranquilo; Van Meter, con aire avergonzado.

Lo solté:

–¿Pedirán los federales una investigación?

–Lo dudo. El año pasado Johnson estuvo noventa días en observación en Camarillo y los doctores le confirmaron a Noonan que el tipo era inestable. Seis hombres del FBI han peinado el barrio buscando testigos pero no han conseguido nada. Serían idiotas si abrieran una investigación. Está usted limpio, teniente, pero no me gusta cómo pinta el asunto.

–¿Habla usted de negligencia criminal?

–Hablo de sus relaciones con criminales, bastante conocidas y que vienen de antiguo. Hablo, y me quedo corto, de que tiene «trato» con Mickey Cohen, un objetivo de la investigación que ha echado por tierra con su negligencia. Alguien con un poco de imaginación podría dar un pequeño salto a «conspiración criminal», y Los Ángeles está llena de gente así. Ya ve cómo...

–Jefe, escuche...

–No, escuche usted. Les asigné esa misión a usted y a Stemmons porque confiaba en su competencia y quería su valoración como abogado sobre los planes de los federales en nuestra jurisdicción. Y lo que he conseguido ha sido: «¡Aleluya, puedo volar!» y «Detective dormita mientras un testigo salta por la ventana».

Reprimí una carcajada.

–¿Dónde nos deja eso?

–Dígamelo usted. ¿Tiene idea de qué piensan hacer los federales, además de la investigación sobre el boxeo?

–Yo diría que, con Johnson muerto, poca cosa. Ruiz me habló de que Noonan tenía la vaga idea de montar una investigación sobre el crimen organizado en el Southside: drogas, las máquinas tragaperras y expendedoras de Darktown... Si esos planes se quedan en nada, la imagen del Departamento puede salir malparada. Pero si la investigación se pone en marcha, Noonan correrá a anunciarlo. Le encantan los titulares. Eso nos dará ocasión de prepararnos.

Exley sonrió.

–Mickey Cohen dirige el negocio de las monedas en el Southside. ¿Le avisará para que lo deje?

–Ni soñarlo. Cambiando de tema, ¿ha leído el informe sobre la casa de apuestas?

–Sí. Excepto por los disparos, todo fue correcto. ¿Qué sucede? Me mira usted como si quisiera algo.

Me serví café.

–Écheme una mano a cambio de lo de Diskant.

–No está en situación de pedir favores.

–Después de lo de Diskant lo estaré.

–Entonces pida.

Un café malísimo.

—Antivicio me aburre. Pasé casualmente por Robos y vi que tienen pendiente un caso con buena pinta.

—¿El atraco a la tienda de electrodomésticos?

—No, el trabajo del almacén de pieles Hurwitz. Un millón en pieles desaparecido, sin pistas, y Junior Stemmons pilló a Sol Hurwitz en una partida de dados el año pasado. Es un jugador empedernido, de modo que apostaría por un fraude para cobrar el seguro.

—No. El caso es de Dudley Smith y ya ha descartado la estafa. Y usted es un oficial, no un sabueso.

—Entonces sáltese las normas. Yo le encierro a ese comunista y usted me hace ese favor.

—No, el trabajo es de Dudley. El caso es de hace tres días y ya se le ha asignado a él. Además, no me gustaría que se viera tentado con objetos vendibles como esas pieles.

Tirando a dar. Esquivé el dardo.

—Usted y Dud no se llevan bien. Él aspiraba a jefe de Detectives, pero usted consiguió el cargo.

—Los oficiales siempre se aburren y quieren casos. ¿Tiene alguna razón particular para pedirme este?

—Robos es una división limpia. Y usted no sospecharía de mis amigos si me ocupara de asaltos y atracos.

Exley se puso en pie.

—Una pregunta antes de que se marche.

—¿Señor?

—¿Algún amigo suyo le pidió que empujara a Sanderline Johnson por la ventana?

—No, señor. Pero ¿no se alegra de que el tipo saltara?

Pasé la noche fuera, en una habitación del Biltmore; supuse que los periodistas ya habrían localizado mi piso. No soñé nada. Servicio de habitaciones: seis de la mañana, desayuno, periódicos. Nuevos titulares: «La Fiscalía Federal furiosa con el policía "negligente"»; «Detective dice lamentar el suicidio de un testigo». Puro Exley: la nota a la prensa, mis lamentaciones... todo cosa suya. Página tres, más Exley: sin pistas del asunto Hurwitz; una banda con expertos en electrónica y herramientas se había llevado más de un millón en pieles. Foto: un guardia de seguridad lleno de vendajes; Dudley Smith mirando ávidamente un visón.

Robos, un trabajo agradable: pescar al ladrón y quedarse con el botín.

Manos a la obra con el comunista: llamadas telefónicas.

Fred Turentine, el de los micrófonos: sí, por quinientos. Pete Bondurant: sí, por uno de los grandes, y él pagaría al fotógrafo. Pete, íntimo de *Hush-Hush*: más presión en el chantaje.

La gobernanta de la Cárcel de Mujeres me debía un favor; una tal La Verne Benson la liberaría de la deuda. La Verne: tercera denuncia por prostitución, sin fianza ni fecha de juicio. La Verne al teléfono: supón que perdemos tu ficha... ¡Sí, sí, sí!

Inquieto. Mi estado habitual después de matar. Entre inquieto e impaciente. Subo al coche.

Una ronda por mi casa. Periodistas. Imposible quedarse allí. Sigo hacia Mulholland, semáforos en verde/sin tráfico: 90, 100, 120. El coche culea, derrapa en una curva: más despacio, me digo.

Pienso en Exley.

Inteligente, frío. En el 53 se cargó a cuatro negros: punto final del caso del Nite Owl. Primavera del 58: las pruebas demuestran que los muertos no tenían nada que ver. El caso fue reabierto; Exley y Dudley Smith se encargaron de él: el mayor trabajo en la historia de Los Ángeles. Homicidios múltiples/redes porno/conspiraciones interrelacionadas: Exley lo resolvió de una vez por todas. Su padre, un magnate de la construcción, se suicidó sin razón aparente; Ed, ahora inspector, heredó su dinero. Thad Green dejó el puesto de jefe de Detectives; el jefe Parker se saltó a Dudley para reemplazarlo por Edmund Jennings Exley, treinta y seis años.

No se llevaban bien, Exley y Dudley: dos odios mutuos.

Ninguna remodelación en la División de Detectives; simplemente Exley, frío como un témpano.

Semáforos en verde hasta la casa de Meg. Su coche en la entrada. Meg en la ventana de la cocina.

La observé.

Lavando los platos. Una cadencia en sus manos; quizá una música de fondo. Sonriente. Casi mi mismo rostro, pero en dulce. Toco el claxon...

Sí; un rápido retoque: el cabello, las gafas. Una sonrisa. Nerviosa.

Subí los peldaños al trote. Meg aguardaba con la puerta abierta.

—Tenía el presentimiento de que me traerías un regalo.

—¿Por qué?

—La última vez que saliste en los periódicos me compraste un vestido.

—Eres la más lista de la familia. Vamos, ábrelo.

—Qué cosa más terrible, ¿no? Ha salido por la tele.

—El tipo estaba sonado. Vamos, ábrelo.

—David, tenemos que hablar de un asunto.

Con suavidad, la empujé adentro.

—Vamos...

Meg tira, rasga. Jirones de papel de envoltorio. Una exclamación, una carrera al espejo: seda verde, la talla perfecta.

—¿Te va bien?

Un torbellino. Las gafas casi salen volando.

—¿Me subes la cremallera?

Se lo ajusta y tiro de la cremallera. Perfecto.

Meg me dio un beso y se miró en el espejo.

—Cielos, tú y Junior. Él tampoco puede dejar de admirarse.

Un giro, un recuerdo: el baile de promoción del 35. El viejo dijo que llevara a Sissy; los chicos que iban detrás de ella no eran adecuados.

—Es bonito. Como todo lo que me regalas. —Meg suspiró—. ¿Qué tal Junior Stemmons últimamente?

—Gracias, de nada, y Junior Stemmons está regular. En realidad no está hecho para el trabajo de detective, y si no fuera porque su padre me consiguió el puesto en Antivicio le devolvería a su puesto de instructor de una patada en el culo.

—¿No tiene una presencia suficientemente enérgica?

—Eso mismo. Y con una sensibilidad de perrito caliente que aún lo empeora más. Y más nervioso que si estuviera vaciando la caja fuerte de las drogas en Narcóticos. ¿Dónde está tu marido?

—Repasando los planos de un edificio que está proyectando. Y ya que hablamos de eso...

—Mierda. Nuestros edificios, ¿no? ¿Morosos? ¿Alguien se ha ido sin pagar?

—Somos caseros de barrio pobre, así que no te sorprendas. Son las casas de Compton. Tres inquilinos con atrasos.

—Aconséjame, pues. Tú eres la agente inmobiliaria.

—Dos de los morosos deben un mes; el otro, dos. Conseguir una orden de desahucio lleva noventa días y precisa una vista ante el juez. Y tú eres el abogado.

—Detesto los litigios, maldita sea. ¡Y siéntate de una vez!

Meg se arrellanó en una silla. Una silla verde, el vestido verde. El verde en contraste con el pelo: negro, un poco más oscuro que el mío.

—Eres un buen litigador, pero sé que te limitarás a enviar a unos cuantos matones con papeles falsos.

—Es más sencillo de ese modo. Enviaré a Jack Woods o a alguno de los muchachos de Mickey.

—¿Armado?

—Sí, y jodidamente peligroso. Ahora dime otra vez que te encanta el vestido. Dímelo para que pueda irme a casa y dormir un rato.

Enumerando puntos, nuestra vieja costumbre:

—Uno, me encanta el vestido. Dos, me encanta mi hermano mayor, aunque se llevara todo el atractivo y la mayor parte del cerebro. Tres, como novedades, te diré que he dejado de fumar otra vez, que estoy harta de mi trabajo y de mi marido y que estoy pensando en acostarme con alguien antes de que cumpla los cuarenta y pierda el resto de mis encantos. Cuatro, si conocieras a algún hombre que no fuera policía o ladrón, te pediría que me lo presentaras.

Réplica a los puntos:

—Yo tengo el atractivo de Hollywood, tú tienes el auténtico encanto. No te acuestes con Jack Woods, porque la gente tiene una extraña propensión a dispararle y porque la primera vez que Jack y tú intentasteis vivir juntos, la cosa no duró mucho. Y conozco algunos fiscales, pero te aburrirían.

—¿Quién me queda? Como consorte de un gángster, fui un fracaso.

La habitación osciló. Se agotó el tiempo.

—No lo sé. Vamos, acompáñame a la puerta.

Seda verde... Meg la acarició.

—Estaba pensando en aquel curso de lógica que nos dieron en la universidad. Ya sabes, causa y efecto.

—¿Sí?

—Yo... en fin, los periódicos traen un delincuente muerto y yo recibo un regalo...

Osciló de mala manera.

—Déjalo.

—Trombino y Brancato, luego Jack Dragna. Cariño, puedo vivir con lo que hicimos.

—Tú no me quieres como yo a ti.

4

Reporteros ante mi puerta, engullendo comida preparada. Aparqué lejos, me acerqué por la parte de atrás, forcé una ventana del dormitorio. Ruido. Periodistas parloteando de mi historia. Luces apagadas, abro un poco la ventana: escucho su charla para desactivar la bomba Meg.

Cierto: soy alemán, no judío; en Ellis Island se comieron letras del apellido del viejo. En el 38, Departamento de Policía de Los Ángeles; en el 42, los marines. Servicio en el Pacífico y vuelta al Departamento en el 45. El jefe Horrall deja el cargo; le sustituye William Worton (un general de división del Cuerpo de Marines de una integridad dudosa). *Semper Fidelis*: Worton forma una brigada de matones exmarines. *Esprit de Corps*: rompemos huelgas, apaleamos a los tipos que incumplen la provisional antes de encerrarlos otra vez.

Facultad de derecho, trabajos eventuales: la paga de desmovilización no cubre la universidad. Recuperador de coches, cobrador de Jack Woods: mi apodo, «el Ejecutor». Trabajo para Mickey C. arreglando disputas sindicales por la fuerza.

Hollywood me llama: soy alto y guapo. No sale nada, pero eso proporciona trabajo de verdad. Soluciono una extorsión a Liberace: dos negros muy bien dotados, chantaje con fotografías. Estoy en buenas relaciones con Hollywood y con Mickey C. Entro en la Oficina, llego a sargento. Apruebo derecho, llego a teniente.

Todo cierto.

Liquidé a mi número veinte el mes pasado: cierto. Con mis ganancias como «el Ejecutor» compré bloques de pisos en los barrios bajos: cierto. Estuve viviendo con Anita Ekberg y con la pelirroja del programa de Spade Cooley: falso.

Después empezaron las estupideces; la charla derivó hacia el asunto de Chavez Ravine. Cerré la ventana y traté de dormir.

No hubo forma.

Abro la ventana: ningún reportero. Televisión: solo cartas de ajuste. Apago, ya no tengo escapatoria: MEG.

Siempre resultaba terriblemente equívoco... y nos tocábamos durante demasiado rato como para hablar de ello. Yo impedía que los puños del viejo la alcanzasen; ella impedía que yo lo matara. Juntos en la universidad, la guerra, cartas. Otros hombres y otras mujeres llegaron y se fueron.

Turbulentos años de posguerra: «el Ejecutor». Meg: colega, la compinche del matón. Una aventura con Jack Woods; no intervine. Los estudios ocupaban todo mi tiempo y Meg se movía por su cuenta. Conoció a dos rufianes: Tony Trombino, Tony Brancato.

Junio del 51: nuestros padres mueren en un accidente de coche.

Los restos, el testamento...

Una habitación de motel, Franz y Hilda Klein recién enterrados. Nos desnudamos solo por ver. Uno encima del otro: con cada caricia, un escalofrío de rechazo.

Meg se aparta de pronto, sin acabar. Revuelve la habitación: nuestras ropas, palabras, las luces apagadas.

Yo aún lo deseaba.

Ella no.

Se echó en brazos de Trombino y Brancato.

Los jodidos se entrometieron en algún asunto de Jack Dragna, el número uno de la Organización en Los Ángeles. Jack me enseñó una foto: Meg. Contusiones, marcas. Trombino/Brancato. Comprobado.

Comprobado: habían atracado una partida de dados de la banda.

Jack dijo cinco de los grandes y los quitas de en medio. Acepté.

Preparé el cebo. Un buen golpe: «Vamos a limpiar ese local de apuestas». El 6 de agosto, frente al 1648 de North Ogden: los dos

Tonys en un Dodge del 49. Me colé en el asiento de atrás y les volé los sesos.

Titulares: «Guerra de bandas». El pistolero jefe de Dragna reaccionó enseguida. Su coartada, el párroco de Jack D. El mundo del hampa, revuelto: que los putos italianos se mataran entre ellos.

Cobré lo convenido, más un plus extra: un hombre descargando su rabia sobre la escoria que había hecho daño a su hermana. La voz de Dragna, desconcertada. La mía: «Me cago en todo, los mataré. Los mataré gratis».

Me llamó Mickey Cohen. Jack decía que ahora yo estaba en deuda con la Organización: saldaría la deuda con unos cuantos favores. Jack me llamaría, me pagaría los trabajos: estrictamente negocios.

Colgué.

Llamó:

2 de junio del 53: me cargué a un químico que fabricaba droga en Las Vegas.

26 de marzo del 55: maté a dos tipos que habían violado a la mujer de un miembro de la Organización.

Septiembre del 57, un rumor: Jack D., enfermo del corazón. Grave.

Le llamé.

—Ven a verme —dijo Jack.

Nos encontramos en un motel de playa, su picadero privado. Paraíso para ítalos: bebida, revistas porno, putas en la sala contigua.

Le supliqué: cancela mi deuda.

—Las putas trabajan menos —respondió Jack.

Le asfixié con una almohada.

Veredicto del forense/consenso entre los hampones: ataque cardíaco.

Sam Giancana, mi nuevo patrón. El intermediario no cambió: Mickey C.; favores policiales, trabajos sucios.

Meg notó algo. Me callé lo que tenía relación con ella, asumí toda la culpa. Dormí inquieto, bañado en sudor.

El teléfono. Descuelgo:

—¿Sí?

—¿Dave? Dan Wilhite.

Narcóticos: el jefe.

—¿Qué sucede, capitán?

—Sucede... Mierda, ¿conoces a J. C. Kafesjian?

—Sé quién es. Sé lo que representa para el Departamento.

Wilhite, en voz baja:

—Estoy en la escena del crimen. No puedo hablar con libertad y no tengo a nadie a quien enviar, así que te he llamado.

Encendí las luces.

—Dame detalles. Iré enseguida.

—Es... Mierda, es un robo en casa de Kafesjian.

—¿La dirección?

—South Tremaine 1684. Está pasado el...

—Sé dónde está. Alguien llamó a los sabuesos de Wilshire antes que a ti, ¿no es eso?

—Exacto. La mujer de J. C. Toda la familia había salido a una fiesta, pero Madge, la mujer de Kafesjian, volvió a casa antes que los demás. Encontró la casa revuelta y llamó a la comisaría de Wilshire. J. C. y los chicos, Tommy y Lucille, llegaron más tarde y encontraron la casa llena de detectives que no sabían nada de nuestro... hum... de nuestro acuerdo con la familia. Al parecer, se trata de un simple y estúpido robo con escalo y los tipos de Wilshire se están poniendo muy pelmazos. J. C. ha llamado a mi esposa y ella se ha encargado de localizarme. Dave...

—Voy para allá.

—Bien. Llévate a alguien contigo y apúntate una en la cuenta.

Colgué e hice unas llamadas para encontrar refuerzos. Riegle, Jensen: no respondían. Mierda de suerte. Junior Stemmons:

—¿Hola?

—Soy yo. Te necesito para un recado.

—¿Asunto particular?

—No, es un trabajo para Dan Wilhite. Se trata de tranquilizar a J. C. Kafesjian.

Junior soltó un silbido.

—He oído que su chico es un auténtico psicópata.

—South Tremaine 1684. Espérame fuera y te pondré al corriente.

—Allí estaré. Oye, ¿has visto las últimas noticias? Bob Gallaudet nos ha llamado «agentes ejemplares», pero Welles Noonan ha dicho que éramos unos «parásitos incompetentes». Ha dicho que pedir licores para nuestros testigos al servicio de habitaciones contribuyó al suicidio de Johnson y que...

—Ponte en marcha.

Código 3, respaldar a Wilhite: ayudar al traficante protegido por el Departamento. Narcóticos/J. C. Kafesjian: veinte años de relaciones. Lo introdujo el viejo jefe Davis. Hierba, pastillas, H.: la escoria de Darktown por clientela. A cambio de soplos, J. C. consiguió la franquicia de la droga. Wilhite actuó de perro guardián; J. C. Kafesjian delataba a los traficantes rivales, siguiendo nuestra política: mantener los estupefacientes aislados al sur de Slauson. Su trabajo legal: una cadena de lavado en seco. El de su hijo: rey de los matones.

Crucé la ciudad hasta la casa: un edificio moruno, todas las luces encendidas. Frente a ella, varios coches: el Ford de Junior, un coche patrulla.

Haces de linternas y voces en el camino de entrada. Junior Stemmons:

—¡Vaya mierda! ¡Vaya mierda!

Aparqué y me acerqué.

La luz directa a los ojos. Junior: «Es el teniente». Un olor desagradable: a sangre descomponiéndose, quizá.

Junior, dos agentes de paisano.

—Dave, el agente Nash y el sargento Miller.

—Señores, Narcóticos se encarga de esto. Vuelvan a la comisaría. El sargento Stemmons y yo haremos los informes, si llega el caso.

–¿Si llega el caso? ¿No huele eso, teniente?

–¿Un homicidio? –Tono grave, ácido.

–No exactamente. –Nash–. Señor, no creería usted cómo nos ha tratado ese Tommy... como se llame. ¡Si llega el caso...!

–Vuelvan y díganle al jefe de turno que me ha enviado Dan Wilhite. Díganle que es la casa de J. C. Kafesjian, de modo que no es un 459 normal. Si eso no le convence, díganle que despierte al jefe Exley.

–Teniente...

Agarro una linterna, sigo el rastro del olor hasta una verja con una cadena cortada. Mierda. Dos dóberman: sin ojos, el cuello rebanado, los dientes mordiendo unos trapos empapados en alguna sustancia. Destripados: entrañas, sangre. Un rastro de sangre en dirección a una puerta trasera forzada.

Dentro, gritos: dos hombres, dos mujeres. Junior:

–Ya he echado a los tipos de la comisaría. Así que un 459, ¿eh?

–Explícame el asunto. No quiero interrogar a la familia.

–Bueno, estaban todos en una fiesta. A la mujer le dolía la cabeza, de modo que volvió antes en un taxi. Salió a buscar a los perros para encerrarlos y se los encontró así. Llamó a Wilshire y Nash y Miller recibieron la denuncia. J. C., Tommy y la hija (los dos chicos viven aquí también) llegaron a casa y montaron un escándalo al encontrarse a unos policías en la sala de estar.

–¿Has hablado con ellos?

–Madge, la mujer, me ha enseñado los daños ocasionados; después J. C. la ha encerrado arriba. Han robado una vajilla de plata, la típica «herencia familiar de gran valor sentimental». Y los daños son una cosa muy rara. ¿Te imaginas algo así? En mi vida había visto un robo como este.

Gritos, bocinazos.

–No es ningún robo. ¿Y qué significa «una cosa muy rara»?

–Nash y Miller han dejado etiquetas de identificación. Ya las verás.

Barrí el patio con la linterna: pedazos de carne espumajosos. Veneno para los perros, sin duda. Junior:

—El tipo les dio esa carne, después los mutiló. Se manchó de sangre y luego dejó el rastro hasta la casa.

Lo sigo:

Marcas de palanca en la puerta trasera. Un lavadero en el porche; en el suelo, unas toallas ensangrentadas: el intruso se había limpiado con ellas.

La puerta de la cocina intacta: el tipo había abierto el pestillo. No más sangre. Etiqueta en la prueba del fregadero: «Botellas de whisky rotas». Etiqueta de lo robado de los cajones de la cómoda: «Vajilla de plata antigua».

Ellos:

—¡Tú, puta, dejar entrar en nuestra casa a unos policías desconocidos!

—¡Papá, por favor, no!

—¡Cuando necesitamos ayuda, siempre llamamos a Dan!

Una mesa de comedor; sobre ella, un montón de fotografías hechas pedazos: «Fotos de familia». Lamentos de saxo en el piso de arriba.

Recorrí la casa.

Alfombras demasiado gruesas, sofás de terciopelo, papel pintado velludo. Aparatos de aire acondicionado en las ventanas; imágenes de Jesucristo colocadas junto a ellas. Una alfombra con otra etiqueta: «Discos rotos/cubiertas de discos». *El legendario Champ Dineen: Soo Slow Moods*; *Una vida convencional*: The Art Pepper Quartet; *El Champ interpreta al Duke*.

Elepés junto a un alta fidelidad; apilados en orden.

Junior entró en la sala.

—Lo que te decía, ¿no? Algunos daños.

—¿Quién hace ese ruido?

—¿El saxo? Es Tommy Kafesjian.

—Ve arriba y sé agradable. Pide excusas por la intromisión y ofrécete a llamar a Control de Animales para que se encarguen de los perros. Pregúntale si quiere una investigación. Sé amable, ¿entiendes?

—Dave, ese tipo es un criminal.

–No te preocupes, yo estaré lamiéndole las suelas a su padre.

Gritos al otro lado de las puertas cerradas:

–¡PAPÁ, NO!

–¡J. C., DEJA EN PAZ A LA CHICA!

Muy inquietantes. Junior subió corriendo.

–¡ESO ES, VETE!

Un portazo. «Papá» ante mis narices.

Primer plano de J. C.: un gordo seboso que se hace viejo. Corpulento, marcado de viruelas, arañazos sangrantes en la cara.

–Soy Dave Klein. Dan Wilhite me ha enviado para arreglar las cosas.

J. C., ceñudo:

–¿Qué es tan importante como para impedirle venir en persona?

–Podemos hacer esto como usted quiera, señor Kafesjian. Si quiere una investigación, la haremos. Si quiere que busquemos huellas, tal vez obtener un nombre, lo haremos. Si quiere darle su merecido, Dan le apoyará hasta donde sea razonable, no sé si me entiende…

–Entiendo lo que me dice, y mi casa la limpio yo. Yo solo trato con el capitán Dan, no con desconocidos en mi salón.

Dos mujeres asomaron la cabeza. Morenas, delgadas. La hija saludó con la mano: uñas plateadas, gotas de sangre.

–Ya ha visto a mis chicas, ahora olvídelas. No tiene por qué conocerlas.

–¿Tiene idea de quién lo ha hecho?

–No le diré nada que pueda comentar por ahí. Quítese de la cabeza que le dé nombres de rivales en los negocios que podrían querer perjudicarme a mí y a lo mío.

–¿Rivales en el negocio de la limpieza en seco?

–¡No me venga con chistes! ¡Mire, mire!

Una etiqueta en una puerta: «Ropa destrozada».

–¡Mire, mire, mire! –J. C. tiró del pomo–. ¡Mire, mire, mire!

Miro: un pequeño vestidor. Clavadas con chinchetas a las paredes, pantalones de mujer con las perneras abiertas y la entrepierna desgarrada.

Manchas en la ropa; las huelo: semen.

—No tiene ninguna gracia. Les compro a Lucille y a Madge tanta ropa bonita que tienen que guardar una parte aquí abajo. Ese pervertido degenerado quería estropear las preciosidades de Lucille. ¡Mire!

Ropa de puta de Tijuana.

—Bonita.

—Ahora no se ríe, ¿verdad, chico de los recados de Wilhite? Esto ya no es tan divertido, ¿verdad?

—Llame a Dan. Dígale qué quiere que hagamos.

—¡Mi casa la limpio yo!

—Buenas telas. ¿Su hija se paga la universidad trabajando, Kafesjian?

Puños cerrados/venas hinchadas/facciones sudorosas: el gordo seboso casi encima de mí.

Unos gritos en el piso de arriba.

Subí a la carrera. Una habitación a un lado del pasillo. Evalúo los daños:

Tommy K. de pie contra la pared. Porros en el suelo; Junior zarandeando al tipo con rudeza. Carteles de jazz, banderas nazis, un saxo sobre la cama.

Me eché a reír.

Una sonrisa congraciadora de Tommy, un tipo flaco y magro. Junior:

—¡El jodido ha sacado la marihuana con todo el descaro! ¡Se está burlando del Departamento!

—Sargento, pida disculpas al señor Kafesjian.

Junior, medio enfurruñado, medio chillando:

—¡Dave…! ¡Dios…! Lo siento.

Tommy encendió uno de los porros y echó el humo a la cara de Junior.

Desde el piso de abajo, el padre:

—¡Y ahora largo! ¡Mi casa la limpio yo!

5

Dormir mal, no pegar ojo.

Me despertó una llamada de Meg: arregla el asunto de los alquileres retrasados, ningún comentario sobre el vestido de seda. «Claro, claro», respondí. Colgué y llamé a Jack Woods: veinte por ciento de cada dólar de alquileres que consiguiera. Él subió a veinticinco. Acepté.

Llamadas de trabajo: Van Meter, Pete Bondurant, Fred Turentine. Los tres, luz verde: micrófonos ocultos en la casa de La Verne y un fotógrafo escondido en el dormitorio. Diskant, seguido y espiado: cita para unas copas en el Ollie Hammond's Steakhouse, a las seis en punto.

El cebo estaba preparado: nuestra comunista consorte. Pete dijo que *Hush-Hush* estaba encantada: político rojillo tropieza con el pito.

Llamé a Narcóticos. Dan Wilhite había salido. Dejé un mensaje. Dormir mal, no pegar ojo: la pesadilla de los Kafesjian. Junior, la noche anterior, desahogo cómico: «Sé que crees que no doy la talla para Detectives, pero te lo demostraré. Te aseguro que te lo demostraré».

Cinco de la tarde: al carajo la siesta.

Me lavé y eché una ojeada al *Herald*: Chavez Ravine había desplazado a mi muerto de la primera página. Bob Gallaudet: «Los latinoamericanos que pierdan sus viviendas serán compensados generosamente y, en última instancia, una sede para los Dodgers será un motivo de orgullo para los angelinos de todas las razas, credos y colores».

Para partirse de risa. Aquello alivió mi resaca de los Kafesjian.

Ollie Hammond's. Apostado a la entrada del bar, esperando. Morton Diskant en la puerta, a las seis en punto.

La Verne Benson entra a las 6.03: falda de tweed, calcetines hasta las rodillas, cárdigan.

6.14: Pete B. se desliza en el asiento.

—Diskant está con sus amigos. La Verne, a dos mesas de ellos. Ella no llevaba ni dos segundos sentada y ya le lanzaba miradas ardientes.

—¿Crees que el tipo picará?

—Yo lo haría, pero es que para estas cosas soy un cerdo.

—¿Como tu jefe?

—Puedes decir su nombre. Howard Hughes. Es un tipo ocupado. Como tú.

—Era un jodido chiflado. Si no hubiera saltado, es muy probable que yo mismo le hubiese empujado.

Pete apoyó las manos en el salpicadero. Unas manos enormes. Sus puños habían matado a un borracho camorrista en las celdas de una comisaría. El Departamento del Sheriff le despidió; Howard Hughes encontró un compañero del alma.

—¿Y tú? ¿También has estado ocupado?

—Más o menos. Consigo droga para *Hush-Hush*, mantengo al señor Hughes al margen de *Hush-Hush*. Si alguien quiere querellarse contra *Hush-Hush*, le convenzo de que no lo haga. Busco gatitas para el señor Hughes, aguanto al señor Hughes cuando empieza con ese rollo demencial sobre los aviones. En este momento, el señor Hughes me hace seguir a esa actriz que le ha plantado. Imagínate: esa fulana abandona el picadero número uno del señor Hughes, además de un contrato de trescientos a la semana, y todo para actuar en una película barata de terror. El señor Hughes le hizo un contrato de esclava por siete años y quiere denunciarla por incumplir una cláusula de moralidad. ¿Te lo puedes creer, ese cerdo putero predicando moralidad?

–Sí, y a ti te encanta porque...

–... porque soy un auténtico cerdo, como tú.

Me reí. Bostecé.

–Esto puede llevar toda la noche.

Pete encendió un cigarrillo.

–No, La Verne es impetuosa. Se hartará y abordará al pájaro. Buena chica. Incluso ayudó a Turentine a instalar los micrófonos.

–¿Qué tal Freddy?

–Ocupado. Esta noche pone en jaque al comunista ese, la semana que viene hace escuchas clandestinas para *Hush-Hush* en una sauna de maricas. El problema con Freddy T. es que le da mucho a la botella. Demasiadas denuncias por conducir borracho, de modo que la última vez el juez le condenó a trabajos comunitarios y ahora enseña electrónica a los internos de Chino. Klein, mira.

La Verne en la puerta del bar. Dos pulgares hacia arriba. Pete respondió con un gesto.

–Eso significa que Diskant se reunirá con ella cuando se haya deshecho de sus amigos. ¿Ves ese Chevrolet azul? Es el de la chica.

Nos pusimos en marcha detrás de La Verne. A la derecha por Wilshire, luego recto al oeste; Sweetzer, al norte, el Strip. Calles secundarias con curvas, en dirección a las colinas. La Verne se detuvo junto a una casa de estuco dividida en cuatro apartamentos.

Fea: luces fuertes, estuco ¡rosa!

Aparqué dejando espacio para el coche del rojo.

La Verne llegó hasta su puerta contoneándose. Pete le mandó unos toques amorosos con la sirena.

La luz del vestíbulo se encendió y se apagó. Se iluminó una ventana en el apartamento inferior izquierdo. Ruido de fiesta: el apartamento contiguo al de La Verne.

Pete se desperezó.

–¿Crees que Diskant habrá sido lo bastante listo para darse cuenta de la encerrona?

La Verne abrió las cortinas, en salto de cama y luciendo ligas.

—No, nuestro amigo solo tiene una idea en la cabeza.

—Tienes razón, el tipo es un cerdo. Yo digo una hora o menos.

—Van veinte a que no más de un cuarto de hora.

—Lo veo.

Esperamos, con la vista clavada en la ventana. Silencio en el coche, ruido de fiesta: canciones, voces. Un Ford marrón claro. ¡Bingo!

—Cuarenta y un minutos —dijo Pete.

Le di sus veinte. Diskant caminó hasta la puerta, llamó con los nudillos, luego pulsó el timbre. La Verne, enmarcada en la ventana: buenas curvas y contoneos.

Pete silbó por lo bajo.

Diskant entró.

Diez minutos que se hacen interminables... Se apagan las luces del nidito de amor de La Verne. Aguardo la señal del fotógrafo: destellos del flash en la ventana.

Quince minutos… veinte… veinticinco... Un coche de la policía local aparca en doble fila.

Pete me da un codazo.

—Mierda. Esa fiesta. 116.84 del Código Penal de California: reunión tumultuaria. Mierda.

Dos agentes caminan hasta la casa. Llaman con las porras a la ventana del apartamento de la fiesta.

No hay ninguna respuesta.

—Klein, esto no tiene buena pinta.

Tac, tac, tac en la ventana delantera de La Verne. Destellos del flash en la ventana del dormitorio. Improvisación: a grandes males, grandes remedios.

Gritos: nuestra puta comunista.

Los agentes del sheriff tiraron a patadas la puerta del vestíbulo. Eché a correr tras los entrometidos con la placa en la mano…

Crucé el patio delantero, subí los escalones. Destellos breves y confusos: el fotógrafo saltando por una ventana sin la cámara; al otro lado del vestíbulo, un revuelo de asistentes a la fiesta, y la puerta de La Verne abierta de par en par. Me abrí paso a empujones entre el grupo, derramando bebidas en mi avance.

—¡Policía! ¡Agente de policía!

Crucé el umbral de un salto, chorreando whisky. Uno de los agentes locales me retuvo. Le planté la placa ante las narices:

—¡División de Inteligencia! ¡LAPD!

El muy imbécil se limitó a mirarme con cara de tonto. Chillidos en el dormitorio...

Entré corriendo...

Diskant y La Verne enmarañados en el suelo: desnudos, agitando brazos y piernas. Sobre el colchón, una cámara. Un grito estúpido:

—¡Eh, ustedes dos, paren ya! ¡Somos de la policía!

Pete llegó a la carrera. Una sonrisa en la cara de tonto: el agente había reconocido al antiguo compañero. Pete, rápido, echó enseguida de allí al payaso. La Verne contra el rojillo: patadas, débiles puñetazos.

La cámara sobre la cama: la cojo, saco el carrete, vuelvo a cerrarla. Pulso el disparador: fogonazo en los ojos de Diskant.

Un comunista ciego. La Verne se desembarazó de él. Le solté una patada y un puñetazo; el tipo soltó un gemido, parpadeó y fijó la mirada: EN EL CARRETE.

Chantaje:

—Esto tenía que ser más sencillo, pero esos tipos de la patrulla lo han estropeado. La prensa iba a montar un buen escándalo, algo así como «Político rojo bla, bla, bla». Pórtate bien y te lo evitarás, porque no me gustaría nada tener que enseñarle este carrete a tu mujer. Y ahora, ¿estás seguro de que quieres ser concejal?

Sollozos.

Puño americano en los nudillos.

—¿Estás seguro?

Más sollozos.

Golpes en los riñones. Mis puños machacando la carne flácida.

—¿Estás seguro?

Un aullido, la cara como la remolacha:

—¡Por favor, no me pegue!

Dos golpes más. Diskant echó espuma por la boca.

—Mañana retira la candidatura. Dime que lo harás, porque no me gustaría tener que seguir con esto.

—Sí, sí, por fa…

Mierda de trabajo. Salí al salón reprimiendo un estremecimiento. No vi a los polis. La Verne estaba envuelta en una sábana. Pete, mientras recuperaba los micrófonos ocultos:

—Me he ocupado de los patrulleros y Van Meter ha llamado por la radio. Tienes que reunirte con Exley en su despacho. Ahora.

Centro de la ciudad. Exley tras su escritorio.

Acerqué una silla y le entregué el carrete.

—El tipo se retira de la elección, así que no tendremos que acudir a *Hush-Hush*.

—¿Ha disfrutado del trabajo?

—¿Disfrutó usted disparando a aquellos negros?

—El público no tiene ni idea de lo que cuesta la justicia a los hombres que la hacen cumplir.

—¿Qué significa eso?

—Significa que se lo agradezco.

—Y eso significa que me debe un favor.

—Ya le he hecho uno hoy, teniente, pero pida de todos modos.

—El robo de las pieles. Puede que sea una estafa a la compañía de seguros, puede que no. En cualquier caso, quiero llevar la investigación.

—No. Ya le dije que se ocupa Dudley Smith.

—Ya, ya, usted y Dud son tan buenos colegas, ¿no? ¿Y cuál es ese favor que «ya» me ha hecho hoy?

—¿Además de evitarle reprimendas o acusaciones interdepartamentales en el asunto de Sanderline Johnson?

—¡Vamos, jefe!

—He destruido el informe de la autopsia de Johnson. El forense descubrió una magulladura extraña, con fragmentos de pintura incrustados en la frente, como si se hubiera golpeado la cabeza contra un alféizar antes de saltar. No estoy diciendo que sea culpable, teniente, pero es probable que otras personas, sobre todo Welles Noonan, pudieran insinuarlo. He hecho destruir el expediente. Y tengo un caso para usted. Ahora mismo voy a retirarle de Antivicio para que ponga manos a la obra.

Flaquear de rodillas:

—¿Qué caso?

—El robo en casa de los Kafesjian. He leído el informe de incidencias de la patrulla de Wilshire y he decidido que quiero una investigación a fondo. Conozco perfectamente la historia de la familia con el Departamento, y no me importa lo que diga el capitán Wilhite. Usted y el sargento Stemmons están asignados al caso desde ahora. Interrogue a la familia y a sus socios conocidos. Kafesjian tiene un corredor llamado Abe Voldrich; presiónelo. Quiero un análisis forense completo. Y busque en los archivos otros allanamientos parecidos. Empiece mañana... con una demostración de fuerza.

Me puse en pie.

—Esto es de locos. Acosar a nuestro protegido rey de la droga del Southside justo cuando la Fiscalía puede que esté preparando una investigación de las bandas que operan en la zona. Un pervertido mata a un par de perros y se corre encima de...

Exley, incorporándose/despidiéndome:

—Hágalo. Escoja a algún agente de las patrullas callejeras de Wilshire y lleve a los del laboratorio. A Stemmons le falta experiencia en estos asuntos, pero utilícelo de todos modos. Demostración de fuerza. Y no haga que me arrepienta de los favores que le he hecho.

6

Demostración de fuerza.

Ocho de la mañana, South Tremaine 1684. Personal: expertos del laboratorio, equipo de huellas, cuatro agentes de uniforme.

Los uniformados se desplegaron: búsqueda de testigos oculares en las casas vecinas, inspección de cubos de basura. Policía de Tráfico preparada para ahuyentar a la prensa.

Demostración de fuerza: Exley furioso hasta los pelos del culo.

Demostración de fuerza: liquidar el asunto lo antes posible.

Un compromiso con Dan Wilhite: una llamada telefónica, su voz irritada. Le dije que Exley había sido terminante; Dan replicó que era una locura: Kafesjian y el Departamento, veinte años de provecho mutuo. Yo estaba en deuda con Dan; él lo estaba conmigo: favores acumulados. Wilhite, asustado:

—Me jubilo dentro de tres meses. Mis tratos con la familia no resistirían una investigación externa. Dave... ¿puedes... puedes dejarme fuera del asunto?

—Primero mi culo, después el tuyo —dije.

—Llamaré a J. C. y le pondré sobre aviso —dijo él.

8.04: comienza el espectáculo.

Coches patrulla, una furgoneta del laboratorio. Patrulleros, técnicos. Un montón de curiosos, chiquillos.

El camino de entrada. Conduje a los tipos del laboratorio a la parte de atrás. Ray Pinker:

—He llamado a Control de Animales. Dicen que no han recibido llamadas sobre perros muertos desde esta dirección. ¿Crees que los habrán llevado a algún cementerio de animales?

Día de recogida de basura: cubos alineados en el callejón.

–Puede ser, pero mirad en esos cubos de detrás de la valla. Me parece que el viejo Kafesjian no es tan sentimental.

–He oído que es un auténtico encanto. Bien, encontramos a los perros, ¿y luego qué?

–Tomad muestras de tejido para descubrir con qué los envenenaron. Si aún tienen trozos de trapo entre los dientes, analizad la sustancia; olía a cloroformo. Necesito diez minutos para hablar con J.C.; luego quiero que entres y recojas muestras en la cocina, el salón y el comedor. Después haz entrar a los chicos de huellas y diles que solo en el piso de abajo; no creo que el ladrón subiera al de arriba. El tipo se masturbó sobre unos pantalones de mujer, así que si papá no los ha tirado podéis buscar el grupo sanguíneo en el semen.

–¡Dios!

–Sí, Dios. Escucha; si se ha deshecho de la ropa, estará probablemente en esos cubos de basura. Pantalones ajustados de mujer tipo pirata, colores pastel, desgarrados en la entrepierna. Ropa poco corriente. Y, Ray, quiero un informe bien gordo de todo lo que encontréis.

–¡No te andes por las ramas! Si lo que quieres es que ponga mucha paja, dilo.

–Ponle paja. No sé qué quiere Exley, de modo que vamos a darle algo a lo que hincarle el diente.

Madge en la puerta de atrás, observando. Una gruesa capa de maquillaje para disimular los cardenales.

Ray me dio un codazo.

–No parece armenia.

–No lo es. Y sus hijos tampoco lo parecen. Ray...

–Sí, le meteré paja.

Volví a la calle; los curiosos se arremolinaban. Junior y Tommy K., frente a frente.

Tommy, haragán de porche: camisa a flores, pantalones de pinzas, el saxo.

Junior, luciendo su nuevo aire de perro apaleado con una vena de mala leche.

61

Lo até corto, con talante de veterano:

—Vamos, no dejes que ese tipo te ponga nervioso.

—Es esa mirada que tiene. Como si supiera algo que yo no sé.

—Olvídalo.

—Tú no has tenido que lamerle el culo.

—Yo no desobedecí a mi oficial al mando.

—Dave...

—¡Ni Dave, ni nada! Tu padre es inspector, te metió en Detectives y mi cargo en Antivicio era parte del trato. Es un juego. Tú estás en deuda con tu padre, yo estoy en deuda con tu padre, y también lo estoy con Dan Wilhite. Los dos nos debemos al Departamento, así que tenemos que llevar las cosas como si Exley fuera a perder los estribos en este asunto. ¿Lo has entendido?

—Sí, lo entiendo. Pero es tu juego, de modo que no te limites a decirme que está bien.

Cruzarle la cara de un revés... No. No debía.

—Si me sales otra vez con toda esa mierda idealista, le envío a tu padre un informe de aptitudes que te devuelve al puesto de instructor en tiempo récord. Estás metido hasta el cuello en mi juego. O colaboras o esta noche encontrarás «dotes de mando ineficaces», «excesivamente volátil» y «poca templanza en situaciones de tensión» sobre el escritorio de tu padre. Tú decides, sargento.

Junior, una inútil bravata:

—¡Ya estoy jugando! He llamado a la central de casas de empeño y les he dado una descripción de la vajilla robada. También tengo una lista de las lavanderías de Kafesjian. Tres para ti, tres para mí. ¿Las preguntas habituales?

—Bien, pero antes veamos qué consiguen los patrulleros. Después, cuando hayas visitado tus tres tiendas, ve al centro y busca antecedentes de otros 459 con modus operandi parecidos en los archivos de la Central y del Departamento del Sheriff. Si encuentras algo, estupendo. Si no, repasa los homicidios por resolver; quizá este payaso sea un maldito asesino.

Un olor nauseabundo, una nube de moscas. Los hombres del laboratorio sacaron los perros de los cubos, chorreando basura.

—Supongo que no me dirías esas cosas si no te importara.

—Exacto.

—Ya verás, Dave. Esta vez demostraré que valgo.

Tommy K. hizo sonar el saxo: los espectadores aplaudieron. Tommy hizo una reverencia y luego un gesto obsceno llevándose la mano a la entrepierna.

—¡Eh, teniente, venga a hablar conmigo!

J. C. en el porche, sosteniendo una bandeja.

—¡Eh! ¿Le apetece un trago?

Me acerqué. Botellas de cerveza. Tommy cogió una y bebió unos tragos. Observé sus brazos: rasguños en la piel, esvásticas tatuadas.

J. C. sonrió:

—No me diga que es demasiado temprano para usted.

Tommy soltó un eructo.

—Schlitz, el Desayuno de los Campeones.

—Cinco minutos, señor Kafesjian. Solo unas cuantas preguntas.

—De acuerdo. El capitán Dan dice que es usted de fiar, que esto no es idea suya. Venga conmigo. Tommy, tú ve a ofrecer el Desayuno de los Campeones a los otros hombres.

Tommy cargó la bandeja como un consumado camarero. Su padre ladeó la cabeza, indicándome que le siguiera.

Me condujo hasta su estudio: paredes de pino, armeros. Volví la cabeza hacia el salón: el equipo de huellas, Tommy ofreciéndoles cervezas.

J. C. cerró la puerta.

—Dan me ha dicho que se trata de un mero trámite.

—No del todo. El caso está en manos de Ed Exley y sus reglas son diferentes de las nuestras.

—Mi gente y la suya hacen negocios. Exley lo sabe.

—Sí, y esta vez está forzando las normas. Exley es el jefe de Detectives y el jefe Parker le deja hacer lo que quiera. Intentaré ir con cuidado, pero usted tendrá que colaborar.

J. C.: seboso y feo. Unos arañazos en la cara, obra de su propia hija.

—¿A qué viene esto? ¿Está chiflado ese Exley?

—No sé a qué viene, pero es una buena pregunta. Exley quiere que este caso reciba un tratamiento especial, y le aseguro que es un detective condenadamente mejor que yo. Con él no hay trucos que valgan.

J. C. se encogió de hombros.

—Oiga, si es usted listo, puede sacar más jugo. Usted es abogado y tiene tratos con Mickey Cohen.

—No. Yo arreglo cosas, Exley las dirige. Hablando de listos, Exley es el mejor detective que ha visto nunca el Departamento. Vamos, señor Kafesjian, ayúdeme. Usted no quiere a unos vulgares policías husmeando por aquí, lo comprendo. Pero un chiflado entra a robar en su casa y organiza una carnicería...

—¡Mi casa la limpio yo! ¡Tommy y yo encontraremos al tipo!

Ahora tranquilo:

—No. Lo encontraremos nosotros, y luego quizá Dan Wilhite le dé el soplo. Sin problemas, limpio y legal.

Kafesjian sacudió la cabeza: no, no.

—Dan ha dicho que me iba a interrogar. Adelante: pregunte y yo respondo.

—Entonces ¿va a colaborar o no?

—Colaboro.

Saqué el bloc de notas.

—¿Quién lo hizo? ¿Alguna idea?

—No. —Impasible. Inexpresivo.

—Enemigos. Deme algún nombre.

—No tenemos enemigos.

—Vamos, Kafesjian. Usted vende narcóticos...

—¡No pronuncie esa palabra en mi casa!

AHORA TRANQUILO:

—Llamémoslo negocios, entonces. ¿Sabe de algún competidor comercial que no le tenga simpatía?

J. C. agitó el puño: no, no.

—Las reglas las marcan ustedes, nosotros las acatamos. Llevamos los negocios de manera ordenada y limpia y así no nos creamos enemigos.

—Entonces probemos otra cosa. Usted es lo que denominamos un informador pagado, y los tipos así se crean enemigos. Piense en ello y deme algún nombre.

—Bonitas palabras para decir soplón, delator, chivato…

—Nombres, señor Kafesjian.

—Los tipos enchironados no pueden colarse en una bonita y tranquila casa familiar. No tengo ningún nombre que darle.

—Entonces hablemos de los enemigos de Tommy y Lucille.

—Mis hijos tampoco tienen enemigos.

—Piénselo bien. El tipo entra en la casa, rompe una colección de discos y destroza la ropa de su hija. Los discos eran de Tommy, ¿no?

—Sí, era la colección de mi hijo.

—Ya. Y Tommy es músico, así que quizá el ladrón tuviera alguna cuenta pendiente con él. Tal vez quería destruir sus cosas y las de Lucille, aunque por alguna razón no subió a sus dormitorios. Así que hábleme de los enemigos de sus hijos: viejos colegas músicos, exnovios de Lucille… Piense.

—No, no se me ocurre…

J. C. no terminó la frase. Como si acabara de encenderse una luz en su cerebro.

Cambio de tema:

—Tengo que tomar las huellas de toda la familia. Las necesitamos para compararlas con las que pueda haber dejado el ladrón.

Kafesjian sacó un fajo de billetes.

—No. De eso nada. Mi casa la limpio…

Le apreté la mano, cerrándosela.

—Haga lo que le parezca, pero recuerde que esto es cosa de Exley y que estoy más obligado con él que con Wilhite.

J. C. se soltó y agitó en la mano los billetes de cien.

—A la mierda —solté—. A la mierda toda su sebosa familia.

Un rápido movimiento: Kafesjian sacó más billetes, un par de miles en total.

Me di la vuelta antes de que la cosa empeorase.

Trabajo de mierda.

Pinker procedió a examinar a los perros. Los chicos de huellas encontraron rastros, impresiones parciales. La multitud de curiosos se redujo; los agentes de uniforme interrogaron a la gente del barrio. Junior recopiló los informes: nada de especial esa noche; una velada típica de los Kafesjian.

Es decir: épicas broncas familiares y ruido de saxo toda la noche. J. C. regó el césped luciendo suspensorios. Tommy echó una meada por la ventana de su dormitorio. Madge y Lucille estuvieron enfrascadas en una áspera discusión a gritos. Cardenales, ojos a la funerala: lo de costumbre.

Horas de espera; dejé que transcurrieran lentamente.

Lucille y Madge se marcharon; adiós en un Ford Vicky rosa. Tommy practicó escalas: los hombres del laboratorio se pusieron tapones en los oídos. Latas de cerveza por las ventanas: el Almuerzo de los Campeones.

Junior fue a por el *Herald*. Un anuncio de Morton Diskant: conferencia de prensa a las seis de la tarde.

Mucho tiempo que matar: subí a la furgoneta del laboratorio y observé el trabajo de los técnicos.

Disección de tejidos, extracción: nuestro tipo les había metido a los perros los ojos por la garganta.

Volví al coche dispuesto a echar una cabezada; dos noches seguidas sin apenas pegar ojo me habían dejado para el arrastre.

—Dave, despierta y despéjate. —Ray Pinker; demasiado pronto, maldita sea.

Yo, con un bostezo:

—¿Resultados?

—Sí, y muy interesantes. No soy médico y lo que he hecho no era una autopsia, pero creo que he podido sacar algunas conclusiones.

—Adelante. Cuéntame ahora y luego envíame el informe.

—Bien, los perros fueron envenenados con hamburguesa rociada de trictocina de sodio, conocida comúnmente como veneno para hormigas. He encontrado fragmentos de piel de un guante en los dientes y las encías, lo cual me lleva a pensar que el ladrón les metió la comida en la boca pero no esperó a que murieran para mutilarlos. Me dijiste que habías olido a cloroformo, ¿recuerdas?

—Sí. Supuse que eran los trapos que tenían metidos en la boca.

—Hasta ahí vas bien encaminado. Pero no era cloroformo, sino clorestelfactiznida, un producto químico para la limpieza en seco. Pues bien, J. C. Kafesjian es dueño de una cadena de locales de lavado en seco. Interesante, ¿no?

El tipo había entrado, robado y destruido. Un psicópata, pero preciso: nada de desorden. Atrevido pero tomándose su tiempo. Un psicópata demente, mierda; y además, limpio, preciso.

—¿Estás diciendo que quizá conoce a la familia, que quizá trabaja en uno de los locales?

—Exacto.

—¿Habéis encontrado los pantalones de la chica?

—No. Había restos de tela quemados en el cubo de basura junto con los perros, así que no hay modo de descubrir el grupo sanguíneo por el semen.

—Mierda. Eso de los pantalones achicharrados parece cosa de J. C.

—Escucha, Dave. Esto no es más que una teoría, pero me gusta.

—Adelante.

—Bien. Los perros tenían quemaduras químicas alrededor de los ojos, y los huesos del hocico fracturados. Creo que el ladrón los debilitó con el veneno, les aplastó el hocico y luego intentó dejarlos ciegos mientras aún estaban vivos. La clorestelfactiznida causa la ceguera si se aplica localmente, pero los animales se agitaban demasiado e incluso le mordieron. Murieron por el veneno y el tipo los destripó post mortem. Tenía alguna extraña fijación con los ojos, así que los arrancó con mucho cuidado, los introdujo en sus gargantas y luego les metió los trapos empapados en esa sustancia. Los cuatro globos oculares estaban saturados de ese tóxico, de ahí mi conclusión.

Junior y un agente de uniforme se acercaron.

—Dave...

Le corté al instante:

—Ray, ¿has oído alguna vez que se torturase a un perro guardián en un 459?

—Nunca. Y no se me ocurre ningún motivo para ello.

—¿Venganza?

—Venganza.

—¿Dave...? —Junior.

—¿Qué?

—Dave, este es el agente Bethel. Agente, cuéntele al teniente.

Nervioso; un novato:

—Esto... Señor, tengo dos confirmaciones de un merodeador en esta manzana la noche del robo. El sargento Stemmons me ha hecho preguntar en las casas donde no encontramos a nadie antes. Una anciana me ha dicho que había llamado a la comisaría de Wilshire, y otro hombre ha declarado haberlo visto también.

—¿Descripción?

—Un tipo joven, caucásico. Eso es todo. Ningún detalle más, pero he llamado a la comisaría de todos modos. Han confirmado que mandaron un coche, pero no hubo suerte y esa noche no se detuvo ni se comprobó la identidad de ningún merodeador blanco en toda la zona.

Una pista; se la pasé a Junior.

—Llama a Wilshire y consigue cuatro hombres más para preguntar en las casas que faltan; empezad, digamos, a partir de las seis. Que consigan descripciones de posibles merodeadores. Comprueba los archivos que te dije y pásate por los tres primeros locales de Kafesjian de tu lista. ¿Ray?

—¿Sí, Dave?

—Ray, cuéntale a Stemmons tu punto de vista químico. Junior, investígalo con los empleados de las lavanderías. Si das con algún sospechoso, no hagas ninguna estupidez como matarlo.

—¿Por qué no? Quien a hierro mata a hierro muere.

—No seas idiota. Quiero saber qué tiene ese tipo contra los Kafesjian.

Tres lavanderías E–Z Kleen; la más próxima, en South Normandie 1248. Me acerqué al lugar; el Ford rosa estaba aparcado ante el local.

Estacioné en doble fila; un tipo salió enseguida con aire nervioso. Le reconocí: Abe Voldrich, mano derecha de Kafesjian.

—Por favor, agente. Ellos no saben nada del maldito robo. Llame a Dan Wilhite, hable con él de... eh...

—¿De las ramificaciones?

—Sí, es una buena palabra. Agente...

—Teniente.

—Teniente, déjelo estar. Sí, la familia tiene enemigos. No, no le van a decir quiénes son. Puede preguntárselo al capitán Dan, pero dudo que se lo diga.

Listillo cabrón.

—Entonces no hablaremos de enemigos.

—¡Eso está mucho mejor!

—¿Qué me dice de la clorestelfactiznida?

—¿Qué? Eso me suena a chino.

—Es un producto para la limpieza en seco.

—De ese aspecto del negocio conozco poco.

Entré en el local.

—Quiero una lista de empleados. De todas las lavanderías.

—No. Solo contratamos a gente de color para el trabajo de lavado y planchado, y la mayor parte están en libertad provisional. No les gustaría tenerle por ahí haciendo preguntas.

¿Crimen de negro? No; no me cuadraba.

—¿Tienen vendedores negros?

—No. J. C. no confía en ellos para el dinero.

—Déjeme echar un vistazo al almacén.

—¿Qué busca, ese producto del que hablaba? ¿Por qué?

—Se lo echaron a los perros guardianes.

Voldrich, con un suspiro:

—Adelante, pues. Pero no alborote a los trabajadores.

Rodeé el mostrador. Detrás había una pequeña fábrica: cubas, planchadoras a vapor, negros doblando camisas. Estanterías en la pared: botellas, frascos.

Comprobé las etiquetas; dos hileras completas y allí estaba: clorestelfactiznida, una calavera y dos tibias cruzadas.

Olfateé un frasco. Repulsivo/familiar. Escozor en los ojos. Devolví el frasco al estante y deambulé por la trastienda: podían aparecer las mujeres. No tuve suerte; solo unas furtivas miradas de esclavo. Regresé a la parte delantera del local chorreando sudor.

Lucille en el mostrador, colgando camisas. Bum bum, el meneo de caderas al ritmo de la radio. Bum bum, destello: sonrisa de vampiresa.

Le devolví la sonrisa. Lucille se cerró la cremallera de los labios y arrojó lejos una llave ficticia.

Fuera, Voldrich y Madge. Mamá K.: el maquillaje corrido, lágrimas.

Regresé al coche. Cuchicheos; no logré entender una mierda.

Encontré un teléfono público. A la mierda las lavanderías E-Z Kleen.

Llamé a Antivicio y dejé un mensaje para Junior: llama a Dan Wilhite, consigue una lista de soplones de Kafesjian. Probablemente era inútil: Dan se negaría, impaciente por aplacar a J. C. Un mensaje de Junior: había hecho averiguaciones y la clorestecomosellame era un producto estándar de amplio uso en el negocio del lavado en seco.

De vuelta a South Tremaine; un coche patrulla ante la casa. Bethel me hizo señas.

–Señor, hemos conseguido dos confirmaciones más del merodeador.

–¿Más detalles de la descripción?

–No, pero parece que también es un mirón. Nos han dado la misma descripción de «varón joven, blanco», y las dos personas han declarado que le vieron asomarse a las ventanas.

Pienso: el instrumental para el robo/mutilación.

–¿Han dicho si el hombre llevaba algo en las manos?

–No, señor, pero se me ocurre que podía ocultar las herramientas en su ropa.

–Pero no hubo ninguna denuncia.

–No, señor, pero tengo una pista que puede estar relacionada.

–Explíquese, agente –le pido con paciencia.

–Bien, la mujer de la casa de enfrente me ha dicho que a veces Lucille Kafesjian baila desnuda ante la ventana de su dormitorio. Ya sabe: con las luces detrás, de noche. La mujer dice que lo hace cuando sus padres y su hermano no están en casa.

Posibilidad:

Lucille, exhibicionista; mirón/merodeador/ladrón, obsesionado con la familia.

–Bethel, usted llegará.

–¿Eh? Sí, señor. ¿Adónde?

–En general. Pero, de momento, se queda aquí. Siga insistiendo en las direcciones donde aún no ha encontrado a nadie. Intente conseguir una descripción del mirón, ¿entendido?

–¡Sí, señor!

Ronda de trabajo de mierda:

Comisaría de Wilshire, revisión de papeles: listas de detenidos, fichas de modus operandi, informes de incidencias. Resultado: jóvenes blancos mirones, cero. Ladrones mataperros, cero.

Comisaría de University, listas, fichas: nada. Incidencias, tres recientes: un hombre blanco «de aspecto joven», «constitución nor-

71

mal», denunciado por mirón en moteles de alterne. ¿Mi hombre de los ojos? Tal vez, pero:

Ninguna dirección de moteles, solo una anotación: «South Western Avenue». Ningún nombre de denunciante ni número de identificación del agente.

De momento, no tenía por donde seguir.

Llamé a la comisaría de la calle Setenta y siete. El oficial de guardia, aburrido:

Nada sobre perros. Un joven blanco visto merodeando por los tejados: moteles de citas, clubes de jazz. Sin detenciones, ni sospechosos, ni informes; la comisaría estaba pendiente de un nuevo sistema de papeleo. Me enviaría las direcciones de los clubes y moteles... si las encontraba.

Los discos rotos de Tommy K... ¿Discos de jazz?

Más llamadas: calabozos de la Central, Archivos del Departamento y de la policía local. Resultados: ninguna detención por maltrato a perros este año; cero en jóvenes blancos mirones/merodeadores. Otros 459 pos-Kafesjian: ningún sospechoso caucásico.

Llamadas; un teléfono público acaparado durante tres horas. Repasadas todas las comisarías del Departamento y de la policía local. Mierda: ningún mirón joven blanco detenido; dos espaldas mojadas mataperros deportados a México.

Esperando: el archivo de pervertidos de Detectives.

Fui al centro. Pasé por mi despacho: ningún mensaje; un informe sobre la mesa:

CONFIDENCIAL
30/10/58
A: TENIENTE DAVID D. KLEIN
DE: SARGENTO GEORGE STEMMONS, JR.
ASUNTO: KAFESJIAN/459 C.P.
947.1 (CÓDIGO DE SEGURIDAD E HIGIENE:
MUTILACIÓN
CRIMINAL DE ANIMALES)

Según lo ordenado, he revisado los archivos de la Central y del Departamento del Sheriff en busca de otros 459 parecidos al nuestro. No he encontrado ninguno. También he cruzado los datos sobre los detenidos por 947.1 (había muy pocos) con los archivos de 459, pero no he encontrado ningún nombre repetido. (El acusado de 947.1 más joven tiene 39 años, lo cual contradice la descripción del merodeador que nos proporcionó el agente Bethel.) También he revisado los expedientes locales y estatales sobre homicidios hasta 1950. No he encontrado ningún 187 o 187 colateral a robo que recuerde el modus operandi de nuestro hombre.

Ref.: Capitán Wilhite. Le he pedido «diplomáticamente» que nos proporcionara una lista de camellos/adictos delatados por los Kafesjian y me ha dicho que nunca se ha llevado un registro de sus soplos, que no ha quedado constancia por escrito, para proteger a la familia. El capitán Wilhite me ha proporcionado un nombre, el de un tipo delatado recientemente por Tommy Kafesjian: un vendedor de marihuana llamado Wardell Henry Knox, un negro que trabajaba de camarero en diversos clubes de jazz. Los agentes del capitán Wilhite no habían conseguido localizar a Knox, pero he sabido que este fue asesinado hace poco (caso por resolver). Se trata de un homicidio entre negros que probablemente fue objeto de una investigación superficial.

Ref.: lavanderías E-Z Kleen. En los tres locales que he visitado, el personal se ha negado de plano a hablar conmigo.

Volviendo al capitán Wilhite. Francamente, creo que miente respecto a que no hay constancia de los soplos de Kafesjian. Me ha expresado su disgusto por la discusión que tuviste con J. C. y me ha dicho que le habían llegado rumores de que la investigación federal sobre la delincuencia organizada se llevará a cabo finalmente y de que se centrará en el tráfico de narcóticos en las zonas centro y sur de Los Ángeles. También le preocupa que se haga pública la conexión entre el LAPD y la familia Kafesjian, con el consiguiente descrédito para el Departamento en general y para los agentes de Narcóticos que han llevado personalmente la relación con la familia.

Aguardo nuevas órdenes.

Respetuosamente,

Sgto. George Stemmons, Jr.

Placa 2104

División de Antivicio

Junior: un novato competente cuando se lo proponía. Le dejé una nota: el mirón, más información sobre la exhibicionista Lucille. Órdenes: volver a la casa, hablar con los agentes que interrogaban en el vecindario, evitar a la familia.

Me animo; una ojeada nerviosa al archivo de pervertidos. Perros/robos /mirones, a ver qué sale:

Un marine pillado tirándose a un pastor alemán. Un «Doctor Can», detenido por rociar a su hija con pus de beagle. Mataperros (ninguno que se ajustara a la descripción de nuestro hombre), folladores de perros, mamones de perros, apaleadores de perros, adoradores de perros, un chiflado que acuchilló a su mujer disfrazada de Pluto. Olisqueadores de bragas, defecadores en lavabos y pilas, masturbadores (solo fetichistas). Agresores de maricas, ladrones de travestidos, «Rita Hayworth» (vestido de Gilda, melena teñida, sorprendido abusando de un chiquillo anestesiado con cloroformo). La edad concordaba, pero un chulo lo había capado y el tipo se había suicidado: enterrado en San Quintín con su ropa de mujer. Mirones: ventanas, tragaluces, tejados; los payasos de los tejados, todo un número de circo. Ningún carnicero de perros guardianes; todos los degenerados, catalogados de pasivos: sorprendidos gimiendo, con la mano en la entrepierna. Darryl Wishnick, un llamativo modus operandi: espiar, forzar la entrada, violar perros guardianes sedados con carne rociada de narcótico... Una lástima que hubiera muerto de sífilis en el 56. Un pensamiento repentino: todos los mirones eran pasivos, nuestro hombre mataba perros con saña.

Nada útil.

5.45: inquieto, hambriento. Una visita a Rick's Reef; tal vez Diskant en la tele.

Fui en coche hasta el bar y engullí unos pretzels en la barra. Noticias en televisión: Chavez Ravine, muertos en accidente de tráfico, el rojo.

Subí el volumen:

«... y anuncio mi retirada por motivos personales. Thomas Bethune será reelegido por falta de contrincante, pero tengo la ferviente esperanza de que esto no signifique que se apruebe el proyecto de usurpación de tierras de Chavez Ravine. Yo continuaré protestando por esta burda maniobra como ciudadano de a pie y...».

Ya sin apetito, me largué.

Una simple ronda, ningún lugar adonde ir. Hacia el distrito Sur: como atraído por un imán.

Figueroa, Slauson, Central. Un Plymouth gris de la policía detrás de mí; seguramente Asuntos Internos, por orden de Exley. Aceleré: adiós, posible perseguidor.

Territorio de mirones: clubes nocturnos, burdeles. Bido Lito's, Klub Zamboanga, Club Zombie: techos bajos, fáciles de escalar. Motel Lucky Time, motel Tick Tock. Buenos observatorios: acceso al tejado, hierbas altas hasta el hombro. Una idea, clic: pillar a Lester Lake en el Tiger Room.

Cambio de sentido, mirada por el retrovisor, mierda: un Plymouth gris.

¿Asuntos Internos o Narcóticos? ¿Matones al acecho?

Callejuelas, sin tiempo para maniobras evasivas: el garito de Lester cerraba a las ocho en punto. Lester Lake: inquilino, informador. Soplos baratos: Lester estaba en deuda conmigo.

Otoño del 52:

Una llamada de Harry Cohn, magnate del cine. Mi apodo de «el Ejecutor» le había intrigado. Me había creído judío, por el «Klein». Un cantante negro estaba tirándose a su chica: diez de los grandes por liquidarlos.

Dije que no.

Mickey Cohen dijo que no.

75

Cohn llamó a Jack Dragna.

Supe que me tocaría el trabajo: no podía rechazar la orden. Mickey: Un capricho por una fulana no merece la muerte... pero Jack insiste.

Llamé a Jack: El asunto es una memez, no merece la pena. Dale una buena lección a ese Lester Lake, no lo mates.

Jack dijo: Dásela tú.

Jack dijo: Lleva a los hermanos Vecchio.

Jack dijo: Lleva al negro a alguna parte y córtale las cuerdas vocales.

Tragó saliva. Una fracción de segundo...

—O cuento lo de Trombino y Brancato. Y arrastro por el fango el nombre de tu golfa hermanita.

Sorprendí a Lester Lake en la cama. O te corto o te mato: tú eliges. Lester dijo: Corta, rápido, por favor. Entraron los Vecchio; Touch traía un escalpelo. Unos tragos para relajar las cosas; unas gotas para dejar K. O. a Lester.

Anestesia: Lester llamando a mamá. Convencí a un médico expulsado del colegio: cirugía a cambio de no denunciarle por practicar abortos. Lester se curó. Harry Cohn encontró otra amiguita: Kim Novak.

A Lester le cambió la voz de barítono a tenor; desde entonces solo se enrollaba con negras. Touch Vecchio acudía con sus novios a escucharle.

Lester dijo que estaba en deuda conmigo. Nuestro trato: un piso en mi bloque solo para negros, alquiler reducido a cambio de buena información. Buena jugada: intimidaba a los morosos y daba soplos de apostadores.

El club: una fachada atigrada, un portero de esmoquin atigrado. Dentro: paredes de piel de tigre, camareras con ropa atigrada. Lester Lake en el escenario, cantando «Blue Moon» con voz chillona.

Ocupé un reservado y llamé a una tigresa: «Dave Klein quiere ver a Lester». La chica desapareció detrás del escenario; estrépito de máquinas tragaperras tras la puerta. Lester: reverencias de fingida humildad, falsos aplausos.

Las luces del local se encienden. Panorámica: conejitas negras despatarradas en reservados de piel de tigre. Lester delante de mí, con un plato en la mano.

Pollo y gofres, todo grasiento.

−Hola, señor Klein. Iba a llamarle.

−Te has retrasado en el alquiler.

Lester tomó asiento.

−Sí, y ustedes los caseros no le dejan respirar a uno. Aunque podría ser peor. Podría tener un casero judío.

Miradas en nuestra dirección.

−Siempre me veo contigo en público. ¿Qué se imagina la gente que estamos haciendo?

−Nadie lo pregunta nunca, pero imagino que suponen que todavía recoge usted apuestas para Jack Woods. Yo soy hombre de apuestas, así que parece lo más lógico. Hablando de Jack, esta tarde le he visto cobrando los alquileres pendientes; por eso iba a llamarle a usted antes de que su hombre me sacuda como a ese pobre desgraciado del final del pasillo.

−Ayúdame y te lo sacaré de encima.

−Vale. Pregunte lo que sea.

−No. Primero deshazte de esa bazofia. Luego yo pregunto y tú contestas.

Pasó una tigresa; Lester le dio el plato y agarró un whisky. Un trago, un eructo:

−Adelante.

−Empecemos por nombres de ladrones de casas.

−Bien. Leroy Coates, en libertad provisional y gastando dinero. Wayne Layne, maestro del escalo, chuleando a su mujer para pagarse el hábito. Alfonzo Tyrell...

−Mi hombre es blanco.

−Sí, pero yo no salgo de la parte oscura de la ciudad. La última vez que supe de un ladrón blanco fue... nunca.

−De acuerdo, pero a este tipo yo lo llamaría un psicópata. Rajó a dos dóberman, solo robó una vajilla de plata y luego revolvió algunas cosas de tipo familiar. Continúa.

—Continúo para ir a ninguna parte. No sé nada de un chiflado parecido, pero no hay que ser un Einstein para imaginar que tiene algo contra esa familia. Wayne Layne se caga en las lavadoras y es el ladrón de pisos más desquiciado que conozco.

—Está bien. Voyeurs, entonces.

—¿Qué?

—Mirones. Tipos que se excitan espiando por las ventanas. Tengo informes sobre mirones merodeando cerca de la casa del robo y por todo el Southside: moteles de citas y clubes de jazz.

—Preguntaré por ahí, pero seguro que no va a sacar gran cosa a cambio del alquiler.

—Probemos con Wardell Henry Knox. Vendía hierba y trabajaba de camarero en tugurios de jazz, al parecer por esta zona.

—Al parecer porque los clubes de blancos no le contrataban. Y hacían bien, porque al tipo se lo cargaron hace unos meses. Persona o personas desconocidas, por si le interesa saber quién lo hizo.

El jukebox a todo volumen cerca de nosotros. Tirón del cable. Silencio inmediato.

—Ya sé que le mataron.

Murmullos de negros indignados. Que se jodan. Lester:

—Señor Klein, sus preguntas van demasiado lejos. Pero conozco un motivo para lo de Wardell.

—Te escucho.

—Chicas. Wardell era un auténtico semental. Era el rey de los folladores. Se tiraba todo lo que se movía. Debía de tener un millón de enemigos. Se tiraría un montón de leña aunque supiera que había una serpiente dentro. Le gustaba...

—¡Ya basta, joder!

Lester hizo un guiño.

—Pregúnteme algo de lo que pueda decirle algo.

—La familia Kafesjian. Tú tienes que saber más que yo.

Lester habló en voz baja.

—Sé que están compinchados con ustedes. Sé que solo venden a negros y a lo que podría llamarse cualquiera salvo a blancos decentes, porque así es como quiere las cosas el jefe Parker. Pastillas, hierba, caballo... esa gente son los proveedores número uno del Southside. Sé que prestan dinero y que tienen las manos libres a cambio de soplos; ya sabe, delatar al Departamento a los vendedores independientes porque es parte del trato que tienen con ustedes. En fin, sé que J. C. y Tommy utilizan a esos negros en los que nadie se fija para mover el material, con Tommy controlando a la manada. ¿Y busca a un loco? Pruebe con Tommy K. Suele rondar por el Bido Lito's con sus amigos, y se levanta y se pone a tocar ese maldito saxo cada vez que le dejan, que es a menudo porque ¿quién se atreve a decir que no a un tío loco, aunque sea un tipo canijo como Tommy? Tommy está chiflaaado. Está como una cabra. Él es el matón de los Kafesjian y he oído que es condenadamente bueno con la navaja. También he oído que haría cualquier cosa por estar a bien con los de Narcóticos. Dicen que se cargó al conductor borracho que atropelló a la hija de ese tipo de Narcóticos y se largó.

Chiflaaado.

—¿Eso es todo?

—¿No tiene suficiente?

—¿Qué hay de Lucille, la hermana de Tommy? Es una tía rara: se exhibe desnuda en su casa.

—¡Vaya! Bueno, ¿y qué? Lástima que Wardell esté muerto; seguro que querría tirársela. A lo mejor a ella le gustan los negros, como a su hermano. Me la tiraría yo mismo si no fuera porque la última vez que probé carne blanca me rebanaron el cuello. Usted debería saberlo: estaba allí.

Trinos en el jukebox: el propio Lester. Alguien lo había enchufado otra vez.

—¿Te dejan poner tus propias canciones?

—Es cosa de Chick y Touch Vecchio. Son más sentimentales sobre el viejo incidente del cuello rajado que Dave Klein, el casero de barrio pobre. Mientras ellos se encarguen de las máquinas expendedoras y tragaperras del Southside para el señor Cohen, la versión de «Harbor Light» de Lester Lake seguirá en ese jukebox. Lo cual me tranquiliza, porque el último par de semanas o así esos tipos nuevos con aspecto de recién llegados a la ciudad han estado trabajando la maquinaria, y eso podría pintar mal para el viejo Lester.

«Those haaarbor lights»: pura sensiblería.

—Mickey debería andarse con cuidado, los federales podrían venir a investigar las máquinas de la zona. ¿Y no te han dicho nunca que cantas como un marica? ¿Como un Johnnie Ray sin trabajo?

Lester, con un aullido:

—Sí. Mis amiguitas. Hago que piensen que tengo tendencias afeminadas y así se esfuerzan mucho más para enderezarme. Touch V. suele venir con sus amigos mariquitas y yo estudio sus poses. Cuando me presentó a ese sarasa teñido de rubio, fue como hacer toda una carrera universitaria en mariconería.

Bostecé. Las franjas atigradas empezaron a girar vertiginosamente.

—Duerma un poco, señor Klein. Parece agotado.

A la mierda el sueño: aquel imán seguía atrayéndome.

Recorrí en zigzag el este y el sur. Ningún Plymouth gris pegado al culo. Western Avenue: territorio de mirones, moteles de putas, ninguna dirección con la que empezar a trabajar. Western y Adams, paraíso de las putas: chicas esperando junto al Cooper's Donuts. Negras, mexicanas, unas cuantas blancas: vestidos con aberturas laterales hasta los muslos, pantalones ajustados tipo pirata.

Vuelco del corazón: la ropa de Lucille, rasgada y salpicada.

Vuelco del cerebro: Western y Adams, zona de University. Antivicio de University, allí estaba el archivo de prostitución: archivos de alias, listas de clientes, informes de arrestos. La sonrisa de buscona de Lucille, la sangre de papá en las garras... ¿Y si la chica hacía la calle por gusto?

Mucho imaginar. Las posibilidades eran muy remotas.

Decidí probar de todos modos.

Comisaría de Uny, convencer al responsable; el material sobre las putas, un batiburrillo:

Fotos de fichas despegadas, copias de informes. Nombres: putas, apodos de las putas, hombres detenidos/fichados con las putas. Tres armarios de papeles sin ningún orden reconocible.

Hojeo entre ellos:

Ningún «Kafesjian», ningún nombre armenio. Una hora perdida; no era de extrañar: la mayoría de las chicas utilizaba un apodo para salir bajo fianza. Una reflexión: si Lucille hacía la calle, y si la habían trincado, probablemente habría llamado a Dan Wilhite para enfriar las cosas. 114 informes de detenciones, 18 chicas blancas: ninguna de las descripciones se ajustaba a Lucille. Una tarea inútil: la mayoría de los policías descuidaba los informes sobre prostitutas; las chicas se repetían siempre. Listas de apodos. Ninguna chica blanca que se hiciera llamar Luce, Lucille o Lucy; ningún apellido armenio.

Más fotos. Algunas con cartel de datos colgado al cuello y anotaciones: nombres reales, alias, fechas. Chicas negras, mexicanas, blancas: 99,9 por ciento inútil. Piel de gallina: Lucille, de frente, de perfil, sin cartel ni anotaciones.

Manos a la obra: repasar todo el papeleo. Tres veces: cero, nada, nanay. Ninguna referencia más a Lucille.

Solo las fotos de identificación.

El resto del expediente, traspapelado. Quizá.

O quizá Dan Wilhite se había llevado los papeles y se había olvidado las fotos.

Teoría: ladrón = mirón = cliente de Lucille K.

Escribí una nota a Junior:

«Revisa todas las listas de prostitutas y clientes de la comisaría; busca información sobre las costumbres de Lucille».

Piel de gallina: aquella condenada familia.

Pasé por la Oficina de Detectives y dejé la nota en la mesa de Junior. Medianoche: Antivicio, vacío.

—¿Klein?

Dan Wilhite al otro extremo del pasillo. Le llamé para que se acercara. Estábamos en mi terreno.

–¿Y bien? –dijo.

–Bueno, lamento mucho el lío con los Kafesjian.

–No me interesan las excusas. Volveré a preguntarlo: ¿Y bien?

–Bueno, la situación es muy tensa y estoy tratando de ser razonable. Yo no pedí este trabajo, ni tampoco lo quiero.

–Ya lo sé, y tu sargento Stemmons ya se ha disculpado por tu conducta. También me ha pedido una lista de los camellos denunciados por J. C. y su gente. Por supuesto, no se la he dado. Y no volváis a pedirla, porque todas las anotaciones relativas a los Kafesjian han sido destruidas. ¿Y bien?

–En fin, así están las cosas. Y la pregunta debería ser: «¿Y bien, qué es lo que quiere Exley?».

Wilhite, brazos en jarras, a un palmo de mí.

–Dime qué piensas tú de ese 459. A mí me parece un aviso de una banda de traficantes. Creo que Narcóticos está más preparado para llevar el asunto y creo que deberías decírselo así al jefe Exley.

–Yo no opino igual. Para mí que el ladrón tiene una fijación por la familia; quizá por Lucille, concretamente. Podría ser un mirón que ha estado actuando por el barrio negro en los últimos tiempos.

–O tal vez sea cosa de un chiflado. Una banda rival que utiliza tácticas de terror.

–Tal vez, pero no lo creo. En realidad no soy un experto en investigaciones, pero...

–Desde luego. Lo que eres es un matón con un título de derecho...

FRÍO/TRANQUILO/QUIETO.

–... y lamento haberte dado vela en este entierro. En fin, he oído que la investigación federal se llevará a cabo finalmente. Me he enterado de que Welles Noonan tiene auditores comprobando las declaraciones de impuestos: la mía y la de algunos de mis hombres. Eso significa que seguramente está al tanto de lo de Narcóticos y los Kafesjian. Todos hemos recibido dinero, todos hemos comprado cosas caras que no podemos justificar, así que...

Sudoroso, echándome su aliento pestilente a tabaco.

—... así que cumple con tu deber para con el Departamento. Tú tienes una lista de veinte nombres a tus espaldas; yo no, y mis hombres tampoco. Tú puedes hacer de abogado y chupar de Mickey Cohen, y nosotros no. Y estás en deuda con nosotros, porque tú dejaste que Sanderline Johnson saltara. Welles Noonan tiene esa fijación con el Southside porque tú has comprometido su campaña. La presión sobre mis hombres es culpa tuya, de modo que a ti te toca arreglar las cosas. Ahora bien, J.C. y Tommy están fuera de sí. Nunca han tratado con agencias policiales hostiles, y si los federales empiezan a presionarles serán incapaces de dominarse. Quiero que se tranquilicen. Acaba con esa mierda de investigación, Dave. Dale a Exley lo que sea necesario, pero quítate del camino de esa familia lo más deprisa que puedas.

A un palmo de su rostro, también con los brazos en jarras:

—Lo intentaré.

—Hazlo. Imagina que es uno de tus trabajos pagados. Supón que yo estoy convencido de que arrojaste a Johnson por esa ventana.

—¿De veras lo crees?

—Eres lo bastante codicioso, pero no tan estúpido.

Lo acompañé hasta la puerta; al andar, las piernas me temblaban. Sobre la mesa del despacho encontré una nota: «Ha llamado P. Bondurant. Dice que llames a H. Hughes al hotel Bel-Air».

8

−... y Pete me ha hablado de su espléndida actuación en el asunto Morton Diskant. ¿Sabía que Diskant es miembro de cuatro organizaciones que han sido clasificadas como tapaderas comunistas por la Fiscalía General del estado de California?

Howard Hughes: alto, delgado. Una suite de hotel, dos lacayos: Bradley Milteer, abogado; Harold John Miciak, guardaespaldas.

Siete de la mañana. Distraído, tramando un plan: encerrar a algún chiflado por el trabajo en casa de los Kafesjian.

−No, señor Hughes, no lo sabía.

−Pues debería. Pete me ha contado que sus métodos fueron bastante rudos, y quiero que sepa que el historial de Diskant justificaba el trato que le dio. Entre otras cosas, proyecto establecerme como productor de cine independiente. Me propongo producir una serie de películas de batallas aéreas contra los comunistas, y uno de los temas principales de esas películas será que el fin justifica los medios.

Milteer:

−El teniente Klein también es abogado. Si acepta lo que va a proponerle, seguro que le hará llegar una interpretación adicional de los términos del contrato.

−No he practicado mucho como abogado, señor Hughes. Y en estos momentos estoy bastante ocupado.

Miciak carraspeó. Manos tatuadas: la marca de alguna banda.

−Eso no es trabajo para un abogado. Pete Bondurant ya tiene lleno el plato, así que...

Hughes, interrumpiéndole:

–La palabra que mejor resume el asunto es «vigilancia», teniente. Explíqueselo en detalle, Bradley.

Milteer, en tono remilgado:

–El señor Hughes contrató en exclusiva a una joven actriz llamada Glenda Bledsoe, la instaló en una de sus casas de invitados y la estaba preparando para que interpretara papeles protagonistas en esas películas sobre las Fuerzas Aéreas. La chica ha infringido el contrato al abandonar la casa y faltar a sesiones de ensayo sin pedir permiso. Actualmente está rodando una película de terror de una productora no agremiada que se rueda en Griffith Park. Se titula *El ataque del vampiro atómico*, así que ya se puede imaginar la calidad de la obra.

Hughes, en tono remilgado:

–El contrato de la señorita Bledsoe le permite hacer una película al año con otro productor que no sea yo, de modo que no puedo romper el contrato por eso. Sin embargo, existe una cláusula de moralidad que podemos utilizar. Si demostramos que la chica es alcohólica, delincuente, drogadicta, comunista, lesbiana o ninfómana, podemos rescindir el contrato y cerrarle las puertas de la industria del cine basándonos en ello. Otra posibilidad sería conseguir pruebas de que la señorita Bledsoe ha participado conscientemente en actos publicitarios de otras productoras rivales de Hughes, aparte de su trabajo para esa ridícula película de monstruos. Teniente, su trabajo consistiría en vigilar a la señorita Bledsoe con el objeto de reunir información sobre violaciones del contrato. Sus honorarios serán de tres mil dólares.

–¿Le ha explicado la situación a la chica, señor Milteer?

–Sí.

–¿Cuál fue su reacción?

–Sus palabras fueron: «¡Que te jodan!». ¿Qué responde usted, teniente?

El «no» en la punta de la lengua. Lo reprimí. Recordé:

Hush-Hush decía que Mickey C. financiaba aquella película.

«Casa de invitados» significaba «picadero». Que Howard Hughes se ocupara de poner orden en su propio gallinero.

Una idea:

Utilizar a algunos muchachos de Detectives para el trabajo de seguimiento. Echar mano de un fondo especial: el dinero de los detenidos por los soplos de Kafesjian.

REGATEA, SUBE LA CIFRA.

—Cinco mil, señor Hughes. Puedo recomendarle a alguien más barato, pero no puedo desatender mis obligaciones normales por menos de esa cantidad.

Hughes asintió; Milteer sacó un fajo de billetes.

—Está bien, teniente. Aquí tiene dos mil por adelantado, y espero informes al menos cada dos días. Puede llamarme aquí, al Bel-Air. Y ahora, ¿hay algo más que necesite saber de la señorita Bledsoe?

—No, ya me las arreglaré con el equipo de la película.

Hughes se puso en pie. Le tendí la mano gustosamente.

—La atraparé, señor.

Un apretón flácido. Hughes se limpió la mano a escondidas.

Dinero nuevo: gastarlo con vista. Pensar con vista:

Atrapar a Glenda Bledsoe cuanto antes. Dejar que Junior llevara parte del asunto Kafesjian, si había terminado de revisar los archivos que le dije. Aclarar la pista del barrio negro y evitar que volvieran a seguirme.

Intuición: Exley no me delataría en lo de Johnson. Lógica: destruyó el informe del forense; yo podría delatarle por lo de Diskant. Intuición: su interés por Kafesjian, ASUNTO PERSONAL. Intuición: me utilizaba como cebo; un poli malo enviado para aumentar la presión.

Conclusiones:

Número uno: Wilhite y Narcóticos, los más peligrosos; para ellos yo era un poli turbio enredando con su fuente de ingresos. Quizá estaba a punto de sonar el blues del gran jurado federal: acusaciones en firme, procesos. Luego, policías corruptos sin trabajo y un cabeza de turco: un abogado-casero con una pensión de policía segura. Y para los asesinos sin trabajo, un objetivo: yo.

Número dos: Encontrar un ladrón/pervertido que confesara; algún chiflado que cargara con el 459. Untar a los detectives de la comisaría para dar con alguno; mantener a Junior en la investigación real. ¿Que no aparece el auténtico ladrón? Míster Pervertido se carga el muerto.

Me acerqué a la comisaría de Hollywood. El encargado del archivo no estaba. Eché un vistazo a «459 Resueltos» y «Falsas Confesiones», 1949-1957. Una hoja de 187 en el tablón: el Diablo de la Botella. Asunto de pervertidos... estupendo. Cogí una copia.

Conclusión número tres:

Todavía bastante asustado.

Griffith Park, carretera oeste arriba: riachuelos, pequeñas montañas. Curvas empinadas, cañadas y matorrales: Peliculandia.

Paré en un aparcamiento improvisado, abarrotado de vehículos. Gritos, pancartas de manifestantes a lo lejos. Me subí a la caja de una camioneta y observé el alboroto.

Piquete del sindicato; Chick Vecchio plantándoles cara; el bate de béisbol preparado en alto. Un claro, tráilers y caravanas, el plato: cámaras, una nave espacial medio Chevrolet.

—¡Esquiroles! ¡Basura de esquiroles!

Suficiente; me dirijo hacia el piquete: «¡Oficial de Policía!». Los manifestantes, acogotados, me dejan pasar sin protestas.

Chick me saludó; sonrisas, palmadas en la espalda.

—¡Escoria! ¡Connivencia policial!

Nos alejamos hacia los tráilers. Silbidos, ninguna piedra... lloricas. Chick:

—¿Buscas a Mickey? Apuesto a que tiene un bonito sobre para ti.

—¿Te lo ha dicho él?

—No, es lo que mi hermano llamaría una «conclusión inevitable para un buen conocedor». ¡Vamos, hombre! Un testigo vuela por la ventana en presencia de Dave Klein. ¿Qué va a suponer cualquier buen conocedor que se precie?

—Creía que estabas a punto de repartir un poco de leña sindical.

—Eh, deberíamos haber llamado al viejo Ejecutor. En serio, ¿se te ocurre alguien? Mickey está de un humor insoportable. ¿Sabes de algunos muchachos que no nos costaran un ojo de la cara?

—A la mierda, déjales que protesten.

—No. Se ponen a gritar mientras rodamos y luego tenemos que volver a grabar el sonido. Y eso cuesta dinero.

Alguien, en alguna parte:

—¡Cámaras! ¡Acción!

—En serio, Dave.

—Está bien, llama a Fats Medina, del gimnasio de Main Street. Dile que he dicho cinco muchachos y una barricada. Dile que cincuenta por cabeza.

—¿De verdad?

—Hazlo esta noche y mañana ya no tendrás problemas con el sindicato. Vamos, quiero echar un vistazo a la película.

Llegamos al plató. Chick se llevó el índice a los labios: estamos rodando.

Dos «actores» gesticulando. La nave espacial en primer plano: aletas de Chevrolet, parrilla de Studebaker, pista de lanzamiento de cartón piedra.

Touch Vecchio:

—Los cohetes rusos han arrojado basura atómica sobre Los Ángeles; un complot para convertir a los angelinos en autómatas receptivos al comunismo. ¡Han creado un virus vampiro! ¡La gente se ha convertido en monstruos que devoran a sus propias familias!

Su coprotagonista, rubio, con relleno en la entrepierna:

—La familia es el concepto sagrado que une a todos los americanos. ¡Tenemos que detener a toda costa esta invasión que nos arrebata el alma!

Chick, susurrando con la mano delante de la boca:

—Los del piquete gritan que mi hermano ha matado a ocho hombres, y Touch se lo toma en serio. Encima, él y ese encanto rubito se ponen a hacer guarradas en las caravanas cada vez que pueden; incluso bajan a ligar a los lavabos de Fern Dell. ¿Ves al tipo del megáfono? Es Sid Frizell, el presunto director. Mickey le con-

88

trató barato y para mí que es un expresidiario que no podría dirigir ni un desfile de mongólicos. Siempre anda hablando con ese tipo, Wylie Bullock, el cámara, que al menos tiene un lugar donde dormir, y no como la mayoría de los vagabundos que ha contratado Mickey. Imagina: contrató al personal en los mercados de esclavos de los barrios bajos. Duermen en el plató, como si esto fuera una especie de jungla de mendigos. ¿Y el diálogo? También Frizell; Mickey le suelta diez pavos extra al día para que se ocupe del guion.

Ni Mickey, ni mujeres. Touch:

—¡Mataría a los máximos jerarcas del Secretariado soviético para proteger la santidad de mi familia!

El rubito:

—Te comprendo, desde luego, pero primero debemos aislar la basura atómica antes de que se filtre a la presa de Hollywood. ¡Mira a esas desgraciadas víctimas del virus vampiro!

Corte a unos extras disfrazados de hombres lobo bailando un loco hip-hop. Hip, hop... Botellas asomando del bolsillo de atrás de los pantalones.

Sid Frizell:

—¡Corten! ¡Os he dicho que dejéis el vino con las mantas y los sacos de dormir! ¡Y recordad la orden del señor Cohen: nada de vino antes de la pausa para el almuerzo!

Uno de los tipos se tambaleó y chocó con la nave espacial. Touch le pellizcó el culo al rubito disimuladamente.

—¡Cinco minutos de descanso y nada de beber!

Ruido de fondo:

—¡Esquiroles! ¡Policías títeres!

Ni rastro de Glenda Bledsoe.

Touch pasó junto a la cámara, lento, untuoso.

—Hola, Dave. ¿Buscas a Mickey?

—Todo el mundo me pregunta lo mismo.

—Bueno, es la conclusión inevitable del buen conocedor.

Chick me guiñó un ojo.

—Ya aparecerá. Habrá ido a comprar pan de hace una semana para los bocadillos. Imagina la cocina que tenemos aquí: pan seco, dónuts rancios y esa carne que venden por la puerta de atrás en ese matadero de Vernon. Dejé de comer en el plató cuando encontré piel con pelos en mi salchicha con queso.

Me reí. Diálogos de guion: el rubio y un viejo vestido de Drácula. Touch suspiró.

—Rock Rockwell va a ser una gran estrella. Fíjate, le está diciendo al mismísimo Elston Majeska cómo debe interpretar el papel. ¿Qué significa eso para el buen conocedor?

—¿Quién es Elston Majeska?

Chick:

—Era una especie de estrella del cine mudo en Europa y ahora Mickey le consigue permisos del asilo. Está enganchado, así que Mickey le paga con caballo cortado que consigue barato. Elston dice sus frases, se chuta y le entra furor por el dulce. Deberías verle tragar esos dónuts secos.

El viejo le quitó el envoltorio a un pastelillo Mars, tambaleándose. El rubito le agarró por la capa.

Touch, con voz embelesada:

—¡Se lo quiere tirar!

—¡Glenda, a plató en cinco minutos! —Frizell.

—Cuando conocí a Mickey, ganaba diez millones al año. De aquello a esto... por Dios.

—Las cosas van y vienen. —Chick.

—La antorcha pasa. —Touch.

—Bobadas. Mickey salió de McNeil Island hace un año y nadie se ha hecho cargo aún de su antiguo negocio. ¿Es que está asustado? Ya han liquidado a tiros a cuatro de sus muchachos, todos casos sin resolver; y con eso quiero decir que «nadie» sabe quién lo ha hecho. Vosotros dos sois los únicos matones que le quedan y no comprendo cómo estáis con él todavía. ¿Qué le queda a Mickey, el negocio de las tragaperras del barrio negro? ¿Cuánto puede sacar con eso?

Chick se encogió de hombros.

—Míralo de esta manera: llevamos mucho tiempo con él y no nos apetece cambiar. Mickey es un tipo luchador, y los tipos luchadores consiguen resultados tarde o temprano.

—Muy buenos resultados... Y Lester Lake me dijo que unos tipos de fuera de la ciudad están trabajando las tragaperras del Southside.

Chick se encogió de hombros. Piropos y silbidos de admiración entre los extras: Glenda Bledsoe vestida de animadora.

Alta, esbelta, rubia miel. Toda piernas, toda pechos; una sonrisa que decía que estaba de vuelta de todo. Las rodillas un poco juntas, ojos grandes, pecas oscuras. Puro algo: quizá estilo, quizá chispa.

Touch me dio más detalles:

—La glamurosa Glenda. Rock y yo somos los únicos del plató inmunes a sus encantos. Trabajaba de camarera en el autorrestaurante Scrivner's cuando Mickey la descubrió. Mickey está embobado con ella; Chick también. Glenda y Rock hacen de hermanos. Ella se ha infectado con el virus vampiro y trata de seducir a su propio hermano. Después se convierte en un monstruo y obliga a Rock a huir a las montañas.

—¡Actores a sus puestos! ¡Cámara! ¡Acción!

Rock:

—Susie, soy tu hermano mayor. El virus vampiro ha atrofiado tu crecimiento moral y todavía te quedan dos años para entrar en el instituto de Hollywood.

Glenda:

—Todd, en tiempos de lucha histórica, las reglas de la burguesía no sirven.

Un abrazo, un beso. Frizell:

—¡Corten! ¡Toma buena! ¡A positivar!

Rock se soltó del abrazo. Silbidos, gritos de júbilo. Uno de los vagabundos abucheó; Glenda le enseñó el dedo. Mickey C. se metió en una caravana, cargado de paquetes.

Di un rodeo por detrás del plató y llamé a la puerta.

—¡El dinero para el vino no se repartirá hasta las seis en punto! ¡Hatajo de borrachos atontados! ¡Esto es un plató para filmar exteriores, no la misión de Cristo Redentor!

Abrí la puerta y atrapé un bollo al vuelo. Seco. Se lo tiré de vuelta.

—¡David Douglas Klein! El «Douglas» es una prueba concluyente de que no eres de mi sangre, jodido holandés pedorro. Rechazas mi comida, pero dudo mucho que rechaces el dinero que Sam Giancana me ha encargado darte. —Mickey metió un sobre con un fajo de billetes bajo mi pistolera—. Sammy dice que gracias. Dice que ha sido un trabajo condenadamente bueno, con tan poco tiempo de aviso.

—Salió bien por muy poco, Mick. Me ha causado muchos problemas.

Mickey se dejó caer en un sillón.

—A Sammy no le importan tus problemas. Tú más que nadie deberías conocer el carácter de ese loco pedorro chupapollas.

—Pues más vale que se preocupe por los tuyos.

—Ya lo hace, aunque sea con sus sucios métodos de comeespaguetis.

Fotos de Glenda casi desnuda en las paredes.

—Digamos que esta vez ha calculado mal.

—Como dice la canción: «¿Debería importarme?».

—Debería importarte. La investigación de Noonan sobre el boxeo también saltó por la ventana, de modo que ahora anda loco por organizar algo en el barrio negro. Si los federales se meten en el Southside, seguro que investigarán tu negocio con las máquinas. Si me llega alguna noticia, te lo diré, pero es posible que no me entere. Sam ha puesto en verdaderas dificultades tu último negocio productivo.

Chick V. junto a la puerta; Mickey, con los ojos clavados en las fotos.

—David, estas dificultades que predices me dejan perplejo. Mi única aspiración es ver legalizado el juego en este distrito; luego pienso retirarme a las Galápagos y dedicarme a contemplar cómo follan las tortugas bajo el sol.

Solté una carcajada.

—La Legislatura Estatal jamás aprobará el juego en el distrito. Y si alguna vez lo hiciera, tú nunca conseguirías una concesión. Bob Gallaudet es el único político de prestigio que lo apoya, y si consigue la Fiscalía cambiará de opinión.

Chick carraspeó; Mickey se encogió de hombros. Un permiso en la puerta: «Parques y Recreación: Autorización para filmar». Forcé la vista. En letra muy pequeña: «Robert Gallaudet».

Otra carcajada.

—Bob te ha dejado filmar aquí a cambio de una contribución a su campaña. Está a punto de alcanzar la Fiscalía, de modo que piensas que un par de miles te darán acceso al asunto del juego. ¡Mick, debes de estar metiéndote más droga que ese viejo Drácula!

Un montón de fotos de la chica. Mickey lanzándole besos.

—La pareja que no tuve en el baile de promoción de 1931. Puedo garantizarle un adorno de flores y muchas horas de diversión.

—¿Y ella te corresponde?

—Mañana tal vez sí, pero hoy me rompe el corazón. Ya habíamos quedado para cenar esta noche, pero entonces ha llamado Herman Gerstein. Su compañía va a distribuir mi película y necesita a Glenda para que acompañe a su rompecorazones Rock Rockwell a un acto publicitario. Esos problemas… Herman está preparando a ese chapero para el estrellato sin contar conmigo, pero tiene pánico a que las revistas de escándalos descubran que le va la marcha por la puerta de atrás. Ya ves, todo un montaje y yo me quedo sin la compañía de mi preciosa pechugona.

«Acto publicitario»: violación de contrato.

—Mickey, vigila tu negocio de las monedas. Recuerda lo que te digo.

—Adiós, David. Llévate un bollo para el camino.

Salí de la caravana; Chick entró. Abrí el sobre: cinco de los grandes.

Un teléfono público; dos llamadas: a Tráfico y a Junior.

Datos: Glenda Louise Bledsoe, 1,72 m, 58 kg, rubia/azules, nacida el 3/8/29, Provo, Utah. Permiso de conducir de California desde 8/46, cinco multas de tráfico. Chevrolet Corvette del 56, rojo/blanco, Cal. DX 413. Dirección: 2489½ N. Mount Airy, Hollywood.

A Junior en Detectives. Sin suerte. El oficinista de Antivicio me dijo que no había pasado por allí. Dejé un mensaje: que me llamara al autorrestaurante Stan's.

Fui hasta allí y ocupé un espacio libre cerca de la cabina telefónica. Café, una hamburguesa. Repaso de las copias de fichas.

Ladrones de casas confesos: datos físicos/modus operandi/antecedentes. Tomé notas. Mierda, el Diablo de la Botella todavía suelto. Nombres, nombres, nombres; candidatos a psicópata inculpado. Más notas, me distraigo: camareras coquetas, más dinero. Una idea irritante: un falso culpable no resolvía el caso; no había modo de encajar a Lucille y al ladrón en un ¿POR QUÉ?

El teléfono. Corrí a descolgarlo.

—¿Junior?

—Sí. El oficinista me ha dicho que te llamara.

Cauteloso. Raro en él.

—Has visto la nota que te dejé, ¿verdad?

—Sí.

—Bueno, ¿has encontrado algún expediente sobre Lucille Kafesjian en el archivo de prostitutas de la comisaría?

—Estoy trabajando en ello. Dave, ahora no puedo hablar. Escucha, te… te llamaré más tarde.

—¡Una mierda, más tarde! Termina enseguida con eso y…

CLIC. Zumbido.

En casa, papeleo. Furioso con Junior: un inútil errático, cada vez peor. Papeleo: engordando el informe Kafesjian para Exley. Después, listas: posibles acosadores de Glenda, posibles pervertidos a inculpar. Llamadas recibidas: Meg (Jack Woods ha cobrado los alquileres atrasados), Pete B. (dile que sí al señor Hughes, le he convencido de que no eres subnormal). Llamadas realizadas: Antivicio, piso de Junior (sin suerte; cuando lo encuentre, le aplasto ese corazón de insubordinado). La lista de acosadores, suerte de perros: nadie libre para empezar esta noche. Por defecto, a mi nuevo trabajo: un acto publicitario significaba infracción de contrato.

De vuelta a Hollywood: calles secundarias, la autovía. No me siguió nadie, cien por cien seguro. Gower arriba, Mount Airy, giro a la izquierda.

2489: apartamentos con patio, estuco color melocotón. Un cobertizo para coches con un Corvette blanco y rojo dentro.

5.10, recién oscurecido. Aparqué cerca: vista del patio/cobertizo.

Matar el rato, el blues de la vigilancia; mear en una taza, deshacerse de ella, una cabezada. Tránsito de peatones/automóviles.

7.04, tres coches en el bordillo. Puertas abiertas, destellos de flashes: Rock Rockwell, esmoquin, una flor. Una carrerita hasta el patio, de vuelta con Glenda: guapa, un suéter ajustado. El resplandor de los flashes iluminó su expresión patentada: Mirad, es una broma y lo sé.

Zoom: los tres coches dieron media vuelta y se encaminaron al sur. Seguimiento en marcha, cuatro coches en comitiva: Gower, Sunset oeste. El Strip, Club Largo: tres coches se vaciaron.

Los aparcacoches perdieron el culo, serviles. Más fotos: Rockwell con cara de aburrido. Aparqué en lugar prohibido y coloqué en el parabrisas: «Vehículo Oficial Policía». El séquito entró en el local.

Accedí con la placa, también la usé para echar a un cliente de un taburete de la barra. Turk Butler en el escenario: el rey del club. En primera fila: Rock, Glenda, plumíferos. Fotógrafos junto a la salida: zoom a tope.

Infracción de contrato.

Cena: agua de seltz, pretzels. Trabajo de vigilancia fácil: Glenda, locuaz; Rock, enfurruñado. Los periodistas le ignoraron: un soso.

Turk Butler abandonó el escenario y salieron las chicas del coro. Glenda fumaba y reía. Bailarinas con grandes tetas. Glenda se subió el suéter para bromear. Rock se dedicó a beber: whisky sours.

Salida del club a las diez en punto; a pie por Sunset hasta el Crescendo. Otro taburete de bar, vigilancia: pura Glenda. Glenda llamando la atención. Pequeños destellos de Meg, y su propio ALGO.

Medianoche, una carrerita hasta los coches. Seguí a la caravana descaradamente de cerca. Regreso a casa de Glenda, farolas en la acera: un fingido beso de buenas noches recogido en fotos.

El periodista se marchó; Glenda le dijo adiós con la mano. Silencio, y unas voces contenidas.

—¡Mierda, ahora no tengo coche! —Rock.

—Coge el mío, y tráete a Touch cuando vuelvas. —Glenda—. ¿Pongamos dos horas?

Rock cogió las llaves y echó a correr, encantado. El Corvette salió quemando llanta; Glenda frunció el entrecejo. «Tráete a Touch cuando vuelvas» me sonó raro. Seguí al coche.

Gower sur, Franklin este. Poco tránsito y nadie siguiéndome a mí. Al norte por Western, parecía que se dirigía al plató; el permiso de Mickey mantuvo abierta la carretera del parque.

Los Feliz, giro a la izquierda, Fern Dell: arroyos y arboledas antes de las colinas de Griffith Park. Luces de frenos. Mierda: Fern Dell. En Antivicio lo llamaban el Paraíso de los Chupapollas.

Rockwell aparcó. Hora punta. Luciérnagas rojas de cigarrillos en la oscuridad. Me detuve a la derecha y paré el motor. Mis faros enfocaban a Rock y un chapero joven, muy mono.

Apagué las luces, bajé un poco el cristal. Cerca, capté la proposición:

—Hola.

—Hola.

—Esto... el otoño es la mejor estación en Los Ángeles, ¿no crees?

—Sí, claro. Oye, acaban de dejarme un coche estupendo. Podríamos tomar la última en el Orchid Room y luego ir a alguna parte. Tengo un poco de tiempo antes de recoger a mi chico... quiero decir, a alguien.

—No te andas con rodeos...

—Te aseguro que no. Anda, di que sí.

—No, encanto. Eres grande y brusco, y eso me gusta, pero el último tipo grande y brusco al que dije que sí resultó ser un policía.

—¡Oh, vamos!

–No, *niet, nien*, no. Además, he oído que los de Antivicio también han estado rondando por Fern Dell.

Falso: Antivicio no se ocupaba nunca de homosexuales. Posible explicación: un exceso de celo de Junior, cowboy de la brigada.

–Gracias por el aviso.

Una cerilla. Rock encendió un cigarrillo y siguió la ronda. Fácil de rastrear: el resplandor de la colilla pasando de marica en marica.

Pasó el tiempo, con una banda sonora penosa: jadeos de sexo entre los árboles. Una hora, una hora y diez; Rock reapareció subiéndose la bragueta.

Zum... el Corvette salió lanzado. Le seguí sin prisas. No había tráfico. Directo al plató, imaginé. Una barrera en la carretera, salida de la nada: unos hombres con bates de béisbol le dejaron pasar sin detenerle.

Faros acercándose. Me detuve a distancia y observé. Chirriar de frenos, un camión grande con plataforma abierta: otra vez los payasos del piquete. Se encendió un foco: una brillante ceguera blanca sobre el objetivo.

Los matones asaltaron el camión blandiendo bates claveteados. El parabrisas estalló; un hombre salió tambaleándose y eructando cristal. El conductor echó a correr; un clavo certero le arrancó la nariz.

La compuerta trasera saltó y los matones subieron en tropel: trabajando los costillares. Fats Medina sacó a un tipo arrastrándolo por el pelo; le arrancó el cuero cabelludo.

Ningún grito. Malo. ¿Por qué ningún ruido?

De vuelta a Fern Dell, y a casa de Glenda. Ningún grito... muy raro. Entonces el pulso dejó de retumbarme en los oídos y pude volver a oír.

Aguardé a que los muchachos salieran del coche: Rock, Touch el amanerado, el asesino con ocho muescas. Sospechoso: dos de la madrugada, una sirena de películas de serie B como anfitriona.

Un patio con la luz encendida: el de ella. Encendí la radio y fui cambiando de dial para matar el aburrimiento. Avisos de la centralita, voces: la frecuencia de la policía.

Comentarios sobre el asunto de las pieles de Hurwitz: hombres de Atracos. Reconocí las voces: Dick Carlisle y Mick Breuning, lugartenientes de Dudley Smith. Ni rastro de las pieles; Dud quería que se presionara a los peristas. Crepitación: interferencia entre comisarías. Breuning: Dud había sacado a Johnny Duhamel de la Brigada contra el Hampa. Un exboxeador zumbado y peligroso. Más estática; moví el dial: atraco a una licorería en La Brea.

El Corvette entró en el cobertizo; los chicos caminaron hasta la casa haciéndose arrumacos.

Un timbrazo: la puerta se abre y se cierra.

Estudio de los accesos.

El patio delantero: demasiado arriesgado. El tejado, no: imposible subir. Detrás del apartamento: quizá una ventana por la que espiar.

Me arriesgo. Merece la pena, por una conversación jugosa.

Rodeé el bloque, conté las puertas traseras: una, dos, tres... la de Glenda, cerrada con llave. Una ventana, cortinas entreabiertas. Ojos pegados al cristal:

Un dormitorio a oscuras; la puerta, entreabierta. Presiono el cristal y se desliza en la guía. Se abre sin un chirrido, sin una vibración. Me encaramo al alféizar: arriba... y adentro.

Olores: algodón, perfume rancio. La oscuridad se vuelve gris. Una cama y unos estantes con libros. Voces. Me pego a la puerta y escucho:

—Bien, hay un precedente. —Glenda.

—No muy afortunado, encanto. —Touch.

Rockwell:

—Mary «el Cuerpo» McDonald. Una carrera salida de la nada, luego ese secuestro salido de la nada. Los periódicos enseguida se olieron un truco publicitario. Yo pienso que...

—No era realista, por eso salió mal. —Glenda—. Ni siquiera se le alborotó el peinado. Recordad, Mickey Cohen financia nuestra película y está colado por mí, de modo que la prensa pensará enseguida en una intriga entre bandas. Hasta hace poco me llevaba Howard Hughes, así que ya tenemos un personaje secundario…

—«Me llevaba»… ¡Vaya eufemismo! —Touch.

—¿Qué es un eufemismo? —Rock.

—Tienes suerte de ser tan guapo, porque con ese cerebro no llegarías muy lejos.

—Parad ya y escuchad. —Glenda—. Me pregunto qué pensará la policía. No es un secuestro por un rescate, porque, francamente, nadie pagaría un dólar para sacarnos de problemas a Rock y a mí. Lo que pienso…

Touch:

—La policía imaginará que alguien se quiere vengar de Mickey o algo parecido, y Mickey no tendrá la menor idea. A la policía le encanta incordiar a Mickey. Incordiarle es una de las actividades favoritas del Departamento de Policía de Los Ángeles. Y vosotros dos seréis buenos. Georgie Ainge os va a sacudir solo un pelín más de la cuenta, para darle realismo. La policía tragará, no os preocupéis. Los dos seréis víctimas de un secuestro y los dos tendréis un montón de publicidad.

—Actuar siguiendo el método. —Rock.

—Esto comprometerá a ese cerdo de Howard. —Glenda—. No se le ocurriría rescindir el contrato de la hermosa víctima de un secuestro.

—Dime la verdad, encanto. ¿El tipo estaba tan colgado?

—Más loco que una cabra, Touch.

Todos se echaron a reír. El auténtico chiste: que los falsos secuestros siempre fracasaban.

Una rendija en la puerta. Me acerqué y apliqué el ojo. Glenda, en bata, con el cabello mojado:

—Hablaba de aviones para excitarse. Llamaba a mis pechos «mis hélices».

Más risas. Glenda salió de mi campo de visión. Crepitar de aguja, Sinatra. Esperé toda la canción para poder echarle otro vistazo.

No hubo suerte; solo «Ebb Tide» cantada muy lento. Crucé el dormitorio y salté por la ventana con una idea demencial en la cabeza: No delatarla.

9

Monstruos:

Charles Issler, confeso: asesino sádico con ansias de publicidad. «¡Pegadme! ¡Pegadme!»: con fama de morder a los tipos de Homicidios que no querían hacerle el favor.

Michael Joseph Krugman, confeso: el Jesucristo 187. Motivo: venganza. Cristo se había follado a su mujer.

Torbellino:

Muchas confesiones; encontrar a un pringado en la lista de identificaciones del Departamento. Y mientras, abriéndose pasó dentro de mí, una INTUICIÓN...

Donald Fitzhugh: autor confeso del asesinato de maricas. Thomas Mark Janeway: abusos a niños exclusivamente. Esa COSA INSTINTIVA cada vez más intensa, casi una provocación. El Diablo de la Botella: estrangulador/mutilador/asesino de indigentes. Ningún candidato firme...

Me desperté. ESA INTUICIÓN, enorme:

Los Kafesjian sabían quién había entrado en su casa; si encerraba al primer desgraciado que tuviera a mano, la familia jodería el asunto.

Expedientes manoseados/informes manoseados/esa ficha a la que acababa de echarle el ojo:

George Sidney Ainge, alias «Georgie». Varón blanco, nacido el 28/11/22. Condenas por proxeneta en el 48 y el 53: catorce meses en la cárcel del condado. Denuncias por venta de armas en el 56, 57 y 58: sin condenas. Última dirección conocida: S. Dunsmuir, 1219, L. A. Vehículo: Eldorado Caddy del 51, QUR 288.

Touch a Glenda: «George Ainge os va a sacudir solo un pelín más de la cuenta».

Me afeité, me duché, me vestí. Glenda sonrió, diciéndome que frenara las cosas de momento.

Oficina de Detectives, una nota interna de Exley: «Kafesjian/459: informe exhaustivo». Ocho de la mañana; aún no había entrado el turno de día: ninguna información sobre Georgie Ainge.

Café, pasado. Llamó un tipo de la Fiscalía por el asunto de esa incursión chapucera en la casa de apuestas: me cagué en él, de abogado a abogado. Llegó Junior; sus pasos en la escalera de al lado, furtivo. Lancé un silbido, largo y agudo.

Entró en el despacho. Cerré la puerta y bajé la voz:

—No vuelvas a colgarme el teléfono ni ninguna chorrada parecida. A la próxima, firmo una petición de traslado que te arruina la carrera en Detectives tan deprisa...

—Dave...

—Dave, mierda. Stemmons, estás pasándote de la jodida raya. Obedece mis órdenes y haz lo que te diga. Y ahora, ¿has comprobado si hay informes sobre Lucille Kafesjian en el archivo de la comisaría?

—No... no hay nada. Lo... lo repasé todo a fondo.

Nervioso, reticente. Cambié de tema:

—¿Has estado acosando a los maricas de Fern Dell?

—¿Qué?

—Un chapero dijo que nuestra gente estaba actuando en el parque y los dos sabemos que es mentira. Te lo repito, ¿has estado...?

Junior, con las manos levantadas, aplacándome:

—Está bien, está bien, culpable. Le debía un favor a un antiguo alumno mío de la Academia. Trabaja en Antivicio de Hollywood y no sabe por dónde tirar: el jefe le ha asignado al caso de los mendigos rajados. Yo solo hice unos cuantos arrestos y dejé que él se los apuntara. Escucha, siento mucho si me salté algunas normas.

—¡Apréndete las malditas normas!

—Claro, Dave. Lo siento.

Temblando, sudoroso. Le ofrecí un pañuelo.

—¿Has oído hablar de un chulo llamado Georgie Ainge? También se dedica a vender armas.

Sacudiendo la cabeza, ansioso por agradar.

—He oído que es un sádico. Un tipo de la brigada me dijo que le gustan los trabajos en los que tiene que hacer daño a alguna mujer.

—Sécate esa jodida cara; estás manchándome el suelo con el sudor.

Junior desenfundó: la pistola apuntándome. A mí. Rápido, le crucé la cara. Mi anillo de la facultad de derecho le hizo sangre. Nudillos blancos en torno al arma. Razonó: dejó de encañonarme.

—Conserva esa mala leche, tipo duro. Tenemos un trabajo en la calle y quiero que estés cabreado.

Coches separados. Que Junior se comiera el coco con la mitad de la película: chico bueno/chico malo, ninguna detención. Que siguiera cabreado: yo tenía entre manos otro trabajillo privado y un falso secuestro podría echarlo por tierra. Junior: «Claro, Dave, claro», impaciente.

Llegué el primero. Un falso *château*: cuatro pisos, quizá diez apartamentos cada uno. Un Eldorado del 51 junto al bordillo. Encajaba con la ficha de Ainge.

Revisé los buzones: G. Ainge, 104. El Ford de Junior se detuvo ante la casa: dos ruedas encima de la acera. Avancé por el pasillo.

Junior me alcanzó. Le hice un guiño; él me lanzó otro, medio crispado. Llamé al timbre.

La puerta se abrió unos centímetros. Un tirón de la oreja: una señal para el chico malo. Junior:

—¡Policía, abran!

Error. Le hice una seña: patada a la puerta.

La puerta se abrió de par en par. Allí estaba: un gordo hijo de puta con las manos en alto. Marcas antiguas en los brazos. Ahora vendría el discursito: «Estoy limpio».

—¡Estoy limpio, agentes! Tengo un buen trabajo y tengo los resultados de un test de nalorfina que demuestran que ya no me chuto. Todavía estoy en libertad condicional y mi supervisor sabe que he cambiado el caballo por la botella.

Sonreí.

—Estamos seguros de que está usted limpio, señor Ainge. ¿Podemos pasar?

Ainge se hizo a un lado; Junior cerró la puerta. El cuchitril: una cama empotrada, botellas de vino tiradas por todas partes, un televisor, revistas: *Hush-Hush*, varias de chicas.

Junior:

—Besa la pared, escoria.

Ainge se abrió de brazos y piernas. Eché un vistazo a la portada de *Hush-Hush*: Marie «el Cuerpo» McDonald, reina del falso secuestro.

Georgie comió papel pintado; Junior le cacheó concienzudamente. Página dos: algún amiguito de Marie se la había llevado a Palm Springs y la había encerrado en una vieja cabaña minera. Una petición de rescate; su agente había llamado al FBI. Sátira: organice su propio secuestro para conseguir publicidad en cinco fáciles pasos.

Junior hizo doblarse a Ainge de un golpe en los riñones: no estaba mal.

Georgie se quedó sin aire. Hojeé las otras revistas: sadomaso, mujeres amordazadas y atadas.

Junior derribó a Ainge de una patada. Una rubia tenía cierto parecido con Glenda. Leí en alto:

—«Lección número uno: llama a Hedda Hopper por anticipado. Lección número dos: no contrates secuestradores de la lista de la Central. Lección número tres: no pagues a tu publicista con dinero marcado del rescate». ¿De quién fue la idea, Georgie? ¿Tuya o de Touch Vecchio?

Ninguna respuesta.

Levanté dos dedos: EMPLÉATE A FONDO. Junior soltó un par de golpes a los riñones; Georgie Ainge vomitó bilis.

Hinqué la rodilla junto a él.

—Háblanos de eso. Ya no va a ocurrir, pero cuéntanos de todos modos. Habla y no le decimos nada a tu agente de la condicional. Haznos enfadar y te encerramos por posesión de heroína.

Gorgoteos:

—¡Que os jodan!

Dos dedos/A FONDO.

Golpes a la nuca. Fuertes. Ainge se enroscó en posición fetal. Un golpe dio contra el suelo. Junior soltó un alarido y echó mano a la pistola.

Se la arrebaté, vacié la recámara, saqué el cargador.

Junior: «¡Dave, joder!». Adiós, tipo duro.

Ainge soltó un gemido. Junior lo pateó. Crujido de costillas.

—¡VALE! ¡VALE!

Le senté en una silla; Junior recuperó el arma. Una botella de Silver Satin sobre la cama; se la arrojé a Georgie.

Echó un trago, tosió, eructó sangre. Junior buscó el cargador. A cuatro patas.

—¿De quién fue la idea?

Ainge, con una mueca de dolor:

—¿Cómo lo han sabido?

—Eso no importa. He preguntado de quién fue la idea.

—De Touch. Touch V. El trato era arruinar la carrera de ese guapito y llevarnos a la rubia para echarle un poco de picante. Touch dijo trescientos y nada de pasarse. Mire, yo acepté el trabajo por catarlo un poco.

Junior:

—¿Catarlo? ¿Caballo? Pensaba que estabas limpio, escoria.

—«Escoria» pasó de moda con el vodevil. ¿De dónde ha sacado la placa, de una caja de cereales?

Contuve a Junior.

—¿Catar qué, entonces?

Risitas.

—Ya no vendo armas, ni busco mujeres para prostituirlas. He cambiado el polvo por el agua de fuego, así que mis gustos no le importan a…

—¿Catar qué?

—¡Mierda, solo quería tirarme a esa Glenda!

Me quedé paralizado. Ainge continuó hablando: aliento pestilente a vino.

—Solo quería darle un tiento a algo que era propiedad de Howard Hughes. Durante la guerra me despidieron de Hughes Aircraft, así que podría decirse que esa golfa de Glenda es una especie de indemnización. Sí, señor, esa sí que es una buena…

Derribé su silla y le arrojé el televisor a la cabeza. Lo esquivó: las válvulas reventaron, estallaron. Cogí la pistola de Junior, apunté, disparé. Chasquidos. Ni una maldita bala, maldita sea.

Ainge se arrastró bajo la cama. En tono suave, mesurado:

—¿Oiga, acaso cree que esa Glenda es My Fair Lady? Mire, yo la conozco, era la puta de ese chulo, Dwight Gilette. Puedo entregársela por un polvo con cámara de gas garantizada.

—Gilette…

Un recuerdo vago: un 187 sin resolver. Vacié de munición mi pistola: válvula de seguridad.

Ainge, suave:

—Verá, yo por entonces vendía armas. Glenda lo sabía. Gilette le zurraba, así que me compró una 32 para protegerse. No sé, sucedió algo y Glenda le pegó un tiro a Gilette. Le disparó y terminó usando la navaja del propio tipo. Sí, lo rajó también, y luego me vendió otra vez la pistola. La tengo guardada, ¿sabe? Pensé que algún día, por alguna razón… Quizá tiene huellas suyas. Me proponía amenazarla con eso en este asunto del secuestro. Touch no sabe nada del tema, pero con esto usted podría montar un jodido caso para la cámara de gas.

Años 55 y 56: Dwight Gilette, proxeneta mulato, muerto en su casa. Llevaron el caso los sabuesos de Highland Park: disparos mortales, arma no encontrada, el fiambre apuñalado post mortem. Gilette, hombre de navaja, apodado «Hoja Azul». Informe forense: descubiertos dos grupos sanguíneos, cabellos de mujer y esquirlas de hueso. Hipótesis: pelea a cuchilladas con una puta, la tía fríe/raja a un experto navajero.

Un hormigueo en el espinazo.

Ainge continuó hablando. Un galimatías. No le presté atención. Junior tomó notas en la libreta a toda prisa.

Rápido, encontrar el arma. Sin pensar por qué.

Una habitación sencilla: armario, vestidor, cajonera. Ainge parloteando sin cesar, Junior ordenándole salir de debajo de la cama. Rebusqué a fondo; resultado, cero: más revistas, formularios de libertad condicional, condones. Destellos caóticos: Junior, el instructor, recogiendo pruebas.

Ningún arma.

—Dave.

Ainge asomó con aire amistoso; una nueva botella medio vacía. Junior:

—Dave, tenemos un homicidio.

—No. Es demasiado antiguo y solo está la palabra de este fantoche.

—Dave, vamos...

—No. Ainge, ¿dónde está la pistola?

Ninguna respuesta.

—Dime dónde está la pistola, maldita sea.

Ninguna respuesta.

—Ainge, entrégame la jodida pistola.

Junior, un rápido gesto con las manos: DÉJAMELO A MÍ.

Trabajo de mierda... Cogí su libreta de notas. La hojeé. La confesión de Georgie: detalles, fechas aproximadas. Ninguna indicación sobre el paradero del arma. Posibilidades de que quedara alguna huella latente en ella, una a treinta.

Junior, conteniendo la cólera:

—Dave, devuélveme esa libreta.

Lo hice.

—Espera fuera.

La mirada de rayos X; no estaba mal para un blandengue.

—Stemmons, espera fuera.

Junior salió por fin; un chico duro muuuy lento. Cerré la puerta y me concentré en Ainge.

—Entrégame el arma.

—Ni lo sueñe. Antes estaba asustado, pero ahora veo las cosas de otra manera. ¿Quiere mi interpretación?

Puño americano en los nudillos, preparado.

—Mi interpretación es que el chico piensa que una acusación por asesinato contra esa Glenda es una buena idea, pero usted, por alguna razón, no lo ve igual. También sé que si le entrego esa pistola, sería una descarada violación de la condicional por posesión ilegal de armas. ¿Usted sabe qué es un «as en la manga»? ¿Sabe...?

Descargué sobre él: puñetazos arriba y abajo; carne ensangrentada/huesos de la cara rotos/hora del temor de Dios:

—Nada de secuestros. Ni una palabra a Touch o a Rockwell. Ni un comentario más sobre Glenda Bledsoe. No te acerques a ella. Y no le soples el paradero de la pistola a mi compañero ni a nadie más.

Toses/gemidos/escupitajos, intentando asentir. Flemas sanguinolentas en mis manos; ondas de choque subiéndome por el brazo de atizar.

Salí abriéndome paso a puntapiés entre los restos del televisor.

Junior en la acera, fumando. Sin preámbulos:

—Cojamos a la Bledsoe por lo de Gilette. Bob Gallaudet garantizará la inmunidad a Ainge por lo de la pistola. Dave, la chica es la exnovia de Howard Hughes. Este es un caso de primera.

Punzadas de jaqueca.

—Es un caso de mierda. Ainge me ha dicho que la historia de la pistola era mentira. Lo que tenemos es un homicidio de hace tres años con un presunto testigo condenado por proxeneta. Es un caso de mierda.

—No. Ainge te ha engañado. Estoy seguro de que esa pistola existe.

—Gallaudet no tragaría, créeme. Soy abogado; tú, no.

—Escúchame un momento, Dave.

—No, olvídalo. Ahí dentro has estado muy bien, pero ya se ha acabado. Hemos venido para frustrar la preparación de un delito y...

—Y para proteger ese trabajito tuyo.

—Exacto. De lo que saque, te daré una comisión.

—Lo cual es un ingreso no declarado. Lo cual es violar las reglas del Departamento.

Echando chispas:

—¡No hay caso! Estamos en el asunto Kafesjian, que es un caso importante porque Exley está como loco por resolverlo. Si quieres ver pasta, apóyame en esto. Quizá le echemos tierra encima, quizá no. Tenemos que andarnos con ojo en este asunto para proteger al Departamento, y no quiero que te vayas de la lengua antes de tiempo por el fiambre de un chulo que ya es pan rancio.

—Un homicidio es un homicidio. ¿Y sabes qué pienso?

Presuntuoso hijo de puta.

—¿Qué?

—Que quieres proteger a esa Glenda.

Furioso, ciego de rabia:

—Y yo pienso que, para ser un policía que empieza, te conformas con muy poco. Si quieres robar, roba a lo grande. Si yo me saltara las reglas alguna vez, no empezaría por abajo.

CIEGO DE RABIA. Puños americanos fuera.

Ciego de miedo: Junior se metió en su coche a toda prisa. Abrió la ventanilla, sacó la cabeza:

—¡Me las pagarás por tratarme como a un idiota! ¡Me las pagarás! ¡Y pienso cobrarme muy pronto, maldita sea!

CIEGO FURIOSO RABIOSO.

Junior se saltó un semáforo en rojo, con el coche coleando.

Me acerqué por el plató solo para verla; imaginé que una mirada suya me diría sí o no.

Sus grandes ojos azules me traspasaron: no saqué ninguna conclusión. Ella actuó, se rio, habló: su voz no delató nada. Me quedé junto a los tráilers y la encuadré en planos largos: la señorita vampira/posible asesina de chulos. Un cambio de vestuario, de ropa recatada a vestido escotado...

Cicatrices en los omoplatos. Identificación: marcas de navajazos, una herida punzante/lesión ósea. Descripción a la *Hush-Hush*: ¡PROSTITUTA/ACTRIZ ASESINA A CHULO MESTIZO! ¡MAGNATE DE LA AVIACIÓN ENAMORADO! ¡POLICÍA CORRUPTO PASA DE LA OPULENCIA AL ARROYO!

La vi actuar, la vi realizar con ironía aquel estúpido trabajo. Se hizo de noche, seguí observando: nadie molestó al tipo que acechaba junto a la entrada de artistas.

La lluvia puso fin a todo; de no ser así, me habría quedado toda la noche observando.

Una parada en un teléfono público, sin suerte: ni Exley en el despacho, ni Junior a quien persuadir o amenazar. Wilhite, extendiendo todos mis tentáculos: ni en Narcóticos, ni en casa. Bajé al Hody's de Vine Street: papeleo, cena.

Escribí dos informes para Exley: uno completo, otro omitiendo lo de Lucille puta. Un seguro por si al final me decantaba por Wilhite. El proyecto del falso culpable, descartado: Exley no picaría y los Kafesjian eran un gran obstáculo. Me costó concentrarme; Junior rondaba todo el rato, provocándome con lo de Glenda asesina.

Glenda, exputa; Lucille, puta.

Fuera, la lluvia hacía borrosa a la gente. Era difícil ver las caras, fácil imaginarlas. Fácil convertir a las mujeres en Glenda. Una morena se acercó al cristal: Lucille K., por una fracción de segundo. Me incorporé de un brinco, chocando contra la mesa; ella saludó a una camarera: una chica cualquiera.

Barrio negro; ningún otro sitio adonde ir.

Metódico:

Sin ubicaciones exactas de los mirones –dos divisiones habían rellenado los informes de cualquier manera–, sin direcciones precisas de moteles de putas/clubes de jazz por donde empezar a buscar. Al sur por Western, conduciendo con una mano, la otra libre para anotar nombres de moteles. Metódico: nadie siguiéndome. Cuarenta y un tugurios de sábanas calientes entre Adams y Florence.

Clubes de jazz, más confinados: Central Avenue, hacia el sur. Diecinueve clubes; contando bares, la cifra se elevaba a sesenta y pico. Pasaba poca gente a pie, por la lluvia; los rótulos de neón latían, hipnóticos. Destellos de medio segundo en el parabrisas.

Tamborileo de lluvia. Me decidí por una ronda de café y dónuts.

Un puesto de Cooper's en Central, paraíso de putas. Invité a café a las chicas y enseñé la foto de Lucille. Grandes noes, un sí: una chica de Western y Adams con acento del este. Su historia: Lucille trabajaba de forma «ocasional»; pantalones ajustados; ni nombre de batalla, ni trato con otras chicas.

Pantalones ajustados, desgarrados/manchados de semen: mi ladrón.

Medianoche; la mitad de los clubes cerrados. Neones apagados. Encontré a los encargados cerrando las puertas. Preguntas sobre mirones/merodeadores. Respuestas inmediatas: «¿Cómo?». La foto de Lucille: caras inexpresivas.

La una de la madrugada, las dos: rutina policial. Chicas haciendo la calle en paradas de autobús y de taxi: hablé de Lucille con el pensamiento puesto en Glenda. Más noes, más lluvia; me refugié en una cafetería.

Un mostrador, reservados. Lleno, todos habituales. Cuchicheos, codazos: negros olfateando a la Ley. Dos chicas con pinta de furcias en un reservado; sus manos bajo la mesa, rápidas y furtivas.

Me senté con ellas. Una se levantó de un brinco; la retuve agarrándola por la muñeca. Sentada junto a mí, una negra de piel clara feúcha. Rezumaban nervios de adicto; lo percibía.

–Vaciad el bolso sobre la mesa.

Lento y frío: dos bolsos de piel de serpiente falsa vueltos del revés. Indicio de delito: Benzedrina envuelta en papel de aluminio.

Cambio de tono:

—Muy bien, estáis limpias.

—¡Mieeerda! —La de piel más oscura.

—Oiga, ¿qué...? —La de piel clara.

Les mostré la foto de Lucille.

—¿La habéis visto?

La basura del bolso reapareció; Piel Clara acompañó el café con unas Benzedrinas.

—He dicho si la habéis visto.

Piel Clara:

—No, pero ese otro policía ha...

Su compañera la hizo callar; noté el codazo.

—¿Qué «otro policía»? Y no me mientas.

—Otro agente ha estado preguntando por esa chica. Él no tenía fotos, pero traía un... un retrato robot, lo llamó. Era la misma chica; un dibujo muy bueno, se lo aseguro.

—¿Era un hombre joven? ¿Cabello rubio, veintitantos?

—Exacto. Un tipo con un gran tupé que anda tocándose todo el rato.

Junior. Quizá trabajando con un esbozo policial sacado de la Oficina.

—¿Qué clase de preguntas te hizo?

—Quería saber si esa gatita blanca rondaba por aquí. Le dije que no lo sabía. Entonces me preguntó si trabajaba los bares de la zona y le dije que sí. Me preguntó por un mirón y le dije que no conocía a ningún mirón.

Probé con su compañera:

—A ti te preguntó lo mismo, ¿verdad?

—Ajá. Y yo le contesté lo mismo, que es la pura verdad.

—Sí, pero le acabas de dar un codazo a tu amiga, lo cual significa que tú le contaste algo más a ella sobre ese policía. Porque eres tú la que está actuando aquí de forma sospechosa. Vamos, habla antes de que encuentre algo más en ese bolso tuyo.

111

Murmullos de odio contra la policía en todo el local.

–Habla, maldita sea.

Piel Clara:

–Lynette me contó que vio a ese policía sacudiendo a un tipo en el aparcamiento del Bido Lito's. Un negro, y Lynette dice que vio al agente del tupé sacarle dinero. También dice que vio al mismo policía en el Bido hablando con ese poli rubio y guapito que trabaja para el malvado señor Dudley Smith, al que le encanta enviar a sus matones a hacer redadas contra los negros. ¿No es esta toooda la verdad, Lynette?

–Exacto, encanto. Toooda la verdad. ¡Y que me muera si miento!

La verdad:

Junior: ¿artista de la extorsión? («Si quieres robar, roba a lo grande.») El poli rubio y guapito: ??????

–¿Quién era el tipo de la paliza en el Bido Lito's?

Lynette:

–No lo sé; no lo había visto antes ni he vuelto a verle después.

–¿Qué significa eso de «sacarle dinero»?

–Significa que apuntaba con el arma al pobre hombre reclamándole dinero, y al mismo tiempo le insultaba.

–¿Sabes cómo se llama ese poli rubio?

–No puedo darle ningún nombre, pero le he visto con el señor Smith, y es tan mono que a él se lo haría gratis.

Lynette se echó a reír. Piel Clara estalló en carcajadas. Todo el local se rio... de mí.

Bido Lito's, Sesenta y ocho y Central: cerrado. Tomo nota: una pista sobre el loco Junior.

Vigilé el aparcamiento: nada sospechoso; música saliendo de una puerta en la acera de enfrente. Entorné la vista y leí el nombre en la marquesina: «Club Alabam: Art Pepper Quartet, todas las noches». Art Pepper, *Una vida convencional*: uno de los discos rotos de Tommy K.

Música extraña, pulsante, discordante. La distancia distorsionaba el sonido; el ritmo se acompasó con las voces de la gente que charlaba en la acera. Difícil reconocer los rostros, fácil imaginarlos: todas las mujeres me parecieron Glenda. Un crescendo, aplausos; encendí los faros para ver mejor. Demasiada luz. Unos tipos pasándose un porro; desaparecieron sin darme tiempo a parpadear.

Bajé del coche y entré. Oscuro: ni portero ni taquilla a la entrada. En el escenario, cuatro tipos blancos, iluminación de fondo. Saxo, bajo, piano, batería; cuatro compases: ni música, ni ruido. Tropecé con una mesa, tropecé con una jarra olvidada.

Mis ojos se acostumbraron: bourbon y un vaso justo delante. Cogí una silla, observé, escuché.

Solo de saxo: bocinazos/sobreagudos/quejidos. Me serví un trago. Lo tomé de un golpe.

Calor. Pensé en Meg: tener padres alcohólicos nos había vacunado contra el licor. La llama de una cerilla: Tommy Kafesjian en primera fila. Tres tragos seguidos, mi respiración se acompasó con la música. Crescendos; sin interrupción, una balada.

Pura belleza: saxo, piano, bajo. Cuchicheos: «Champ Dineen», «Eso es del Champ». Un disco roto de Tommy: *Sooo Slow Moods*.

Un trago más, notas de bajo, latidos irregulares. Glenda, Meg, Lucille: algún reflejo de la bebida iluminaba sus rostros.

La luz de la puerta: Tommy K., saliendo.

Resumen de la batida por los tugurios, puro instinto de policía:

Mirón/merodeador/ladrón: un mismo hombre. Loco del jazz/voyeur: el ruido alimentaba la alerta.

Ruido/música: adelante, sigue por ahí…

Barrio de sábanas calientes, moteles uno junto a otro a lo largo de un extensa manzana. Tugurios de estuco, colores brillantes, un callejón en la parte de atrás.

Escalera de acceso al tejado: aparqué, subí, miré.

Vértigo. Todavía bajo los efectos del ruido/música y del licor. Suelo resbaladizo, cuidado; un puesto de observación. Por puros

113

huevos escogí un rótulo junto a la fachada. Un golpe de brisa, una vista: ventanas.

Unas cuantas luces encendidas: habitaciones para citas, paredes desnudas, nada más. El bourbon se evaporó en escalofríos. La música golpeó con más fuerza.

Luces que se encienden y se apagan. Paredes desnudas; imposible ver caras, fácil imaginarlas:

Glenda matando al macarra.

Glenda desnuda... el cuerpo de Meg.

Escalofríos. Volví al coche, puse el aire caliente, conduje...

En casa de Meg; ninguna luz encendida. Amanecía. Hollywood: la casa de Glenda a oscuras. De vuelta a mi piso: una carta de Sam G. en el buzón.

Entradas para la temporada universitaria. Una P.D.: «Gracias por demostrar que las ratas del arroyo pueden volar».

Ruido/música: golpeé el buzón con ambos puños.

Times de Los Ángeles, 4/11/58:

DECEPCIÓN EN LA CARRERA POR LA CONCEJALÍA; EL VOTO DECISORIO PARA EL ASUNTO CHAVEZ RAVINE, CONSEGUIDO POR ABANDONO

Se esperaba una lucha hasta el último minuto en la carrera por la concejalía del Distrito Quinto; la votación de hoy tenía que haber sido muy reñida. Pero mientras los candidatos estatales, municipales y judiciales aguardaban con nerviosismo noticias de las urnas, el inminente concejal, el republicano Thomas Bethune, descansaba con su familia en su casa de Hancock Park.

Hasta la semana pasada, Bethune se veía gravemente amenazado por el liberal Morton Diskant, su oponente demócrata. Armado con sus credenciales de abogado por las libertades civiles, Diskant presentaba a Bethune como un peón de los capitostes políticos de Los Ángeles, cuyo principal interés era el asunto de Chavez Ravine. La concejalía del Distrito Quinto, que tiene un 25 por ciento de población negra, se había convertido en una auténtica prueba de fuego: ¿cómo responderían los votantes cuando toda la campaña giraba en torno a si reubicar o no a unos latinoamericanos pobres con vistas a hacer sitio a un estadio de béisbol para los Dodgers de Los Ángeles?

Diskant hacía mucho hincapié en este tema, junto con otros que llamó «cuestiones colaterales»: el supuesto uso excesivo de la fuerza por parte del Departamento de Policía de Los Ángeles, y la «borrachera de peticiones de cámara de gas» por parte de la Fiscalía del Distrito. Más que una prueba de fuego, la disputa por el Distrito Quinto era fundamental para la aprobación de la propuesta sobre Chavez Ravine. Una encuesta extraoficial en el Consejo mostraba que los miembros actuales están a favor por 5 a 4, y todos los demás candidatos que optan a los escaños, tanto demócratas como republicanos, también han hecho público su apoyo a la medida. Así pues, solo la elección de Diskant podía forzar un empate en el Consejo Municipal y retrasar legalmente durante un tiempo la boda entre Chavez Ravine y los Dodgers.

Pero las cosas no iban a suceder así. La semana pasada Diskant se retiró de la carrera, justo cuando las encuestas empezaban a colocarle por delante de su oponente. Así pues, el voto del Consejo sobre Chavez Ravine se mantendrá 5 a 4 a favor y se espera que la proposición se convierta en ley a mediados de noviembre. Como justificación de la retirada, Diskant alegó «motivos personales»; no se extendió en más detalles. En los círculos políticos se han disparado las especulaciones y el titular de la Fiscalía Federal para el Distrito del Sur de California, Welles Noonan, manifestó su opinión al reportero del *Times*, Jerry Abrams: «No citaré nombres; francamente, no puedo hacerlo. Pero la retirada de Diskant huele a coacciones de alguna clase. Y añadiré algo más, como demócrata y como decidido luchador contra el crimen con credenciales que incluyen mi trabajo para el Comité McClellan sobre el Crimen Organizado: se puede ser a la vez liberal moderado y enemigo del crimen, como demostró mi buen amigo, el senador John Kennedy, con su trabajo para el Comité».

Noonan declinó responder a las preguntas sobre sus propias ambiciones personales, y tampoco hemos conseguido contactar con Morton Diskant para que ampliara sus explicaciones. El concejal Bethune declaró al *Times*: «Me disgusta ganar de esta manera porque prefiero una buena contienda. Prepare esos perros calientes y esos

116

cacahuetes, Walter O'Malley (presidente de los Dodgers), porque voy a comprar las entradas para la temporada. ¡Viva el béisbol!».

Mirror de Los Ángeles, 5/11/58:

GALLAUDET, ELEGIDO
FISCAL DEL DISTRITO;
EL MÁS JOVEN EN LA HISTORIA
DE LA CIUDAD

No ha habido sorpresas: Robert «Llámeme Bob» Gallaudet, de 38 años, antiguo agente del Departamento de Policía de Los Ángeles y de la Fiscalía que se licenció en derecho por la Universidad del Sur de California asistiendo a clases nocturnas, fue elegido ayer fiscal del distrito de Los Ángeles, superando a otros seis candidatos con un 59 por ciento del total de los votos emitidos.

Su elección marca un hito en una rápida carrera aliada con la fortuna, sobre todo debido a la dimisión en abril de este año del anterior fiscal del distrito, Ellis Loew. Gallaudet, por entonces fiscal favorito de Loew, fue nombrado interinamente para el cargo por el Consejo Municipal, en cuya decisión pesó principalmente, según se comenta, su amistad con Edmund Exley, jefe de Detectives del LAPD. Se espera que Gallaudet, republicano, sea candidato a la Fiscalía General del Estado en 1960. Es un firme defensor de la ley y el orden, y frecuente objeto de ataques de los grupos que propugnan la derogación de la pena de muerte.

El nuevo fiscal del distrito ha recibido recientes críticas desde otro frente. Welles Noonan, fiscal federal por el distrito del sur de California y citado a menudo como probable oponente de Gallaudet en la carrera por la Fiscalía General, ha declarado al *Mirror*: «El apoyo del fiscal Gallaudet a la Ley del Juego en el Distrito, actualmente frenada por la Legislatura Estatal de California, está en abierta contradicción con su pretendida filosofía de firmeza contra el crimen. Esta ley (es decir, la propuesta de legalizar establecimientos de juego, restringidos a determinadas zonas controladas por las fuerzas de la policía local, donde se permitirían las cartas, las máquinas tragaperras, las apuestas fuera de los hipódromos y otros juegos de azar, aunque sometidos a fuertes impuestos estatales) es una vergüenza moral que consiente el juego compulsivo bajo el disfraz del provecho político. Se convertirá en un imán para el crimen organizado y exhorto al fiscal Gallaudet a dar marcha atrás en su apoyo a la medida».

En una conferencia de prensa para anunciar su próxima gala de celebración de la victoria, que tendrá lugar dentro de dos noches en el Coconut Grove del hotel Ambassador, Gallaudet desautorizó a sus críticos, en especial al fiscal federal Noonan. «Miren, apenas acaban de elegirme para este cargo y ya está haciendo campaña contra mí para llegar a ser fiscal general. Sobre mi futuro político, sin comentarios. Mi comentario sobre mi elección para la Fiscalía del Distrito de Los Ángeles: mucho cuidado, delincuentes. Y ánimo, angelinos: estoy aquí para hacer de esta ciudad un refugio pacífico y seguro para todos sus habitantes respetuosos de la ley.»

Revista *Hush-Hush*, 6/11/58:

¡¡¡HOLA, DODGERS!!!
¡¡¡ADIÓS, CHUSMA DESHARRAPADA!!!

Enteraos, gatitos y gatitas, chicos y chicas: a nosotros nos gusta el pasatiempo nacional tanto como a cualquiera, pero esto ya es pasarse. ¿Es que esa gran señora, la Estatua de la Libertad, no tiene una especie de lema inscrito a sus pies, algo así como: «Dadnos a vuestras masas pobres, hacinadas y desposeídas que anhelan ser libres»? Veamos, la geografía de la Costa Este no es nuestro fuerte y es evidente que ya estáis hartos de tanta palabrería patriótica. Mirad, aquí todo el mundo quiere una casa fija para los Dodgers, incluidos nosotros. Pero… nuestra iconoclasia nos dicta que tomemos otro enfoque distinto, aunque solo sea para ver si con esto aumenta nuestra venerada cuota de mercado. ¡Protesta social desde las páginas de *Hush-Hush*!

¡Habían dicho que eso era imposible! Recordad, queridos lectores, que lo leísteis primero aquí.

Enteraos: el Consejo Municipal de L. A. se dispone a desahuciar de sus chabolas de tablas y chapa ondulada el muy arraigado enclave de aparceros mexicanoamericanos improductivos, empobrecidos e impetuosamente machistas que ocupan Chavez Ravine, ese Shangri-La sombrío y envuelto en contaminación. Esos artistas del bate, nuestros ídolos, los Dodgers, se trasladarán allí tan pronto como se despeje la polvareda y se construya el estadio... ¡Y entonces tendrán un nuevo hogar desde el cual dominar el gallinero de la Liga Nacional! ¡Estupendo! ¡Vosotros contentos, nosotros felices! ¡Arriba los Dodgers! Sí, pero ¿qué será de esos desposeídos, de esa gente arrojada a la delincuencia por los Dodgers, de esos mexicanos desprotegidos por la Administración?

Noticia: la Oficina de Tierras y Caminos del Estado de California paga a los chabolistas 10.500 dólares por familia como gastos de realojamiento, apenas la mitad de lo que cuesta cualquier viejo cuchitril en lugares tan pintorescos como Watts, Willowbrook y Boyle Heights. La Oficina de Tierras y Caminos también está examinando con ánimo emprendedor diversas propuestas de instalación de tugurios presentadas por promotores inmobiliarios rápidos y rapaces: ¡futuras Casas del Taco y Tascas de la Enchilada donde los Atracadores del Burrito expulsados del penoso cobijo de Chavez Ravine puedan vivir en un esplendor barato de chabolas, cantando fandangos en sus ratoneras sin medidas contraincendios!

Hemos oído el rumor de que entre los emplazamientos que se barajan están esas caballerizas convertidas en celdas que se utilizaron para encerrar a los japoneses internados durante la Segunda Guerra Mundial, y ese motel de bungalows reconvertido de Lynwood, amueblado con camas en forma de corazón y espejos de marco dorado de pacotilla. ¡Vaya! ¡Pero si esos lugares recuerdan a esta redacción de *Hush-Hush*!

¡Eh! Aquí en el rutilante y pecaminoso Sunset Strip los alquileres se han puesto por las nubes, y hemos oído que algunos desposeídos, decepcionados y disgustados, han cogido el dinero y se han vuelto a

México antes de la fecha definitiva de desahucio, ¡dejando abandonadas sus chabolas! ¡Pues bien, *Hush-Hush* podría trasladar a ellas su centro de operaciones! De esta manera podríamos incluso bajar el precio de nuestra revistucha. ¡Si os tragáis eso, terminaremos vendiéndoos un Pendejo Penthouse y un Chevrolet Chorizo a estrenar!

Pero, volviendo a los asuntos serios, parece que los poderes fácticos de Los Ángeles han mandado a un hombre a conversar con los muchos residentes que aún siguen en Chavez Ravine, a repartirles chucherías y a intentar convencerles para que se trasladen antes de la fecha fijada para el desahucio y sin necesidad de requerimiento judicial. Ese personaje es Reuben Ruiz, un popular boxeador del peso gallo que ocupa actualmente el octavo lugar del ranking según *Ring Magazine*. Un hombre cuyo probado pasado turbulento se apresura a descubriros *Hush-Hush*.

Dato:

Reuben Ruiz cumplió condena en el Reformatorio Preston por robo juvenil.

Dato:

Reuben Ruiz tiene tres hermanos: Ramón, Reyes y Reynaldo (¡Dios, cómo les gustan las aliteraciones a esos chicanos!), y los tres tienen condenas por robo con allanamiento y/o robo de vehículos.

Dato:

Reuben Ruiz fue un testigo protegido durante la brevísima investigación sobre el boxeo que llevó a cabo recientemente el brillante fiscal federal Welles Noonan. (Seguro que recordáis esa investigación, amigos: otro testigo saltó por la ventana mientras el detective del LAPD encargado de su custodia echaba una cabezadita.)

Dato:

Reuben Ruiz fue visto hace pocos días almorzando en el Pacific Dining Car con el fiscal del distrito Bob Gallaudet y el concejal municipal Thomas Bethune. Una última hora, confidencial y muy *Hush-Hush*:

Un hermano de Reuben Ruiz, Ramón, fue detenido hace unos días por robar un coche, pero ahora los cargos han sido retirados misteriosamente…

Coacciones; he aquí una conclusión cautivadoramente corrosiva que considerar.

¿Es Reuben Ruiz un hombre de paja, un relaciones públicas de la Fiscalía del Distrito y del Consejo Municipal? ¿Ese travieso hermano suyo, el camorrista Ramón, le debe la libertad a los prudentes trapicheos políticos de Reuben? Todos estos esfuerzos ajenos a su plan de entrenamientos, ¿afectarán al mortífero gancho de izquierda de Reuben cuando combata contra el duro Stevie Moore en el Olympic la semana que viene?

Recuerda, querido lector, que lo leíste primero aquí: extraoficial, confidencial y muy *Hush-Hush*.

«Guardián del crimen», columna de la revista *Hush-Hush*, 6/11/58:

VACIADOS LOS FRIGORÍFICOS DEL REY DE LAS PIELES: ¿DÓNDE ESTÁN LOS VISONES?

Amigos, todos sabéis quién es Sol Hurwitz, «el Rey de las Pieles»: ¿quién no ha visto sus anuncios en el programa de Spade Cooley? En el último se ve una copiosa nevada cayendo sobre el Teatro Chino de Grauman mientras los desprevenidos angelinos tiritan en bermudas. Hurwitz intercala en estos anuncios un decorado en forma de iglú donde su mascota, el muñeco Vinnie Visón, lanza su agresivo mensaje de coro griego: se predice una nueva era glacial a pocos siglos vista, compre ahora su abrigo de piel Hurwitz a precios de saldo, en cómodos plazos, y guarde sus pieles durante la «temporada baja» en nuestro almacén del Valle de San Fernando sin cargo alguno. ¿Captáis la idea, gatitos y gatitas? Sol Hurwitz sabe que las pieles son un objeto inútil en el sur de California, y se divierte como un cosaco al tiempo que olvida mencionar lo fundamental de su negocio: que la gente compra pieles por dos razones: sentirse elegantes y hacer ostentación del dinero que tienen.

¿Captáis quizá este modo de ser especial de L. A.? Bien, entonces estáis en nuestra onda. Y también entenderéis que el almacén gratuito de Hurwitz es bueno para un montón de negocios. ¡Brrr, qué escalofríos! Vuestros amados Charlie Chinchilla, Vicky Visón y Mario Mapache están a salvo con Sol, ¿verdad? Bueno, hasta el 25 de octubre nadie habría pensado lo contrario...

Esa noche aciaga, tres o cuatro osados malhechores a quienes se supone expertos en electrónica y manejo de herramientas marcaron un hito en sus carreras delictivas al reducir a un guarda de seguridad y esfumarse con pieles almacenadas en el guardarropía por valor de un millón de dólares. ¿Y habéis leído la letra pequeña de los contratos de almacenamiento «gratuito», mis queridos jazzeros? Si no, atentos: en caso de robo, la compañía de seguros de Hurwitz os reembolsa un 25 por ciento del valor estimado de la estola o el abrigo perdidos. Y además la policía sigue sin tener la menor pista de quiénes pueden ser los «cazadores furtivos».

El capitán Dudley Smith, jefe de la División de Atracos del LAPD, contó a los periodistas en la comisaría de Van Nuys: «Sabemos que utilizaron un camión grande para entrar y salir, y el guarda de seguridad que resultó brutalmente agredido ha declarado que tres o cuatro hombres enmascarados con medias le redujeron. Esta banda de ladrones ha demostrado unos considerables conocimientos técnicos y no descansaré hasta detenerlos».

Colaboran con el capitán Smith los sargentos Michael Breuning y Richard Carlisle. Y una sorpresa en el famoso equipo de cazacriminales: el agente John Duhamel, conocido entre los aficionados al ring de esta parte de California como Johnny Duhamel, el Escolar, excampeón de los Guantes de Oro en la categoría de peso medio. El capitán Smith y los sargentos Breuning y Carlisle se negaron a hablar con *Hush-Hush*, pero nuestro as de reporteros Duane Tucker abordó al agente Duhamel en la velada pugilística de la semana pasada en el Hollywood Legion Stadium. De forma extraoficial, confidencial y muy *Hush-Hush*, el agente «Escolar» dio su opinión.

Calificó de «rompecabezas» el robo y descartó el fraude al seguro, aunque corre la voz de que Sol Hurwitz es un vicioso de los dados. Tras esto, el Escolar se mordió la lengua y no añadió más comentarios.

En un nuevo capítulo de esta historia, un puñado de furiosos propietarios de pieles montaron una manifestación ante la escena del crimen, el almacén de Sol Hurwitz en Pacoima. Con una magra indemnización del 25 por ciento del valor tasado de sus piezas, estos perplejos progenitores imprecaban impacientes a Vicky Visón, Mario Mapache y Charlie Chinchilla: ¡Volved a casa! ¡Estamos a veinticinco grados y nos helamos sin vosotros!

Estad atentos al desarrollo de los acontecimientos en próximas entregas de «Guardián del crimen». Y recordad que lo leísteis primero aquí: ¡extraoficial, confidencial y muy *Hush-Hush*!

Herald-Express de Los Ángeles 7/11/58:

LA FISCALÍA FEDERAL ANUNCIA INVESTIGACIÓN SOBRE EL CRIMEN ORGANIZADO EN EL SOUTHSIDE

Esta mañana, en una declaración muy bien preparada y en términos enérgicos y sucintos, el fiscal federal Welles Noonan ha anunciado que los investigadores del Departamento de Justicia asignados a la Oficina del Distrito del Sur de California iniciarán próximamente una investigación «minuciosa, compleja y de gran alcance» sobre el crimen organizado en las zonas centro y sur de Los Ángeles. Calificó la investigación como una «recogida de pruebas con el propósito de descubrir tramas delictivas» y dijo que su objetivo era presentar «evidencias convincentes» ante un gran jurado federal formado especialmente para el caso, con vistas a que este presente cargos formales.

Noonan, de 40 años, exconsejero en el Senado del Comité McClellan sobre el Crimen Organizado, dijo que la investigación abarcaría delitos relacionados con el tráfico de narcóticos, máquinas de discos, expendedoras y tragaperras ilegales, y que «indagaría a fondo» en los rumores de que el Departamento de Policía de Los Ángeles permite la proliferación del vicio en el Southside y rara vez investiga los homicidios en los que tanto las víctimas como los agresores son negros.

El fiscal federal Noonan declinó responder a las preguntas de los periodistas, pero afirmó que su fuerza de choque contaría con cuatro fiscales y al menos una docena de agentes del Departamento de Justicia especialmente seleccionados. Cerró la conferencia de prensa con el comentario de que está convencido de que el Departamento de Policía de Los Ángeles se negará a colaborar en la investigación.

William H. Parker, jefe del LAPD, y Edmund Exley, jefe de Detectives, fueron informados del anuncio del fiscal federal. Los dos se abstuvieron de hacer comentarios.

II
Vampira

10

Ojeada a la fiesta:

El Coconut Grove, una reunión social. El jefe Parker, Exley; sonrisas para nuestro muchacho: Bob «Cámara de Gas» Gallaudet. Camareros sirviendo bebidas, baile; Meg llevó a Jack Woods para poder darle al mambo. Dudley Smith, el alcalde Poulson, Tom Bethune: ni un «gracias por el trabajo con el rojillo».

Periodistas, ejecutivos de los Dodgers. Gallaudet sonriente, bombardeado por los flashes.

Alterno, observo:

George Stemmons, Sr., los dos matones de Smith: Mike Breuning, Dick Carlisle. Leo en sus labios: INVESTIGACIÓN FEDERAL, INVESTIGACIÓN FEDERAL. Parker y Exley con unos cócteles en la mano y hablando de la INVESTIGACIÓN FEDERAL, me jugaría algo. Meg bailando con Jack; los rufianes seguían poniéndola a cien: culpa mía.

Hora de dejarme ver: le debía mis felicitaciones a Bob. Mejor esperar, pillarle a solas: pesaba demasiado mi penosa capacidad como relaciones públicas. Observé a los reunidos y adjudiqué pensamientos a los rostros.

Exley: alto, fácil de distinguir. Había leído mi informe sobre el 459: las pistas Lucille/mirón, un añadido espurio: olvide el asunto, es un callejón sin salida. Él dijo que continuara y una parte de mí se alegró: tenía ganas de arrastrar por el fango a aquella familia. Los dos extremos contra el centro: le había dicho a Dan Wilhite que me desentendería del asunto.

El inspector George Stemmons, Sr., junto a la ponchera: Junior con veintitantos años más. Junior, desaparecido desde el encuentro con Georgie Ainge; tablas: él también sabía que Glenda Bledsoe había matado a Dwight Gilette. Su informe del caso Kafesjian, una chapuza. Los archivos de putas/clientes, sin comprobar; mi batida del barrio negro evidenció que estaba demasiado ocupado: la paliza al negro en el aparcamiento del Bido Lito's, la confabulación con un «poli rubio y guapito». El guapito, identificado: Johnny Duhamel, el nuevo muchacho de Dud Smith en la Brigada contra el Hampa.

Junior: no se podía confiar en él, ni había modo de apartarle del caso, de momento.

Ahora, solo:

Repasé las listas de las comisarías; suerte en University: nombres de clientes, sin nombres de putas asociados. Pedí comprobaciones a Archivos y Tráfico; todos falsos. La mayoría de los policías de Antivicio no se esforzaban en conseguir la identidad real, no ponían empeño en exprimir a los puteros. La suerte, al carajo. Guardé los nombres para nuevas comprobaciones: la mayoría de los clientes usaba siempre el mismo alias.

Ronda por el barrio negro:

Durante tres noches interrogué a las putas de Western Avenue: ninguna identificación de la foto de Lucille. Llamé a la Brigada 77: todavía sin localizar el mirón denunciado. Hice de mirón yo mismo: la casa de los Kafesjian, jazz en la radio del coche para matar el aburrimiento. Dos noches, broncas familiares; una noche, Lucille sola, striptease ante la ventana: la radio se acompasaba a sus movimientos. Tres noches en total, sin ningún observador más; yo fui el único voyeur. Aquella Gran Intuición, confirmada: merodeador/mirón/ladrón, una misma persona.

Trabajo en casa, me llevó dos noches: Art Pepper, Champ Dineen... escuchando lo que rompió el intruso. Mi fonógrafo, a todo volumen: la Intuición, firme. Una sesión me empujó de nuevo a la casa; desde allí seguí a Tommy K. hasta el Bido Lito's. Tommy: entrando con su propia llave, bolsas de hierba escondidas junto a máquinas tragaperras. Visité a Lester Lake: ponme al día sobre los socios conocidos de Tommy.

Charla alegre: los asistentes a la fiesta, en su salsa. Meg y Jack Woods hablando: probablemente se liarían otra vez. Jack usaba la fuerza para cobrar nuestros alquileres; él se llevaba un porcentaje. Su territorio, nuestro edificio del Westside. Mi hermana y mi amigo rufián, cogidos de la mano. Exhausto, me dejé llevar por el Impulso Glenda...

Demasiado pillado; no pude subcontratar el encargo de Hughes. Pluriempleo: seguí a la chica, controlando que no me siguieran a mí: conseguí algunos «tal vez». Rondas por el plató, seguimientos en coche:

Glenda saquea los picaderos de Hughes; Glenda dona la comida robada al asilo del «Drácula». Frecuentes invitados de Glenda: Touch V. y Rock Rockwell. Sin rastro de Georgie Ainge por ninguna parte. La noche anterior, Glenda «Buena Obra»: foie gras para los viejos de la residencia Sleepy Glade.

Archivos: Bledsoe, Glenda Louise:

Ninguna requisitoria, ninguna condena, ninguna detención por prostitución. 12/46: diez días por hurto juvenil en tienda. Una nota en el expediente del Tribunal de Menores: Glenda le atizó a una bollera muy cariñosa.

Homicidios del LAPD: Dwight William Gilette, muerto el 19/4/55 (sin resolver), NADA SOBRE GLENDA LOUISE BLEDSOE.

Falsos informes a Bradley Milteer: los robos de Glenda, borrados; la cita publicitaria, enmascarada de «salida amistosa». El Impulso Glenda adueñándose de mí, inquietantemente agradable.

Me acerqué a la multitud. Gallaudet llevaba un corte de pelo nuevo, al estilo Jack Kennedy/Welles Noonan. Me dirigió un gesto con la cabeza, pero no hubo apretones de manos; los policías con mala prensa no se cotizaban bien. Walter O'Malley pasó por el lado; Bob casi hizo una genuflexión. ¡Chavez Ravine, el estadio, el estadio...!, estentóreo, feliz.

—Hola, muchacho.

Ese deje irlandés... Dudley Smith.

—Hola, Dud.

—Bonita fiesta, ¿verdad? Recuerda mis palabras: estamos celebrando el inicio de una espléndida carrera política.

Un sobre cambiando de manos: del hombre de los Dodgers al hombre de la Fiscalía.

—Bob siempre fue ambicioso.

—Igual que tú, muchacho. ¿No te emociona la perspectiva de un estadio para el equipo de la ciudad?

—No especialmente.

Dud se echó a reír.

—A mí tampoco. Chavez Ravine era un lugar magnífico para tratar con los hispanos, pero ahora me temo que será reemplazado por atascos de tráfico y más contaminación. ¿No sigues el béisbol, muchacho?

—No.

—¿No te interesan los deportes? ¿Tu única pasión es el dinero extraoficial?

—Es este apellido judío que me ha tocado.

Grandes risotadas; se le entreabrió el gabán. Pasé revista a su armamento: magnum, porra, navaja automática.

—Muchacho, tienes el don de divertir a este viejo.

—Yo solo soy divertido cuando me aburro, y el béisbol me aburre. Prefiero el boxeo.

—¡Ah!, debería haberlo imaginado. Los hombres despiadados siempre admiran las peleas a puños. Y lo de «despiadado» es un cumplido, muchacho.

—No me había ofendido. Y hablando de boxeo, Johnny Duhamel está trabajando para ti, ¿no?

—Correcto, y es un espléndido refuerzo en la brigada por el miedo que impone. También le he puesto a trabajar en el asunto del robo de las pieles y está demostrando ser un magnífico policía joven, versátil y completo. ¿Por qué lo preguntas?

—Su nombre salió en una conversación. Uno de mis hombres enseñaba en la Academia. Duhamel fue alumno suyo.

—¡Ah, sí! George Stemmons, Jr., ¿me equivoco? Este muchacho debe de tener una memoria de elefante para los antiguos alumnos.

—Puedes estar seguro.

Exley me clavó la mirada y me hizo un seco gesto con la cabeza. Dud lo captó.

—Ve, muchacho, el jefe Exley te llama desde el otro extremo de la sala. ¡Ah, vaya mirada de tiburón!

—Me alegro de verte, Dud.

—El placer es mío, muchacho.

Fui para allí. Exley, directo al grano:

—Pasado mañana hay una reunión. Nueve en punto, todos los oficiales de Detectives. No falte; hablaremos de la investigación federal. Además, quiero que consiga las declaraciones de impuestos de la familia Kafesjian. Es usted abogado: encuentre un pretexto.

—Las declaraciones de impuestos precisan un mandamiento federal. ¿Por qué no se lo pide a Welles Noonan? Es su distrito.

Nudillos blancos. La copa de vino le tembló en la mano.

—Leí su informe y me interesan los nombres de los clientes. Quiero una redada en Western y Adams mañana por la noche. Organícelo con Antivicio de University y lleve a los hombres que necesite. Quiero información detallada sobre los clientes de Lucille Kafesjian.

—¿Está seguro de querer arriesgarse a enfurecer a la familia con los federales a la vuelta de la maldita esquina?

—Hágalo, teniente. No cuestione mis motivos ni pregunte por qué.

Frustrado, salí al vestíbulo soltando chispas. Un teléfono, una moneda: llamada a la Oficina.

—Antivicio, agente Riegle.

—Sid, soy yo.

—Hola, patrón. Esto debe de ser telepatía. Acaban de dejarle un mensaje de Hollenbeck.

—Espera. Primero necesito que me organices una cosa.

—Soy todo oídos.

–Llama a University y prepara una redada. Pongamos ocho hombres y dos furgones para las chicas. Mañana por la noche, a las once, en Western y Adams. Autorización del jefe Exley.

Sid soltó un silbido.

–¿Le importaría explicarse?

ALUVIÓN DE IDEAS:

–Y dile al teniente de University que necesito una serie de salas de interrogatorio, y dile a Junior Stemmons que se reúna conmigo en la comisaría. Quiero que se ocupe de esto.

Sonidos de garabateo.

–Ya he tomado nota. Y ahora, ¿quiere el mensaje?

–Dispara.

–Una casa de empeños ha entregado la vajilla de los Kafesjian. Un mexicano intentó colocarla en Boyle Heights, y el propietario de la tienda vio nuestro aviso y lo entretuvo. Lo tienen en la comisaría de Hollenbeck.

Solté un grito triunfal; varias cabezas se volvieron.

–Llama a Hollenbeck, Sid. Diles que metan al mexicano en la sauna. Estaré allí enseguida.

–Ya estoy en ello, patrón.

De vuelta a la fiesta; Bob «Cámara de Gas» muy ocupado atendiendo a gente. Imposible despedirse con elegancia. Una rubia pasó como un torbellino: Glenda. Un parpadeo: solo otra mujer.

11

Jesús Chasco, gordo, mexicano: no es mi mirón. Sin antecedentes, una tarjeta verde del 58 a punto de expirar. Asustado; en la sauna se suda.

—¿*Habla inglés, Jesús?*

—Hablo inglés tan bien como usted.

Repaso la hoja de denuncia.

—Aquí dice que has intentado vender una vajilla robada en la casa de empeños Happytime. Les has dicho a los agentes que tú no robaste la vajilla, pero no has querido decirles de dónde la sacaste. Bueno, eso es un delito: receptar objetos robados. Y has dado como dirección tu coche, lo cual es otra falta leve: vagancia. ¿Cuántos años tienes, Jesús?

Camiseta y pantalones militares. Sudados.

—Cuarenta y tres. ¿Por qué lo pregunta?

—Estaba calculando… Cinco años en San Quintín y luego patada y a México. Para cuando consigas volver aquí, quizá te lleves un premio al espalda mojada más viejo del mundo.

Chasco agitó los brazos; el sudor salpicó a su alrededor.

—¡Duermo en el coche para ahorrar!

—Sí, claro. Para traerte aquí a la familia. Y más vale que no te muevas o te esposo a la silla.

Jesús escupió en el suelo; yo balanceé las esposas a la altura de sus ojos.

—Dime de dónde has sacado la vajilla. Si puedes demostrarlo, te dejaré ir.

—¿Quiere decir que...?

—Quiero decir que te largas. Sin cargos, sin *nada*.

—¿Y qué pasa si no se lo digo?

Espero. Le dejo que se haga un poco el bravucón. Diez segundos... el típico encogimiento de hombros pachuco.

—Trabajo en tareas de mantenimiento en un motel, el Red Arrow Inn, en la Cincuenta y tres con Western. Es... ya sabe, para *putas* y sus tipos.

Cosquilleo.

—Continúa.

—Bueno... yo estaba arreglando el baño de la habitación 19 y encontré toda esa tentadora plata metida dentro de la cama... o sea, las sábanas y el colchón todos desgarrados. Yo... supuse... supuse que el tipo que alquiló la habitación se había vuelto loco y que... que no iba a poner una denuncia si me llevaba su mercancía.

Sigo la pista:

—¿Qué aspecto tiene «el tipo»?

—No lo sé. No le he visto. Pregunte a la conserje de noche, ella se lo dirá.

—Nos lo dirá a los dos.

—¡Eh! Usted ha dicho...

—Pon las manos a la espalda.

Bravuconería. Dos segundos... otro encogimiento de hombros. Le puse las esposas flojas para que viera mi actitud amistosa.

—¡Eh, tengo hambre!

—Te compraré una barrita de caramelo.

—¡Usted dijo que me soltaría!

—Y es lo que voy a hacer.

—¡Pero mi coche está aquí!

—Toma el autobús.

—¡*Pinche cabrón!* ¡*Puto!* ¡*Gabacho maricón!*

Media hora de trayecto. Bien por Jesús: ni quejas ni ruido de esposas en el asiento de atrás. El Red Arrow Inn: apartamentos adosados, dos hileras, un camino central. Un rótulo de neón: «Habitaciones».

Me detuve ante el apartamento 19: luces apagadas, ningún coche ante la puerta. Chasco:

—Tengo la llave maestra.

Le quité las esposas. Conecté los faros y puse las luces largas; Jesús abrió la puerta 19, iluminado por detrás.

—¡Venga! ¡Exactamente como le he contado, mire!

Me acerqué. Indicio: marcas de palanca en el batiente de la puerta; marcas frescas, madera recién astillada. La habitación: pequeña, suelo de linóleo, sin muebles. La cama: sábanas rasgadas, colchón destripado, miraguano desparramado.

—Ve a por la encargada. No te escapes o me cabrearé mucho contigo.

Jesús dio media vuelta y salió. Examiné a fondo la cama: pinchazos en el colchón, cuchilladas hasta los muelles. Manchas de semen; mi mirón gritaba ATRÁPAME YA. Rasgué un pedazo de sábana: de aquellos restos se podía sacar el grupo sanguíneo.

—¡Basura de blanquitos!

Me volví. Una abuela gruñona agitando en la mano una ficha de huésped.

—¡Esa basura de blanquito me ha destrozado la cama!

Cogí la tarjeta: «John Smith». Era de esperar. Diez días pagados por anticipado; fin del plazo, mañana. La abuela siguió gastando saliva; Jesús me llamó afuera con un gesto.

Le seguí. Jesús, impaciente:

—Carlotta no sabe quién alquiló la habitación. Le parece que era un joven blanco. Dice que un borracho que ronda por aquí alquiló la habitación para él, y que el tipo insistió en que le diera la número 19. Carlotta no ha visto nunca al inquilino y yo tampoco, pero escuche: conozco a ese borracho; por cinco dólares y un viaje de vuelta hasta mi coche, se lo encuentro.

Aflojé el dinero, dos billetes de cinco, y saqué la foto de Lucille.

—Uno para ti, otro para Carlotta. Dile que no busco problemas y pregúntale si conoce a la chica. Después ve a buscar a ese borracho.

Chasco se acercó corriendo a la vieja, le pasó el dinero y le mostró la foto. La abuela movió la cabeza: sí, sí, sí. El chicano volvió.

—Carlotta dice que la chica viene por aquí de vez en cuando; alquila por poco rato y no rellena ficha de huésped. Según Carlotta, es una prostituta y siempre pide la número 18, justo al lado de donde encontré esa plata. Dice que la chica quiere esa porque tiene una buena vista de la calle, por si aparece la policía.

Reflexiono:

Habitación 19, habitación 18: el mirón mirando los polvos de Lucille con sus clientes. Marcas de palanca en la habitación 19: ¿habría un tercer implicado?

La abuela hizo sonar una lata de conserva.

—¡Para Jehová! Jehová se lleva el diez por ciento de todo el dinero que se ingresa en este antro del pecado. Yo misma tengo «jueguitis» de las máquinas tragaperras, y aparto el diez por ciento de lo que gano para Jehová. Usted es un policía joven y guapo, así que por un dólar más para Jehová le daré más detalles de esa blanquita que va por los barrios bajos en busca de emociones fuertes, la chica de la foto que me ha enseñado Jesús.

Mierda. Vuelvo a aflojar la pasta. Mami engorda la lata.

—Vi a la chica en el Bido Lito's, donde yo estaba pecando con mi máquina favorita para pagar mi diezmo a Jehová. Había un colega de usted en el bar, preguntando por ella. Le dije lo mismo que a usted: solo es una blanquita que ronda los barrios bajos porque le gustan las emociones fuertes. Más tarde, esa misma noche, vi a la chica de la foto haciendo striptease con un abrigo de visón precioooso. Ese otro policía también lo vio, pero se quedó tan ancho, como si no fuera policía; no le impidió hacer esa exhibición lamentable y ni tan solo se mostró nervioso o alterado.

Piensa. No saltes todavía.

—Jesús, ve a buscar al borracho. Carlotta, ¿qué aspecto tenía el policía?

Chasco desapareció. La abuela:

136

—Tenía el cabello castaño claro peinado con gomina, y unos treinta años. Bastante resultón, aunque no tan guapo como usted, señor policía.

Sobresalto: pista número dos de Junior en el barrio negro. Sobresalto invertido: Rock Rockwell en Fern Dell; un marica había dicho que nuestra unidad estaba actuando en el parque. Junior había confesado: era «un favor» que le debía a un amigo que trabajaba en Antivicio de Hollywood.

Clac-clac. Entregué a la vieja unas cuantas monedas.

—Escuche, Carlotta, ¿ha visto alguna vez al hombre que se alojaba en esta habitación?

—Jehová sea loado, le vi de espaldas.

—¿Le ha visto alguna vez con alguien más?

—Jehová sea loado, no, nunca.

—¿Cuándo fue la última vez que vio a la chica de la foto?

—Jehová sea loado, cuando hizo ese numerito en el Bido's, hace cuatro, quizá cinco noches.

—¿Cuándo fue la última vez que trajo a un tipo a la habitación?

—Jehová sea loado, hará una semana.

—¿Dónde busca a sus clientes?

—Jehová sea loado, no tengo ni idea.

—¿Ha traído al mismo hombre más de una vez? ¿Tiene clientes regulares?

—Jehová sea loado, me he enseñado a mí misma a no mirar a la cara a esos pecadores.

Jesús Chasco volvió con un vagabundo borracho.

—No sé, pero me parece que este tipo no está para muchas preguntas.

«Este tipo»: mexicano-filipino, cubierto de mugre, bronco.

—¿Cómo te llamas, sahib?

Murmullos, hipidos. Jesús le hizo callar.

—Los policías le llaman «el Mechero» porque a veces, cuando se emborracha, se prende fuego.

El Mechero exhibió varias cicatrices. Mami Carlotta se largó con un «¡puaj!». Jesús:

137

–Mire, le he preguntado por el tipo para el que alquiló la habitación y creo que no se acuerda muy bien. ¿Aún va a llevarme...?

Vuelvo a la habitación 19; las luces del coche, encendidas. Abro la puerta, echo un vistazo. Zoom: una puerta interior.

Paso de la habitación 19 a la 18, el picadero favorito de Lucille. Marcas de palanca en el borde de la jamba. Diferentes de las que había encontrado en el marco de la delantera.

Pienso:

El mirón entra o intenta entrar en la habitación de Lucille.

El mirón destroza su propia habitación, le entra el pánico, se larga y se olvida la plata. O bien: marcas de palanca diferentes en la puerta delantera de la habitación del mirón. Pongamos que fue otro quien entró. ¿Quizá participó un tercer individuo?

Llamé a la puerta interior. No hubo respuesta. Una carga con el hombro: se comba, cede, se astilla. Las bisagras saltaron e irrumpí en la habitación 18.

Igual que la 19, pero sin puerta en el armario. Algo más: algo irregular en la pared del cabecero de la cama.

Me acerqué: papel pintado con arrugas, restos de engrudo. Una hendidura cuadrada; por debajo, la pared perforada. Una tira estrecha de papel pintado arrancada. Seguí su recorrido.

Lo más probable:

Un micrófono oculto, instalado sobre la cama y luego retirado; el mirón de Lucille, conocimientos básicos de electrónica.

Puse la habitación patas arriba: vacía, cero, nada. La número 19: doble inspección, vistazo al armario: unos calzoncillos y, enredado en ellos, un carrete de cinta magnetofónica.

Confirmada huida precipitada.

La abuela y Jesús fuera, protestando a gritos.

Me abrí paso entre ellos con paso ligero. Carlotta me amenazó con la lata.

A la Oficina –Código 3–, un alto en el laboratorio, órdenes: investigar el grupo sanguíneo en las manchas del trozo de sábana.

En el despacho, mi viejo instrumental químico: empolvé el carrete.

Huellas dactilares borrosas, ninguna impresión latente. Ahora nervioso, cogí una grabadora del almacén.

Turno de noche; tranquilidad en la sala común. Cerré la puerta de mi despacho, pulsé la tecla, apagué la luz.

Escucho:

Estática, rumor de tráfico, vibración de la ventana. Ruidos exteriores: actividad en el Red Arrow Inn.

Prostitutas hablando nerviosamente: diez minutos de chismorreos sobre chulos/clientes. Podía VERLO: putas junto a la ventana de ELLA. Silencio, el siseo de la cinta, un portazo. «Por adelantado, encanto»... pausa... «Sí, quiere decir ahora»: Lucille.

«Está bien, está bien»: un hombre. Una pausa, unos zapatos que caen al suelo, unos chirridos del somier; tres minutos en total. La cinta casi terminada, gemidos: el orgasmo del tipo. Silencio, voces confusas, Lucille: «Juguemos a una cosita. Ahora yo seré la hija y tú el papá, y si eres complaciente conmigo, luego lo haremos otra vez sin cobrar».

Ruido de tráfico, ruido en el camino, jadeos. Fácil de imaginar:

Aquella pared entre ellos.

Observar no era suficiente.

Mi mirón jadeando agitadamente, temiendo echar abajo la pared.

12

La estática farfulló sueños: Lucille murmurando cosas obscenas en mi oído. La llamada que me despertó, del laboratorio: el semen daba un grupo 0+. Escalofríos ante otra novedad telefónica: Antivicio de Hollywood aseguraba que la historia de Junior sobre la batida de maricas era mentira.

—Pura basura. Quien le contó esa película le ha engañado como a un chino. Aquí estamos demasiado ocupados con el Diablo de la Botella para preocuparnos de unas locas, y ninguno de los nuestros ha alborotado el gallinero de Fern Dell Park desde hace más de un año.

Café. Media taza: tenía los nervios crispados.

El timbre, muy alto.

Abrí. Mierda: Bradley Milteer y Harold John Miciak.

Miradas severas: su colega policía envuelto en una toalla. Miciak se fijó en mi cicatriz de espada japonesa.

—Pasen, caballeros.

Cerraron la puerta tras ellos. Milteer:

—Hemos venido a por un informe de progresos.

Sonreí, servil.

—En el plató tengo gente recogiendo información sobre la señorita Bledsoe.

—Lleva usted una semana trabajando para el señor Hughes, teniente. Con franqueza, hasta el momento no ha producido los resultados que él esperaba.

—Estoy en ello.

—Entonces, haga el favor de aportar resultados. ¿Tal vez sus obligaciones normales de policía interfieren en su trabajo para el señor Hughes?

—Mis obligaciones de policía no tienen nada de normales. ¿No lo sabían?

—En fin, sea como sea, se le está pagando por conseguir información sobre Glenda Bledsoe. El señor Hughes parece pensar que la señorita ha estado robando comida de los domicilios de sus actrices. Una acusación de robo criminal sería una violación del contrato, así que ¿podría usted vigilar con más diligencia?

Miciak flexionó las manos. Sin tatuajes de pandillas.

—Empezaré con la vigilancia ahora mismo, señor Milteer.

—Bien. Espero resultados. El señor Hughes también espera resultados.

Miciak: ojos de presidiario. Odio a los policías.

—¿Primera Galería o Zona Especial, Harold?

—¿Eh? ¿Qué?

—Esos tatuajes que el señor Hughes hizo que te borraras.

—Oiga, yo estoy limpio.

—Claro. El señor Hughes hizo limpiar tu ficha.

—¡Vamos, teniente! —Milteer.

—¿Y usted, de dónde ha sacado esa cicatriz? —El matón.

—De una espada japonesa.

—¿Y qué pasó con el japo?

—Le metí la espada por el culo.

Milteer puso los ojos en blanco: ¡salvajes!

—Resultados, señor Klein. Harold, vamos.

Harold se fue con él. Gestos con el puño hacia mí: pura Zona Especial.

Bullicio en el plató:

Reparto de vino. Mickey C. distribuyendo botellas a su «equipo». El «director» Sid Frizell, el «cámara» Wylie Bullock: ¿cómo sacarle los ojos al monstruo, con un garrote o con un cuchillo? Glenda dando de comer esturión a los extras; leo su mirada: «¿Quién es ese tipo? Le he visto antes».

La caravana de Rock Rockwell. Llamada a la puerta.

—¡Está abierto!

Entré. Acogedora: un colchón, una silla. Rockwell haciendo flexiones en el suelo. LA MIRADA: ¡oh, mierda, la policía!

—No es una redada. Soy amigo de Touch.

—¿He oído mi nombre?

Touch salió del baño. Paredes lisas, solo televisores apilados hasta el techo.

—No los habías visto, ¿verdad, Dave?

—¿Ver qué?

Rockwell se deslizó sobre el colchón; Touch le arrojó una toalla.

—Meg es mi principal cliente. Me dijo que quería poner televisores en todos vuestros pisos amueblados libres, para poder aumentar el alquiler. ¡Ah!, discúlpame: Rock Rockwell, David Klein.

No hubo holas. Rock se desembarazó de la toalla. Touch:

—¿De qué va todo esto, Dave?

Miré a Rockwell. Touch captó la indirecta.

—Rock sabe guardar las confidencias de un policía.

—Tengo algunas preguntas sobre actividades en Fern Dell Park.

Rockwell rascó el colchón; Touch se tendió a su lado.

—¿Actividades de Antivicio?

Ocupé la silla.

—Algo así, y es un asunto delicado porque creo que uno de mis hombres podría estar cobrando extorsiones en Fern Dell.

Touch dio un respingo.

—¿Qué? ¿Qué pasa?

—David, ¿qué aspecto tiene ese hombre tuyo?

—Casi uno ochenta, setenta y pocos kilos, cabello largo rubio pajizo. Bastante guapo. Os gustaría.

Sin risas. Touch se volvió hacia Rockwell.

–Vamos, cuenta. Hace tiempo que nos conocemos: sabes que nada de lo que digas saldrá de estas paredes.

–Verás... como el asunto tiene cierta relación con Mickey y tú eres amigo suyo...

Le presiono:

–Vamos... Como dice esa revista: «Extraoficial».

Touch se incorporó, se puso una bata, dio unos pasos:

–La semana pasada ese tipo, ese... policía que acabas de describir tan bien, me interrogó en Fern Dell. Yo le dije quién era, a quién conocía, incluido Mickey Cohen, pero no me hizo el menor caso. Mira, yo estaba allí buscando rollo... ya sabes cómo soy, David. Rock y yo tenemos una especie de acuerdo y...

Rockwell –¡bam!– salió dando un portazo y subiéndose los pantalones.

–La gente como nosotros tenemos que hacer este tipo de arreglos, y ese... ¡oh, mierda!, ese policía me dijo que me había visto instalando máquinas tragaperras un rato antes en el Southside, y que iba a haber una investigación federal y que me entregaría si no colaboraba con él, así que... Bueno, David, nosotros dos sabemos hacer negocios, pero ese policía estaba tan colocado, tan chiflado, que me di cuenta de que él no sabía, así que escuché. Me dijo «Tú debes de conocer muy bien el barrio negro», y yo le dije que sí. Me dio la impresión de que estaba hasta las orejas de anfetas o de barbitúricos o de las dos cosas, y luego empezó a divagar acerca de ese... como tú has dicho, David... «hermoso» (de hecho, él también utilizó la misma palabra), ese otro «hermoso» policía que trabaja en la Brigada contra el Hampa...

El «hermoso» Johnny Duhamel. Noté unas punzadas en la cabeza: el parloteo mariquita se acompasó con ellas...

–Ese policía no hacía más que divagar. No me daba detalles, solo... solo divagaba. Me contó una historia demencial sobre una puta con abrigo de visón que hacía un striptease y que el hermoso policía se puso histérico y la hizo parar. Y... bueno, Dave, aquí es donde la cosa se pone extraña y graciosa y un tanto... en fin...

143

incestuosa, porque el poli loco vio que el asunto del abrigo de pieles me ponía un poco a la defensiva. Entonces se puso duro y me encontró un arma encima y me amenazó con una denuncia por encubrimiento, y yo respondí que el asunto de las pieles me daba miedo porque Johnny Duhamel, ese exboxeador con cierta fama en algunos círculos, había intentado venderle a Mickey un gran cargamento de pieles robadas, y que Mickey no quiso. El poli chiflado se echó a reír y luego empezó a murmurar: «El hermoso Johnny...». Luego me soltó una especie de advertencia y se marchó. Y, David, ese policía es uno de los nuestros, ¿comprendes a qué me refiero, querido?, y solo te he contado esto porque nuestro mutuo amigo Mickey ha tenido un papel secundario en toda esa película.

Touch: las manos en los bolsillos, las saca con un arma. Seguro que había estado a punto de metérsela por el culo a Junior.

Pienso:

Junior sacude a un tipo en el Bido Lito's.

Trata con Johnny Duhamel: en el Bido Lito's.

Presencia el numerito de Lucille con las pieles: en el Bido Lito's.

Más:

Junior, el trabajo Kafesjian echado a perder.

Extorsiones en Fern Dell Park; Junior, mariquita... Touch conocía el percal: una posibilidad, digamos.

Touch:

—No quiero que le cuentes a Mickey lo que acabo de decirte. Duhamel solo se acercó a Mickey porque es quien es. Mickey no sabe nada de ese policía extorsionador, de eso estoy seguro. ¿Me estás escuchando, Dave?

—Te escucho.

—No se lo contarás a Mickey, ¿verdad?

—No, no se lo diré.

—Parece como si acabaras de ver un fantasma.

—Acabo de ver muchos.

Perseguidor de fantasmas...

El aparcamiento del Observatorio: llamadas telefónicas.

Primera moneda: Jack Woods: enviado para rastrear las andanzas de Junior después de la redada. Segunda: confirmación de Sid Riegle/Antivicio; todo preparado, Junior avisado de que no se mueva de la comisaría de University. Órdenes: pasarse por Atracos y revisar el expediente del robo de pieles. Riegle: «Claro, te llamo en cuanto lo tenga».

Tic, tic, tic. El pulso corría más que el reloj. Once minutos, Sid con noticias viejas:

Sin sospechosos, peristas vigilados: ninguna piel a la vista. Entre tres y cinco hombres, un camión, conocimientos notables de electrónica y empleo de herramientas. Dud Smith descartaba el fraude; no había móvil económico, ya que Sol Hurwitz tenía una póliza de seguros bastante baja. Sid: «¿A qué viene tanto interés?». Colgué y puse la tercera moneda: un empleado de Personal me debía un favor.

Mi oferta: saldar la deuda a cambio de información de un expediente: agente John Duhamel. Aceptó; hice una pregunta: ¿qué conocimientos técnicos tenía Duhamel?

Esperé. Veinte largos minutos colgado del teléfono. Resultados: Duhamel, *cum laude* en mecánica, Universidad del Sur de California, 1956. Promedio de sobresaliente. ¡Ra, ra, ra, vaya con el Escolar!

Duhamel, posible ladrón de pieles. Posibles cómplices: Reuben Ruiz y sus hermanos; Reuben y Johnny habían peleado juntos como amateurs. Descarté tal posibilidad por instinto: Ruiz reventaba pisos, igual que sus hermanos, y la especialidad de la familia era el robo de coches.

Más probable: Dudley capta a Johnny para el trabajo de las pieles; Johnny monta una jugada por su cuenta y distrae un puñado de pieles. Muy hábil, pero comete una tontería: ofrecer los artículos a Mickey Cohen. El chico no sabe en qué anda metido Mickey.

Mi dilema: ¿denunciarle a Dud? Me lo pensé mejor. Tic, tic, tic. Todavía no; demasiado circunstancial. Mis prioridades: investigar a Junior y a Johnny, librar a Glenda de Junior.

Perseguidor de fantasmas.

Glenda.

Resultados.

Tenía tiempo antes de la redada. La seguiría.

La carretera del parque. Esperé a que apareciera.

Su rutina: volver a casa a las dos, luego unas copas. Tiempo que matar, tiempo para pensar...

Fácil: mi «flechazo» por la chica me ponía en una situación demasiado comprometida; sorprenderla robando y delatarla, HOY. Esperanzas: conseguirle un abogado comunista furioso con el gran capital; Morton Diskant, el tipo perfecto. Acusación, proceso: Glenda paga en especies al putero Morton. «Culpable», temporada a la sombra, David Klein en la puerta con unas flores cuando la sueltan.

Enciendo la radio, me muevo por el dial.

Bop... quizá unos policías maricas rondando por el barrio negro, demasiado discordante, demasiado frenético. Me sigo moviendo por el dial: baladas. «Tennessee Waltz»: Meg. Año 51, esa canción, los dos Tonys; probablemente Jack Woods conocía toda la historia. Él y Meg liados otra vez; yo arrojaba a un testigo por la ventana y ella se mostraba suspicaz. Y Jack no le mentiría. Meg se enteraría, se asustaría, me perdonaría. Ella y Jack... No me sentía celoso: Jack resultaba peligroso y seguro. Más seguro que yo.

De vuelta al bop, ahora agradablemente estridente. Reflexiono:

Lucille en la grabación: «Yo seré la hija y tú el papá». Lucille, desnuda: carnal como aquella puta que tuve en el campamento de reclutas. Melodías de big-band, la guerra, Glenda en la escuela... dejarla fuera del asunto...

Las doce, la una, la una y media: me dormí y desperté acalambrado. Gruñidos en el estómago, una meada en los matorrales. Temprano: el Corvette pasando a toda prisa con la capota bajada.

Arranqué. Un Chevrolet marrón se interpone entre nosotros. Me resulta vagamente familiar. Fuerzo la vista y reconozco al conductor: Harold John Miciak.

Una comitiva de tres coches persiguiéndose. Absurdo.

Subiendo hasta el Observatorio; bajando hasta las calles del centro. Glenda despreocupada, con el pañuelo de cuello al viento. Furioso, enciendo la sirena y trato de adelantar al capullo.

Miciak pisó el acelerador: parachoques con parachoques. Glenda volvió la cabeza; él volvió la cabeza. A cien kilómetros por hora, apago la sirena, conecto el micrófono:

—¡Policía! ¡Deténgase inmediatamente!

El matón dio un volantazo, chocó con el bordillo y frenó. Glenda aminoró la marcha y se detuvo.

Bajé del coche.

Miciak bajó del suyo.

Glenda presenció la escena. Así fue como debió de verla:

El matón se acerca gritando; el tipo en mangas de camisa con la pistola en la sobaquera responde también a gritos:

—¡Esto es cosa mía! ¡Ya tendréis los resultados! ¡Díselo a tu jefe!

El matón vacila, vuelve sobre sus pasos, sube al coche, da media vuelta y se aleja.

El policía regresa a su coche. Su diosa de película de serie B ha desaparecido.

Tiempo que matar, tiempo de imaginar qué ruta había tomado. Probé hacia el este: el picadero de Hughes en Glendale.

Conduje hasta allí. Una mansión Tudor flanqueada por setos recortados en forma de avión. Un camino de entrada circular. Eureka: el Corvette ante la puerta.

Frené. Lloviznaba; me apeé y toqué la lluvia. Glenda salió de la casa cargada de comestibles.

Me vio.

Me quedé donde estaba.

Ella me lanzó una lata de caviar.

13

Western y Adams: las putas se portaron muy bien; por una noche fueron casi agentes.

Gran cantidad de uniformados: deteniendo clientes, requisando coches de clientes.

Furgones para las chicas detrás del Cooper's Donuts; detectives de Antivicio realizando identificaciones. Hombres apostados al sur y al norte, ansiosos por cazar puteros como si fueran conejos.

Mi atalaya: el tejado del Cooper's. Pertrechos: prismáticos, megáfono.

Observé el pánico:

Clientes abordando a las prostitutas: policías arrestándolos. Vehículos intervenidos, furgón de detenidos: catorce peces ya en la red, interrogatorio preliminar:

—¿Casado?

—¿En libertad provisional o condicional?

—¿Le gustan blancas o de color? Firme esta renuncia, quizá le soltemos en comisaría.

Ninguna Lucille K.

Un payaso intentó huir; un novato le reventó las ruedas de atrás.

Epidemia de lloros: «¡NO SE LO DIGAN A MI ESPOSA!». Ruidos de grilletes para los pies en los furgones de las prostitutas.

Suerte; las putas mezcladas mitad y mitad: chicas blancas y negras. Catorce clientes arrestados: todos caucásicos.

Pánico a mis pies: un grupo de masones atrapados en masa. Cinco hombres, cinco gorros tipo fez volando. Una prostituta agarró uno de los gorros y se pavoneó.

Conecté el megáfono:
—¡Ya tenemos diecinueve! ¡Dejadlo ya!

La comisaría; un rato de espera. Dejar que Sid Riegle se ocupe de la situación. Suerte: el Ford de Junior junto a la puerta de la brigada. Las señales de unos faros me iluminaron al entrar: Jack Woods, encargado provisional de la vigilancia.

Sala de guardia, sala de reunión, celdas. Mostré la placa al vigilante. Clic/clac, la puerta se abrió. Pasillo adelante, doblé la esquina: la celda de homosexuales frente a la de borrachos. Borrachos y clientes aullando y jaleando el espectáculo de los travestidos masturbándose.

Riegle frente a los barrotes, anotando nombres. Le vi sacudir la cabeza: demasiado ruido para hablar.

Eché un vistazo a la pesca: joder, nada que se pareciera a mi mirón. A la mierda. Subí a la sala de identificaciones.

Sillas, un estrado con marcas de estaturas: un falso espejo muy iluminado. Unas fichas y hojas de identificaciones preparadas para mí; las contrasté con mi lista de alias.

Ninguna coincidencia. Era de esperar: ya había comprobado los nombres falsos en Tráfico. Ningún nombre auténtico sospechoso; las edades de los permisos de conducir, de treinta y ocho para arriba: diez años más que mi mirón, como poco. Seis clientes tenían antecedentes por faltas leves: ningún mirón, ladrón de casas ni delincuente sexual. Una nota al margen: dieciséis de los diecinueve tipos estaban casados.

Riegle entró.

—¿Dónde está Stemmons? —le pregunté.

—Esperando en una de las salas de interrogatorio. ¿Es verdad lo que cuentan, Dave? ¿La hija de J. C. Kafesjian hace de puta?

—Es verdad, y no me preguntes qué pretende Exley. Y no me digas que el Departamento no necesita esta mierda con los federales husmeando por aquí.

—Iba a comentarlo, pero creo que voy a hacerte caso. De todos modos, una cosa.

149

—¿De qué se trata?

—He visto a Dan Wilhite en el despacho del comandante de guardia. Dada su relación con los Kafesjian, yo diría que está bastante furioso.

—Mierda, eso es más mierda que no necesito.

—Sí —sonrió Sid—, pero es una cacería de patos: todos han firmado que no presentarán denuncia por detención ilegal.

Le devolví la sonrisa:

—Hazlos pasar.

Riegle salió y agarré el micrófono del intercomunicador. Ruido de grilletes, arrastrar de cadenas: puteros en escena, a plena luz.

—Buenas noches, caballeros, y presten atención —vomitó el altavoz.

»Han sido detenidos por incitación a la prostitución, una violación del Código Penal de California punible con hasta un año de cárcel en la prisión del condado de Los Ángeles. Puedo hacer que esto sea muy sencillo o puedo convertirlo en la peor experiencia de sus vidas, y mi decisión sobre lo que haga depende completamente de ustedes.

Parpadeos, arrastrar de pies, sollozos secos: una hilera de sacos compungidos. Leí mi lista de alias y estudié sus reacciones:

—John David Smith, George William Smith... vamos, sean más originales. John Jones, Thomas Hardesty... eso está mejor. D. D. Eisenhower... oh, eso es muy poco para usted. Mark Wilshire, Bruce Pico, Robert Normandie: nombres de calles... ¡por favor! Timothy Crenshaw, Joseph Arden, Lewis Burdette... es un jugador de béisbol, ¿verdad? Miles Swindell, Daniel Doherty, Charles Johnson, Arthur Johnson, Michael Montgomery, Craig Donaldson, Roger Hancock, Chuck Sepulveda, David San Vicente..., joder, más nombres de calles.

Mierda, no podía fijarme en las caras tan deprisa.

—Caballeros, ahora es cuando el asunto se pone fácil o muy complicado. El Departamento de Policía de Los Ángeles desea ahorrarles un mal trago y, con franqueza, sus andanzas extraconyugales ilegales no nos preocupan en exceso. En pocas palabras, han sido ustedes detenidos para ayudarnos en la investigación de un robo. Está involucrada una mujer que sabemos que vende sus servicios esporádicamente en South Western Avenue y necesitamos encontrar a alguien que haya contratado esos servicios.

Riegle sube al estrado, saca las fotos.

—Caballeros, podemos retenerlos legalmente durante setenta y dos horas antes de presentarlos ante el Tribunal de Delitos Menores. Tienen derecho a una llamada telefónica por cabeza, y si deciden llamar a sus esposas pueden decirles que están detenidos en la comisaría de University acusados de un uno dieciocho barra seis cero: incitación a la prostitución. Supongo que no tienen demasiadas ganas de hacerlo, así que presten atención; solo lo diré una vez.

Murmullos; las respiraciones empañaron el espejo.

—El agente Riegle les enseñará unas fotos de la mujer. Si han contratado sus servicios, den dos pasos al frente. Si la han visto hacer la calle pero no han tenido tratos con ella, levanten la mano derecha.

Un compás de espera.

—Caballeros, una confirmación auténtica les pondrá a todos en la calle en cuestión de horas, sin cargos. Si ninguno del grupo reconoce haber contratado los servicios de la señorita, llegaré a la conclusión de que están mintiendo o de que, sencillamente, ninguno de ustedes la ha visto o ha hablado nunca con ella, lo cual significa en ambos casos que los diecinueve serán sometidos a un interrogatorio exhaustivo y que los diecinueve serán fichados, retenidos durante setenta y dos horas y presentados ante el juez bajo la acusación de inducción a la prostitución. Durante ese tiempo permanecerán encerrados en la zona que aquí reservamos a los presos homosexuales, es decir, en la jaula de las locas, con esas preciosidades negras que les enseñaban el rabo. Caballeros, si alguno de ustedes reconoce haber tratado con la señorita y su declaración nos convence de que dice la verdad, no será acusado formalmente de ningún cargo y sus revelaciones serán estrictamente confidenciales. Una vez que estemos convencidos, les dejaremos a todos en libertad y les permitiremos recuperar sus pertenencias confiscadas y sus coches intervenidos. Los coches están en un aparcamiento oficial cerca de aquí y, como recompensa por su colaboración, no les cobraremos la tarifa normal por retirada de vehículo. Repito: queremos la verdad. No pretendan salir de aquí diciéndonos que follaron con la chica si no es así; no nos tragaremos sus mentiras. Sid, pasa las fotos.

Pase: de Riegle a un tipo larguirucho ya mayor.

Aturdido, abogado por una vez: David Klein, *Iuris Doctor*.

Bajé la vista, contuve el aliento, alcé el rostro: un masón y un asiduo de los clubes habían dado un paso al frente. Miré las fotos de los permisos de conducir y leí los nombres.

El masón: Willis Arnold Kaltenborn, Pasadena. El asiduo: Vincent Michael Lo Bruto, East L. A. Un vistazo a los antecedentes, éxito con el italiano: fraude a las ayudas sociales a los niños.

Sid volvió a mi lado del espejo.

—Ya está.

—Sí, ya está. Stemmons está esperando, ¿verdad?

—Verdad, y tiene la grabadora. Está en la cuarta puerta del pasillo.

—Lleva a Kaltenborn a la sala de sudar número cinco y mete a esa bola de sebo con Junior. Luego devuelve a los demás a la jaula de los borrachos.

—¿Les damos de comer?

—Unas chocolatinas. Y nada de llamadas; un abogado listillo podría presentarse agitando una orden. ¿Dónde está Wilhite?

—No lo sé.

—Mantenle lejos de las salas de interrogatorio, Sid.

—¡Dave! Es un capitán...

—Entonces... ¡mierda, tú hazlo!

Riegle salió, cabreado. Yo también salí, nervioso, en dirección a las saunas: habitaciones estándar, dos metros por tres, espejo falso. En la número cinco: Kaltenborn, el hombre del fez. En la cuatro: Lo Bruto, Junior, una grabadora sobre la mesa.

Lo Bruto se movió en la silla; Junior se encogió. El comentario de Touch V.: Junior muy colocado en Fern Dell. El encuentro con Ainge, un último descubrimiento: ojos de drogado. Peor ahora: pupilas como cabezas de alfiler.

Abro la puerta, la cierro de un portazo. Junior asintió, casi una sacudida.

Me senté.

—¿Cómo te llaman? ¿Vince, Vinnie...?

Lo Bruto se hurgó la nariz.

—Las mujeres me llaman señor Polla Grande.

—Así es como llaman a mi compañero.

—¿Sí? El tipo nervioso y silencioso. Debe de irle muy bien.

—Sí, pero no estamos aquí para hablar de su vida sexual.

—Una lástima, porque tengo tiempo. La mujer y los chicos están en Tacoma, así que podría haber cumplido las setenta y dos horas, pero he pensado: ¿por qué fastidiar a los demás? Mire, estuve con esa chica, ¿para qué andarme con rodeos?

—Me caes bien, Vinnie.

Le ofrecí un cigarrillo.

—¿Sí? Entonces llámeme Vincent. Y ahórrese el dinero porque dejé el vicio el 4 de marzo de 1952.

Junior agarró el paquete. Nervios a flor de piel: tres intentos para encender una cerilla.

Me recliné en la silla.

—¿Cuántas veces fuiste con la chica?

—Una.

—¿Por qué solo una?

—Con una vez ya está bien, por la novedad. Para las sorpresas que te dan las putas, más de una vez sería lo mismo que hacértelo con la parienta.

—Eres un tipo listo, Vincent.

—¿Ah, sí? Entonces ¿por qué soy guardia de seguridad a un dólar veinte la hora?

Junior fumando, fuertes chupadas.

—Dímelo tú —respondí.

—No lo sé. Lo que hago es rascarme la tripa durante horas pagadas por la empresa. Es un medio de vida.

153

Calor. Me quité la chaqueta.

–De modo que estuviste con la chica solo una vez, ¿es eso?

–Sí.

–¿La habías visto antes?

–No,

–¿La has vuelto a ver después?

–No ha habido ningún después. ¡Joder! Me han dado la paga, he salido a dar una vuelta buscando una chica nueva y un poli novato se me ha echado encima de mala manera. ¡Joder...!

–Vincent, ¿qué te llamó la atención de la chica?

–Era blanca. No me gustan las negras. No es que tenga prejuicios; es solo que no me atraen. Algunos de mis mejores amigos son negrat... quiero decir, negros, pero no me dedico a las negras.

Junior fumando, acalorado. Seguía con la chaqueta puesta. Lo Bruto:

–Su compañero no es muy hablador.

–Está cansado. Ha estado trabajando de incógnito en Hollywood.

–¿Sí? Vaya, ahora entiendo por qué es tan follador. Hombre de Manischewitz, dicen que por allí arriba hay muchos chochitos.

Me reí.

–Es cierto, pero mi compañero ha estado ocupado con maricas. Cuenta, socio, ¿recuerdas cómo te empleaste con esos sarasas en Fern Dell? ¿Recuerdas que ayudaste a ese tipo amigo tuyo de la Academia?

–Claro... –Con la boca seca y la voz ronca.

–Vaya, socio, eso debió de ponerte enfermo. ¿No te paraste a tomar algo camino de casa, solo para librarte del REGUSTO?

Crujidos de sus nudillos sudorosos. Se le subieron las mangas. MARCAS EN LAS MUÑECAS; rápidamente se tiró de los gemelos para ocultarlas.

Lo Bruto:

–¡Eh! Creía que la estrella de este espectáculo era yo.

–Y lo eres. Sargento Stemmons, ¿alguna pregunta para Vincent?

–No. –Seco, jugueteando nervioso con los gemelos.

Sonreí.

–Volvamos a la chica,

–¡Sí, eso! –Lo Bruto.

–¿Era buena?

–La novedad es la novedad. Era mejor que la parienta, pero no tan buena como las no profesionales que este guapo se debe de tirar.

–A él le gustan rubias y hermosas.

–Como a todos, pero yo me conformo con que sean caucásicas, sin más.

Junior acarició su arma con manos espasmódicas.

–¿Y en qué era mejor que tu mujer?

–Se movía más y le gustaba decir guarradas.

–¿Cómo se hacía llamar?

–No me dio ningún nombre.

El striptease de Lucille en la ventana... utilízalo.

–Describe a la chica desnuda.

Rápidamente:

–Regordeta, tetas algo caídas. Pezones grandes oscuros, como si quizá tuviera algo de sangre paisana.

¡Tilín! El tipo sabía.

–¿Qué llevaba puesto cuando la recogiste?

–Pantalones ajustados. Ya sabe, de esos cortos por abajo.

–¿Adónde fuisteis?

–A su pensión, claro.

–La dirección, Vincent.

–Ah. Esto... creo que era un motel llamado Red Arrow Inn.

Di unos golpecitos sobre la grabadora.

–Escucha con atención, Vincent. Hay un hombre implicado en este asunto, pero no creo que seas tú. Solo dime si la chica dijo algo parecido a esto.

Lo Bruto asintió; yo pulsé Play. Un siseo de estática y: «Ahora yo seré la hija y tú el papá, y si eres complaciente conmigo, luego lo haremos otra vez sin cobrar».

Pulsé Stop. Junior: ninguna reacción. Lo Bruto:

—Vaya, esa gatita enferma está llena de sorpresas.

—¿Qué significa eso?

—Significa que no me hizo poner condón.

—Quizá utilice diafragma.

—*Nyet*. Fíese de lo que dice el señor Polla Grande: esas chicas siempre lo hacen con goma.

—¿Y ella no?

—Lo que puedo decirle es que este jinete la cabalgó a pelo. Y puedo asegurarle, paisano, que mi gran salchicha funciona muy bien. Fíjese en el montón de críos que me tienen trabajando como un esclavo para poder alimentarlos.

Una conjetura: Lucille, estéril a consecuencia de algún raspado.

—¿Qué hay de la cinta?

—¿Qué hay de la cinta?

—¿La chica dijo algo parecido a eso de la hija y el papá cuando estuviste con ella?

—No.

—Pero has dicho que le gustaba decir guarradas.

Je, je.

—Decía que la mía era la más grande. Yo le dije que no me llamaban señor Polla Grande porque sí. Ella dijo que le gustaban grandes desde hacía mucho tiempo y yo le repliqué que, para una chica como ella, «hace mucho tiempo» significaba la semana pasada. Ella dijo algo así como «Te sorprenderías».

Junior se tiró de los gemelos. Le pinché:

—Esa Lucille parece uno de los mariquitas de Fern Dell Park, socio. Pollas grandes: todos los maricas tienen esa fijación. Tú has trabajado con ellos más que yo, socio, ¿verdad que tengo razón?

Junior se retorció en el asiento.

—¿Verdad que tengo razón, sargento?

—Sí... claro... —Con voz ronca.

Insisto con Polla Grande:

—Así que la chica llevaba pantalones ajustados cortos por abajo.

—Exacto.

–¿Comentó algo de un pervertido que la acosara, quizá un mirón que fisgaba sus citas con los clientes?

–No.

–¿Y llevaba pantalones ajustados cortos?

–Sí, ya se lo he dicho.

–¿Qué más llevaba?

–No lo sé. Una blusa, creo.

–¿No sería un abrigo de pieles?

Nervios de toxicómano: Junior rompió uno de los gemelos de tanto retorcerlo.

–No, ningún abrigo de pieles. ¡Qué coño!, la chica era una puta de Western Avenue.

Cambio de tema:

–Así que has dicho que la chica decía guarradas.

–Sí. Decía que el señor Polla Grande se merecía el nombre.

–Olvídate de la polla. ¿Dijo alguna «guarrada» más?

–Dijo que follaba con un tipo llamado Tommy.

Hormigueo/piel de gallina.

–Tommy ¿qué?

–No lo sé. No dijo ningún apellido.

–¿Dijo si era su hermano?

¡Venga ya, eso es de locos!

–¿«Venga ya»? ¿Recuerdas la cinta que acabas de escuchar?

–¿De modo que se trata de eso? Pero papá e hija no es lo mismo que hermanos, y los blancos no hacen esas cosas. Eso es pecado, es una infamia, es…

Un golpe sobre la mesa.

–¿Dijo si era su hermano?

–No.

–¿Mencionó el apellido?

–No. –Un susurro, asustado ahora.

–¿Dijo algo de perversiones?

–No.

–¿Dijo si era músico?

–No.

—¿Dijo si vendía narcóticos?

—No.

—¿Dijo si le pagó?

—No.

—¿Dijo si era un ladrón?

—No.

—¿Un voyeur, un mirón?

—No.

—¿Te dijo lo que le hizo?

—No.

—¿Te habló ella de su familia?

—No.

—¿Describió al tipo?

—No.

—¿Te dijo si le iban las chicas de color?

—No. Agente, escuche...

Di una palmada sobre la mesa. Polla Grande se santiguó.

—¿Mencionó a un hombre llamado Tommy Kafesjian?

—No.

—¿Abrigos de pieles?

—No.

—¿Robos de abrigos de pieles?

Junior encogiéndose, rascándose las manos.

—Agente, la chica solo dijo que follaba con ese Tommy. Dijo que no era muy bueno, pero que él la había iniciado y que una siempre seguía enamorada del hombre que la había desflorado.

Me quedé petrificado.

Junior se levantó de golpe. El gemelo rodó bajo la puerta. Nervios a flor de piel. Abrió la puerta de un tirón. Al otro lado, Dan Wilhite. Parpadeos del altavoz del pasillo; lo había escuchado.

—Klein, ven aquí.

Obedecí. Wilhite me golpeó en el pecho con el índice. Le retorcí la muñeca.

—Este caso es mío. Si no te gusta, arréglatelas con Exley.

158

Los matones de Narcóticos llegaron enseguida.

Solté a Dan. Junior intentó meterse, pero le contuve.

Wilhite pálido, soltando burbujas de saliva.

Sus muchachos rojos de ira, muy cabreados, con ganas de machacarme.

Lo Bruto:

—¡Dios, estoy hambriento!

Cerré la puerta.

—Eh, estoy muerto de hambre. ¿No podría tomar un bocadillo o cualquier cosa?

Pulsé el intercomunicador.

—Sid, trae al otro tipo.

Lo Bruto fuera, Kaltenborn dentro. Un gordo degenerado con un fez en la cabeza. Junior, hosco, bajó la mirada. El tipo:

—Por favor, no quiero problemas…

Su voz, casi familiar. Pulsé Play. Lucille: «Por adelantado, encanto». Pausa. «Sí, quiere decir ahora.»

Kaltenborn hizo una mueca. Patata caliente.

Pausa. «Está bien, está bien»: la voz, más familiar. Unos chirridos de somier, gemidos. El gordo se puso a sollozar.

Lucille: «Juguemos a una cosita. Ahora yo seré la hija y tú el papá, y si eres complaciente conmigo, luego lo haremos otra vez sin cobrar».

Grandes sollozos.

Pulsé Stop.

—¿Era su voz, señor Kaltenborn?

Sollozos, gestos de asentimiento. Junior se removió, nervios de drogata.

—Deje de llorar, señor Kaltenborn. Cuanto antes responda a mis preguntas, antes le soltaremos.

El fez resbaló hasta quedar ladeado.

—¿Y Lydia?

—¿Qué?

—Mi esposa, ¿ella no va a…?

—Esto es estrictamente confidencial. ¿Es usted el de la grabación, señor Kaltenborn?

—Sí, sí, soy yo. ¿Es que la policía grabó esa…?

—¿Esa cita extraconyugal ilegal? No, no fuimos nosotros. ¿Sabe usted quién lo hizo?

—No, claro que no.

—¿Y jugó usted a «papá»?

Con voz ahogada por los sollozos:

—Sí.

—Hábleme de eso.

Kaltenborn, agarrando el fez, retorciéndolo, manoseándolo:

—Yo quería repetir, así que la chica se puso la ropa y me suplicó que se la arrancara. «Arráncame la ropa, papi», me dijo. Yo lo hice, y entonces repetimos. Y eso fue todo. No sé cómo se llama, no la había visto nunca y no he vuelto a verla. Todo esto no ha sido más que una terrible coincidencia. Esa chica es la única prostituta con la que he tratado en mi vida. Yo estaba en una reunión con mis hermanos de logia para discutir nuestro presupuesto de obras de caridad cuando uno de ellos me preguntó si sabía dónde se podían encontrar prostitutas, así que yo…

—¿Habló la chica de un hombre llamado Tommy?

—No.

—¿Y de un hermano llamado Tommy?

—No.

—¿De un hombre que la pudiera estar siguiendo, o grabando sus conversaciones, o escuchándola a escondidas?

—No, pero…

—Pero ¿qué?

—Pero oí a un hombre en la habitación de al lado, llorando. Quizá fuera mi imaginación, pero era como si estuviera escuchándonos. Era como si lo que oía le afectara.

Bingo. El mirón.

—¿Vio al hombre?

—No.

–¿Le oyó decir o murmurar alguna palabra en concreto?

–No.

–¿Mencionó la chica a otros miembros de su familia?

–No, solo dijo lo que he declarado y lo que ha oído usted en esa grabación. Agente... ¿de dónde la ha sacado? Yo... no quiero que mi esposa escuche...

–¿Está seguro de que no mencionó a un tal Tommy?

–¡Por favor, detective! Me está gritando.

Cambio de actitud:

–Lo siento, señor Kaltenborn. Sargento, ¿tiene alguna pregunta?

El sargento, colocado, acariciando el arma:

–Hum, no... –Mirándose las manos.

–Señor Kaltenborn, ¿la chica llevaba un ABRIGO DE PIELES?

–No, llevaba unos pantalones ajustados de pirata y una especie de blusa barata.

–¿Dijo que le gustaba hacer STRIPTEASE?

–No.

–¿Mencionó que frecuentaba un club de negros llamado BIDO LITO'S?

–No.

–¿No dijo que desnudarse quitándose un ABRIGO DE PIELES CALENTITO era el éxtasis?

–No. ¿Adónde quiere...?

Junior bajó las manos. Estuve atento por si desenfundaba.

–Señor Kaltenborn, ¿mencionó la chica si conocía a un POLICÍA RUBIO Y HERMOSO que antes era boxeador?

–No, no dijo nada parecido. Y no... no comprendo su interés por esas preguntas, agente.

–¿Dijo si conocía a un policía artista de la extorsión MUY INTERESADO por los jovencitos rubios?

HUIDA...

Junior gana la puerta, cruza el pasillo con la pistola desenfundada. Salgo, le persigo, corro...

Llegó hasta su coche, jadeante. Le alcancé, le inmovilicé la mano del arma, le eché la cabeza hacia atrás.

—Te dejaré salir de todo esto. Te retiraré del caso Kafesjian antes de que jodas aún más las cosas. Podemos hacer un trato ahora mismo.

Cabello engominado. Junior se zafó sacudiendo la cabeza. Unos faros perdidos iluminaron su cara de drogado escupiendo salivazos.

—Esa puta mató a Dwight Gilette y tú lo estás ocultando. Ainge dejó la ciudad y puede que yo tenga el arma con que disparó la chica. Tú estás colado por esa puta y estoy convencido de que empujaste a ese testigo por la ventana. No hay trato. Y ya verás cómo os jodo la vida a ti y a esa puta.

Le agarré por el cuello y apreté para matarle. Obsceno: su respiración, sus labios retraídos para morder. Me aparté ligeramente y, en un descuido, rodillazo. Me doblo sin aliento, una patada me derriba al suelo. Neumáticos derrapando sobre la grava.

Unos faros: Jack Woods sale en su persecución.

Los Ángeles Oeste, tres de la madrugada. En el edificio de Junior —cuatro apartamentos adosados de una planta—, todo a oscuras. Su Ford no está aparcado en las proximidades. Uso la ganzúa, enciendo las luces.

Dolorido desde la entrepierna hasta el pecho: darle una paliza, matarle. Dejé las luces encendidas. Para que lo supiera.

Cerré la puerta y recorrí el apartamento.

Salón, comedor, cocina. Muebles a juego: meticuloso. Limpieza, mugre: mobiliario de formas angulosas, polvo.

El fregadero: comida mohosa, cucarachas.

El congelador: poppers de nitrito de amilo.

Ceniceros llenos de colillas —la marca de Junior— con manchas de carmín.

Cuarto de baño, dormitorio: mugre, kit de maquillaje; el color del pintalabios coincidía con el de las colillas. Una papelera: rebosante de pañuelos de papel manchados de rojo de labios. Una cama revuelta. Poppers vacíos sobre las sábanas. Levanté las sábanas: una Luger con silenciador y un consolador sucio de mierda debajo.

Libros de bolsillo en la mesilla: *Como lo hacen los chicos, A la griega, Deseo prohibido.*

Un baúl cerrado con candado.

Una foto en la pared: el teniente Dave Klein con uniforme del LAPD. Sigo el pensamiento de un marica. Zoooom:

No estoy casado.

Ninguna pasión por una mujer hasta Glenda.

De Meg, no podía saber nada.

La Luger, sonriendo: «Adelante, dispara a algo».

Disparé. Un silencio a quemarropa: rompió el cristal/desconchó el yeso/me desgarró a MÍ. Disparé al baúl: astillas/nube de cordita. El candado voló.

Hurgué en el interior. Pilas de papeles ordenados: Junior, el meticuloso. Lento inventario.

Copias:

El archivo de Personal de Johnny Duhamel. Informes de aptitudes de Dudley Smith: todo de primera. Peticiones de nombramiento: Johnny para el trabajo de las pieles, referencias al robo clasificadas. Extraño: Johnny no había estado nunca en Patrullas; de la Academia había pasado directamente a Detectives.

Más Duhamel: programas de boxeo, músculos de lujo. Papeles de la Academia, Curso de Pruebas 104: Junior le había contado a Rcuben Ruiz que él había sido el instructor de Johnny. Todo sobresalientes (amor ciego de marica: el estilo de redacción de Duhamel era infame). Más papeles sobre el trabajo de las pieles: informes de Atracos... Era posible que Junior se adelantara a Dudley; debió de descubrir que Johnny era el ladrón y Dud no se enteró.

Una declaración formal: Georgie Ainge acusa a Glenda del 187 de Dwight Gilette. El teniente D. D. Klein elimina la prueba; Junior apunta el motivo: lujuria. Agarro esas hojas y la información sobre cajas de seguridad que hay debajo: era probable que Junior tuviera copias de seguridad en algún banco. Ninguna mención a la pistola ni a huellas de Glenda en un arma; quizá Junior guardara la pistola como carta de reserva.

Polvo de yeso posándose; mis disparos habían rozado algunas tuberías. Diversos expedientes, tarjetas de fichero:

Expediente número uno: el caso del Nite Owl, el asunto de los cuatro muertos del jefe Ed Exley. Expediente número dos: diversos casos de Exley entre el 53 y el 58. Conciso: el *Times*, el *Herald*... muy meticuloso.

¿POR QUÉ?

Las tarjetas: fichas de identificación del LAPD; impresos de datos estándar de diez por quince. «Nombre», «Situación», «Comentarios», llenos de siglas y anotaciones taquigráficas. Fui interpretándolas mientras leía:

Todas las ubicaciones eran «F. D. P.»: con toda probabilidad, Fern Dell Park. Iniciales, ningún nombre. Números, correspondientes a artículos del Código Penal de California: conducta lasciva y depravada.

Comentarios: coitus interruptus homo, multa y cobro inmediato por parte de Junior (metálico, joyas, porros).

Sudoroso, casi sin aliento. Tres tarjetas juntas, sujetas con un clip. Iniciales: T. V. Comentarios: el arresto de Touch Vecchio; debo reconocer las aptitudes de Junior para la extorsión:

Touch llama a Mickey C., desesperado y ávido de poder. Está impaciente por hacer algo «por su cuenta»; ha estado tramando su propio plan de extorsión. El proyecto: Chick Vecchio buscará los favores de mujeres famosas; Touch los buscará de maricas célebres. Pete Bondurant tomará las fotos y aplicará la presión: afloja o los negativos llegarán a *Hush-Hush*.

Escalofríos. Mal asunto. El teléfono: un timbrazo, cuelgan, un timbrazo. La señal de Jack.

Cogí el supletorio de la mesilla.

—¿Sí?

—Dave, escucha. He seguido a Stemmons al Bido Lito's. Se ha reunido con J. C. y Tommy Kafesjian en la trastienda que tienen allí. Les he visto exigirle información y he pescado algunas palabras antes de que cerraran la ventana.

—¿Qué?

—Lo que he oído fue a Stemmons hablando. Se ha ofrecido a proteger a la familia Kafesjian (dijo justo eso, «familia») de ti y de alguien más, pero no he podido captar el nombre.

Quizá Exley, a juzgar por los papeles.

—¿Qué más?

—Nada más. Stemmons ha salido del local contando dinero, como si Tommy y J. C. acabaran de untarle. Le he seguido calle abajo y le he visto dar el alto a un tipo, un negro. Creo que el tipo estaba vendiendo marihuana y me parece que también ha untado a Stemmons.

—¿Dónde está ahora?

—Camino de ahí. Dave, me debes…

Colgué, marqué el 111 y conseguí el número de teléfono de Georgie Ainge. Marco, dos timbrazos, un mensaje: «El número que ha marcado está desconectado». Coincidía con la historia de Junior: Ainge había dejado la ciudad.

Opciones:

Neutralizarle: amenazar con delatar su homosexualidad. Cortarle las alas, negociar con él: declaraciones y la pistola con las huellas a cambio de mi silencio.

A la mierda con la lógica: los psicópatas no negocian.

Apagué las luces, cogí la Luger. Matarle/no matarle. Péndulo: si toma la decisión equivocada, es hombre muerto.

Pienso: celos de marica. El psicópata Junior odia a la seductora Glenda.

El tiempo se volvió loco.

Me dolían las costillas.

El periódico de la mañana golpeó la puerta. Disparé contra una silla. La lógica de la bala: todo aquel pesar por una mujer a la que nunca había tocado.

Salí de la casa. Amanecía. El lechero no sería testigo de ningún asesinato.

Arrojé la Luger a un cubo de basura.

Me acicalé un poco. No lo pienses, hazlo.

14

Llamé a la puerta; ella respondió. Me tocaba mover; ella se adelantó:

—Gracias por lo de ayer.

Preparada: vestido y gabardina. Me tocaba mover; ella se adelantó:

—Se llama David Klein, ¿verdad?

—¿Quién se lo ha dicho?

Ella me franqueó la entrada.

—Le vi en el plató y le vi seguirme unas cuantas veces. Sé qué aspecto tienen los coches camuflados de la policía, así que pregunté por usted a Mickey y a Chick Vecchio.

—¿Y?

—Y me pregunto qué quiere usted.

Entré. Bonita casa, quizá un picadero amueblado. Televisores junto al sofá: material de Vecchio.

—Tenga cuidado con esos televisores, señorita Bledsoe.

—Eso dígaselo a su hermana. Touch me contó que le vendió una docena.

Me senté en el sofá, cerca de los Philco calientes.

—¿Qué más le dijo?

—Que es usted un abogado que juega a casero de barrios bajos. Y que rechazó un contrato con la MGM porque le atraía más romper huelgas que salir en la pantalla.

—¿Sabe por qué la seguía?

Ella acercó una silla, pero no demasiado cerca.

—Está claro que trabaja para Howard Hughes. Cuando le dejé me amenazó con denunciarme por incumplimiento de contrato.

Y está claro que conoce a Harold Miciak, y que no le cae bien.
Señor Klein, ¿usted...?

—¿Si ahuyenté a Georgie Ainge?

—Sí.

Asentí.

—Es un pervertido. Y los falsos secuestros nunca salen bien.

—¿Cómo lo supo?

—Eso no importa. ¿Saben Touch y su novio que he sido yo?

—No, creo que no.

—Bien. No se lo diga.

Glenda encendió un cigarrillo. La cerilla temblaba.

—¿Ainge dijo algo de mí?

—Dijo que había sido prostituta.

—También he sido camarera y Miss Alhambra, y sí, trabajé para un servicio de compañía de Beverly Hills. Uno muy caro, el de Doug Ancelet.

La apreté un poco:

—Trabajó para Dwight Gilette.

Elegante. La pose con el cigarrillo ayudaba.

—Sí, y fui arrestada por hurto en 1946. ¿Mencionó Ainge algo acerca de...?

—No me cuente cosas de las que se pueda arrepentir.

Una sonrisa. Vulgar. No aquella sonrisa:

—Así que es usted mi ángel de la guarda.

Volqué un televisor de una patada.

—¡No me tome el pelo!

Ella, sin pestañear:

—Entonces ¿qué quiere que haga?

—Deje de robarle a Hughes, pídale disculpas y cumpla lo establecido en el contrato.

Se quitó la gabardina: los hombros al aire, cicatrices de cuchilladas.

—¡Nunca!

Me incliné hacia ella.

—Ya ha llegado todo lo lejos que podía en belleza y encanto, así que ahora use el cerebro y haga lo más inteligente.

Sonriendo:

—¡No me tome el pelo!

Aquella sonrisa. Se la devolví:

—¿Por qué?

—¿Por qué? ¡Porque yo era totalmente prescindible para él! Porque el año pasado yo estaba sirviendo comidas en un autorrestaurante y uno de sus «cazatalentos» me vio ganar un concurso de baile. Me consiguió una «audición», que consistió en que me quitara la ropa interior y posara para unas fotos, que al señor Hughes le gustaron. ¿Sabe lo que es ser follada por un tipo que guarda fotos de ti y de otras seis mil chicas desnudas en su Rolodex?

—Bonito, pero no se lo compro.

—¿Qué?

—Lo que oye. Yo creo que se aburría y decidió pasar a la acción. Usted es actriz, y el toque elegante de dar calabazas a Howard Hughes la atraía. Imaginó que sabría zafarse de las complicaciones, porque ya ha estado metida en montones de problemas antes.

—¿Por qué, señor Klein?

—¿Por qué, qué?

—¿Por qué se está tomando tantas molestias para librarme de problemas?

—Sé apreciar el estilo.

—No, no le creo. ¿Y qué más dijo de mí Georgie Ainge?

—Nada. ¿Qué más dijeron de mí los hermanos Vecchio?

Riendo:

—Touch me dijo que había estado colado por usted. Chick, que es peligroso. Mickey dice que nunca le ha visto con una mujer, así que tal vez deba descartar la razón habitual para explicar su interés por mí. Solo pienso que debe de estar sacando provecho de alguna parte.

Una ojeada a la habitación: libros, arte; buen gusto sacado de alguna parte.

—Mickey se está arruinando. Si creyó que saldría ganando con el cambio de Hughes por un gángster de categoría, se equivocó.

Glenda encadenó cigarrillos.

168

–Tiene razón, calculé mal.

–Entonces, arregle las cosas con Hughes.

–¡Nunca!

–Hágalo. Así nos libraremos de problemas los dos.

–No. Como ha dicho hace un momento, ya he estado metida en problemas otras veces.

Ni asomo de miedo, desafiándome a decir YA LO SÉ.

–Debería verse ante la cámara, señorita Bledsoe. Usted se ríe de todo esto y demuestra mucho estilo. Es una lástima que la película vaya a terminar pasándose en autocines de pueblo. Es una lástima que no la vaya a ver ningún hombre que pueda ayudarla en su carrera.

Un sonrojo, durante una fracción de segundo.

–No dependo tanto de los hombres como supone.

–No digo que le guste; solo me refiero a que sabe que así es el juego.

–¿Como ser cobrador de chantajistas y rompehuelgas?

–Sí, cosas seguras. Como lo suyo con Mickey Cohen.

Aros de humo. Bonito.

–No me acuesto con él.

–Bien, porque durante años ha habido tipos que han intentado matarle y la gente que le rodea siempre sale malparada.

–Antes era un tío importante, ¿verdad?

–Tenía estilo.

–Y los dos sabemos que usted sabe apreciarlo.

Un retrato en la estantería: una mujer demoníaca.

–¿Quién es?

–Vampira. Es la presentadora de un horrible programa de terror en la televisión. Yo solía servirle en el autorrestaurante, y ella me daba consejos de cómo actuar en tu propia película cuando estás en la película de otro.

Manos temblorosas. Deseé tocarla.

–¿Siente aprecio por Mickey, señor Klein?

–Claro. Una vez estuvo en la cima, así que resulta duro verle rebuscar entre las sobras.

–¿Cree que está desesperado?

–¿*El ataque del vampiro atómico?*

Glenda se rio y se atragantó con el humo.

–Es peor de lo que usted piensa. Sid Frizell está metiendo demasiada sangre en la película, y además ese incesto, y Mickey tiene miedo de que haya de distribuirla directamente a los autocines para intentar sacar beneficios.

Arreglé la pila de televisores.

–Sea lista y vuelva con Hughes.

–No. De todos modos, Frizell está dirigiendo algunas películas porno en los ratos libres. Tiene un lugar en Lynwood con dormitorios llenos de espejos, así que podría trabajar allí.

–No es su estilo. ¿Mickey lo sabe?

–Finge que no, pero Sid y Wylie Bullock han estado hablando de ello. ¿Qué va a hacer usted con esto, señor Klein?

Cajones llenos a rebosar: libros de texto universitarios. Abrí uno; redacciones, garabatos: un corazón encerrando las iniciales «G. B. & M. H.».

–Sí, robé algunas cosas. ¿Qué va a…?

–¿Qué fue de M. H.?

Aquella sonrisa:

–Dejó embarazada a otra chica y murió en Corea. David…

–No lo sé. Quizá me abstenga de intervenir y la ponga en manos de un abogado. Pero lo mejor que puede esperar es una querella por incumplimiento de contrato sin cargos criminales.

–¿Y lo peor?

–Howard Hughes es Howard Hughes. Una palabra al fiscal del distrito y serás acusada de robo con agravantes.

–Mickey dice que eres amigo del nuevo fiscal.

–Sí, le dejaba mis apuntes en la facultad de derecho, y Hughes puso doscientos mil en su fondo de sobornos.

–David…

–Llámame Dave.

–Prefiero David.

–No. Mi hermana me llama así.

–¿Y?

–Dejémoslo.

Sonó el teléfono. Glenda descolgó.

–¿Hola?… Sí, Mickey, ya sé que llego tarde… No, estoy resfriada… Sí, pero Sid y Wylie pueden filmar otras escenas… No, intentaré presentarme esta tarde… Sí, no me olvidaré de nuestra cena… No. Adiós, Mickey.

Colgó. Yo dije:

–M. H. voló, pero Mickey no lo hará.

–Bueno, se siente solo. Cuatro de sus hombres han desaparecido y me parece que sabe que están muertos. Los negocios son los negocios, pero creo que los echa de menos más que a cualquier otra cosa.

–Todavía tiene a Chick y a Touch.

Un soplo de brisa. Glenda se estremeció.

–No sé por qué se quedan. Mickey tiene un plan para hacerles seducir a gente famosa. Es tan impropio de él que resulta patético.

«Patético»: las notas de Junior, confirmadas. Glenda: escalofríos, piel de gallina.

Tomé su gabardina y la sostuve ante ella. Glenda se puso en pie con una sonrisa.

Tocarla…

Se enfundó la gabardina; yo tiré de la prenda hacia atrás y toqué sus cicatrices. Glenda… ese lento giro para besarme.

Día/noche/mañana. El teléfono descolgado; la radio muy bajito. Charla, música, suaves baladas arrullando el sueño de Glenda. Con ella dormida, TODO volvió a mi mente.

Durmió mucho, despertó hambrienta. Bostezos, sonrisas: al abrir los ojos me sorprendió asustado. Los besos evitaron sus preguntas; la absoluta sensación de que aquello no saldría bien me tenía sin aliento.

Apretados el uno contra el otro, sin pensar en nada. Su aliento acelerado, mi mente en blanco. Dentro de ella cuando sus ojos dijeron no te detengas; no más maricas, no más mirones, no más putas hijas de traficantes burlándose de mí.

15

−... y ahora están ahí fuera, en nuestra jurisdicción, invadiendo nuestra jurisdicción. Hasta donde sabemos, hay diecisiete agentes federales y tres fiscales federales adjuntos respaldando a Welles Noonan. Y Noonan no ha pedido un enlace con el Departamento, de modo que debemos dar por sentado sin ningún lugar a dudas que estamos ante una investigación hostil destinada a desacreditarnos.

Hablaba el jefe Parker. De pie: Bob Gallaudet, Ed Exley. Sentados: todos los jefes de comisarías y los mandos de la División de Detectives. Ausentes: Dan Wilhite, Dudley Smith, representados por Mike Breuning y Dick Carlisle.

Extraño: nadie de Narcóticos. Extraño: Dudley ausente.

Exley al micrófono:

−El jefe y yo consideramos que esta «investigación» ha sido planeada con fines políticos. Los agentes federales no son policías de la ciudad, y desde luego no están familiarizados con las necesidades reales para mantener el orden en los barrios habitados por negros. Welles Noonan desea desacreditar al Departamento y a nuestro colega el señor Gallaudet, y el jefe Parker y yo estamos de acuerdo en adoptar medidas para limitar su éxito. Más tarde informaré personalmente a cada jefe de división, pero antes de hacerlo expondré ciertos puntos clave que todos deberán tener en cuenta.

Bostecé, machacado de la cama, agotado. Exley:

−Los jefes de división dirán a sus hombres, tanto uniformados como de paisano, que presionen y/o unten a sus soplones y les adviertan de que no deben colaborar con los agentes federales que puedan encontrarse. Con este mismo fin, quiero que se visite a los dueños de bares y clubes del Southside. «Visitar» es un eufemismo, caballeros. «Visitar» significa que los responsables de las comisarías de Newton, University y calle Setenta y siete deben enviar hombres de paisano para intimidar y advertir a los propietarios de que, dado que hacemos la vista gorda ante ciertas infracciones en sus locales, ellos deberán evitar sincerarse con los federales. La División Central de Vagos y Maleantes seguirá una línea paralela: detendrán a los habituales para asegurar su silencio bajo la amenaza de unas medidas represivas que gente cuasi liberal como Noonan podría considerar excesivamente rigurosas. La comisaría de la calle Setenta y siete expulsará por la fuerza, aunque con buenos modos, a todos los peces gordos blancos que encuentren en la zona: no queremos que nadie bien relacionado tenga problemas con los federales. Los detectives de Atracos y de Homicidios están trabajando en este momento en los homicidios entre negros sin resolver, con objeto de obtener pruebas para que el señor Gallaudet pueda presentar cargos formales; queremos responder a la acusación de Noonan de que nos desentendemos de los 187 entre negros. Y, por último, creo que podemos asegurar que los federales harán una redada en los locales de máquinas expendedoras y tragaperras que controla Mickey Cohen. Dejaremos que lo hagan y dejaremos que Cohen se entienda con ellos. La Central de Antivicio ha destruido todas las denuncias contra las tragaperras que hemos estado metiendo en el cajón, y siempre podemos alegar que ignorábamos que esas máquinas existieran.

Implícito: Mickey no abandonaba su negocio en el Southside. Advertirle (otra vez); decir a Jack Woods que retirara su negocio de apuestas del barrio negro.

Parker abandonó la sala; Exley carraspeó, con cierto apuro.

—Al jefe no le ha gustado nunca que las mujeres blancas confraternicen con los negros y está furioso con los dueños de clubes que lo fomentan. Sargento Breuning, sargento Carlisle, que sus hombres se aseguren de que esos propietarios de clubes no hablen con los federales.

Sonrisas torvas. A los chicos de Dudley les encantaba intimidar. Exley:

—Esto es todo por ahora. Caballeros, por favor, esperen a la puerta de mi despacho. Bajaré enseguida para darles instrucciones individuales. Teniente Klein, haga el favor de quedarse.

Golpes de mazo: reunión terminada. Salida en tropel; Gallaudet me deslizó una nota.

Exley se acercó. Brusco:

—Quiero que siga con el robo de los Kafesjian. Estoy pensando en darle más relevancia y quiero un informe detallado sobre la redada de Western.

—¿Cómo es que no había ningún representante de Narcóticos en la reunión?

—No cuestione mis medidas.

—Por última vez: los Kafesjian son carne de primera para los federales. Llevan veinte años compinchados con el Departamento. Alborotar su gallinero es suicida.

—Por última vez: no ponga objeciones a mis motivos. Por última vez: usted y el sargento Stemmons sigan con el caso. Prioridad absoluta.

—Escuche, jefe, ¿me asignó a Junior Stemmons como compañero en el caso por alguna razón especial?

—No. Sencillamente me pareció lo más lógico.

—¿Por?

—Porque trabajan juntos en Antivicio y tiene unos antecedentes excelentes como instructor de recogida de pruebas.

Impasible; una actitud dura.

—No me trago esa explicación de la relación personal. De usted, no.

—Hágala personal usted mismo.

Me refreno, contengo la risa.

—Ya está sucediendo.

—Bien. Y ahora, ¿qué hay de los socios conocidos de la familia?

—He puesto a trabajar en ello a mi mejor soplón. Hablé con un tal Abe Voldrich, pero no creo que sepa nada del robo.

—Es contable de Kafesjian desde hace mucho. Quizá tenga alguna información de interés sobre la familia.

—Sí, pero ¿qué busca usted, un sospechoso de robo o trapos sucios de la familia?

No hubo respuesta.

Exley abandonó la sala. Leí la nota de Gallaudet:

Dave:

Comprendo tu necesidad de proteger a ciertos amigos tuyos que tienen negocios en el Southside, y creo que la obsesión del jefe Exley por los Kafesjian resulta un poco inconveniente. Por favor, haz cuanto puedas por proteger los intereses del Departamento en el Southside, sobre todo teniendo en cuenta esa maldita investigación federal.

Y hazme otro favor: sin decírselo al jefe Exley, ponme al corriente periódicamente sobre la marcha de la investigación de los Kafesjian.

Cuatro días: persigo pruebas, soy perseguido. Corro más deprisa, me acosan más de cerca. Imágenes que no puedo eludir.

Le dije a Mickey que retirara las máquinas; él quitó importancia al asunto de los federales... estúpido Mickey. Jack Woods liquidó su negocio en un tiempo récord. Inundé a Exley de papeles: el 459 CP de Kafesjian, informe detallado. Suprimidos: la grabación del mirón y los interrogatorios a los dos clientes de Lucille.

Exley dijo que adelante. Charla informal: ¿qué tal lleva Stemmons el caso?

Respondí que bien. Imágenes mentales: Johnny Duhamel, el músculos; pintalabios en las colillas de cigarrillo.

Exley dijo que adelante; yo pasé información a Bob Gallaudet a escondidas. Política: Bob no quería que Welles Noonan sacara jugo de los Kafesjian.

Perseguir, vigilar posibles perseguidores. Ninguno; casi me estrello varias veces mirando. Exley/Hughes/Narcóticos/los federales: posibles perseguidores, grandes recursos.

Buscando pruebas:

Aceché el Red Arrow Inn: ni Lucille, ni sospechosos de mirones. Comprobé en la calle Setenta y siete: ninguna ficha de mirones. Antecedentes de modus operandi de tres estados: cero. Lester Lake dijo que habría novedades pronto, «quizá». Buscando secretos, persiguiendo imágenes.

Redadas de clientes en solitario: ningún cliente más de Lucille confirmado. Western y Adams, dirección sur, buscando historias. Seguí indagando sobre la familia poniendo toda la carne en el asador.

176

Igual que Exley.

Llamémoslo «estilo abogado»:

Incordiar a los Kafesjian con una investigación federal sobre narcóticos en marcha es una auténtica locura. Edmund Exley es un detective decididamente eficiente con capacidad de mando reconocida a nivel nacional. Narcóticos no estaba presente en la reunión sobre la investigación federal. Narcóticos es la división del LAPD más autónoma. Narcóticos y la familia Kafesjian llevan veintitantos años relacionándose de un modo autónomo. Exley sabe que la investigación federal tendrá resultados y quiere que todas las fuerzas policiales del Departamento queden a salvo. Sabe que deben rodar cabezas y ha convencido al jefe Parker de que la estrategia menos perjudicial y más sensata es sacrificar Narcóticos a los federales: la división puede ser presentada como un grupo de policías corruptos que se volvió loco de forma autónoma sin causar graves quebrantos al prestigio general del Departamento.

No me convenció del todo: aquella obsesión por la familia tenía un aspecto demasiado feo.

Igual que la mía. Igual que la de Junior.

George Stemmons II: mis peores imágenes.

Le busqué durante cuatro días; sencillamente había desaparecido. En Antivicio: ni rastro. La casa que había revuelto: cerrada a cal y canto. El barrio negro: nada. La casa de su padre: nada. Fern Dell: nada. Bares de maricas: nada, Junior no tenía agallas para ser tan descarado. Tiro a ciegas: Johnny Duhamel (su pasión conocida).

Personal me facilitó la dirección. Pasé por allí tres días / noches seguidos: ni Johnny, ni Junior. Ni hablar de contactar con Duhamel en horas de servicio: no podía despertar las sospechas de Dudley Smith. El instinto me dijo que el amor de Junior no era correspondido: el Rubio y el Hermoso no hacían migas. Posible confirmación: Reuben Ruiz, colega de Johnny. Gallaudet le tenía de relaciones públicas encargado de untar a los chicanos para que dejaran Chavez Ravine.

Le colé a Bob una historia convincente: Ruiz conocía a un tipo al que necesitaba sacar información. Gallaudet: está entrenando no sé dónde, búscale en Chavez Ravine dentro de unos días; estará allí trabajándose a la gente.

Me rindo.

Tiro seguro:

Junior denuncia a Glenda por homicidio en primer grado. La víctima, un chulo negro: Gallaudet tal vez no presente cargos. Pero... Howard Hughes chasquea los dedos y Bob Cámara de Gas salta. Fácil: elegir al juez, ganarse al jurado; Glenda, directa a la sala verde. Cargos accesorios pendientes: sobre mí.

En consecuencia:

Neutralizar a Junior. Silenciar sus tratos con los Kafesjian: si Exley se entera, delatará a Glenda para salir bien librado. Mi moneda de cambio: Duhamel; delatarlo a Dudley, el momento cumbre, trabajo para Exley; un seguro para Junior/Glenda.

Pagué dos de los grandes a Jack Woods: encuéntrame a Junior Stemmens. Mi pasión: ELLA; una caravana en el plató, avanzada la noche.

Miciak guardó silencio: entre Glenda y yo hicimos que su seguimiento fuera estrictamente personal. Escribí informes falsos para Milteer; Glenda me proporcionó detalles falsos. El plató: los extras vagabundos de Mickey, dormidos. Hablábamos en voz baja, hacíamos el amor y bailábamos alrededor de ELLO.

Yo nunca dije que lo sabía; ella nunca me presionó. Biografías, lagunas: le oculté lo de Meg, ella se calló lo de prostituta.

Nunca le dije que mataba gente. Nunca le dije que Lucille K. me había convertido en un voyeur.

Ella dijo que yo anulaba a la gente.

Dijo que yo solo apostaba en partidas amañadas.

Dijo que ser policía/abogado me colocaba a cierta distancia de la chusma blanca.

Dijo que yo no me dejaba engañar nunca.

Yo dije: tres de cuatro, no está mal.

III

Barrio negro rojo

16

Caminos de tierra, cabañas. Colinas atrapando la contaminación: Chavez Ravine.

Atasco. Aparqué a buena distancia y eché un vistazo:

Tipos agitando pancartas. Periodistas, policías de uniforme.

Comunistas cantando: «¡Justicia, sí! ¡Dodgers, no!».

Una multitud amistosa, con los ojos puestos en un Reuben Ruiz sonriente y entusiasta. Matones del sheriff, el agente Will Shipstad.

Ruiz: ¿testigo federal?

Me acerqué al tumulto a paso ligero.

–¡Hey, hey! ¡No, no! ¡No nos haréis volver a México!

Mostré la placa y los uniformados me abrieron paso.

Abucheos provocadores:

Ruiz peleaba esa noche; acudir al combate para animar a su contrincante. La Oficina de Tierras y Caminos, fascista: planes para recolocar a los chicanos en bloques de pisos de la zona más degradada de Lynwood.

–¡Hey, hey! ¡No, no! ¡Justicia, sí! ¡Dodgers, no!

Ruiz, gritando en español por un megáfono:

¡Mudaos cuanto antes! ¡La indemnización por vuestro traslado es muy suculenta! ¡Nuevos hogares muy pronto a vuestro alcance! ¡Y disfrutad del nuevo estadio de los Dodgers que VOSOTROS habréis contribuido a crear!

Guerra de ruidos; victoria del megáfono de Reuben. Los ayudantes del sheriff lanzaron entradas para el combate; los chicanos se arrodillaron para recogerlas. Me hice con una: Ruiz contra Stevie Moore, Olympic Auditorium.

Cantos, algarabía. Ruiz me vio y trató de abrirse paso entre sus admiradores.

Conseguí acercarme un poco más a él. Reuben ahuecó las manos para gritar:

—¡Tenemos que hablar! ¿Le va bien en mi vestuario después del combate?

Asentí con un gesto. «¡Basura! ¡Peón de los Dodgers!»... No había manera de hablar.

Una vuelta rápida por la Oficina. Mi despacho.

Un mensaje de Lester Lake: reúnete conmigo a las ocho esta noche, Moonglow Lounge. Exley apareció por Antivicio; le hice una seña para que entrara en el despacho.

—Tengo algunas preguntas —dije.

—Hágalas, mientras no sean «¿Qué busca con todo esto?».

—Probemos con «¿Por qué solo dos hombres en un caso que tiene tanto interés en resolver?».

—No. Siguiente pregunta, y que no sea «¿Por qué yo?».

—Probemos con «¿Qué saco yo con esto?».

Exley sonrió.

—Si resuelve el caso, ejerceré una prerrogativa del jefe de Detectives que rara vez se utiliza y le ascenderé a capitán saltándome el escalafón. Trasladaré a Dudley Smith a Antivicio y le daré a usted el mando de la División de Atracos.

El paraíso del trapicheo... que no me fallen las piernas.

—¿Sucede algo, teniente? Yo esperaba que me expresara su gratitud.

—Gracias, Ed. Eso que acaba de agitar es una zanahoria muy apetitosa.

—En vista de cómo es usted, yo también diría que lo es. Estoy muy ocupado, así que haga su siguiente pregunta.

—La clave de este asunto es Lucille Kafesjian. Tengo el presentimiento de que la familia sabe muy bien quién es el ladrón y quiero traer aquí a la chica para interrogarla.

—No, todavía no.

Cambio de tema:

—Deme el asunto de las pieles de Hurwitz. Quíteselo a Dudley.

—No, rotundamente no. Y no me lo vuelva a pedir. Ahora terminemos con esto.

—Muy bien, entonces déjeme presionar a Tommy Kafesjian.

—Explique eso de «presionar», teniente.

—Presionar. Apretarle las tuercas. Le hago hablar por la fuerza y nos cuenta lo que queremos. Ya sabe, métodos policiales desproporcionados, como aquella vez que usted se cargó a aquellos negros desarmados.

—Nada de acercamientos directos a la familia. Salvo eso, tiene carta blanca, teniente.

Carta blanca para el trabajo de mierda, con retraso: jodidas distracciones.

Sencillo:

Foto de Lucille/grabadora/lista de moteles: llevarlo todo al Southside y hacer preguntas:

¿Le ha alquilado alguna vez una habitación?

¿Algún hombre le ha pedido una habitación contigua a la de ella?

¿Algún vagabundo/borracho le ha alquilado una habitación para otra persona?

Pocas probabilidades; el Red Arrow Inn bien podría ser el único sitio al que Lucille llevaba a sus fulanos.

A lo largo de Central Avenue en dirección al Southside. Intriga policial, a lo grande:

Coches de Asuntos Internos siguiendo coches de federales, discretamente. Redadas de vagabundos: agentes de Vagos y Maleantes volcados en la labor. Furgones de prostitutas rondando en busca de chicas.

Los federales:

Comprobando matrículas a la salida de bares y clubes nocturnos. Metiendo la nariz en una partida de dados en una acera. Vigilando una ostentosa casa de putas para negros. Federales de traje gris y corte a cepillo pululando por el barrio negro.

Me detuve un momento en la comisaría de la calle Setenta y siete y pedí prestada una grabadora.

Las salas de interrogatorios estaban abarrotadas: «limpieza» de los 187 de negros pendientes. En el exterior, federales con cámaras fotografiando a los identificados por la policía.

Ahora, el trabajo de mierda:

Motel Tick Toe, motel Lucky Time: no a todas mis preguntas. Motel Darnell's, motel De Luxe: rotundos noes. Motel Handsome Dan's, Cyril's Lodge: más noes. Hibiscus Inn, Purple Roof Lodge: NO.

Nat's Nest, en la Ochenta y uno con Normandie. «Habitaciones limpias siempre.» Interrogué al empleado:

—Sí, señor, conozco a la chica. Siempre usa la habitación poco rato, y siempre pide la misma.

Me agarré al mostrador.

—¿Está registrada ahora?

—No, señor. No ha venido desde hace seis o siete días.

—¿Sabe para qué utiliza la habitación?

—No, señor. Mi lema es «No ver nada, no oír nada», y sigo esta política excepto cuando arman demasiado escándalo con sus jueguecitos, sean los que sean.

—¿La chica pide una habitación en la parte delantera con vistas a la calle?

El tipo, perplejo:

—Sí, señor. ¿Cómo lo sabe?

—¿Le ha alquilado la habitación contigua a algún joven blanco? ¿Tal vez algún vagabundo le ha pedido esa habitación y la ha reservado en nombre de otra persona?

Boquiabierto de asombro, el hombre se agachó tras el mostrador y sacó una hoja de registro.

–Mire: «John Smith». En mi opinión, un nombre falso. Vea, aún tiene pagados dos días más. Ahora mismo no está; le he visto marcharse esta mañana...

–Enséñeme esas habitaciones.

El hombre me condujo afuera, agitando unas llaves. Rápidamente abrió las dos puertas: buen tipo, y temeroso de la policía. Bungalows separados. Sin puertas de comunicación.

Me puse manos a la obra. Ahora, con calma: me libré del tipo con un billete de diez.

–Vigile la calle. Si aparece ese joven blanco, entreténgale. Dígale que tiene un fontanero en la habitación; luego venga a avisarme.

–Sí, sí, señor... –Haciendo reverencias desde la calle.

Dos puertas, sin acceso entre ellas. Ventanas laterales; el mirón podría haberla OBSERVADO. Setos bajos, un sendero de losas sueltas.

Descubrimiento:

Un cable que salía de la ventana de ÉL.

Y que desaparecía en el seto, fuera, bajo las piedras.

Lo agarré y tiré...

Volaron algunas piedras y el cable quedó tenso. Hasta entrar en la habitación de ELLA: el cable, bajo la alfombra. Un tirón y un micrófono cubierto de yeso salta de la pared.

Recupero el cable:

La ventana de ÉL; me encaramo al alféizar y entro. Otro tirón: tump, una grabadora bajo la cama.

Sin cinta.

Vuelvo afuera, examino las puertas: ninguna señal de haber sido forzadas. Deduzco que ÉL se coló por la ventana de ELLA.

Cerré ambas puertas y registré la habitación de ÉL.

El armario:

Ropa sucia, maleta vacía, tocadiscos.

La cómoda: ropa interior, álbumes de jazz: Champ Dineen, Art Pepper. Los mismos títulos. La colección de discos destrozados de Tommy K., por duplicado.

El baño:

Cuchilla, crema de afeitar, champú.

Levanto la alfombra:

Revistas de chicas –*Transom*–, tres números. Fotos y texto: «confesiones» de una actriz de cine.

Ninguna cinta.

Aparto el colchón, palpo la almohada: un bulto duro. Rompo, rasgo:

Una bobina. La coloco en la grabadora para una escucha rápida.

Nervios. Lo manoseé todo, echando a perder posibles huellas. Manos espasmódicas: rebobino la cinta/pulso Start.

Ruidos, toses. Cerré los ojos e imaginé la escena: amantes en la cama.

Lucille:

–¿No te cansas de estos juegos?

Desconocido:

–Pásame un cigarrillo. –Pausa–. No, no me canso. Desde luego, tú sabes cómo hacer que...

Sollozos, distantes. Las paredes del motel sofocan el llanto de mi hombre.

Fulano:

–... y sabes que esos jueguecitos de papá e hija tienen mucho morbo. En realidad, dada nuestra diferencia de edad resulta un juego de cama de lo más natural.

Una voz culta, la antítesis de Tommy/J. C.

Sollozos, más sonoros.

Lucille:

–Estos lugares están llenos de perdedores y de pervertidos solitarios.

Ninguna sospecha, ningún reconocimiento, ningún miedo a escuchas o vigilancias clandestinas. Clic; una radio: «... chanson d'amour, rattatat-tatta, play encore». Voces confusas, clic, el fulano:

–... por supuesto, siempre está esa pequeña infección que me pasaste.

«Infección»: ¿gonorrea/sífilis?

Eché un vistazo a la bobina: la cinta se acababa.

Voces soñolientas, embarulladas: más rato del habitual con un cliente. Cierro los ojos: por favor, un juego más.

Silencio, el siseo de la cinta: amantes dormidos. Chirrido de goznes.

—¡Dios!

Demasiado cerca, demasiado real... esto es AHORA. Abro los ojos: un hombre blanco plantado en la puerta.

Jodido por mi visión borrosa: saqué el arma, apunté, disparé. Dos tiros: el marco de la puerta quedó astillado; otro más: los fragmentos de madera estallaron.

El hombre huyó.

Salí corriendo, apuntando.

Gritos, chillidos.

Zigzags: mi hombre esquivando el tráfico. Disparé mientras corría: dos tiros fallados. Cuando apunté con cuidado, un blanco claro, me asaltó un pensamiento: si lo matas, no sabrás POR QUÉ.

Sorteando el tráfico, sin perder de vista la cabeza blanca que se escabullía. Bocinazos, frenazos: caras negras en la acera. Mi mancha blanca, desapareciendo.

Tropecé, trastabillé, corrí. Le perdí. A mi alrededor, todo negros.

Gritos.

Rostros negros asustados.

Mi reflejo en un escaparate: un tipo chiflado, aterrorizado.

Aflojé la marcha. Otra cristalera, más caras negras. Sigo sus miradas:

Una redada callejera: federales y negros. Welles Noonan, Will Shipstad, matones del FBI.

Agarrado, empujado, inmovilizado contra un portal. Golpeé a ciegas. Se me cayó la pistola.

Inmovilizado por gorilas federales con traje gris. Welles Noonan me dejó sin respiración de un golpe y me escupió en la cara. Mientras pegaba:

—Esto es por Sanderline Johnson.

17

El Moonglow. Muy pronto para Lester. Los discos del jukebox mataban el tiempo.

Noonan, con fondo musical; repeticiones de la escena, oliendo todavía su salivazo.

Esos federales: venganza barata. De vuelta al Nat's Nest: coches patrulla acudiendo a un aviso de disparos. Los ahuyenté y recogí las pruebas: discos, revistas, grabadora, cinta.

A continuación, llamadas:

Órdenes a Ray Pinker: buscar huellas en ambas habitaciones, llevar a un dibujante y que el conserje le dé detalles del mirón. Después, enseñarle los álbumes de fotos policiales y esperar que tenga buena vista.

Jack Woods, buenas noticias: había visto a Junior, le había seguido un par de horas y le había perdido. Junior, muy ocupado sacando dinero a tres camellos independientes. Jack me dio descripciones y números de matrícula. Sus palabras, literales:

—Parecía colocado hasta las cejas, totalmente ido. Registré su coche mientras iba a por tabaco. ¿Y sabes lo que vi en el asiento de atrás? Una hipodérmica, seis latas de atún vacías y tres escopetas de cañones recortados. No sé qué tiene contra ti, pero en mi opinión deberías frenarlo un poco.

El disco, inconfundible: el «Harbor Lights» de Lester Lake. Y la moneda no era mía.

Bingo: Lester en persona, rezumando miedo.

—Hola, señor Klein.

—Siéntate. Cuéntame.

—¿Que le cuente qué?

—A qué viene esa cara y por qué has puesto esa maldita canción.

Lester, tomando asiento:

—Me da confianza. Es bueno saber que tío Mickey mantiene mi disco en sus Wurlitzer.

—Mickey debería retirar sus máquinas antes de que los federales le retiren a él. ¿De qué se trata? No te había visto tan asustado desde el asunto de Harry Cohn.

—Señor Klein, ¿conoce a una pareja de muchachos del señor Smith llamados sargento Breuning y sargento Carlisle?

—¿Qué pasa con ellos?

—Bueno, están haciendo horas extras en la zona de la Setenta y siete.

—Venga, al grano.

Lester, sin aliento:

—Van por ahí intentando resolver muertes de negros a manos de otros negros. Se dice que con eso intentan contrarrestar toda esa posible publicidad favorable de la investigación federal. ¿Recuerda que me preguntó por un vendedor de marihuana llamado Wardell Knox? ¿Recuerda que le dije que se lo había cargado alguna persona o personas desconocidas?

Tommy K. había delatado a Knox a Narcóticos; Dan Wilhite se lo había dicho a Junior.

—Lo recuerdo.

—Entonces recordará que le dije que Wardell era un follador con un millón de enemigos. El tipo jodía con un millón de mujeres, incluida esa negrita de piel clara, Tilly Hopewell, que yo también me estaba tirando. Señor Klein, he oído que los muchachos del señor Smith me andan buscando porque les ha llegado el falso rumor de que fui yo quien se cargó al puto Wardell, y me huelo que la han tomado conmigo para engrosar a toda prisa sus estadísticas. Pero lo que usted quiere es información sobre los putos

Kafesjian y sus putos socios conocidos, de modo que tengo una verdadera sorpresa para usted, y es que hace muy poco me he enterado de que el pirado de Tommy Kafesjian le dio el pasaporte a Wardell, más o menos por septiembre; un jodido asunto de drogas o un lío de faldas, porque Tommy también se veía de vez en cuando con esa belleza, Tilly Hopewell.

Sin aliento/jadeante.

—Mira, hablaré con Breuning y Carlisle. Te dejarán en paz.

—Sí, quizá sea cierto, porque el buen casero Dave Klein conoce a la gente indicada. Pero el señor Smith odia a los negros. Y no creo que su gente le vaya a cargar el muerto de Wardell Knox a Tommy K., su magnífico soplón hijo de puta.

—Vamos, Lester, ¿qué quieres, cambiar el mundo o salir de este apuro?

—Lo que quiero es que me des otro mes libre de alquiler por toda la buena información que te consigo sobre la jodida familia Kafesjian.

«Harbor Lights» sonó otra vez. Lester:

—Y hablando de ellos, he oído que la hija es una semiprofesional de la calle. He oído que Tommy y J.C. le zurran a mamá Kafesjian, y que a ella le gusta. He oído que mamá Madge tuvo un lío con Abe Voldrich, la mano derecha de J.C. en el negocio de la droga, y además encargado de una de las tiendas de lavado en seco. He oído que Voldrich seca grandes cantidades de marihuana en las grandes secadoras de la lavandería. He oído que el sistema de la familia para mantener buenas relaciones con los traficantes rivales es recibir comisiones de pequeños camellos independientes a los que toleran, pero que ninguna organización importante intentaría nunca pisar el Southside porque saben que el LAPD se le echaría encima solo para complacer a esos jodidos armenios. He oído que los únicos camellos a los que delatan son los independientes que no quieren pagarles tributo por operar en su territorio. He oído que la familia está jodidamente apegada, aunque no se traten entre ellos con demasiado respeto. He oído que, aparte de Voldrich y esa morenita que le hace tilín a Tommy K., la familia solo tiene empleados y clientes, ningún jodido amigo. He oído que Tommy tenía amistad con un blanquito llamado Richie no sé qué más. He oído que soplaban juntos esas putas cornetas sin gracia, como si se creyeran muy talentosos. Ese robo demencial del que me habló usted, el de los perros abiertos en canal, la vajilla de plata robada y demás mierda... no he oído nada al respecto. También he oído que piensa usted subir el alquiler en mi edificio, así que...

Le interrumpí:

—¿Qué me dices de Tommy follando con Lucille?

—¿Cómo? No he oído nada parecido. He dicho que la familia estaba apegada, no encamada.

—¿Y qué hay de ese Richie?

—Mierda, ya le he contado todo lo que he oído, ni más ni menos. ¿Quiere que...?

—Sigue preguntando por él. Puede estar relacionado con ese mirón que ando buscando.

—Sí, ya me ha hablado de ese hijo de puta mirón. Escuche, señor Klein, yo sé cómo sacarle jugo a lo que me cuenta cualquiera, de modo que he estado preguntando por ahí, pero no me he enterado de nada. Y ahora, sobre el aumento del alquiler...

—Pregunta por ahí si los Kafesjian también andan buscando al mirón. Tengo el presentimiento de que saben quién es el ladrón.

—Y yo tengo el presentimiento de que mi casero Dave Klein me va a subir el alquiler.

—No, y te prolongo hasta enero. Si se presenta Jack Woods a cobrar, llámame.

—¿Qué hay de los muchachos del señor Smith que me pisan los talones?

—Me ocuparé de eso. ¿Conoces la dirección de Tilly Hopewell?

—¿Sabe bailar mi gente? ¿Me he desfogado más de una vez en ese nidito de amor?

—Lester...

—South Trinity 8491, apartamento 406. ¡Eh!, ¿adónde va?

–Al boxeo.

–¿Moore y Ruiz?

–Ajá.

–Apueste por el mexicano. Estuve liado con la hermana de Stevie Moore y me dijo que Stevie no encajaba bien los golpes al estómago.

Llegué hasta el ring mostrando la placa.

Descanso del sexto asalto: chicas contoneándose con los carteles. Cánticos de los espectadores: «¡Dodgers, no! ¡Ruiz es un traidor!». Abucheos, gritos: pachucos contra comunistas.

La campana...

El bailarín Reuben girando en círculos; Moore punteando con la derecha. Abrazo en el centro del cuadrilátero: Ruiz soltó el puño, Moore se quedó sin respiración.

¡Alto! ¡Alto!: el arbitro intervino y ordenó seguir.

Moore acechando, agachado: codos arriba, abierto de piernas. Reuben buscando la cabeza: Moore retrocede, ganchos fallados por poco.

Reuben indolente, Reuben aburrido.

Una súbita intuición: combate amañado.

Moore: sin chispa, sin fuerza. Ruiz: ganchos flojos, directos lentos.

Moore cazando moscas y buscando aire; Reuben tragándose golpes fáciles de bloquear: la guardia abierta de par en par.

Ruiz: un gancho de izquierda desganado.

Moore buscando aire con la guardia baja.

Un golpe del mexicano y besa la lona quien no debe.

Vítores de los pachucos.

Abucheos de los rojillos.

Reuben –esa expresión de «¡oh, mierda!»– retrasando el inicio de la cuenta. Perdiendo el tiempo, se encaminó lentamente hacia el rincón neutral.

Seis, siete, ocho… Moore en pie. Tambaleándose.

192

Ruiz volviendo sin ganas al centro del ring. Moore reculando: golpes al aire. Sucesión de fallos: Reuben lanza los puños diez, doce, catorce veces, todos desviados. Un auténtico ventilador.

Ruiz simulando jadeos; bajando los brazos con fingido agotamiento.

Moore lanza un golpe abierto y flojo.

El bailarín Reuben se tambalea.

Moore: más caricias, izquierda/derecha.

Reuben cae a la lona: ojos en blanco, fingidos. Siete, ocho, nueve, diez... Moore besó a Sammy Davis Jr. en la primera fila de asientos.

Pelea en las gradas: ¡a por los rojos! Los hispanos arrojando vasos de cerveza llenos de meados. Escudándose tras las pancartas, en vano. Los pachucos avanzaron blandiendo cadenas de bicicleta.

Busqué una salida. Un café en el bar de la esquina, dejar que las cosas se enfriaran. Veinte minutos y volví: un montón de coches patrulla y comunistas esposados.

Dentro otra vez, sigo el hedor a linimento. Vestuarios. Ruiz, a solas, devorando un plato de tacos.

—Bravo, Reuben. El mejor combate amañado que he visto nunca.

—Sí, y los altercados tampoco han estado mal. Eh, teniente, ¿y qué me dice de todos esos ganchos al aire?

Cerré la puerta por el alboroto en el pasillo: periodistas y Moore.

—Que sabes entretener a lo más selecto.

Reuben, dando tragos a una cerveza:

—Espero que Hogan Kid Bassey haya visto la pelea, porque el trato era que Moore alcanza la ronda eliminatoria del peso gallo y yo subo al pluma y peleo con él. Y entonces le daré una buena paliza, créame. Oiga, teniente, no habíamos vuelto a hablar desde la noche en que Sanderline saltó.

—Llámame Dave.

—Oiga, teniente: un negro y un mexicano saltan de la ventana de un sexto piso al mismo tiempo. ¿Quién llega al suelo primero?

—Ya lo he oído, pero cuéntalo de todas formas.

—El negro, porque el pachuco tiene que detenerse en plena caída para pintar con espray en la pared «Ramón y Kiki por vida».

Ja, ja. Por cortesía.

—Bien, teniente, sé que vio a Will Shipstad ocupándose de mi protección en Chavez Ravine. Deje que les tranquilice otra vez a usted y al señor Gallaudet: sigo estándoles agradecido por haberme conseguido este trabajo que llaman de «relaciones públicas», sobre todo porque así he podido sacar de otro lío al desgraciado de mi hermano. De modo que sí, vuelvo a ser un testigo federal, pero Noonan solo me quiere para declarar sobre un asunto de apuestas que ya es agua pasada, y yo nunca delataría a Mickey C., teniente, ni a su amigo Jack Woods.

—Siempre he supuesto que sabías actuar.

—¿Quiere decir actuar para lo más selecto?

—Sí. Los negocios son los negocios, así que jodes a los tuyos para estar a bien con el fiscal del distrito.

Con una ancha sonrisa:

—Tengo una familia propensa a los problemas, teniente, y he llegado a la conclusión de que mi familia me importa más que los mexicanos en general. Así que beso unos cuantos culos para que unos… ¿cómo llamarlos…?, caseros de barrio pobre como usted y su hermana puedan seguir cebándose. ¿Sabe, Dave?, la maldita Oficina de Tierras y Caminos ha estado echando un vistazo a esas casuchas de Lynwood. Parece que los peces gordos quieren instalar a mis pobres *hermanos* desahuciados en esa especie de casa de putas reformada, así que tal vez usted y su maldita hermana casera puedan sacar provecho del negocio.

Un tipo listo… Joderle la bravata:

—Sabes muchas cosas de mí.

—Sí, Dave Klein, «el Ejecutor». La gente habla de usted.

Cambio de tema:

—¿Johnny Duhamel es marica?

—¿Está loco? Es el mayor follador de todos los folladores.

—¿Le has visto últimamente?

—Estamos en contacto. ¿Por qué?

–Solo por saberlo. Se ocupa del robo de pieles de Hurwitz y es un caso grande para un agente inexperto. ¿Ha hablado del asunto contigo?

Reuben mueve la cabeza con cautela.

–No. Casi siempre habla de ese trabajo en la Brigada contra el Hampa que tiene ahora.

–¿Algo en concreto?

–No. Dijo que se supone que no debe hablar de ello. Eh, ¿a qué vienen tantas preguntas?

–¿A qué viene esa cara de pena de pronto?

Ganchos, directos: zumbidos en el aire.

–Vi a Johnny hace como una semana. Me contó que había estado haciendo algunas maldades. Johnny no... ¿cómo lo diría...?, no entró en detalles, pero dijo que necesitaba una paliza como penitencia. Nos pusimos los guantes y me dejó sacudirle un rato. Recuerdo que él tenía ampollas en las manos.

Huellas de manguera. Probablemente Johnny la odia.

–¿Recuerdas al sargento Stemmons, Reuben?

–Claro. Su socio en el hotel. Buen corte de pelo, pero un tipo de poco fiar, si quiere mi opinión.

–¿Lo has visto?

–No.

–¿Johnny te ha mencionado su nombre alguna vez?

–No. Eh, ¿a qué viene este interés por Johnny?

–Mero interés –repliqué con una sonrisa.

–Claro. Muy sutil, teniente. Escuche este: ¿qué sale de la mezcla de un negro y un mexicano?

–No lo sé.

–¡Un ladrón demasiado vago para robar!

–Muy bueno. Para partirse de risa.

Reuben, acariciando una Schlitz:

–Pues no oigo que se ría tanto. Y adivino lo que está pensando: «En Chavez Ravine, Reuben dijo que teníamos que hablar».

–Pues hablemos.

Puro pachuco: Reuben abrió la botella con los dientes y dio un trago.

—Oí a Noonan hablando con Will Shipstad acerca de usted. Noonan no le puede ver ni en pintura. Está convencido de que empujó a Johnson por la ventana y de que le dio una paliza a un tipo llamado Morton Diskant. Intentó que yo dijera que había oído cómo tiraba a Johnson, y juró que iba a acabar con usted.

18

Análisis forense sobre la mesa del salón de mi casa.

Espolvoreé las revistas, la grabadora, las bobinas: varias huellas dactilares parciales y cuatro latentes idénticas. Marqué las mías para comparar; un vistazo confirmó que mis torpes dedos lo habían jodido todo.

Sonó el teléfono.

—¿Sí?

—¿Dave? Ray Pinker.

—¿Has terminado?

—Terminado, eso es. En primer lugar, no hay huellas latentes aprovechables de ningún sospechoso, y hemos espolvoreado todas las superficies susceptibles de ser tocadas en ambas habitaciones. Para descartar, tomamos las huellas del encargado de recepción, que también es el propietario, del conserje y de la camarera, todos negros. Las suyas fueron las únicas que encontramos. No había nada más.

—Mierda.

—Bien resumido. También nos llevamos la ropa del hombre y analizamos unos calzoncillos manchados de semen. También es 0 positivo y presenta las mismas características que el otro. Tu ladrón o lo que sea es todo un adicto a los moteles.

—Mierda.

—Bien dicho, pero hemos tenido más suerte con la reconstrucción fisonómica. El tipo del hotel y el dibujante han elaborado un retrato y lo tienes esperando en tu despacho. Y ahora…

—¿Y las fotos policiales de identificación? ¿Le has dicho al tipo que le necesitaremos para echarles una ojeada?

Ray suspiró, medio enojado.

–Dave, el tipo se ha largado a Fresno. Dejó entrever que nuestro comportamiento le fastidiaba mucho. Yo le ofrecí una cantidad en nombre del Departamento para reparar la puerta contra la que disparaste, pero el hombre dijo que eso no cubriría las molestias. También dijo que no intentaras buscarle porque se marchaba sin dejar señas. No le insistí para que se quedara porque dijo que pondría una demanda por la puerta que estropeaste.

–Mierda. Ray, ¿comprobaste...?

–Dave, te llevo mucha delantera. Sí, pregunté a los otros empleados si habían visto al inquilino de esa habitación. Los dos dijeron que no, y les creo.

Mierda. Joder.

Ray, medio enfurruñado:

–Muchas molestias por un simple 459, Dave.

–Sí. Y no me preguntes por qué.

Clic. Un zumbido en el oído.

Venga, a seguir espolvoreando:

Huellas parciales en las cubiertas de los álbumes; los discos en sí, con los microsurcos, no recogían las impresiones dactilares. Champ Dineen en mi tocadiscos: *Sooo Slow Down, El Champ interpreta al Duke.*

Música de fondo. Hojeé la revista *Transom.*

Piano/saxo/bajo: suave. Fotos de chicas insinuantes: M. M., la sirena rubia, loca por el andrógino R. H.: la chica hará cualquier cosa por enderezarle. J. M., la ninfo, con sus gigantescos encantos, busca machos bien dotados en el gimnasio Easton's. Solo veinticinco centímetros o más, por favor; J. M. lleva una regla para comprobarlo. Últimas conquistas: F. T., gigantón de películas de serie B; M. B., escritor de chistes; G. C., lacónico astro de westerns.

Saxo susurrante, contrabajo como el latir del corazón.

Texto: los tesoros del vendedor viajante. Foto: mujeres de tetas enormes que rebosaban de los sujetadores. Trinos del piano, magníficos.

Un número atrasado, Dineen filtrándose. *Transom*, junio del 58: M. M., la aficionada al béisbol M. M.; su pasión por J. D. M. la empujaba a los bateadores. El ostentoso hotel Plaza, estancia de diez de la mañana a diez de la noche.

Solo de saxo alto: Glenda/Lucille/Meg, girando en un torbellino.

Anuncios: alargadores de pene, cursos de derecho por correo, «Mood Indigo» en versión Dineen: instrumentos de viento graves.

Una historia de papá/hija. El texto: como introducción, un diálogo. Las fotos: una morena rolliza, luciendo un bikini.

—Bueno... te pareces a mi papá.

—¿Me parezco? Bueno, sí, soy lo bastante viejo. Supongo que un juego es un juego, ¿no? Puedo hacer de padre porque encajo en el papel.

—Bueno, como dice la canción, «Mi corazón pertenece a papi».

Ojeo el texto:

La huérfana Loretta arde en deseos de un papaíto. El malvado Terry la desfloró y ella, a su pesar, aún siente algo por él. Se vende a hombres mayores y un predicador la mata. Foto adjunta: la chica, estrangulada con la cuerda de la ventana.

Champ Dineen rugiendo. Repaso la historia:

Loretta como Lucille; Terry como Tommy. La «huérfana» Loretta... sin explicación. Papá J. C., objeto del deseo de Lucille; difícil de creer que a ella le ponga ese capullo seboso.

Pongamos que un mirón leyó el diálogo.

Pongamos que ese mirón fue el «escritor».

Transom, julio del 58: pura bazofia sobre artistas de cine. Busco la cabecera: una dirección del Valley. A visitar mañana.

Sonó el teléfono. Bajé el volumen. Descolgué.

—Glen...

—Sí. ¿Tienes poderes mentales o solo esperabas que fuera yo?

—No lo sé, quizá ambas cosas. Escucha, me acercaré por el plató.

—No. Sid Frizell está filmando algunas escenas nocturnas.

—Iremos a un hotel. No podemos usar mi casa ni la tuya. Es demasiado arriesgado.

Aquella risa...

—Lo he leído hoy en el *Times*. Howard Hughes y su séquito han salido hacia Chicago para una reunión con el Departamento de Defensa. La «residencia de actriz» de Hollywood Hills está disponible, David, y tengo una llave.

Después de medianoche. Por seguridad.

—¿Dentro de media hora?

—Sí. Te echo de menos.

Colgué el teléfono y subí el volumen. Ellington/Dineen: «Cottontail». Recuerdos: año 42, Cuerpo de Marines. Meg, la canción: bailando en la terraza de El Cortez.

Todavía en carne viva... dieciséis años echados a perder. El teléfono justo ahí. Hazlo.

—¿Diga?

—Me alegro de encontrarte, pero imaginaba que estarías persiguiendo a Stemmons.

—Tenía que dormir un poco. Escúchame, negrero...

—Mátale, Jack.

—Por mí, de acuerdo. ¿Diez?

—Diez. Acaba con él y consígueme un poco más de tiempo.

19

Hollywood Hills, un caserón de estilo español junto a Mulholland. Luces encendidas, el coche de Glenda ante la puerta. Veintitantas habitaciones: el picadero supremo.

Aparqué; los faros iluminan un Chevrolet del 55. Me resulta familiar, para mal: el coche de John Miciak.

Me aseguro, pongo las luces largas: pegatinas de Hughes Aircraft en el parachoques trasero.

Silencio de madrugada: grandes ventanales a oscuras, solo una iluminada.

Me bajo y escucho. Voces –él, ella– amortiguadas.

Me acerco, pruebo la puerta principal. Cerrada. Voces: la de él, irritada; la de ella, tranquila. Rodeo la casa y escucho.

Miciak:

–... podrías tenerlo peor. Escucha, tú pórtate bien conmigo y sigue fingiendo con Klein. Le he visto acudir a verte a Griffith Park y, por lo que a mí respecta, puedes seguir liada con él: no soy posesivo y no tengo socios. El señor Hughes no tiene por qué enterarse; tú pórtate bien conmigo y consigue de Klein ese dinero que quiero. Sé que lo tiene porque está relacionado con algunos hampones. Me lo ha dicho el propio señor Hughes.

Glenda:

–¿Cómo sé que solo es cosa tuya?

–Porque Harold John Miciak es el único tipo de Los Ángeles lo bastante hombre como para meterse en los asuntos del señor Hughes y de ese policía que se cree tan duro.

201

Un rodeo hasta la ventana del comedor. Rendijas en las cortinas. Observo:

Glenda retrocediendo poco a poco; Miciak avanzando hacia ella, contoneando las caderas.

Movimientos lentos, los dos. Detrás de Glenda, un juego de cuchillos.

Probé a abrir la ventana. No cedió.

Glenda:

—¿Cómo sé que solo es cosa tuya?

Una mano tantea a su espalda, la otra extendida delante: «Acércate más». Su voz:

—Creo que nos vamos a entender.

Rodeo la casa hacia la parte trasera, una puerta lateral; cargué con el hombro y entré a la carrera.

El pasillo, la cocina, allí...

Un cuerpo a cuerpo: las manos de él sobando, las de ella agarrando cuchillos.

Entumecido, a cámara lenta. Incapaz de moverme. Paralizado, conmocionado, contemplo:

Cuchillos que descienden —sobre la espalda de Miciak, sobre su cuello— y se hunden hasta la empuñadura. Crujidos de huesos. Glenda hurgó en las heridas: ambas manos bañadas en sangre. Miciak golpeándola A ELLA...

Otras dos hojas afiladas rasgan la carne. Glenda lanza estocadas a ciegas.

Miciak alcanza el juego de cuchillos, empuña una cuchilla de carnicero.

Me acerco trastabillando, las piernas entumecidas, huelo la sangre...

Miciak descargó un golpe, falló, se lanzó de nuevo a por el juego de cuchillos. Glenda volvió a la carga: le hundió el metal en la espalda, en el rostro. La hoja afilada le arrancó las mejillas.

Gorgoteos/chillidos/gemidos: Miciak muriendo a gritos. Mangos de cuchillo sobresaliendo de su cuerpo en ángulos extraños. Lo derribé al suelo, hurgué con los cuchillos, lo rematé.

Glenda: ni un solo grito. Y esa mirada: CALMA, ya he pasado antes por esto.

CALMA.

Apagamos las luces y esperamos diez minutos. Ninguna reacción fuera. A continuación, planes: cuchicheos en voz baja, abrazados. Ensangrentados.

Por suerte, no había alfombra en el comedor. Nos duchamos y nos cambiamos de ropa (Hughes tenía un guardarropía masculino/femenino). Recogimos la ropa sucia y limpiamos el suelo, los cuchillos y el bloque de madera donde estaban.

En un armario había mantas: envolvimos a Miciak en una de ellas y lo metimos en el maletero de su coche. Las dos menos diez. Salí; volví a entrar. Ningún testigo. Salí de nuevo y regresé otra vez. Nuestros coches, aparcados en lugar seguro debajo de Mulholland.

Un plan. Un cabeza de turco: el Diablo de la Botella, el asesino en libertad favorito de Los Ángeles.

Al volante del coche de Miciak, yo solo, hasta Topanga Canyon. Campo Infantil Hillhaven: abandonado, territorio de vagabundos. Eché un vistazo con la linterna a las seis cabañas: ningún indigente instalado allí.

Aparqué el coche fuera de la vista.

Lo limpié.

Cabaña del Cachorro del Jaguar: arrojé el cuerpo allí.

Estrangulé el cadáver para ajustarme al modus operandi del asesino. Lo arrastré sobre el serrín del suelo para obstruir las heridas de cuchillo. Lógica forense: los cuerpos extraños en las heridas impedirían determinar el tipo concreto de arma blanca utilizado.

Lógica de la esperanza:

Howard Hughes, reacio a la publicidad, tal vez no pusiera mucho interés en encontrar al asesino de aquel hombre.

Regresé a la autopista de la costa caminando. Rezumando miedo con CALMA...

Acosado esporádicamente por presuntos perseguidores.

Ser perseguido aquella noche significaría lamentarlo el resto de la vida.

Glenda me recogió en la autopista. De vuelta en Mulholland, cada uno en su coche hasta mi casa. En la cama, solo para hablar.

Conversación trivial, por voluntad de ella. La escena de los cuchillos en Cinemascope y Technicolor. Presioné para saber que no le había gustado hacerlo.

Descargué un puñetazo en la almohada junto a su rostro.
Enfoqué la lámpara de la mesilla a sus ojos.

Le dije:

Mi padre mató un perro a tiros/yo incendié su cobertizo de herramientas/él pegó a mi hermana/yo le disparé, la pistola se encasquilló/esos cabrones de los Dos Tonys maltrataron a mi hermana/me los cargué/maté a otros cinco hombres/cogí dinero... ¿Qué te da derecho a jugar tan fuerte, con tanto estilo...?

Golpeo la almohada, obligo a Glenda a hablar. Sin estilo, sin lágrimas:

Glenda iba de un sitio a otro, sirviendo bandejas en autorrestaurantes, aspirante a actriz. Se acostaba por dinero para pagar el alquiler; un tipo se lo contó a Dwight Gilette. Este le hizo una propuesta: enviarle clientes, al cincuenta por ciento. Ella accedió y cumplió: la mayoría, pelagatos. Una vez, Georgie Ainge; él no la maltrató, pero recibía palizas habituales de Gilette.

Se volvió loca. Tenía esa idea de aspirante a actriz: comprarle un arma a Georgie y asustar a Dwight. La aspirante a actriz, ahora con atrezzo: una pistola de verdad.

Dwight le hizo llevar a sus «sobrinas» a casa de su «hermano» en Oxnard. Fue divertido: dos crías negritas muy monas. Una semana después, sus fotos en la tele.

Dos niñas de cuatro años desnutridas, torturadas y violadas: encontradas muertas en una alcantarilla de Oxnard.

La aspirante a actriz, chica de los recados. La actriz de verdad, una idea:

Matar a Gilette. Antes de que envíe más niñas al matadero.
Lo hizo.
No le gustó hacerlo.
De cosas como esta, una no sale así como así; sale arrastrándose con
estilo.

La abracé.
Hablé sin parar de los Kafesjian.
Champ Dineen nos arrulló hasta quedarnos dormidos.

Desperté temprano. Oí a Glenda en el baño, sollozando.

20

Harris Dulange, cincuenta años, mala dentadura:

–Puesto que tanto yo como la revista estamos más limpios que el culo de un gato, le explicaré cómo funciona *Transom*. Primero contratamos a prostitutas o aspirantes a actriz en apuros para tomar las fotos. El material escrito es de su seguro servidor, el redactor jefe, o es obra de jóvenes universitarios que ponen en papel sus fantasías a cambio de ejemplares gratis. Es lo que en *Hush-Hush* llaman «insinuaciones». Colocamos esas iniciales de estrellas de cine en nuestras historias para que nuestros lectores (débiles mentales, lo reconozco) piensen: «¡Vaya!, ¿de veras hablan de Marilyn Monroe?».

Yo estaba muy cansado. Había pasado por la Oficina a primera hora para conseguir el retrato robot de Pinker. Exley dijo que no se distribuyera a todas las unidades. La noche anterior me había dejado demasiado agotado como para replicarle.

–¿Se está quedando dormido, teniente? Sé que esta no es la oficina más bonita del mundo, pero…

Saqué el número de junio del 58.

–¿Quién escribió esa historia de padre e hija?

–No es preciso que me la enseñe. Si es de morenas rollizas ardiendo de deseo por un sustituto de papá, la escribió Champ Dineen.

–¿Qué? ¿Usted sabe quién es Champ Dineen?

–Quién era, porque murió hace algún tiempo. Ya sé que el tipo utilizaba un seudónimo.

Le mostré el retrato robot. No mostró la menor reacción.

—¿Quién es?

—Puede que el tipo que escribió esas historias. ¿Le vio alguna vez?

—No. Solo hablamos por teléfono. Pero en ese retrato parece bastante guapo. Me sorprende. Yo imaginaba que el tipo sería un monstruo.

—¿Le dijo si su nombre auténtico era Richie? Eso podría ser una pista para su identificación.

—No. Solo hablamos por teléfono en una ocasión. Me dijo que se llamaba Champ Dineen y yo pensé: «Estupendo, y único en Los Ángeles». Teniente, permítame una pregunta: ¿ese falso Champ es un fetichista voyeur?

—Sí.

Dulange, asintiendo y estirándose:

—Hará unos once meses, hacia Navidad, ese seudo-Champ me llama como salido de la nada. Dice que ha tenido acceso a un buen material en la onda *Transom*, algo así como una mirada furtiva a un prostíbulo. «Estupendo», le dije. «Mándeme unas copias; quizá hagamos negocios.» Y entonces el tipo me envió dos historias. La dirección del remitente era un apartado de correos y pensé: «¡Vaya! ¿Andará fugado de la justicia o es que vive en un apartado postal?».

—Siga.

—El material merecía la pena. Incluso merecía dinero, y yo rara vez pago por el texto, solo por las fotos. En cualquier caso, eran dos historias de papá y su niñita, y los diálogos introductorios eran muy realistas, como si el tipo los hubiera escuchado mientras estaban en plena faena. Las otras historias no eran tan buenas, pero le envié un billete de cien sin anotarlo en los libros, junto con una nota: «Mantenga viva la llama. Su material me gusta».

—¿Le manda los textos manuscritos?

—Sí.

—¿Y los guarda?

—No. Los paso a máquina y luego los tiro.

—¿Ha hecho eso con todas las historias que le ha enviado?

—Así es. Hemos sacado cosas de ese Champ en cuatro números, y las cuatro veces me he encargado de mecanografiarlos y de

208

tirar los manuscritos. El número que me ha enseñado es de junio del 58. Champ también aparece en los de febrero, mayo y septiembre. ¿Quiere ejemplares? Puedo hacer que se los envíen del almacén, quizá en una semana.

—¿No antes?

—¿Los espaldas mojadas que tienen trabajando ahí? Para ellos una semana es ir como Speedy Gonzales.

Le dejé una tarjeta.

—Mándelos a mi despacho.

—Está bien, pero le decepcionarán.

—¿Por qué?

—El Champ es un tipo de piñón fijo. Siempre escribe sobre encuentros casi incestuosos protagonizados por morenas rollizas. Me parece que empezaré a editar los textos y a cambiar algunas cosas. Rita Hayworth intentando tirarse a un sustituto de su padre resultaría más picante, ¿no le parece?

Irritado... pensando en Glenda.

—¿Le paga con cheques?

—No, siempre en metálico. Cuando hablamos por teléfono me dijo que solo aceptaba metálico. Teniente, le noto un tanto ansioso, así que se lo diré: busque el apartado 5841 de la oficina de correos del centro. Ahí es donde envío el dinero. Siempre en metálico, y si está usted pensando en denunciarme a Hacienda, no lo haga, porque lo de ese Champ está cubierto bajo varias notas de gastos de poca cuantía.

Acalorado... los sudores matinales.

—¿Qué le pareció esa única vez que habló con él?

—Me pareció un completo inútil que siempre ha tenido pretensiones de convertirse en músico de jazz. Oiga, ¿sabía que mi hermano pequeño fue sospechoso en el caso de la Dalia Negra?

¿Apostarme junto al apartado de correos? Me llevaría demasiado tiempo. ¿Conseguir una orden para registrar el contenido? No. ¿Reventar la caja? Sí. Llamar a Jack Woods.

Monedas en un teléfono:

Jack: sin respuesta. Meg: saca diez mil de nuestra cuenta de alquileres. Está bien, dice ella, sin pedir razones. Novedades: ella y Jack volvían a estar liados. Reprimí una broma sin gracia: dale los billetes a él, porque va a matar a Junior por orden mía.

A tiros, a cuchilladas, a golpes... Una imagen: Junior muerto. Miciak convertido en un alfiletero. La imagen/la sensación: hojas de cuchillo clavadas en su espina dorsal.

Más llamadas:

Mick Breuning y Dick Carlisle; la calle Setenta y siete, la Oficina: sin suerte. Imagino a Lester Lake cagado de miedo: policías enviados a detenerle con falsas pruebas.

Imagino a Glenda: «Mierda, David, me has pillado llorando».

Conduje hasta el barrio negro, una ronda en busca de nombres. Bares y clubes de jazz abiertos ya. Adelante.

Nombres:

Tommy Kafesjian. Richie (¿un viejo amigo de Tommy?). Tilly Hopewell, consorte. Tommy y el difunto Wardell Knox. Mi comodín: Johnny Duhamel, policía exboxeador.

Nombres mencionados a:

Chicas de bar, drogadictos, vagos, amigos de la botella, camareros. Sus respuestas: Richie, caras inexpresivas. Mirones blancos: ídem. Tilly Hopewell: una ex yonqui recién salida de una cura de desintoxicación. Wardel Knox: «Está muerto y no sé quién lo hizo». Johnny el Escolar: solo conocido por el boxeo.

El retrato robot del mirón: cero identificaciones.

Anochecer: más clubes abiertos. Más nombres; nulos resultados. Eché un vistazo al tráfico de máquinas tragaperras por puro reflejo. En el Rick Rack, un grupo de recaudadores, blancos/hispanos; al otro lado de la calle, federales con la cámara preparada. Los hombres de las máquinas de Mickey recogidos en película. Mickey el Suicida.

Un montón de Plymouth policiales: federales, LAPD. Ataques intermitentes de inquietud: ¿me habría seguido alguien ANOCHE?

Me detuve junto a una cabina. Estaba sin monedas; usé fichas falsas. Glenda —en mi casa, en la suya—, sin respuesta. Jack Woods, sin respuesta.

Me acerqué por el Bido Lito's. Dejé caer nombres; dejé caer mierda: no conseguí más que risas burlonas.

Dos copas, mínimo. Me senté en un taburete y pedí dos whiskys. Ojos de vudú: negros de pared a pared.

Apuré la bebida rápido: dos copas, no más. Calentado por el licor, una idea: esperar a Tommy K. y sacarlo fuera a empujones. ¿Te follas a tu hermana/se la folla tu padre? Zurrarle con el puño americano hasta que escupiera toda la mierda de la familia.

El camarero dijo que tenía la tercera copa preparada; le dije que no. Un combo preparándose; hice una seña al saxo para que se acercara. Llegamos a un acuerdo: veinte dólares por un popurrí de Champ Dineen.

Las luces, amortiguadas. Vibráfono/batería/saxo/trompeta. ¡Ya...!

Temas: sonoros/rápidos, suaves/lentos. En voz baja, el camarero me habló del mítico Champ Dineen.

La historia:

Salió de ninguna parte. Parecía blanco, pero el rumor convirtió su sangre en mestiza. Tocaba el piano y el saxo bajo, componía jazz y grabó algunos discos. Un tío guapo, muy colgado: follaba en las cabinas para mirones y nunca dejaba que lo fotografiaran. Champ enamorado: de tres hermanas, niñas ricas, y su madre. Cuatro mujeres, nacieron cuatro hijos. El papá rico y cornudo se cargó a Champ a tiros.

Una copa sobre la barra. La engullí de un trago. Mi legendario mirón: encajarlo en aquella historia.

Solo tal vez: las cabinas para mirones encajaban con *Transom*; la intriga familiar encajaba con los KAFESJIAN.

Salí a la carrera. Crucé la calle hasta una cabina telefónica. El número de Jack Woods, tres timbrazos...

—¿Diga?

—Soy yo.

—Dave, no preguntes. Todavía estoy buscándole.

—Está bien, no se trata de eso.

—¿Entonces...?

—Hay dos más de los grandes para ti, si los quieres. ¿Conoces la oficina de correos del centro, la que está abierta toda la noche?

—Claro.

—Apartado 5841. Fuérzalo y tráeme el contenido. Espera más o menos hasta las tres, así no te verá nadie.

Jack soltó un silbido.

—Estás metido en problemas con los federales, ¿verdad? Sería inútil pedir una orden de registro, así que...

—¿Sí o no?

—Sí. Me gusta verte en problemas: te vuelve generoso. Lláma- me mañana, ¿de acuerdo?

Colgué. Me asaltó un recuerdo: números de matrícula. Los coches de los tipos extorsionados por Junior que Jack había visto durante su vigilancia. Saqué el bloc de notas y llamé a Tráfico.

Lento: dictar los números, esperar. El aire frío templó mi su- bidón de alcohol y me aclaró la cabeza: camellos extorsionados, posibles soplones de Junior/Tommy.

Resultado:

Patrick Dennis Orchard, varón caucásico, S. High Point, 1704½; Leroy George Carpenter, varón negro, calle Setenta y uno W., 819, #114; Stephen (sin segundo nombre) Wenzel, va- rón caucásico, S. St. Andrews, 1811, #B.

Dos blancos... sorprendente. Pienso: Lester Lake me dio la di- rección de Tilly Hopewell. Aquí está: South Trinity, 8491, #406.

No está lejos; llego enseguida. Un edificio de cuatro pisos. Aparco junto al bordillo.

No hay ascensor. Subo al último piso a pie. 406: llamo al timbre.

Chasquidos en la mirilla.

—¿Quién es?

—Policía.

Ruido de cadena, la puerta se abre. Tilly, una treintañera de piel clara; quizá medio blanca.

—¿Señorita Hopewell?

—Sí. —Ningún acento negro.

—Solo unas preguntas.

Ella se hizo a un lado, muerta de miedo. El saloncito, mísero, limpio.

—¿Es usted de la condicional?

Cerré la puerta.

—No. LAPD.

—¿Narcóticos? —Piel de gallina.

—Antivicio.

Ella agarró unos papeles de encima del televisor.

—Estoy limpia. Acabo de pasar el test de nalorfina hoy mismo, vea.

—No me interesa.

—¿Entonces...?

—Empecemos por Tommy Kafesjian.

Tilly retrocedió, chocó con una silla y se derrumbó en ella.

—¿Qué es esto, señor policía?

—Déjate de rollos. Tú no eres de esa clase de negras. Tommy Kafesjian.

—Conozco a Tommy.

—Y has intimado con él.

—Sí.

—Y también has intimado con Wardell Knox y con Lester Lake.

Es verdad, pero no soy de esa clase de negras que consideran eso un gran pecado.

—Wardell está muerto.

—Ya lo sé.

—Tommy lo mató.

—Tommy es malo, pero no voy a decir que matara a Wardell. Y si lo hizo, es un protegido del LAPD, de modo que no conseguirá de mí nada que no sepa ya.

—Eres una chica lista, Tilly.

—¿Quiere decir lista para ser negra?

—Ser lista es ser lista. Ahora dame un motivo para que Tommy matara a Wardell. ¿Fue por mala sangre respecto a ti?

Sentada muy modosita; una maestra de escuela drogadicta.

—Tommy y Wardell no se cegarían nunca hasta ese punto por una mujer. No estoy diciendo que Tommy lo matara, pero si lo hizo sería porque Wardell se retrasó en el pago de alguna partida de drogas. Lo cual no tiene ninguna importancia para ustedes, teniendo en cuenta las cestas de Navidad que les envía el señor Kafesjian.

Cambio de tema:

—¿Te cae bien Lester Lake?

—Claro que sí.

—Y no querrás verle encerrado por un asesinato que no ha cometido, ¿verdad?

—No, pero ¿quién dice que tal cosa vaya a ocurrir? Hasta el más tonto podría ver que Lester no es de la clase de hombres que mataría a otro.

—Vamos, vamos. Sabes que las cosas no funcionan así.

Tilly, ansiosa; descartada esa cura de desintoxicación.

—¿Por qué se interesa tanto por Lester?

—Nos ayudamos mutuamente.

—¿Quiere decir que es usted el casero para el que Lester hace de soplón? Si quiere ayudarle, arréglele la bañera.

Cambio de tema:

—Johnny Duhamel.

—¿Quién es ese? No me suena.

Recito nombres:

—Leroy Carpenter... Stephen Wenzel... Patrick Orchard... Probemos con un policía llamado George Stemmons, Jr.

Unos cigarrillos en una bandeja cercana. Tilly alargó una mano temblorosa.

Doy una patada a la bandeja. La provoco y se lanza:

—¡Ese Junior es basura! ¡Steve Wenzel es amigo mío y ese desgraciado de Junior le robó la pasta y la mercancía y le llamó negro blanco! ¡Ese Junior le soltó toda esa sarta de locuras! ¡Y vi a ese pirado de Junior metiéndose droga sin ningún disimulo junto a ese club!

Un destello: mi fajo de billetes.

—¿Qué sarta de locuras? Vamos, eso de la rehabilitación es un camelo. Seguro que te iría bien un chute. ¡Vamos! ¿Qué sarta de locuras?

—¡No lo sé! ¡Steve solo dijo «una sarta de locuras»!

—¿Qué más te dijo de Junior?

—¡Nada más! ¡Solo lo que le he dicho!

—Patrick Orchard, Leroy Carpenter... ¿Les conoces?

—¡No! ¡Solo conozco a Steve! ¡Y no quiero crearme fama de soplona!

Veinte, cuarenta, sesenta... Dejé caer los billetes sobre su regazo. Ahora ojos de drogada; al carajo el miedo.

—Tommy dijo que a veces Lucille hace la calle. Dijo que un hombre de la orquesta de Stan Kenton la recomendó a ese tipo de la agencia de acompañantes de Beverly Hills, Doug no sé cuántos... ¿Doug Ancelet? Tommy dijo que Lucille trabajó una temporada para ese hombre, hace varios años, pero que el tipo la despidió porque les había contagiado la gonorrea a sus clientes.

Repulsión: Glenda, exchica Ancelet. La cinta de mi mirón; el cliente a Lucille: «esa pequeña infección que me pasaste».

Tilly: ojos de drogada, dinero fresco.

Carpenter/Wenzel/Orchard: hice una ronda de direcciones de sur a noroeste. Nadie en casa: ronda por el sur, abro las ventanillas del coche. El aire fresco me aclaró la cabeza.

Dar a Junior por muerto o casi muerto. Descubrirle post mortem como marica. Soplarle basura homosexual a *Hush-Hush*, vengar su basura sobre Glenda. Volver a su casa, dejar pruebas, sonsacar a las víctimas de sus extorsiones. Trabajar en el 459 de Kafesjian... y relacionar a Junior con el fregado. Un interrogante: su expediente de Exley en el cajón.

Rondas mentales:

Exley anuncia mi recompensa por lo de Kafesjian: jefe de la División de Atracos. Es una puñalada a Dudley Smith, el encargado del trabajo de las pieles; el autor: su protegido Johnny Duhamel.

Johnny y Junior... ¿socios en el golpe?

Mi instinto: improbable.

Reflejo instintivo: poner a Johnny en manos de Dud, desviar la puñalada de Exley, buscar el favor de Dud.

Al sur, piso a fondo. Según la radio, Smith estaba trabajando en la calle Setenta y siete. Me acerqué por allí; periodistas en el exterior y un capitán dando una declaración rimbombante:

Ignorar los 187 con víctimas negras, ¡jamás!

¡Atentos al próximo despliegue de celo policial!

En la puerta, varios guardias impedían el paso a los periodistas: civiles *verboten*, fanatismo encubierto.

Enseñé la placa y entré. La sala de detenidos estaba abarrotada: sospechosos negros, dos grupos de policías haciendo girar las porras.

—Muchacho.

Smith en la puerta de la sala de guardia. Me acerqué; me dio un apretón de manos que me hizo crujir los huesos.

—Muchacho, ¿venías a verme a mí?

Disimulo:

—Buscaba a Breuning y Carlisle.

—¡Aaah, estupendo! Esas dos monedas falsas deberían aparecer por aquí, pero mientras tanto quédate a charlar un rato con el viejo Dudley.

Un par de sillas allí. Las acerqué.

—Muchacho, en mis treinta años y cuatro meses como policía nunca he visto nada parecido a ese asunto de los federales. ¿Cuánto llevas tú en el Departamento?

—Veinte años y un mes.

—¡Ah, estupendo! Con tu servicio en el frente incluido, por supuesto. Dime, muchacho, ¿hay diferencia entre matar orientales y matar blancos?

—Nunca he matado a ningún blanco.

Dud me guiñó un ojo: ¡Ah, muchacho!

—Yo tampoco. Los siete hombres que me he cargado en el cumplimiento del deber apenas merecen el calificativo de humanos. Muchacho, este asunto de los federales es una jodida provocación, ¿no crees?

—Sí.

—Muy conciso. Y con esa misma concisión de abogado, ¿qué dirías tú que hay detrás?

—Política. Bob Gallaudet por los republicanos, Welles Noonan por los demócratas.

—Sí, extraños compañeros de cama. E irónico que el gobierno federal esté representado por un hombre con tendencias comunistas propias de compañero de viaje. Tengo entendido que ese tipo te escupió en la cara, muchacho.

—Tienes muy buenos ojos por ahí, Dud.

—Visión perfecta, la de todos mis chicos. ¿Odias a Noonan, muchacho? ¿Me equivoco si digo —un guiño— que considera que actuaste con negligencia en el asunto del vuelo no programado de Sanderline Johnson?

Le devolví el guiño.

—Cree que yo le compré el billete.

Ja, ja, ja.

—Muchacho, no hagas reír a este pobre viejo. ¿Por casualidad fuiste educado como católico?

—No. Luterano.

—Aaah, un protestante. La rama secundaria de la cristiandad, Dios los bendiga. ¿Sigues siendo creyente?

—No, desde que mi pastor se afilió a la Liga Germano-Americana.

—Aaah, Hitler, Dios le bendiga. Un poco revoltoso, pero, con franqueza, lo prefería a los rojos. Muchacho, ¿en tu rama secundaria de la cristiandad existe un equivalente a la confesión?

—No.

—Una lástima, porque en este momento nuestras salas de interrogatorio están llenas de confesores y gente que confiesa, y este magnífico rito está siendo utilizado para contrarrestar cualquier publicidad desfavorable que esa investigación federal pueda levantar contra el Departamento. Al grano, muchacho: Dan Wilhite me ha hablado de la fijación potencialmente peligrosa del jefe Exley por la familia Kafesjian, contigo como agente provocador. Muchacho, ¿quieres confesar tu opinión de que pretende ese hombre?

Esquivé la pregunta.

—No me cae mejor que a ti. Llegó a jefe de Detectives pasando por encima de ti y a mí me habría encantado que tú ocuparas el puesto.

—Grandes sentimientos, muchacho, que por supuesto comparto. Pero ¿qué crees que está haciendo?

Le contesté con un cebo: el prólogo a mi chivatazo de Johnny.

—Creo... quizá... que está sacrificando Narcóticos a los federales. Es una división prácticamente autónoma, y seguramente esté convencido de que la investigación federal tendrá el éxito suficiente para requerir un chivo expiatorio que proteja al resto del Departamento y a Bob Gallaudet. Exley es dos cosas: inteligente y ambicioso. Siempre he pensado que se cansará del trabajo policial e intentará meterse en política, y ambos sabemos la amistad que le une a Bob. Creo... quizá... que ha convencido a Parker de que deje caer a Narcóticos para salvar su propio futuro.

—Una interpretación brillante, muchacho. ¿Y sobre el robo Kafesjian y tu papel como oficial escogido por Exley para la investigación?

Insistí en mi teoría:

—Tienes razón, soy un agente provocador. Cronológicamente: Sanderline Johnson salta, y ahora Noonan me odia. Empiezan a correr rumores acerca de la investigación federal en el Southside, y simultáneamente se produce el robo en casa de los Kafesjian. Y simultáneamente a eso, yo le aprieto las tuercas a un político rojillo que bebe los vientos por Noonan. Bien, el robo no es nada: es el trabajo de un pervertido. Pero los Kafesjian son la escoria personificada y están en buenas relaciones con la sección más autónoma y vulnerable del Departamento. Al principio pensé que

Exley estaba controlando a Dan Wilhite, pero ahora creo que me ha puesto ahí en medio para atraer los tiros. Estoy ahí fuera, al descubierto, sin llegar prácticamente a ninguna parte con un 459 sin importancia, obra de un pervertido. Exley solo tiene a un... quiero decir, a dos hombres en el caso, y si de verdad quisiera resolverlo habría puesto a trabajar a media docena. Creo que me está manipulando.

Dudley, radiante:

—Soberbio, muchacho, qué inteligencia, qué labia de picapleitos. Y bien, ¿qué piensa de todo este asunto el sargento George Stemmons, Jr.? Mi fuente dice que últimamente tiene un comportamiento bastante errático.

Espasmos... no pestañees.

—Te refieres a tu fuente Johnny Duhamel. Junior le dio clases en la Academia.

—Johnny es un buen chico, y tu colega Stemmons debería recortarse esas asquerosas patillas a la medida reglamentaria. ¿Sabías que he asignado a Johnny a la investigación del caso Hurwitz?

—Sí, lo he oído. ¿No está un poco verde para un asunto como ese?

—Es un magnífico agente joven, y he oído que tú mismo pediste dirigir el caso.

—Atracos está limpio, Dud. Me tengo que guardar de demasiados amigos que trabajan en Antivicio.

Más carcajadas, más guiños.

—Muchacho, tu perspicacia acaba de ganarte la amistad eterna de cierto irlandés llamado Dudley Liam Smith. Francamente, estoy sorprendido de que dos muchachos brillantes como nosotros no hayan pasado de simples conocidos en todos estos años.

DELATA A DUHAMEL.

HAZLO AHORA.

—Hablando de amistades, muchacho, tengo entendido que Bob Gallaudet y tú estáis muy unidos.

Ruidos en el pasillo: gruñidos/golpes sordos. Una voz:

—¡Soy amigo de Dave Klein!

Lester. Las salas de interrogatorio.

Corrí hacia allí. La puerta número 3 estaba cerrándose. Miré por el ventanuco: Lester esposado, babeando dientes; Breuning y Carlisle descargando porrazos sin contemplaciones.

Cargué con el hombro. Reventé la puerta.

Breuning, distraído: «¿Uh?».

Carlisle, las gafas empañadas de sangre.

Jadeante, suelto la mentira:

—Lester estaba conmigo cuando mataron a Wardell Knox.

Carlisle:

—¿Fue por la mañana o por la noche?

Breuning:

—¡Eh, zambo, prueba a cantar «Harbor Lights» ahora!

Lester escupió sangre y dientes al rostro de Breuning.

Carlisle cerró los puños. Le pateé las piernas. Breuning gritó, cegado por la sangre. Le arreé un cachiporrazo en las rodillas.

El irlandés:

—Muchachos, tendréis que soltar al señor Lake. Teniente, bendito sea por facilitar el curso de la justicia con su espléndida coartada.

21

Apreciados señor Hughes y señor Milteer:

En las fechas 11, 12 y 13 de noviembre de 1958, Glenda Bledsoe participó activamente en actos de promoción publicitaria de varios actores que se encuentran en la actualidad bajo contrato con Variety International Pictures, en una flagrante violación legal del contrato vigente entre la señorita Bledsoe y Hughes Aircraft, Tool Company, Productions et al. En concreto, la señorita Bledsoe permitió que la entrevistaran y fotografiaran con los actores Rock Rockwell y Salvatore «Touch» Vecchio, e hizo declaraciones sobre temas relativos a sus carreras profesionales más allá de lo relacionado con la producción y promoción de *El ataque del vampiro atómico,* la película en la que trabajan los tres en esos momentos. En una nota posterior me extenderé en detalles más concretos, pero les adelanto que pueden dar por legalmente rescindible el contrato de la señorita Bledsoe, quien podrá ser llevada ante los tribunales, demandada por perjuicios económicos y vetada de futuras apariciones en películas producidas por estudios, según lo estipulado en varias cláusulas de su contrato con ustedes. Mi vigilancia continuada de Glenda Bledsoe no ha encontrado indicios de robos en domicilios de actrices; si faltan objetos de dichas viviendas, lo más probable es que los hayan robado jóvenes de la zona, colándose por alguna ventana mal cerrada: dichos jóvenes sabrían que los domicilios solo están ocupados de forma intermitente y eso les habría dado la idea. Les ruego que me informen si desean que continúe con la vigilancia de la señorita Bledsoe; insisto en que ya disponen de información suficiente para emprender todo el procedimiento legal.

Respetuosamente,

David D. Klein

Amanecer, la caravana. Glenda durmiendo; Lester hecho un ovillo fuera, junto a la nave espacial.

Salí fuera; Lester se revolvió y dio un trago a una botella. Confabulación: el cámara y el director.

—Vamos, Sid, esta vez el vampiro jefe le arranca los ojos al tipo.

—Pero Mickey teme que esté haciendo cosas demasiado asquerosas. Yo... no sé.

—¡Por Dios! Tú coge al extra y échale un poco de sangre falsa en los ojos.

—¡Joder, Wylie! Deja que me tome un café antes de ponerme a pensar en sangre y vísceras a las siete menos diez de la mañana.

Lester se incorporó y se acercó tambaleándose. Cortes, contusiones.

—Siempre he querido ser una estrella del cine. Quizá podría quedarme un par de días por aquí y hacer de vampiro negro...

—No, Breuning y Carlisle vendrán a buscarte. No te han cargado lo de Wardell Knox, pero ya encontrarán algo.

—No me siento con muchas ganas de huir.

—Hazlo. Te lo dije anoche: llama a Meg y dile de mi parte que tiene que ayudarte. ¿Quieres terminar muerto por resistencia a la detención cualquier perra noche, cuando ya creas que se han olvidado del asunto?

—No, me parece que no quiero. Vaya, señor Klein, nunca pensé que vería el día en que el señor Smith me diera un respiro.

Le hice un guiño a lo Dudley.

—Le gusta mi estilo, muchacho.

Lester se alejó de nuevo hacia la botella. El director me miró con suspicacia. Volví a la caravana sin inmutarme.

Glenda estaba leyendo mi nota.

—Esto sería mi muerte... quiero decir, mi ruina en el mundo del cine.

—Tenemos que darles algo. Si aceptan eso, no presentarán acusaciones por robo. Y el informe desvía la atención puesta en las casas de actrices.

—No ha salido nada por la televisión ni en los periódicos.

—Cuanto más tiempo pase, mejor. Hughes podría denunciar su desaparición, y el cuerpo será encontrado tarde o temprano. En cualquier caso, es posible que nos interroguen. Yo tuve unas palabras con él, de modo que debo considerarme un posible sospechoso, formalmente. Para mí no será problema y sé que para ti, tampoco. Los dos somos... ¡oh, mierda!

—¿Somos... profesionales?

—No seas tan cruel. Es demasiado temprano.

Glenda me tomó las manos.

—¿Cuándo podremos dejarnos ver en público?

—Tal vez ya lo hemos hecho. No debería haberme quedado hasta tan tarde, y probablemente deberíamos enfriar las cosas durante un tiempo.

—¿Hasta cuándo?

—Hasta que estemos libres de sospecha en lo de Miciak.

—Es la primera vez que pronunciamos su nombre.

—En realidad no hemos hablado una palabra del asunto.

—No, hemos estado demasiado ocupados compartiendo secretos. ¿Qué me dices de las coartadas?

—Hasta dentro de dos semanas, estabas sola en casa. Pasadas las dos semanas, no te acuerdas. Nadie se acuerda pasado ese tiempo.

—Hay algo más que te preocupa. Anoche lo noté.

Una comezón en la garganta. Finalmente lo solté:

—Es el asunto Kafesjian. Estaba interrogando a una chica que conoce a Tommy K. y me dijo que Lucille trabajó para Doug Ancelet.

—No creo que yo llegara a conocerla. Las chicas no utilizaban nunca sus nombres auténticos, y si hubiera conocido a alguna que se pareciera a tu descripción te lo habría dicho. ¿Vas a interrogarle?

—Sí, hoy.

—¿Cuándo trabajó para Doug esa chica?

—¿Doug?

Glenda soltó una carcajada.

—Yo también trabajé para él un tiempo, después del asunto de Gilette, y te inquieta que hiciera lo que hice.

—No. Es solo que no quiero verte relacionada con nada de esto.

Entrelazamos nuestros dedos.

—No lo estoy, salvo porque estoy relacionada contigo... —apretando con más fuerza—. Así que ve. Se llama Premier Escorts, en South Rodeo 481, junto al hotel Beverly Wilshire.

La besé.

—Tú empeoras las cosas, y luego las mejoras.

—No, es solo que a ti te gustan los problemas a dosis más pequeñas.

—Me has pillado.

—No estoy tan segura. Y ten cuidado con Doug. En esa época pagaba sobornos a la policía de Beverly Hills.

Salí de la caravana, aturdido. Lester daba una serenata a los vagabundos junto a la nave espacial —«Harbor Lights»—, en versión desdentada.

Noticias por teléfono:

Woods había visto a Junior en el barrio negro; luego le había perdido en un semáforo. Jack, irritado, insistiendo:

—Parece que vive en el coche. Lleva la placa prendida en el abrigo, como si fuera un maldito sheriff del Salvaje Oeste, y le vi poniendo gasolina con dos grandes automáticas metidas en la cintura de los pantalones.

Malo, pero:

Woods había reventado la caja 5841. Me dijo que buscara bajo el felpudo de su casa, agarrara la llave y mirara en el buzón.

—Cuatro sobres, Dave. Joder, pensé que me mandabas a por unas joyas o algo así. Y me debes un...

Colgué y conduje hasta su casa. Allí: la llave, la cerradura, cuatro cartas. Vuelta al coche. El correo de Champ.

Dos cartas selladas, dos abiertas. Abrí las selladas; las dos de *Transom* a Champ, con matasellos recientes.

Dentro: billetes de cincuenta dólares, notas: «Champ: *Mucho gracias, Harris*», «Champ: ¡Gracias, tío!».

Dos sobres abiertos —¿dejados en el apartado para más seguridad?—, sin remitente, matasellos de Navidad del 57. Once meses guardados en la caja de correos: ¿por qué?

17 de diciembre de 1957

Mi querido hijo:

Me apena mucho estar lejos de ti durante estas fiestas. Hace años que las circunstancias no nos favorecen en cuanto a estar juntos. Los demás, por supuesto, no te añoran como yo, y eso hace que aún te añore más y que eche de menos la fingida familia feliz que teníamos hace años.

Sin embargo, la extraña vida que has escogido llevar es un extraño consuelo para mí. No echo en falta el dinero de la casa que te mando, y me río por dentro cuando tu padre repasa mis listas de gastos detalladas y encuentra esas grandes cifras de «gastos diversos» de los que no doy explicaciones. Él, por supuesto, solo te cree una persona que rehúye las responsabilidades reales de la vida. Sé que las circunstancias de nuestra familia, y también las de la suya, te han hecho algo. No puedes vivir como los demás y yo te quiero por no intentar fingirlo. Tus intereses musicales deben de darte consuelo y siempre compro los discos que tú me dices, aunque la música no es del estilo que yo prefiero normalmente. Tu padre y tus hermanas no prestan atención a los discos y sospechan que los compro solo por estar en contacto contigo en esta difícil ausencia tuya, pero no saben que son recomendaciones directas. Solo los escucho cuando los demás están fuera, con todas las luces de la casa apagadas. Cada día salgo al encuentro del cartero antes de que llegue a casa, para que los demás no sepan que estamos en contacto. Es nuestro secreto. Esta manera de vivir nos viene de nuevas, a ti y a mí, pero aunque tengamos que seguir así para siempre, como viejos amigos por correspondencia viviendo en la misma ciudad, lo acepto porque comprendo las cosas terribles que te ha hecho ese largo historial de locura que nuestras dos familias han soportado. Te comprendo y no te juzgo. Este es mi regalo de Navidad para ti.

Te quiere,

Mamá

Caligrafía pulcra, papel rugoso; inútil buscar huellas. Nada que confirmase un Richie; «largo historial de locura/nuestras dos familias». Mi mirón: madre/padre/hermanas. «Las circunstancias de nuestra familia, y también las de la suya, te han hecho algo.»

24 de diciembre de 1957

Querido hijo:

Feliz Navidad, aunque no siento el espíritu de las fiestas y aunque los discos de jazz navideños que me dijiste que comprara no me han alegrado demasiado, porque las melodías suenan muy desordenadas para mi oído, más tradicional. Quizá tengo la sangre pobre en hierro, como dice el anuncio de Geritol en televisión, pero creo que ha sido más bien la acumulación de cosas lo que me ha dejado agotada físicamente. Siento que quiero que esto termine. Más que cualquier otra cosa, siento que ya no quiero saber más. Hace tres meses te dije que estuve a punto de hacerlo, y eso te impulsó a cometer una imprudencia. No quiero volver a hacerlo. A veces, cuando pongo alguna de las canciones más bonitas de esos discos que me recomiendas, pienso que el paraíso debe de ser así y me siento cerca. Tus hermanas no son ningún consuelo. Desde que tu padre me pasó lo que esa prostituta le pasó a él, solo le soporto por el dinero, y si por mí fuese te daría todo el dinero de todos modos. Escríbeme. Por Navidad el correo es un desastre, pero estaré pendiente del cartero a todas horas.

Te quiere,

Mamá

Hermanas/música/padre adinerado.

Madre suicida, unos tres meses antes de la fecha: «... te impulsó a cometer una imprudencia».

«Tu padre me pasó lo que esa prostituta le pasó a él.»

La cinta del mirón, el fulano a Lucille: «esa pequeña infección que me pasaste».

Doug Ancelet despide a Lucille: «les había contagiado la gonorrea a sus clientes».

Una idea repentina:

El mirón había grabado a su propio padre con Lucille.

«Locuras.»

«Nuestras dos familias.»

«Las circunstancias de nuestra familia, y también de la suya, te han hecho algo.»

Volví a casa, me cambié, cogí la grabadora, más copias del retrato robot y la lista de clientes. Una parada en un teléfono público, una llamada a Exley; le abordé enérgicamente, sin explicaciones:

Leroy Carpenter/Steve Wenzel/Patrick Orchard: los quiero. Mande patrulleros a buscarlos. Quiero que arresten a esos traficantes.

Exley asintió, a regañadientes. Encargaría la detención a la comisaría de Wilshire. Suspicaz: ¿por qué no la calle Setenta y siete?

Para mis adentros:

He dado orden de matar a un policía/no quiero a Dudley Smith rondando cerca; se lleva demasiado bien con ese policía ladrón de pieles.

—Me ocuparé de ello, teniente. Pero quiero un informe completo de sus interrogatorios.

—Sí, señor.

10.30 de la mañana. Premier Scorts debería estar abierto.

Salí hacia Beverly Hills. Rodeo, junto al Beverly Wilshire. Abierto: una suite en la planta baja, una recepcionista.

—Doug Ancelet, por favor.

—¿Es usted cliente?

—Potencial.

—¿Puedo preguntarle quién le ha recomendado nuestra agencia?

—Pete Bondurant. —Puro farol: Pete, un putero redomado.

A nuestra espalda:

—Karen, si conoce a Pete, déjale pasar.

Entré. Un buen despacho: madera oscura, fotos de golf. Un viejo vestido para jugar a golf, con una sonrisa de relaciones públicas.

—Soy Doug Ancelet.

—Dave Klein.

—¿Qué tal está Pete, señor Klein? Hace siglos que no le veo.

—Está ocupado. Entre su trabajo para Howard Hughes y *Hush-Hush*, siempre anda de cabeza.

—¡Dios, las historias que cuenta ese hombre! ¿Sabe?, Pete ha sido durante varios años cliente y, a la vez, cazatalentos para el señor Hughes. De hecho, le hemos presentado al señor Hughes varias chicas que han terminado contratadas como actrices para él.

—Pete sabe montárselo.

—Sí, señor. Dios, él es también quien verifica la veracidad de esas historias procaces que aparecen en esa procaz revista de escándalos. ¿Le ha explicado cómo funciona Premier Escorts?

—Con detalle, no.

Ancelet, práctico:

—Exclusivamente de boca a oreja. Alguien conoce a alguien y nos recomienda. Funcionamos según un principio de relativo anonimato, y todos nuestros clientes usan seudónimos y nos llaman cuando desean que les preparemos una cita. Así no tienen que darnos su verdadero nombre ni un número de teléfono. Tenemos fotos y fichas de las muchachas que enviamos a los encuentros y ellas también usan seudónimos adecuadamente seductores. Con la excepción de unos pocos clientes como Pete, dudo que conozca a más de una docena de clientes o chicas por su nombre real. Las fichas de las chicas también llevan anotados los seudónimos de los hombres con los que se citan, para ayudarnos a hacer recomendaciones. Anonimato. Solo aceptamos pago en metálico y le aseguro, señor Klein, que ya he olvidado su verdadero nombre.

Yo, incisivo:

—Lucille Kafesjian.

—¿Cómo dice?

—Otro cliente suyo me habló de ella. Una morenita sexy, un poco rellenita. Francamente, me contó que era estupenda. Por desgracia, también me dijo que usted la despidió por transmitir enfermedades venéreas a sus clientes.

—Por desgracia, he despedido a algunas chicas por ese motivo, y, en efecto, una de ellas utilizaba un apellido armenio. ¿Quién era el cliente que la mencionó?

—Un hombre de la orquesta de Stan Kenton.

Su mirada suspicaz ahora; oliendo a policía.

—Señor Klein, ¿cómo se gana la vida?

—Soy abogado.

—¿Y eso que lleva ahí es una grabadora?

—Sí.

—¿Y por qué lleva un revólver en una sobaquera?

—Porque también estoy al mando de la División de Antivicio del Departamento de Policía de Los Ángeles.

El hombre, poniéndose rojo:

—¿Es verdad que Pete Bondurant le dio mi nombre?

Le enseño el retrato robot del mirón, observo su reacción:

—¿Es este quien le dio mi nombre? No le he visto en mi vida, y ese hombre parece mucho más joven que la inmensa mayoría de mis clientes. Señor...

—Teniente.

—¡Señor Teniente de Policía Fuera de su Jurisdicción, salga de mi despacho inmediatamente!

Cerré la puerta; Ancelet, con la cara tan colorada que parecía al borde de un ataque cardíaco. Le tranquilicé:

—¿Conoce a Mort Riddick, de la comisaría de Beverly Hills? Hable con él y le dirá quién soy. Lo de Pete B. ha sido un farol, así que llámele y pregúntele por mí.

Rojo remolacha/púrpura. Un juego de decantador y vasos sobre el escritorio. Le serví un trago.

Lo apuró e hizo gestos con la cabeza para que lo rellenara. Le serví otro, corto. Se lo tragó con unas píldoras.

—¡Hijo de puta! Usar a un cliente mío de confianza como subterfugio... ¡Hijo de puta!

Tercera dosis de licor. Esta vez se lo sirve él.

—Unos minutos de su tiempo, señor Ancelet. Hará usted un valioso contacto con el LAPD.

—¡Hijo de puta desgraciado! —Más calmado.

Le enseñé la lista de clientes.

—Aquí hay nombres de tipos sacados de un archivo policial.

—No pienso identificar ninguno de los nombres o seudónimos de mis clientes.

—Exclientes, entonces; es lo único que me interesa.

Mirada entornada, dedos repasando nombres:

—Aquí: «Joseph Arden». Fue cliente hace varios años. Le recuerdo porque mi hija vive cerca de la granja Arden, en Culver City. ¿Ese hombre trata con vulgares chicas de la calle?

—Así es. Y los fulanos siempre conservan el mismo alias. Bien, ¿trató ese hombre con la chica de nombre armenio?

—No lo recuerdo. Pero recuerde lo que le he dicho: no tengo fichas de clientes y mi foto de archivo de esa guarra transmisora de purgaciones es historia pasada, se lo aseguro.

Una jodida mentira: archivos apilados de pared a pared.

—Escuche una cinta. Serán dos minutos.

Ancelet dio unos golpecitos con la yema del dedo índice sobre la esfera de su reloj de pulsera.

—Un minuto. Me esperan en el club de golf de Hillcrest.

Rápido, colocar las bobinas, pulsar Play. Chirridos, Stop, Play, aquí:

Lucille: «Estos lugares están llenos de perdedores y de pervertidos solitarios».

Stop, Play, «Chanson d'amour», el cliente: «... por supuesto, siempre está esa pequeña infección que me pasaste».

230

Pulsé Stop. Ancelet, impresionado:

—Ese es Joseph Arden. La chica también me resulta algo familiar. ¿Satisfecho?

—¿Cómo puede estar tan seguro? Solo ha escuchado diez segundos.

Más golpecitos en el reloj.

—Mire, llevo la mayor parte de este negocio por teléfono y reconozco las voces. Le explicaré mi línea de pensamiento: yo padezco de asma, y ese hombre de la grabación tenía un ligero resuello asmático. Enseguida me ha venido a la memoria que hace algunos años recibí una llamada suya, sin referencias previas. El hombre jadeaba y hablamos del asma. Me dijo que había oído a dos hombres hablando de nuestros servicios en un ascensor y que había encontrado el teléfono de la agencia en las páginas amarillas de Beverly Hills, donde anuncio abiertamente mi tapadera legal de servicio de acompañantes. Le concerté unas cuantas citas, y eso fue todo. ¿Satisfecho?

—Y no recuerda a qué chicas seleccionó, ¿verdad?

—Verdad.

—Y el hombre nunca vino para echar un vistazo a su álbum de fotos, ¿verdad?

—Verdad.

—Y, por supuesto, no guarda ningún archivo de seudónimos de sus clientes...

Golpecitos.

—No. ¡Dios, voy a llegar tarde al golf! Bien, señor Policía Amigo de Pete al que he complacido más allá de lo obligado por cortesía, si me hace el favor...

Yo, a la cara:

—Siéntese. No se mueva. No descuelgue el teléfono.

Ancelet obedeció asustado, crispado, casi amoratado de cólera. Los archivos: nueve cajones. Vamos allá...

Abiertos: carpetas de papel manila, pestañas de identificación. Nombres masculinos, desmintiendo las afirmaciones del viejo alcahuete. Orden alfabético: «Amour, Phil», «Anon, Dick», «Arden, Joseph».

La abrí.

Sin nombre verdadero/sin dirección/sin número de teléfono.

Ancelet:

—¡Esto es una intolerable invasión de la intimidad!

Citas:

14/7/56,1/8/56, 3/8/56: Lacey Kartoonian (Lucille, probablemente). 4/9/56,11/9/56: Susan Ann Glynn. Una nota al pie: «Obligar a la chica a usar seudónimo. Creo que intenta que los clientes puedan localizarla a través de canales normales para evitar pagar comisión».

—¡Ya estarán en el hoyo dos!

Abrí los demás cajones. Uno, dos, tres, cuatro: solo nombres masculinos. Cinco, seis, siete: carpetas con iniciales/fotos de prostitutas desnudas.

—¡Largúese ahora mismo, maldito mirón salido, antes de que llame a Mort Riddick!

Saqué las carpetas bruscamente: ninguna L. K., ninguna foto de Lucille...

—¡Karen, llama a Mort Riddick a la comisaría!

Arranqué de un tirón el cable del teléfono. A Ancelet le tembló el rostro de ira. Mi pensamiento, también tembloroso: a la mierda L. K., buscar a G. B.

—¡Señor Ancelet, Mort está en camino!

La pila de carpetas menguando y ninguna L. K. Por fin, encuentro a G. B.; entre paréntesis, «Gloria Benson». El nombre artístico de Glenda; elegido por ella misma, me había dicho.

Agarré la carpeta y la grabadora y salí disparado. Fuera, el coche; quemando llanta camino de mi jurisdicción.

Un vistazo: dos fotos desnuda, con fecha 3/56. Glenda parecía incómoda. Cuatro «citas» apuntadas, una nota: «Una chica testaruda que volvió a servir mesas».

Hice pedazos todo aquello.

De pura jodida alegría, hice sonar la sirena.

22

Una Susan Ann Glynn en los archivos de Tráfico. Dirección: Ocean View Drive, Redondo Beach.

Veinte minutos en dirección sur. Una casa de tablones de madera, sin vistas; una mujer embarazada en el porche.

Aparqué y me encaminé hacia ella. Rubia, veintitantos años; los datos del archivo de Tráfico encajaban perfectamente.

—¿Es usted Susan Ann Glynn?

Me invitó a sentarme con un gesto. Expectante: cigarrillos, revistas.

—¿Es usted el policía del que me ha hablado Doug?

Tomé asiento.

—¿La ha avisado?

—Ajá. Ha dicho que había revisado un viejo archivo de clientes en el que aparecía mi nombre. También ha dicho que quizá vendría y me causaría problemas como ha hecho con él. Yo le he dicho que ojalá lo hiciera antes de las tres y media, cuando mi marido llega a casa.

Era mediodía.

—¿Su marido no sabe a qué se dedicaba antes?

Un llanto de niño dentro de la casa. Susan encendió un cigarrillo por reflejo.

—No. Y apuesto a que, si colaboro con usted, no se lo dirá.

—Exacto.

Ella carraspeó y sonrió.

233

—El bebé está dando patadas. Bien, esto... Doug ha dicho que el cliente era Joseph Arden, de modo que me he puesto a pensar. Esto no es un asunto de asesinatos ni nada parecido, ¿verdad? Porque el hombre se comportaba como un caballero.

—Investigo un robo.

Toses, un respingo.

—¿Sabe?, recuerdo que el hombre me caía bien. Le recuerdo muy bien porque Doug me dijo que fuera buena con él, porque esa otra chica de la agencia le había contagiado la gonorrea y había tenido que tratarse.

—¿Le dijo cuál era su nombre auténtico?

—No. Yo sí que utilicé mi nombre real en la agencia durante un tiempo, pero Doug me acusó de intentar captar clientes por mi cuenta, de modo que dejé de usarlo.

—¿Qué aspecto tenía Joseph Arden?

—Agradable. Culto. Cerca de los cincuenta. Daba la impresión de tener dinero.

—¿Alto, bajo, corpulento, flaco?

—Uno ochenta, quizá. Supongo que podría decirse de constitución normal. Ojos azules, creo. El cabello, podría decirse, de un castaño ni claro ni oscuro.

Le enseñé el dibujo.

—¿Se le parece?

—Demasiado joven. Aunque la barbilla me lo recuerda un poco.

Ruidos dentro. Susan dio otro respingo. Ojeada a sus revistas: *Photoplay, Bride's.*

—¿Sabe qué son los álbumes de identificación?

—Ajá. De la tele. Fotos de criminales.

En tono suave:

—¿Querría usted...?

—No. —Sacudidas de cabeza, rotundas—. Mire, señor, ese hombre no es ningún criminal. Podría pasarme mirando sus fotos hasta que este nuevo bebé mío cumpla los dieciséis, y no encontraría ahí su cara.

—¿Mencionó si tenía un hijo llamado Richie?

—No hablamos mucho, pero en nuestra segunda cita, creo, dijo que su esposa acababa de intentar suicidarse. Al principio no le creí, porque muchos hombres le cuentan a una cosas tristes de su esposa para que una se compadezca y finja que lo pasa mejor.

—Dice que al principio no le creyó. ¿Qué fue lo que la convenció?

—Me contó que habían tenido una pelea hacía unas semanas, y que ella se había puesto a chillar y había agarrado una botella de desatascador Drano y había empezado a bebérsela. Él la detuvo y fue a buscar a un vecino médico para no tener que llevarla al hospital. Créame, la historia era tan horrible que no podía habérsela inventado, estoy segura.

—¿Dijo si la mujer fue al hospital para que la siguieran tratando?

—No. El médico vecino se ocupó de todo. Dijo que se alegraba de ello, porque así nadie sabría lo loca que estaba su esposa.

Una pista menos.

—¿Le dijo el nombre de su esposa?

—No.

—¿Y el de algún otro miembro de la familia?

—No. Seguro.

—¿Mencionó a otras chicas que trabajaban para Doug Ancelet?

Gestos de asentimiento, ansiosos.

—Una de ellas tenía uno de esos apellidos extranjeros terminados en «ian». Me pareció que el hombre tenía…

—¿Lacey Kartoonian?

—¡Exacto!

—¿Qué le dijo de ella?

—Que disfrutaba haciéndolo. Eso es muy bueno para los clientes de un servicio de compañía. Cada fulano se cree el único capaz de lograr que disfrutes haciéndolo.

—Sea más concreta.

—Me dijo: «Hazlo como Lacey». Yo le pregunté que cómo lo hacía ella y él me contestó: «Disfruta haciéndolo». Eso es todo lo que dijo de ella, estoy segura.

–¿No mencionó que fue ella quien le pasó la infección?

–No; eso fue todo lo que dijo. Y yo no llegué a conocer en persona a la chica, ni nadie me volvió a hablar de ella nunca más. Y si no fuera por ese nombre tan raro, no me habría acordado de ella en absoluto.

Conexiones cronológicas:

Navidades del 57: la madre del mirón, otra vez con el blues del suicida. Susan Glynn/Joseph Arden: citas en 9/56. La señora Arden, bebedora de Drano; tratamiento privado. La policía daba carpetazo a los casos de suicidio. Arden, rico: si su mujer se suicidaba, cobraría por una cláusula legal extra.

Conexiones:

Cartas, cintas del mirón, Ancelet.

Frases:

Joseph Arden a Lucille: «Esa pequeña infección que me pasaste».

Mamá a Champ/mirón: «Tu padre me pasó lo que esa prostituta le pasó a él».

Conclusión:

El mirón había espiado a su propio padre follando con Lucille.

Susan:

–Un centavo por sus pensamientos.

–No le gustarían.

–Hágame otra pregunta.

–Cuando trabajaba para la agencia, ¿conoció a una chica llamada Gloria Benson? Su verdadero nombre es Glenda Bledsoe.

Sonriendo, complacida:

–La recuerdo. Dejó a Doug para convertirse en estrella de cine. Cuando leí que había firmado un contrato con Howard Hughes me puse muy contenta.

23

Comisaría de Wilshire. Espera, trabajo.

Espolvoreé los sobres de las cartas mamá/mirón. Aparecieron dos huellas. Comprobé las de Jack Woods en los archivos. Coincidían: Jack había tocado la mercancía.

Ninguna carta posterior a Navidad en el apartado de correos; ¿por qué?

Llamé a Sid Riegle: comprueba suicidio/intentos de suicidio, mujer blanca, desde Navidad del 57. Supón que hay informe de conclusiones del forense; pregunta en la comisaría brigada por brigada; policía local y del condado. Buscar: mediana edad/acomodada/marido/hijo/hijas. Sid: te ayudaré en los ratos libres, nunca apareces por aquí, estoy llevando la división en tu ausencia.

Llamé a la granja Arden, un tiro a ciegas por ese alias de Joseph Arden. Intento fallido: ningún propietario/empleado apellidado Arden; el fundador muerto, sin herederos.

Llamé a la comisaría de University (cuatro de la madrugada: en plena reunión del turno de noche). En comunicación abierta por intercomunicador:

¿Alguien conocía a un tal Joseph Arden, alias, cliente de prostitutas, varón blanco?

Un patrullero: «Creo que fiché ese alias». No recordaba el nombre real, el vehículo ni la descripción.

Joseph Arden, muerto por el momento.

Un repaso al teletipo: ningún 187 en Topanga Canyon. Miciak, el alfiletero, descomponiéndose.

Cena: chocolatinas de una máquina expendedora. Ocupo una sala de sudar, espero.

Echo la silla hacia atrás y me invade una oleada de sueño. Medio dormido: el señor Tercera Persona dice ¡hola!

El Red Arrow Inn. El mirón fuerza la puerta de Lucille. Las marcas de palanca en la puerta del mirón no correspondían.

El 459 de Kafesjian: perros guardianes degollados y cegados; los ojos, embutidos en la garganta.

El mirón sollozando, escuchando:

A Lucille con varios clientes... y con el padre del mirón.

El mirón, visiblemente pasivo.

El ladrón, visiblemente brutal.

La vajilla de plata robada, encontrada: la cama del mirón rasgada y acuchillada. Presunto autor: el propio mirón. Mi nueva intuición: tercera persona/forzador de la puerta = ladrón/destrozacamas =

Un loco distinto.

Medio soñando: gárgolas locas de sexo persiguiéndome. Medio despierto:

—Dos a la vez, teniente.

Un agente de paisano desconocido, haciendo entrar en la sala de interrogatorio a dos tipejos, uno blanco, otro negro. El agente los esposó a las sillas, con las manos pegadas al asiento.

—El rubio es Patrick Orchard y el negro es Leroy Carpenter. Mi compañero y yo fuimos a casa de Stephen Wenzel y parece que la ha abandonado precipitadamente.

Orchard: enjuto, con granos. Carpenter: traje púrpura, la facha de moda entre los negros.

—Gracias, agente.

—Encantado de servirle. —Una sonrisa—. Encantado de ganar unos cuantos puntos ante el jefe Exley.

—¿Se les busca por algo?

—Desde luego. Leroy, por impago de pensión alimenticia. Y Pat ha violado la libertad condicional en Kern.

—Si colaboran, les dejaré libres.

El agente me guiñó un ojo.

–Claro que sí.

Le devolví el guiño.

–Mire mañana en la lista de detenidos, si no me cree.

Orchard sonrió. Leroy dijo: «¿Cómo?». El agente de paisano: «¿Eh?», y se marchó encogiéndose de hombros.

Empieza la función.

Tanteé debajo de la mesa. Bingo: una porra sujeta con cinta adhesiva.

–Lo digo en serio, y esto no tiene nada que ver con vosotros. Tiene que ver con un policía llamado George Stemmons, Jr. Le vieron mientras os apretaba las tuercas a vosotros dos y a un tipo llamado Stephen Wenzel, y lo único que quiero de vosotros es que me habléis del asunto.

Orchard: labios humedecidos, impaciente por cantar. Leroy:

–¡A la mierda, blanquito hijo de puta! ¡Conozco mis derechos!

Le aticé con la porra –brazos, piernas– y volqué la silla. Dio contra el suelo de costado, sin gemidos, sin gañidos; un tío con pelotas.

Orchard, frenesí chivato:

–¡Eh, yo conozco a ese Junior!

–¿Y?

–¡Y me chantajeó y se quedó con mi pasta!

–¿Y?

–Y me robó mi... mis...

–Y te robó tus narcóticos ilegales. ¿Y?

–¡Y ese tipo estaba drogado hasta las putas cejas!

–¿Y?

–¡Y soltaba no sé qué tonterías de «Soy un genio criminal»!

–¿Y?

–¡Y se metió lo mío! ¡Se tomó toda mi droga allí mismo, delante del club Alabam!

Confirmado por Tilly Hopewell.

–¿Y?

–Y... y...

Golpeé su silla con la porra:

—¿¿¿Y...???

—Y... Y conozco a Steve Wenzel. ¡Steve me dijo que Junior también le había ido con la misma mierda!

También confirmado por Tilly. Observé a Leroy: demasiado callado, me fijé en sus dedos...

Hurgando en el cinturón, furtivos.

Levanté su silla y tiré del cinturón. Varias papelinas de caballo saltaron de sus pantalones. Improvisé:

—Mira, Pat, esto no se lo he encontrado al señor Carpenter, sino a ti. Y ahora, ¿tienes algo más que decir sobre Junior Stemmons, Steve Wenzel o sobre ti mismo?

Leroy:

—¡Estás loco, detective!

—¿¿¿Y, señor Orchard???

Balbuceando:

—Y Steve dijo que había hecho un trato con ese loco. Junior prometió a Steve un montón de pasta para comprar ese montón de caballo. Steve me lo contó hace un par de días. Me dijo que Junior necesitaba veinticuatro horas para conseguir el dinero.

—¡Blandengue chivato hijo de puta! —Leroy.

Junior, looooco. MÁTALO, JACK.

Volteando la porra:

—Posesión de heroína con intención de vender. Conspiración para distribuir narcóticos. Agresión a un agente de policía, porque me acabas de dar un puñetazo. Y ADEMÁS, señor Orch...

—¡Está bien! ¡Está bien! ¡Está bien!

Descargué un cachiporrazo sobre la mesa:

—¿¿¿Y...???

—Y ese loco de Junior me obligó a ir con él al club Alabam. ¿Usted... usted conoce a ese policía boxeador?

—¿Johnny Duhamel?

—Ese, el que ganó los Guantes de Oro. Junior empezó a incordiar al... al...

La lengua trabada de mala manera. Le quito las esposas, dejo que se tranquilice.

Leroy:

—¿Qué, señor policía, le da miedo soltarme a mí también las manos?

Orchard:

—¡Joder, así está mucho mejor!

—¿¿¿Y...???

—Y Junior estaba espiando con micros ocultos a ese tipo de los Guantes de Oro.

—¿Qué hacía Duhamel en el club Alabam?

—Parecía estar vigilando a los tipos reunidos en esa trastienda cerrada con cortinas que tienen allí.

—¿Qué tipos? ¿Qué hacían allí?

—Parecían anotar cifras de esas máquinas tragaperras.

—¿Y?

—Tío, ¿es que no sabe decir otra cosa?

Di otro porrazo sobre la mesa. Tan fuerte que la mesa dio un brinco.

—¿Y por qué te llevó Junior Stemmons al club Alabam?

Orchard, con las manos alzadas, suplicante:

—Está bien, está bien, está bien. Junior como se llame estaba hasta las cejas de droga. Estuvo charlando con el hombre de los Guantes de Oro y le contó esa loca fantasía de que yo tenía un montón de pasta con la que comprar abrigos de visón. El policía boxeador casi se volvió loco tratando de hacer callar a Junior. Estuvieron a punto de llegar a las manos. Y también vi a esos otros dos policías a los que conozco de vista, observando toda la escena con mucho interés.

—Describe a esos otros dos policías.

—Joder, muy mala pinta. Un tipo rubio y corpulento, y su compañero delgado y con gafas.

Breuning y Carlisle; seguir a partir de ahí:

Duhamel espiando la actividad con las tragaperras: ¿de servicio para la Brigada contra el Hampa? Matones espiándole a él: ¿como sospechoso del robo de pieles?

Orchard:

241

—Mire, ya no tengo más «y» esto «y» lo otro para usted. A partir de ahora me puede amenazar con lo que quiera, pero cuanto le diga serán chorradas.

Presionar al otro tipejo:

—Canta, Leroy.

—«Canta», una mierda. Yo no soy ningún soplón.

—No, lo que eres es un camello de narcóticos independiente de poca monta.

—¿Cómo dices?

—Digo que esta heroína es la paga de un mes para ti.

—Di también que tengo un fiador dispuesto a pagar mi fianza y un abogado judío honrado para defenderme. Si me encierras, me bastará con mi llamada telefónica. ¿Qué dices a eso, poli de mierda?

Le quité las esposas.

—¿Tommy Kafesjian nunca te ha dado una paliza, Leroy?

—Tommy K. no me asusta.

—Pues claro que sí.

—Una mierda.

—Una de tres: o le pagas protección, o le haces de soplón, o vendes para él.

—Una mierda.

—Bien, no creo que te dediques a los chivatazos, pero creo que tienes el cuello dolorido de tanto volverlo para ver si algún tipo de Kafesjian te descubre.

—Quizá sea verdad lo que dices, pero quizá los Kafesjian no sigan controlando el tráfico en el Southside mucho tiempo más.

—¿Te lo ha dicho Junior Stemmons?

—Quizá sí. Pero quizá es solo un rumor relacionado con esa gran movida federal en el Southside. Y en cualquier caso, no soy ningún soplón.

Un tipo duro.

—Leroy, ¿y si me cuentas cómo te zurró Junior Stemmons?

—Que te jodan.

—¿Por qué no me cuentas de qué hablasteis?

—Que jodan a tu madre.

—Mira, si colaboras conmigo, quizá eso ayude a acabar con los Kafesjian.

—Que te jodan. No soy ningún soplón.

—Leroy, ¿conocías a un vendedor de marihuana llamado Wardell Knox?

—Que te jodan. ¿Y qué si lo conocía?

—Lo mataron.

—No me digas, Sherlock.

—Verás, ahora mismo hay toda una campaña para aclarar esos homicidios de negros.

—No me digas, Dick Tracy.

Duro y estúpido. Llevé a Orchard a la sala contigua y le esposé para que no se moviera. Volví con Leroy:

—Háblame de ti y de Junior Stemmons o te llevo a la calle Setenta y siete y le digo a Dudley Smith que tú mataste a Wardell Knox y que abusaste de un puñado de críos blancos.

Golpe de gracia. Dejé la heroína sobre la mesa.

—Cógela. No la he visto nunca.

Leroy recuperó su mierda. Zooom... colaboración instantánea:

—Lo único que hicimos ese pirado de Junior y yo fue hablar. Sobre todo él habló y yo escuché, porque me sacó la pasta y la mercancía y supe enseguida que lo que me enseñaba no era una placa de juguete.

—¿Mencionó a Tommy Kafesjian?

—A Tommy en concreto, no.

—¿A su hermana Lucille?

—No.

—¿A un mirón que espiaba a Lucille?

—Tampoco. Solo dijo que la familia Kafesjian estaba jodida, que lo iba a tener mal con ese asunto de los federales. Dijo que Narcóticos del LAPD iba a ser neutralizado por los federales y que él iba a ser el nuevo rey de la droga del Southside...

MATARLO.

—... ese desgraciado policía moqueante totalmente colocado con las narices llenas de droga. Dijo que tenía pruebas contra los

243

Kafesjian, y acceso a la investigación de su jefe sobre el robo, que tenía un montón de trapos sucios para chantajear a J. C. Kafesjian...

MATARLO.

−... y dijo que iba a echar a los Kafesjian y robarles el territorio. Todavía ahora tengo que morderme la lengua para no echarme a reír. Después dijo que tenía algo contra esos hermanos que trabajan para Mickey Cohen. Dijo que preparan esos chantajes sexuales a estrellas de cine...

Las fichas de Junior: Vecchio y su servicio de sementales...

−... y lo mejor es que el pequeño Junior dice que va a apoderarse del reino de Mickey Cohen, aunque me parece que ya no es un reino tan suculento.

−¿Y?

−Y estoy pensando que merece la pena haber perdido el dinero y la droga si sirve para coger a ese chiflado hijo de puta.

La vigilancia de Woods: Junior, Tommy y J. C. en el Bido Lito's. Implícito: él LES protegería de MÍ. Junior, doble agente: matarlo sin compasión.

−Devuélveme la droga.

−¡Eh, tío, has dicho que podía quedármela!

−Dámela.

−¡Que te jodan, mentiroso hijo de puta!

Le aticé con la porra, le rompí las muñecas, recuperé las papelinas.

24

—¡Loco hijo de puta!

La puerta de Junior, seis candados. Nuevas precauciones de pirado. El muy idiota había utilizado cerrajería del Departamento: mis llaves maestras me franquearon el paso.

Encendí la luz:

Rice Krispies en el suelo.

Cuerda de piano extendida a la altura del tobillo.

Puertas del armario cerradas con clavos; ratoneras sobre los muebles.

LOOOCO.

Esta vez un registro a fondo; la vez anterior el baúl me había distraído.

Abrí el armario con una palanca: dentro, solo restos de comida.

Copos de maíz y chinchetas en el suelo de la cocina.

Grasa en el fregadero: aceite de motor con fragmentos de vidrio.

Cinta aislante sellando la nevera. La arranco:

Poppers de nitrito de amilo en una cubitera.

Colillas de porro en un cuenco de loza.

Helado de chocolate; un plástico metido en un compartimento abierto. Lo saqué, lo rasgué:

Una cámara espía Minox; sin carrete.

El pasillo: cables a la altura del cuello; me agacho. El baño: ratoneras, un botiquín cerrado con pegamento. Lo abro a golpes: un tubo de gomina y dos billetes de cien en una repisa.

Una cesta de la ropa sucia, con la tapa claveteada también. Hago palanca, tiro:

Hipodérmicas ensangrentadas, con las agujas hacia arriba: una trampa. Vuelco la cesta para tirarlas; debajo, una pequeña caja fuerte de acero.

Cerrada. La abrí a golpes contra la pared.

Botín:

Una libreta de depósitos del Banco de América, sucursal de Hollywood. Saldo: 9.183,40 dólares.

Dos llaves de cajas de seguridad, con una tarjeta de instrucciones: «El acceso a la caja requiere contraseña y/o autorización visual». Mierda.

Pensamiento:

Faltan pruebas; la precaución de Junior, completamente LOOOCA.

Lógica:

Las relaciones Glenda/Klein guardadas ALLÍ, junto con el arma que Georgie Ainge le vendió a Glenda.

Descubrir la contraseña.

Registré el dormitorio: una alfombra gruesa sembrada de cristales. El baúl, desaparecido. Los cajones de la cómoda, pura basura: pedazos de papel con garabatos sin sentido.

Volqué el colchón, el sofá, las sillas: ningún rasgón, ningún rastro de cuchilladas. Arranqué la tapa del televisor; saltaron varias ratoneras. El desconchado de la pared contra la que había disparado la otra vez había sido rellenado con yeso.

Ni contraseña, ni más fichas de identificación, ni notas sobre Glenda y yo, ni documentos de Exley o de Duhamel.

Chasquidos bajo mis zapatos: Rice Krispies.

El teléfono: rrring...

El supletorio del pasillo. Descuelgo.

—Eh... ¿sí?

—Soy yo, Wenzel. Esto... Stemmons... mira, tío... no quiero tratos contigo.

Fingí la voz de Junior:

–Veámonos.

–No... Te devolveré el dinero.

–Vamos, tío, hablemos...

–¡No! ¡Estás loco!

Clic. Deducción: Junior le compra droga a Wenzel. Wenzel es puesto sobre aviso después.

La cuenta del banco, las llaves de la caja: ahora en mi poder. Cerré los candados con mano torpe. Mátalo, Jack.

Conduje hasta la casa de Tilly. Cuarto piso. Llamada. Sin respuesta.

Atisbé por la mirilla, pegué el oído: luz, risas de televisión. Una carga con el hombro reventó la puerta.

Tilly cambiando de canales, tirada en el suelo, muy colocada y medio grogui.

Varios paquetes de droga sobre una silla; más o menos, medio kilo.

La tele: Perry Como, boxeo, Patty Page. Tilly con cara de colgada, totalmente ida.

Cerré la puerta como pude y pasé el cerrojo. Tilly continuó pasando canales con ojos bobalicones: Lawrence Welk, Spade Cooley. La agarré, la arrastré...

Debatiéndose, dando patadas: bien. El cuarto de baño, la ducha, el agua a toda presión...

Fría: empapando sus ropas, devolviéndola a la sobriedad. Mojándome... ¡mierda!

Congelándola: grandes escalofríos, piel de gallina colosal. Castañeteo de dientes intentando suplicarme. Ahora a sudar:

Agua caliente. Tilly se resiste con fuerza; intenta dar patadas, descargar los puños, escabullirse. De nuevo el chorro helado:

–¡Está bien! ¡Está bien! –Sin la lengua estropajosa de la droga.

La saqué de la ducha, la senté en el retrete.

–Creo que Steve Wenzel te dejó esa droga para que se la guardaras. Iba a dársela a ese policía del que hablamos la otra noche, Junior Stemmons, y Junior ya se la había pagado. Ahora quiere devolverle el dinero porque Junior está loco, y Steve está muy asustado. Ahora dime lo que sepas del asunto.

Tilly temblorosa; escalofríos espasmódicos. Le lancé unas toallas y encendí el calefactor. Ella se arropó.

—¿Va a contárselo a los de la condicional?

—No, si colaboras conmigo.

—¿Y qué hay de…?

—¿De esa mierda de la otra habitación que te costaría una buena temporada en algún corral de lesbianas si decido ser desagradable?

Bañada ahora en sudor frío:

—Sí.

—No la voy a tocar. Y sé que tienes ganas de colocarte, así que cuanto antes hables, antes podrás.

Barras del calefactor al rojo, calor. Tilly:

—Steve se ha enterado de que Tommy Kafesjian se propone matarle. Verá, hay un camello, Pat Orchard, al que han detenido esta tarde. Un policía le ha apretado las tuercas…

—He sido yo.

—No me sorprende, pero deje que le cuente. Según Steve, ese policía, que supongo que era usted, le ha hecho al tal Orchard un montón de preguntas sobre ese policía, Junior. En cuanto le ha soltado, Orchard ha ido a ver a Tommy Kafesjian y le ha soplado lo de ese Junior y Steve. Le ha contado que Steve le había vendido a Junior esa buena cantidad, y que el policía andaba proclamando esa chifladura de que va a ser el próximo rey de la droga. Steve me dijo que se había largado de casa y que iba a intentar devolverle el dinero a Junior porque había oído que Tommy quiere matarlo.

—Y dejó aquí la droga para mayor seguridad.

Tilly, ansiosa, arrebujándose más en las toallas:

—Eso es.

—Hace menos de tres horas que he soltado a Orchard. ¿Cómo te has enterado de todo esto tan pronto?

—Tommy estuvo aquí antes de que viniera Steve. Me lo contó porque sabe que conozco a Steve y se le ocurrió que quizá supiera dónde se escondía. No le dije que había hablado con usted la otra noche y le aseguré que no sabía dónde estaba Steve, lo cual era cierto. Se marchó, y luego llegó Steve y dejó aquí el material. Yo le he aconsejado que escapara de ese pirado de Tommy y de ese pirado de Junior.

Steve llama a Junior... y yo respondo al teléfono.

—¿De qué más habéis hablado Tommy y tú?

Calor agobiante del calefactor. Tilly goteaba sudor.

—Quería hacérselo conmigo, pero le dije que no porque usted me contó que él mató a Wardell Knox.

—¿Qué más? Cuanto antes me vaya, antes podrás...

—Tommy dijo que anda tras el tipo que espía a su hermana Lucille. Dijo que se está volviendo loco buscando a ese espía.

—¿Qué más te dijo de él?

—Nada.

—¿Dijo si se llamaba Richie?

—No.

—¿Dijo si era músico?

—No.

—¿Dijo si tenía pistas sobre quién era el tipo?

—No. Dijo que el mirón era un jodido fantasma y que no sabía dónde estaba.

—¿Mencionó a alguien más, a otro hombre que espiara al espía?

—No.

—¿Seguro que no mencionó al tipo con algún nombre?

—Seguro.

—¿Champ Dineen, tal vez?

—¿Me toma por tonta? Champ Dineen era ese compositor que murió hace años.

—¿Qué más dijo Tommy de Lucille?

—Nada.

—¿Mencionó el nombre de Joseph Arden?

—No. Por favor, necesito...

—¿Dijo Tommy si follaba con su hermana?

—Señor, tiene usted una curiosidad malsana por esa chica.

Rápido: voy a la otra sala y vuelvo con la droga.

—Señor, eso es de Steve.

Abrí la ventana y miré abajo: una partida de dados en el callejón, justo debajo.

—Señor...

Arrojé uno de los paquetes: diana en la manta de los dados.

—¿Qué más dijo Tommy de Lucille?

—¡Nada! ¡Por favor, señor!

Gritos abajo: droga caída del cielo.

Dos paquetes más —«¡Señor, necesito eso!»—, cuatro, cinco: rugidos en el callejón.

—¡TOMMY Y LUCILLE! —Seis, siete, ocho.

Nueve, diez:

—Está mal pensar lo que está pensando. ¿¡Usted haría eso con su propia hermana!?

Fantasías de mal jugador... ¡bendito sea Dios!

Once, doce: se los arrojé a Tilly.

Al centro. Archivos. Un vistazo a la ficha de antecedentes y las fotos de identificación de Steve Wenzel. Dos detenciones por droga, condenas cortas: chusma blanca de quijadas largas y delgadas.

Ninguna lista de socios conocidos de los Kafesjian. Dirigí mi atención a los K.

Una ronda por su casa: luces encendidas, coches frente a la entrada. Aparqué, reconocí el terreno por la ventanilla.

Me acerqué al camino de entrada, a oscuras, atento por si había nuevos perros. Salté la valla y eché un vistazo: Madge cocinando. No vi a Lucille. Estancias a oscuras, el estudio: J. C., Tommy y Abe Voldrich.

Me agaché. Las ventanas cerradas: ningún sonido. Eché un vistazo:

J. C. agitando papeles; Tommy con una risilla. Voldrich, el gesto de sus manos: calma.

Gritos apagados. El cristal de la ventana vibrando.

Entorné la vista: J. C. seguía agitando los papeles. Se acercó a la ventana: ¡mierda, documentos de Antivicio!

Imposible leer el contenido.

Probablemente informes de Klein a Exley: pistas sobre el mirón. Robados, filtrados. Quizá Junior, quizá Wilhite.

«Tommy se está volviendo loco buscando a ese espía.»

Volví al coche dando un rodeo. Vigilancia de mirón: mis ojos en la ventana de ella. Cuarenta minutos después, ahí está: Lucille despreocupadamente desnuda. Apagó las luces demasiado pronto, mierda, y clavé la vista en la puerta delantera, deseoso de seguir mirando.

Diez minutos, quince.

Portazo. Los tres hombres salieron precipitadamente, cada cual a su coche. El Mercedes de Tommy rascó el bordillo al arrancar, levantando chispas.

J. C. y Voldrich se dirigieron al norte.

Tommy, directo al sur.

Le seguí.

Al sur por La Brea, al este por Slauson, límite púrpura del barrio negro. Más al este, y al sur por Central Avenue.

Territorio del mirón.

Semáforo: disimular, sin perder al tipejo. Más al sur. Watts. Al este.

Luces de freno —Avalon y Ciento tres—, encrucijada de clubes nocturnos sin hora de cierre.

Nigger Heaven:

Dos edificios conectados por pasarelas de madera, tres pisos de altura, ventanas abiertas, acceso a la salida de incendios.

Tommy aparcó. Yo pasé sin detenerme; luego retrocedí y le observé dirigirse hacia el edificio de la derecha.

Se encaramó por la escalera de incendios y subió a la pasarela.

Tommy a rastras: tablones oscilantes, pasamanos de cuerda.

Tommy en cuclillas.

Tommy fisgando por la ventana de la izquierda.

Mi expectativa de grandes sucesos, frustrada: Tommy se limitaba a mirar.

Salté del coche y subí a saltos la escalera de acceso al edificio de la izquierda. Nadie en el vestíbulo; lo crucé corriendo.

Tercer piso. Matones apostados en la puerta. Miradas: ¿y ahora quién es este policía? Dejé atrás a los gorilas porteros y entré.

Paredes de imitación de piel de cebra, una fiesta de degenerados: blancos, de color. Música, ruido de juerga.

Eché una ojeada a la habitación. Nadie parecido al retrato robot del mirón. Tampoco Tommy.

Un vistazo a la ventana: Tommy ya no estaba en la pasarela.

Los juerguistas, muy apiñados —blancos amantes del jazz/negros llamativos—; costaba moverse.

Humo de marihuana en las inmediaciones: Steve Wenzel, el carilargo, pasando un porro.

Un grupo de juerguistas entre los dos.

Tommy detrás de él, las manos en el abrigo.

Saca las manos: unos cañones recortados a la vista.

Grité…

Un negro pulsó un interruptor. La habitación quedó a oscuras.

El rugido de un disparo, rotundo; un largo estampido. Ráfaga/disparos de pistola al azar/gritos. El fogonazo de los disparos iluminó a Steve Wenzel, sin cara.

Gritos.

Me abrí paso entre ellos hasta la ventana.

Crucé la pasarela a gatas, con restos de cristales y de sesos en el cabello.

25

Autovía de Harbor dirección norte, graznidos por la radio:

—Código 3 todas las unidades próximas a Ciento tres y Avalon homicidio múltiple South Avalon 10342 tercer piso envíen ambulancias repito todas las unidades 187 múltiple South Avalon 10342 ver al conserje del edificio...

Respirando sangre; me limpié con la gabardina. Limpio, pero aún oliendo a ella.

—Repito a todas las unidades cuatro muertos South Avalon 10342 Código 3 envíen ambulancias.

Neurosis de guerra peor que en Saipan. La calzada se hizo borrosa.

—Unidades de Tráfico en las inmediaciones de Ciento tres y Avalon Código 3 contacten con el sargento Disbrow Código 3 urgente.

Salida de la autovía por la calle Seis, camino del local de Mike Lyman, donde Exley solía tomar su último bocado. Solté un billete al camarero: llévame hasta el jefe, ahora.

A mi alrededor, gente feliz: gárgolas.

—Por aquí, por favor, teniente.

Seguí al camarero. Un reservado al fondo: Exley de pie, Bob Gallaudet repantigado. ¿Qué pasaba allí?

Exley:

—Klein, ¿qué sucede?

Los asientos de la barra muy próximos. Le hice un gesto para que se acercara. Bob, con las antenas puestas, fuera del alcance del oído.

—Klein, ¿qué sucede?

—¿Recuerda esa orden de arresto que firmó esta mañana?

—Sí. Tres hombres que había que detener en la comisaría de Wilshire. Me debe una explicación por eso, así que empiece a...

—Uno de los hombres era un camello independiente llamado Steve Wenzel, y hace media hora Tommy Kafesjian se lo ha cargado en uno de esos tugurios consentidos de Watts. Yo estaba allí y lo vi, y ahora está en boca de toda la ciudad. Cuatro muertos hasta el momento.

—Explíqueme eso.

—Todo es culpa de Junior Stemmons.

—Explíquese.

—Joder, está metido en la mierda hasta donde nadie podría... ¡Joder, se está metiendo droga y anda por ahí extorsionando a camellos! Es marica y se dedica a sacarle la pasta a los sarasas de Fern Dell Park. Y creo que le está filtrando a los Kafesjian mis informes sobre el 459. También se mueve por el barrio negro como un auténtico pirado, anunciando que él será el nuevo...

Exley, refrenándome:

—Y usted ha intentado ocuparse del asunto personalmente.

—Exacto. Junior le compró mercancía a Wenzel para, citando sus palabras, «establecerse como el nuevo rey de la droga del Southside». Otro de los hombres de esa orden de arresto, al que interrogué a fondo sobre Stemmons y Wenzel, delató a ambos a Tommy K. Yo he seguido a Tommy hasta Watts y ha sido allí donde se ha cargado a Wenzel.

Exley, puro hielo patricio:

—Enviaré un equipo de Asuntos Internos para ocuparse de los homicidios. ¿Seguro que se trata de Wenzel y de víctimas inocentes?

—Sí.

—Entonces asegúrese de que la identidad de su hombre no llega a la prensa. Así evitaremos que esa orden de arresto nos cause problemas.

—Usted no quiere que los federales metan las narices en esto, de modo que pretende correr un velo ante la prensa ahora mismo.

—Klein, ya sabe que no debe acercarse...

—No me acercaré a Tommy Kafesjian... todavía. Aunque le haya visto matar a un hombre. Aunque no quiera decirme por qué está utilizándome para investigar a la familia.

Ningún rechazo. Ninguna réplica.

—¿Dónde está Stemmons ahora?

—No lo sé... —MÁTALO, JACK.

—¿Cree que le...?

—No, no creo que le maten. Quizá pongan a ello a Dan Wilhite, pero no creo que vayan a cargarse a un miembro del Departamento.

—Quiero un informe detallado y confidencial del asunto dentro de veinticuatro horas.

Me acerqué más a él, bajo la mirada atenta de Bob G.:

—¡Nada de papeles! ¿Se ha vuelto loco, joder? Y ahora que estamos hablando, debería saber que Junior está coladito por Johnny Duhamel. La próxima vez que vea a Dudley, dígale que tiene trabajando para él al amorcito de un marica.

Exley pestañeó. La mera referencia a aquello le tocó en lo más hondo.

—Entonces debe de haber una razón para que no me contara antes estas cosas de Stemmons.

—Usted no inspira la charla franca y abierta, jefe.

—No, y usted es demasiado listo como para saltarse la autoridad cuando con ello puede conseguir algún provecho.

—Entonces ayúdeme a conseguir una orden judicial para abrir unas cajas de seguridad de un banco. Junior tiene droga guardada en ellas. Ayúdeme a sacarla antes de que ponga en un apuro al Departamento.

—Tanta preocupación es muy altruista por su parte, pero usted es abogado y sabe que esas órdenes son asunto federal, y el fiscal federal del distrito es Welles Noonan...

—Podría pedírselo a un juez federal.

—No.

—No, ¿y...?

–No, y quiero que vaya ahora mismo a casa de ese Wenzel y la registre en busca de pruebas de sus tratos con Junior Stemmons. Si encuentra algo, destrúyalo. Eso sí que será un servicio al Departamento.

–Jefe, deje que yo me ocupe de Stemmons.

–No. Voy a llamar a toda la gente de Asuntos Internos y a silenciar lo de ese tiroteo en Watts. Voy a encontrar a Stemmons y a retenerle aquí, donde los federales no puedan encontrarle.

Junior delatando a Glenda: pantalla panorámica/VistaVision/3-D...

–¿Silenciará usted todo cuanto pueda incriminarme a mí?

–Sí, pero no disimule sus motivos egoístas apelando al interés del Departamento. Teniendo en cuenta cómo es usted, teniente, sus intenciones resultan penosamente transparentes.

Cambio de tema:

–¿Sabe si los de Asuntos Internos me han estado siguiendo esporádicamente desde lo de Johnson?

–Seguro que no. Si le han estado vigilando, es cosa de los federales. Yo ya le perdoné ese asesinato, ¿recuerda?

Rayos X en los ojos; el cabrón me hizo pestañear.

–Y lávese, teniente. Huele a sangre.

Fui a casa de Wenzel. El coche de J. C. estaba aparcado fuera. Supuse que estaban limpiando rápidamente los posibles indicios de relación con Tommy.

Imágenes de neurosis de guerra:

Los federales cogen vivo a Junior. Él pide hacer un trato: silenciar su condición de marica a cambio de delatar a Dave Klein. Junior, experto maestro en obtención de pruebas: todos mis muertos, todos mis sobornos, pormenorizados.

Decidí registrar una vez más aquel refugio de pirado:

Me acerqué a la casa de Junior, abrí los seis candados y entré. Encendí las luces, nuevo horror:

Cartuchos de escopeta en el horno.

Petardos de feria embutidos en una tostadora.
Hojas de cuchilla obstruyendo un conducto de calefacción.
Lo hago:
Agarro la cámara espía.
Agarro las notas garabateadas.
Vuelco de nuevo los muebles: cuatro sillas con puntadas sueltas en la tapicería. La rasgo, hurgo el interior.
Dinero escondido: 56 dólares.
Copias del 187 de Gilette, sacadas de Homicidios.
Un nuevo informe Glenda/Klein, más detallado:

ANTES DEL DISPARO FATAL Y DEL APUÑALAMIENTO DE GI-LETTE, LA SEÑORITA BLEDSOE HIZO DOS DISPAROS MÁS, SIN DAR EN EL BLANCO, CON EL MENCIONADO REVÓLVER DEL 32 QUE HABÍA COMPRADO A GEORGIE AINGE. (PARA MÁS DETALLES SOBRE LA BALA EXTRAÍDA DEL CUERPO DE GILETTE Y LAS DESCUBIERTAS INCRUSTADAS EN LAS PARE-DES DEL SALÓN DE LA CASA, VER INFORME DE BALÍSTICA # 114-55, ANEXO AL EXPEDIENTE DE LA BRIGADA DE HIGHLAND PARK.) EL REVÓLVER SE ENCUENTRA AHORA A SALVO EN MI PODER; ME FUE ENTREGADO POR AINGE AN-TES DE MARCHARSE DE LOS ÁNGELES. HE EFECTUADO SEIS DISPAROS DE PRUEBA CON EL ARMA Y EL ANÁLISIS DE BA-LÍSTICA INDICA QUE LAS BALAS SON IDÉNTICAS A LAS EX-TRAÍDAS DEL CUERPO Y DE LAS PAREDES DE GILETTE. EL REVÓLVER ESTÁ ENVUELTO EN UN PLÁSTICO Y LAS CACHAS LISAS DE NÁCAR MOSTRABAN UNAS HUELLAS DE LOS PUL-GARES IZQUIERDO Y DERECHO QUE COINCIDEN EN ONCE PUNTOS DE COMPARACIÓN RELEVANTES CON LA FICHA DE DELINCUENTE JUVENIL DE GLENDA BLEDSOE, DETENIDA POR HURTO EN 1946.

Rompí el papel, lo arrojé al inodoro y tiré de la cadena.
«A salvo»/«envuelto»/huellas = el revólver guardado en la caja de seguridad.

Tanteé las paredes: no noté huecos.

Abrí la cremallera de los cojines: ratoneras cebadas con matarratas saltaron al tocarlas.

Tiré de una tabla floja del suelo: en un tablero electrificado se iluminó Jesucristo, brillante y tornasolado.

Solté una carcajada.

Junior: 99 por ciento LOOOCO, 1 por ciento cuerdo. Evidencia de cordura: conducta metódica, lógica, concisa, sucinta, plausible. Di por sentado que había tomado disposiciones en caso de muerte: poner aquellas pruebas concisas, lógicas, plausibles y sucintas en manos de su heredero más lógico, de su más posible reivindicador: el puto Howard Hughes.

Más carcajadas, hasta casi no poder respirar. Rice Krispies crepitando en el suelo. Voces en la puerta de al lado: ¿a qué vendrán esas LOOOCAS carcajadas del agradable y educado señor Stemmons?

Agarré el teléfono, marqué torpemente.

—¿Hola? ¿Dav...?

—Sí, soy yo.

—¿Dónde estás? ¿Qué sucedió con Doug?

Ancelet. Tiempo distorsionado: asunto ya viejo.

—Te lo contaré cuando nos veamos.

—Entonces ven ahora.

—No puedo.

—¿Por qué?

—Estoy en un sitio, esperando. Es posible que el tipo que vive aquí aparezca pronto.

—Entonces déjale una nota diciéndole que te llame a mi casa.

Reprimiendo la risa:

—No puedo.

—Te noto muy raro.

—Te contaré cuando nos veamos.

Silencio, crepitaciones en la línea. En el aire flotaba Miciak.

—David, ¿tú has...?

—No digas su nombre. Y si no ha salido en los periódicos ni en televisión, imagino que no.

—Y cuando sea que sí, ya sé lo que tengo que hacer.

—Tú siempre sabes lo que tienes que hacer.

—Y tú siempre intentas sonsacarme dónde lo he aprendido.

—Soy detective.

—No, tú eres el hombre que ejecuta las cosas. Y no puedo explicarte todo sobre mí.

—Pero yo...

—Pero tú no dejas nunca de intentarlo, así que ven ahora y prueba otra vez.

—No puedo. Glenda, dime cosas. Distráeme.

La oigo: enciende una cerilla, exhala.

—Bueno, Herman Gerstein ha venido hoy por el plató y ha tenido una agarrada con Mickey. Al parecer ha visto algunas secuencias y teme que Sid Frizell esté metiendo demasiada sangre en la película. También, cito sus palabras: «Esa historia de incesto con vampiros puede echarnos encima a esa maldita Legión de la Decencia cristiana». Encima, Touch me ha dicho que Rock le ha pasado ladillas. Y Sid ha estado ofreciendo proyecciones privadas de esa película porno que está filmando en Lynwood. Los actores no son los más atractivos, pero el equipo parecía pasárselo en grande.

—¿Esta noche, pues?

—Te llamaré.

—Ten cuidado.

—Siempre.

Colgué, agarré una silla y mi mente divagó a la deriva. A un lugar donde había vampiros: Tommy, papá persiguiendo a Meg con la bragueta abierta. Sueño en blanco, unas manos me sacuden...

—Sí, es el jefe de Antivicio.

—Despierte, teniente.

En pie, con brusquedad.

Dos hombres prototipo de Asuntos Internos, las armas en la mano.

—Señor, Junior Stemmons ha muerto.

26

Código 3 al Bido Lito's: dos coches. Sin explicaciones. Mosqueo: Jack había dicho que se desharía del cuerpo.

Calles secundarias, allí:

Reporteros, coches patrulla, varios Plymouth. Federales tomando fotos con zoom. Civiles arremolinándose; aún no habían precintado el lugar.

Aparqué y seguí a un equipo del depósito de cadáveres. Federales charlando; a hurtadillas, escucho:

—... y no tenemos sus fotos en los archivos de Inteligencia. Eran desconocidos, muy probablemente tipos de fuera de la ciudad encargados del mantenimiento de las tragaperras aquí y en una docena de sitios parecidos del Southside.

—Frank...

—Tú escucha, haz el favor. Ayer, Noonan recibió un soplo anónimo sobre un garaje de ahí abajo. Fuimos y encontramos montones de tragaperras. Pero... era un garaje aislado en una callejuela sucia y no podemos identificar al propietario ni que nos maten.

Intriga de tragaperras. Al carajo.

Corrí adentro. Mucho jefazo: Exley, Dudley Smith, inspector George Stemmons, Sr. Hombres del laboratorio pululando, Dick Carlisle, Mike Breuning.

Ojos de vudú me traspasaron: el salvador de Lester Lake. Los dedos rígidos se fueron abriendo con gesto furtivo; Breuning se besó los suyos.

Fogonazos de las cámaras. Stemmons gritando, al borde de las lágrimas.

Los auxiliares del depósito entraron una camilla. Les seguí, pasando junto a la tarima del escenario, unos pasillos traseros. Una sala de máquinas tragaperras.

MIERDA...

Junior muerto: en posición fetal en el suelo.

Con el lazo del yonqui: torniquete en un brazo, cinturón entre los dientes, sujeto por el rígor mortis.

Una aguja colgando de una vena; ojos desorbitados. Mangas cortas: a la vista, surcos de aguja y cicatrices en venas.

Un agente de uniforme, pasmado:

—He buscado en los bolsillos. Llevaba encima una llave de la puerta principal.

Un hombre del laboratorio:

—El portero llegó temprano y lo encontró. ¡Joder, una cosa así en medio de la movida de los federales!

El forense, lector de mentes:

—Puede ser una sobredosis auténtica o un homicidio muy hábil. Esas marcas demuestran que el hombre era un adicto. ¡Por Dios, un oficial de la policía de Los Ángeles!

Jack Woods: nunca.

Ray Pinker me dio un codazo.

—Dave, el jefe Exley quiere verte. Ahí fuera, detrás.

Salí a toda prisa al aparcamiento. Exley estaba junto al coche de Junior.

—Interprete esto.

—Interpretar, una mierda. O es verdad o han sido los Kafesjian.

—Asuntos Internos dice que le encontraron dormido en el apartamento de Stemmons.

—Es verdad.

—¿Qué hacía allí?

—Me acerqué a la casa de Steve Wenzel y vi el coche de J. C. aparcado frente a la puerta. La casa de Junior no estaba lejos y pensé que tal vez aparecería. ¿Cómo terminó lo de Watts?

261

–Cinco muertos, no hay testigos presenciales. Cuando Tommy Kafesjian disparó no había luz, ¿verdad?

–Ajá. Hizo que uno de los negros apagara la luz. Jefe, ¿ha...?

–Wenzel era la única víctima blanca y el estado del cuerpo impedía una identificación rápida. Al parecer, los disparos provocaron la reacción de otros individuos armados presentes en el club. Bob Gallaudet y yo fuimos allí y apaciguamos a la prensa. Contamos que todas las víctimas eran negras y les prometimos pases para los desahucios de Chavez Ravine si suavizaban la historia. Naturalmente, todos aceptaron.

–Sí, pero puede apostar a que los federales controlaban nuestras llamadas por radio.

–Estaban allí también, tomando fotos, pero hasta donde ellos saben el asunto no fue más que un altercado entre negros, aunque de proporciones insólitas.

–Y dado que nos acusan de mirar para otro lado en los homicidios entre negros, has enviado una docena de sabuesos de Homicidios para cubrir las apariencias.

–Exacto, y Bob y yo charlamos con un clérigo negro bastante influyente. El tipo tiene aspiraciones políticas y ha prometido hablar con los familiares de las víctimas. Cuando lo haga, insistirá en la conveniencia de que no hablen con los federales.

El coche de Junior: ventanillas tiznadas de mugre, asquerosas.

–¿Qué han encontrado ahí dentro?

–Narcóticos, comida enlatada y literatura homosexual. Asuntos Internos se encarga de taparlo.

Ruido dentro del club. Miro por la ventana: Stemmons, Sr., derribando sillas a patadas.

–¿Qué hay de Junior?

–Contaremos a la prensa que ha sido una muerte accidental. Asuntos Internos investigará, con mucha discreción.

–Y dejará en paz a los Kafesjian.

–Ya nos ocuparemos de ellos en su momento. ¿Cree que Narcóticos podría haber hecho algo así?

Stemmons sollozando.

—¿Klein…?

—No. Desde luego, son capaces de quitar de en medio a cualquiera, pero no creo que sea cosa de ellos. Me inclino más por una sobredosis auténtica.

—¿Por qué?

—Un patrullero me ha dicho que Junior tenía una llave de la puerta del local en el bolsillo. Era un jodido adicto pirado y este antro es un conocido lugar de reunión y venta de drogas de Tommy K. Si le hubiera matado la familia, no habría dejado el cuerpo aquí.

—¿En qué estado encontró su apartamento?

—No me creería si se lo contara, y debería dejar la inspección forense en mis manos. Saqué sobresaliente en criminología en la Academia, y además estuve revolviendo la casa y probablemente haya huellas mías por todas partes.

—Hágalo, luego limpie la casa. Y llame a la Pacific Bell y haga que guarden bajo llave la lista de sus llamadas. Y otra cosa: anoche dijo que Stemmons tenía droga guardada en cajas de seguridad.

—Sí.

—¿Sabe de qué bancos?

—Tengo sus libretas de ahorros y las llaves de las cajas.

—Bien, es usted abogado, de modo que daré por buena su fantasía del «alijo de droga» y le diré que estudie sus libros de derecho y busque una estrategia para saltarse a Welles Noonan y conseguir una autorización judicial.

—¿Mi fantasía?

Exley, con un suspiro:

—Stemmons tenía un montón de mierda acerca de usted. Muy probablemente estará todo guardado en esas cajas. Seguro que él le estaba extorsionando de alguna manera, o usted se lo habría quitado de en medio con sus inimitables métodos violentos antes de que esa chifladura suya se descontrolara tanto.

AHORA, SUÉLTALO:

—Tenía un archivo sobre usted. Estaba oculto junto con varios documentos de Personal sobre Johnny Duhamel. Anoche hice un comentario tonto sobre Duhamel que le disparó la presión veinte puntos, así que no me venga con tonterías.

–Describa el archivo. –Sin la menor reacción, puro hielo.

–Todos sus casos en Detectives. Exhaustivo. Junior era el mejor que he conocido para encontrar pistas entre los papeles. La semana pasada hice un registro en su apartamento y lo encontré. Y anoche había desaparecido.

–Interprete eso.

Guiñé un ojo al estilo Dudley:

–Digamos que me alegra saber que mi buen colega Ed también tiene un interés personal en esto. Y no se preocupe por el 459 de Kafesjian: estoy demasiado metido en el asunto para dejarlo. –Vistazo a la ventana. Papá Stemmons, roto de dolor–. Debería calmarle, Eddie, no vaya a jorobarnos este asuntillo personal que tenemos entre manos.

–Llámeme después de inspeccionar la casa.

Media vuelta. Le observo alejarse.

Una mirada a la ventana:

Exley abordando a Stemmons: sin apretones de manos, sin abrazos de condolencia. Entreabro la ventana, escucho:

–Su hijo… le prohíbo que interfiera y que hable con la prensa… ahorrarle el dolor de que sus tendencias pervertidas se hagan públicas.

Stemmons tambaleándose, desquiciado por la pena.

27

Por la radio del coche, emisoras del centro de la ciudad:

KMPC: Policía encontrado muerto en un club de jazz del Southside; el LAPD habla de ataque cardíaco.

KGFJ: ¡Tiroteo de madrugada! ¡Cinco negros muertos! Censura de prensa. Exley trabajando deprisa.

Nada sobre Harold John Miciak.

Paso a la frecuencia de la policía: un agente imbécil identificando a Junior por su nombre.

La Oficina, mi despacho: un alto para cambiarme de ropa. Una ducha y un afeitado en los vestuarios. Excitado, agotado.

Pasillo abajo, hasta Personal. Pedí un registro de huellas de Junior. A escondidas, me llevé también el de Duhamel.

Laboratorio: conseguí un equipo de rastreo de huellas y una cámara. Una llamada a la Pacific Bell. Dejé caer el nombre de Exley.

Hagan lo siguiente:

Recopilar todas las llamadas efectuadas desde Gladstone 4-0629 de los últimos veinte días.

Anotar nombres y direcciones de todas las personas llamadas.

Guardar todos los datos registrados sobre George Stemmons, Jr., a la espera de que el jefe Exley obtenga la orden judicial.

Llamarme a mí a ese número, con todos los resultados, en el plazo de cuatro horas.

De nuevo en el coche, la radio:

Los muertos de Watts. El predicador negro culpa al alcohol «que esclaviza a nuestro pueblo».

Fantasía filtrada a la prensa por Exley:

Durante una accidentada persecución en el interior de un club nocturno clausurado del Southside, el sargento George Stemmons, Jr., sufre un ataque cardíaco fatal. El ladrón escapa. No habrá autopsia: va contra la religión del difunto.

Nada de Miciak.

Nada de los federales.

Uniformados a la puerta de la casa de Junior; les dejé fuera y me puse manos a la obra.

Tomé fotografías:

Trampas/montones de copos de maíz/desorden.

Recogí fibras, hice inventario de todas las pertenencias.

Después, búsqueda de huellas. Tediosa, lenta. Estaban las de Junior, múltiples impresiones coincidentes en diez puntos con las registradas en Personal. El salón/pasillo/cocina: otras huellas, con cicatrices visibles. Fáciles de identificar: mías. Papá me sorprendió robando y me quemó los dedos.

Tres habitaciones inspeccionadas: las dejé totalmente limpias. En la parte interior de la puerta, una identificación: Duhamel, positivo en ocho puntos de comparación. Extrapolación: Johnny, asustado de entrar.

Las borré. Sonó el teléfono. Era la Pacific Bell, con lo solicitado.

Tomé nota:

28/10/58 - BR 6-8499 - Señor y señora Stemmons, Dresden 4129, Pasadena.

30/10/58 - BR 6-8499 - ídem.

2/11/58 - MA 6-1147 - LAPD, División de Antivicio.

2/11/58 - Mamá/Papá.

3/11/58, 3/11/58, 4/11/58, 4/11/58 - Antivicio.

5/11/58, 5/11/58, 6/11/58 - GR 1-4790 - John Duhamel, Oleander 10477, Eagle Rock.

6/11/58, 6/11/58, 7/11/58, 9/11/58, 9/11/58 - AX 4-1192 - motel Victory, Gardena.

9/11/58 - MU 8-5888 - teléfono público, Ochenta y uno/ Central, Los Ángeles.

9/11/58 - MU 7-4160 - teléfono público, Setenta y nueve/ Central, Los Ángeles.

9/11/58 - MU 6-1171 - teléfono público, Sesenta y siete/Central, Los Ángeles.

9/11/58 - motel Victory.

9/11/58 - ídem.

9/11/58 - casa de Duhamel.

10/11/58 - WE 5-1243 - teléfono público, Olympic/La Brea, Los Ángeles.

10/11/58 - motel Victory.

10/11/58, 10/11/58, 11/11/58, 12/11/58 - KL 6-1885 - teléfono público, Aviation/Hibiscus, Lynwood.

16/11/58 - HO 4-6833 - Glenda Bledsoe, N. Mount Airy 2489½, Hollywood.

Calambre de escritor. Interpretación de los datos:

Primeras llamadas a mamá-papá/despacho: asuntos normales. Siguiente llamada a Duhamel: Junior volviéndose loco. El motel Victory, cuartel general de la Brigada contra el Hampa: hogar de los matones de Smith/Johnny Duhamel de servicio.

Después teléfonos públicos situados en el barrio negro: posiblemente negocios de drogas, quizá conversaciones con Steve Wenzel. Una cabina telefónica en Olympic/La Brea: la casa de los Kafesjian, seis manzanas al sur. Junior, loco: ELLOS le habían dicho que no llamara a la casa.

12/11 a 16/11, sin llamadas. Junior DESQUICIADO. 16/11: mi llamada nocturna a Glenda.

Lógico, pero:

Llamadas al teléfono público de Lynwood = ????

Hecho polvo, busqué huellas en el cabecero de la cama.

Mierda...

Indicios de manos entrelazadas; dedos entrecruzados asidos a la barra. Restos de sudor, huellas latentes viables. Y no correspondían a Johnny. Impresiones claras de Junior entrelazadas con las desconocidas: algún marica anónimo.

Borrarlas. Riiing... riiing: agarro el teléfono, cierro el dormitorio.

—¿Exley?

—Soy Johnny Duhamel.

—¿Qué cojo...? ¿Cómo has sabido que estaba aquí?

—He oído un aviso por radio acerca de Stemmons. Me he acercado a su casa y los patrulleros me han dicho que estabas dentro. Yo... escucha, tengo que hablar contigo.

ADRENALINA. Un zumbido en la cabeza.

—¿Dónde estás?

—No... veámonos esta noche.

—¡Vamos, hombre! ¡Ahora!

—No. A las ocho en punto. Spindrift 4980. En Lynwood.

—¿Por qué allí?

—Pruebas.

—Johnny, dime...

Clic. Tono de marcado. Llevé el dedo al disco. Exley, deprisa...

NO.

No. Exley está cegado con Johnny... solo quizá.

Llamada alternativa: marco MA 4-8630.

—Oficina del Fiscal del Distrito.

—Con Bob Gallaudet, de parte de Dave Klein.

—Lo siento, señor. El señor Gallaudet está reunido.

—Dígale que es urgente.

Chasquidos de conexión:

—Dave, ¿qué puedo hacer por ti?

—Un favor.

—Adelante. Tú me has hecho unos cuantos últimamente.

—Necesito echar una ojeada a un archivo personal de Asuntos Internos.

—¿Qué es esto, una innovación de Ed? Asuntos Internos es su guardia de élite.

—Sí, es cosa de Exley. Cuando alguien entra en la Oficina de Detectives, Asuntos Internos realiza una investigación de antecedentes muy completa. Esta noche tengo que verme con alguien y necesito saber más cosas de él. Tiene que ver con el altercado del barrio negro y tú podrías echar una ojeada al expediente sin que haya preguntas.

—Estás haciendo esto a espaldas de Ed, ¿verdad?

—Sí, como esos informes sobre los Kafesjian que te hice llegar.

Una pausa. Segundos eternos.

—*Touché*, así que llámame dentro de unas horas. No puedo dejar el despacho, pero te prepararé una sinopsis. ¿Cómo se llama el tipo?

—John Duhamel.

—¿Johnny el Escolar? Perdí un buen fajo de billetes en su debut profesional. ¿Te importaría explicarme…?

—Cuando haya terminado, Bob. Gracias.

—Bien, de momento *quid pro quo*. Y la próxima vez que nos veamos, recuérdame que te cuente lo de la reunión que Ed y yo mantuvimos con ese clérigo negro. Extraños compañeros de cama, ¿eh?

La cama... manos entrelazadas.

—Jodidamente extraños.

28

Excedente de adrenalina. Me entono para ir a espiar a los Kafesjian. Aceché la casa desde tres puertas más allá: no hubo espectáculo en la ventana del dormitorio. Nadie persiguiendo mirones. Tres coches en el jardín.

Pasatiempos de vigilancia: la radio del coche.

Elegía por Junior. Capellán del LAPD, Dudley Smith: «Era un gran muchacho. Era un esforzado combatiente contra el crimen, y es un cruel capricho del destino que un hombre tan joven haya sufrido un fallo cardíaco durante la persecución de un vulgar ratero».

Welles Noonan por la KNX: «... no digo que la sorprendente muerte de un joven policía supuestamente sano esté relacionada con las otras cinco muertes ocurridas durante las pasadas veinticuatro horas en los barrios de South Central de Los Ángeles, pero me parece curioso que el Departamento de Policía de Los Ángeles se haya dado tanta prisa en explicar los hechos y dar el asunto por zanjado».

Astuto, Noonan: la mierda atrae a las moscas.

Cuatro de la madrugada, graznidos de saxo de Tommy: la señal para marcharme. Animado por mi propia música: me estaba acercando a ALGO.

Primeras luces, nubes, lluvia. Parada en una cabina telefónica: Bob fuera, Riegle al aparato. Pocas novedades en la investigación de la comisaría: ningún suicidio que encajara con LA MADRE DEL MIRÓN.

Me acerco al plató, llueve fuerte, no hay filmación. Suerte: la luz de la caravana encendida. Una carrera hasta la puerta saltando charcos.

Glenda estaba fumando, inquieta. Tendida en la cama. Sin prisas por tocarme.

Fácil de adivinar por qué:

—¿Miciak?

Ella asintió.

—Ha venido Bradley Milteer. Al parecer, él y Herman Gerstein se conocían aparte de su trabajo para Hughes. Le dijo a Herman que habían encontrado el coche y el cuerpo de Miciak, y que todos los actores y actrices contratados por Hughes iban a ser interrogados discretamente. Mickey le oyó decirle a Herman que vendrían detectives del Departamento del Sheriff de Malibú para hablar conmigo.

—¿Es todo lo que oíste?

—No. Mickey dijo que el Departamento del Sheriff lleva la investigación con total discreción para evitar poner en apuros a Howard.

—¿Mencionó a la División de Hollywood del LAPD? ¿Habló de un asesino apodado el Diablo de la Botella?

Glenda exhaló anillos de humo.

—No. Yo pensaba... es decir, los dos pensábamos que Hughes se limitaría a esconder el asunto bajo la mesa.

—No. Eso fue lo que deseamos. Y no hay ninguna prueba de que Miciak muriese en...

—¿... en el picadero donde Howard Hughes me follaba y donde ese hombre que maté quería follarme también?

Hacerla callar/hacerla pensar.

—Tú te lo buscaste, y ahora pagas por ello. Ahora tienes que salir bien librada del apuro.

—Dirígeme. Dime algo para facilitar las cosas.

Tócame, dime cosas.

—Declara que esa noche estabas sola en casa. No coquetees con los agentes ni trates de seducirlos. Deja caer sutilmente que Hughes

271

es un libertino y apunta alguna prueba de ello. Utiliza eso que no me has querido contar nunca y que te trastorna tanto... ¡Oh, joder, Glenda!

—Está bien.

Solo eso: «Está bien».

La besé, chorreando agua de lluvia.

—¿Hay por aquí algún teléfono que pueda usar?

—Delante de la caravana de Mickey. ¿Sabes una cosa? Si pudiera llorar a voluntad, lo haría.

—No lo hagas, por favor.

—¿Te vas?

—Tengo que ver a un tipo.

—¿Más tarde, entonces?

—Sí, me pasaré por tu casa.

—No espero gran cosa. Tienes aspecto de no haber dormido en una semana.

Llovía a cántaros cuando me refugié bajo el toldo de la caravana de Mickey. El teléfono funcionaba y marqué el número de la línea privada de Gallaudet. Descolgó él en persona.

—¿Diga?

—Soy yo, Bob.

—Hola, Dave, y quid pro quo cumplido. ¿Atento?

—Dispara.

—John Gerald Duhamel, veinticinco años. Por lo que respecta a los expedientes personales de Asuntos Internos no había gran cosa, de modo que he revisado otros archivos para comparar los datos.

—¿Y?

—Y aparte de una interesante combinación de licenciatura *cum laude* en ingeniería y una carrera de boxeador amateur, no hay mucho que destacar.

—¿Familia?

—Hijo único. Parece que sus padres eran gente acomodada, pero murieron en un accidente de aviación que dejó arruinado al muchacho cuando aún estaba en la universidad; en cuanto a socios conocidos, tenemos a ese tramposo de Reuben Ruiz y a sus hermanos de manos largas. Pero, claro, Reuben está ahora de nuestra parte. Por lo visto, Duhamel folla a diestro y siniestro sin ser demasiado exigente, igual que me sucedía a mí a su edad. Hubo rumores no confirmados de que amañó su primera y única pelea profesional. Y esas son todas las noticias de interés que he encontrado en los papeles.

Nada que me resultara útil.

—Gracias, Bob.

—No pienso darte la espalda, hijo. Tengo demasiado presente la información sobre ti que había reunido Stemmons.

—Gracias.

—Cuídate, hijo.

Colgué, respiré hondo, eché a correr...

—¡Dave! ¡Aquí!

El resplandor de un relámpago iluminó la voz: Chick Vecchio bajo un toldo de lona. Detrás de él unos vagabundos, dándole a la botella.

Corrí hacia allí. Tenía tiempo que perder.

Chick:

—Mickey está en casa esta noche.

Lo de Glenda: Chick estaba enterado a medias.

—Debería haberlo sabido. Mierda de lluvia.

—El *Herald* anunció cuatro gotas. El *Herald* también dijo que ese joven compañero suyo tuvo un ataque cardíaco. ¿Por qué será que no me creo al *Herald*?

—Porque tu hermanito te dijo que mi joven compañero le apretó las tuercas en Fern Dell Park.

—Sí, y porque no acabo de tragarme que un policía chantajista de veintinueve años tenga un ataque de corazón.

—¡Oh, Chick, vamos!

—Está bien, está bien. Touch me dijo que le había contado a usted lo de Stemmons y él en Fern Dell, pero hay algo más que no le explicó.

Me adelanté a él:

—Que tú, Touch y Pete Bondurant estáis planificando vuestro propio tinglado de chantajes. Va de sexo, y va de afloja la pasta o las fotos van a parar a *Hush-Hush*. Stemmons se lo sacó a Touch, de modo que ahora tenéis miedo de que nosotros lo sepamos.

—Bueno, usted lo sabe...

—Stemmons me lo dijo. —Mentira—. El resto del Departamento no tiene ni idea de esto, y si se enteraran lo taparían para proteger la reputación del muchacho. Vuestro trabajo está tapado.

—Fantástico, pero sigo sin tragarme eso del ataque de corazón.

—¿Extraoficial?

—Ajá, y confidencial, como dicen en *Hush-Hush*.

Ahuequé la mano y le susurré al oído:

—Junior estaba incordiando a J. C. y a Tommy Kafesjian. Se estaba chutando heroína, y se metió una sobredosis o alguien se la administró. Es un asunto que huele mal y seguro que el Departamento encubrirá lo sucedido.

Chick también ahuecó la mano para cuchichear:

—Me parece que los Kafesjian no son buena gente para buscarles las cosquillas.

—Me parece que empiezo a pensar que Ed Exley va a cargarse a esos traficantes dos segundos después de que desaparezca esa presión federal.

—Lo cual puede tardar, tal como están las cosas.

Lluvia, viento...

—Oye, Chick, ¿qué pasa con Mickey? He visto a unos tipos sacando máquinas tragaperras del Rick Rack mientras los federales tomaban fotografías al otro lado de la calle.

Chick se encogió de hombros.

—Mickey es como es. La mitad del tiempo se comporta como un loco testarudo al que no hay modo de hacer entrar en razón.

—La escena era de lo más curiosa. Un par de esos tipos de las máquinas eran mexicanos, y Mickey no contrata nunca a pachucos. Le di el soplo de los federales con tiempo suficiente, pero no ha querido tomar precauciones.

—Touch y yo estamos fuera de todo ese asunto del Southside. Me da la impresión de que Mickey está contratando autónomos. Vagabundos borrachos meando contra la nave espacial.

—Sí, y baratos, como vuestros extras de aquí. ¿Tanto necesita el dinero? Sé que está protegido, pero tarde o temprano los federales le acusarán de controlar esas máquinas.

—¿Extraoficial?

—Claro.

—Pues bien, suponga que Mickey está devolviendo un préstamo al sindicato con lo que saca de las máquinas, de modo que está obligado a tenerlas funcionando un poco más. Imagino que conoce el riesgo que corre, pero se resiste a tomar medidas.

—Sí. «Mickey es un tipo luchador, y los tipos luchadores consiguen resultados tarde o temprano.»

—Eso dije, y lo mantengo.

—Y sigue convencido de que va a conseguir una autorización para el juego en el distrito.

—Suponga que la ley se aprueba.

—¿Con Bob «Cámara de Gas» Gallaudet en la Fiscalía General? ¿Crees que él le concedería una autorización a Mickey Cohen?

Chick, con una amplia sonrisa:

—Imagino que no ha venido aquí a ver a Mickey, ¿verdad?

El suelo enfangado. La nave espacial se volcó. Los vagabundos aplaudieron.

—Espero que la película dé dinero.

—Lo mismo espera Mickey. Eh, ¿adónde va?

—A Lynwood.

—¿Una cita caliente?

—Sí, con un policía rudo y apuesto.

—Se lo diré a Touch. Se pondrá celoso.

Adrenalina. La lluvia la disparó.

29

Lynwood. Viento, lluvia, calles cruzándose en perpendicular y en diagonal. Oscuro, difícil de ver algo. Aviation con Hibiscus: el teléfono público de la esquina.

Risas macabras. Me asaltó el recuerdo de la llamada de Jack: «¿Fue muerte natural o se lo cargó otro? Vamos, déjame compensarte. Welles Noonan por los mismos diez mil, ¿qué dices?».

Casas de estuco, casi chabolas; patios de apartamentos vacíos. Una ronda por la manzana del 4900, pasando números.

24, 38, 74. 4980: una construcción de estuco de dos plantas, abandonada.

Una luz encendida en el piso de abajo, a la izquierda. La puerta abierta.

Entré.

Una sala de estar vacía: telarañas, suelo cubierto de polvo. Johnny el Escolar esperándome allí, con aire tranquilo.

· Sin chaqueta, la sobaquera vacía: confía en mí.

¿Confiar? Una mierda. Cuidado con sus manos.

—¿Estás de duelo por lo de Junior, Johnny?

—¿Qué sabes de Stemmons y yo?

—Sé que te tenía pillado por el trabajo de las pieles. Y sé que lo demás no importa.

«Lo demás» le hizo pestañear. Tres metros de distancia. Cuidado con sus manos.

—También tenía pruebas contra ti, Klein. Junior tenía unos sentimientos terribles hacia ciertas personas y se dedicaba a recopilar pruebas contra ellas para vengarse.

—Podemos negociar un trato. No tengo ningún interés en el asunto de las pieles.

—No sabes ni la mitad... —Pestañeo frenético.

Pisadas a mi espalda.

Mis manos inmovilizadas; mi boca amordazada. Medio asfixiado, con la manga de la camisa subida. Un pinchazo.

Flotando: visión en túnel, hierba periférica. Hormigueo/estremecimientos subiéndome de las ingles/calor interno.

Puertas laterales, zapatos, perneras de pantalón aleteando.

Un pasillo, recodos, zapatos sobre cemento, giro a la derecha...

Una puerta abierta: aire cálido, luz. Paredes con espejos, dibujos en espiguilla muy cerca de los ojos. Alguien me arrojó al suelo, boca abajo.

Una luz encima de mí. Visión borrosa, como copos de nieve.

Brrr, clic/clic. Ruido de carrete, como de una cámara. Incorporándome hasta quedar de rodillas; papel encerado blanco debajo de mí.

Puesto en pie a la fuerza.

Cinta aislante sobre los ojos. Privado por completo de visión.

Alguien me golpeó.

Alguien me atizó.

Alguien me quemó: siseos calientes/fríos en el cuello.

Ya no tanto hormigueo, ya no tanto calor interno. No más estremecimientos subiéndome de las ingles.

Alguien me arrancó la cinta. Mis ojos, pegajosos e inyectados en sangre.

Clic-clic, ruido de carrete. Algo en mi mano derecha, pesado y reluciente: MI espada japonesa de recuerdo.

Me volví, enfoqué la vista:

Johnny Duhamel desnudo, empuñando MI pistola.

Quemado: calor/frío en el cuello, en las manos.

Quemado en carne viva. Johnny arrodillándose con ojos vidriosos, con una mueca burlona.

Quemado, ardor en el rostro. Johnny, la sonrisa burlona, los ojos azules rasgados.

Atacarlo, herirlo: espadazos furiosos, fallidos.

Johnny tambaleándose. Agarro más fuerte, descargo mandobles.

Tocado, fallo, tocado: piel pálida desgarrada, tatuajes bañados en sangre. Tocado, corte, corte: un brazo cercenado, un chorro de sangre saliendo del muñón del hombro. Johnny farfullando una cantinela japonesa, los ojos azules rasgados...

Fallo, fallo: Johnny el japonés boca abajo, retorciéndose terriblemente. El tatuaje del pecho a la vista: desgarrarlo, desgarrarlo.

Fallo, fallo: papel encerado rasgándose.

Acierto. Fuerte estocada: la columna se quiebra, la hoja se hunde. Al sacarla, roja POR TODAS PARTES.

Jadeando. Me cuesta respirar. Sangre en la boca.

Alguien me volvió a pinchar. De nuevo hormigueo/calor interno/estremecimientos subiendo por las ingles.

Perdiendo el conocimiento: el lanzallamas arde con un calor agradable; el japonés se rinde.

Flotando en una negrura cálida. Tic tac. Un reloj en alguna parte. Conté los segundos. Seis mil... Adormilado: diez mil cuatrocientos...

Aviones japoneses planeando. Voces:

Meg: Papá nunca me tocó, David, no le hagas daño. El mirón: Papá, papá. Lucille: Él es mi papá.

Aviones japoneses ametrallando el barrio negro. Tic tac. Catorce mil y pico.

Negrura cálida.

Visión borrosa: dibujos en espiguilla grises, zapatos.

Espejos de las paredes en completo desorden; los aviones japoneses. Probé a mover los brazos. Inútil: los tenía sujetos con cinta aislante.

Una silla. Atado firmemente a ella.

El chasquido de un proyector.

Luz blanca, una pantalla blanca.

Sesión de cine... ¿Papá y Meg? No consentiré que la manosee.

Me debatí. Imposible: la cinta se adhería más, no cedía.

Una pantalla en blanco.

Corte a:

Johnny Duhamel desnudo.

Corte a:

David Klein blandiendo una espada.

Zoom a la empuñadura de la espada: Sgto. D.D. Klein, Cuerpo de Marines, Saipan, 24/7/43.

Corte a:

Johnny suplicando «¡Por favor!», sin sonido.

Corte a:

David Klein revolviéndose, descargando mandobles, fallando golpes.

Corte a:

Un brazo cercenado moviéndose espasmódicamente sobre el papel encerado del suelo.

Corte a:

David Klein hurgando con la espada; Johnny D. destripado entre estertores.

Corte a:

La lente del objetivo chorreando rojo; un dedo retirando esquirlas de columna de su superficie.

Grité...

Un nuevo pinchazo me acalló de golpe.

Recobrando el conocimiento: movimiento, noche, imagen borrosa tras el parabrisas.

Barrio negro, South Central.

Dolor en el pecho, dolor en el cuello. Barba incipiente, sin la funda de la pistola.

Un desvío brusco.

Sirenas: uuua uuua.

Escozor en las quemaduras.

Hedor a desinfectante; alguien me lavó.

Dónde/qué/cómo: Johnny Duhamel suplicando.

No.

No era verdad.

ELLOS me obligaron a hacerlo.

Por favor... no me gustó.

Sirenas. Llamaradas ante mí.

30

*Camiones de bomberos, coches patrulla. Barba incipiente; de un día, más
o menos. Humo, fuego: el Bido Lito's en llamas.*

*Una barrera policial. Giro brusco a la derecha, subiéndome al bordillo.
Justo allí, hombres de traje gris con cámaras: monstruos.*

*Crujido del parachoques, un letrero: «La autodeterminación es tuya
con el profeta Mahoma».*

Ahora descansando: el salpicadero blando y agradable. Mientras pierdo la conciencia:

—Es Klein. Cógelo.

—Creo que tiene una contusión.

—A mí me parece que está drogado.

—No creo que esto sea legal.

—Es irregular, pero legal. Le hemos encontrado inconsciente
cerca de la escena de un incendio provocado con homicidio y es el
principal sospechoso de nuestra investigación general. El señor
Noonan tiene un informador en la oficina del forense y le dijo que
el compañero de Klein murió de una sobredosis de heroína. Y ahora fíjate en qué estado se encuentra este hombre.

—Jim, para el informe escrito, por si esto llega al tribunal.

—Dispara.

—De acuerdo. Son las 3.40 de la madrugada del 19 de noviembre de 1958 y soy el agente especial Willis Shipstad. Conmigo
están los agentes especiales James Henstell y William Milner. Nos

encontramos en el Edificio Federal del centro de la ciudad con el teniente David Klein del Departamento de Policía de Los Ángeles. El teniente Klein fue recogido hace una hora en un estado de acusada desorientación en la esquina de la calle Sesenta y siete con Central Avenue, en Los Ángeles Sur. Estaba inconsciente y presentaba un aspecto muy desaliñado. Le hemos traído aquí para asegurarnos de que recibe la atención médica adecuada.

—Eso es muy gracioso.

—Jim, elimina el comentario de Bill. En resumen, el teniente Klein, quien según nuestros informes de Inteligencia tiene cuarenta y dos años, ha recibido posibles lesiones en la cabeza. Presenta quemaduras en manos y cuello, con características que concuerdan científicamente con las causadas por hielo seco. Tiene manchas de sangre en la camisa y restos de cinta aislante adheridos a la chaqueta. Está desarmado. Hemos dejado su coche, un vehículo policial Plymouth del 57, aparcado correctamente en la intersección donde le encontramos. Antes del interrogatorio, se proporcionará al teniente Klein atención médica.

Colocado erguido en una silla de respaldo alto.

Federales.

—Jim, que pasen esto a máquina y encárgate de que le llegue una copia al señor Noonan.

Una sauna de interrogatorios. Will Shipstad, dos agentes federales. Una mesa, sillas, una máquina taquigráfica.

Shipstad:

—Se está despertando. Jim, llama al señor Noonan.

Un federal salió. Me desperecé: dolores y agujetas de pies a cabeza.

Shipstad:

—Ya nos conocemos, teniente. Nos vimos en el hotel Embassy.

—Lo recuerdo.

—Este es mi compañero, el agente especial Milner. ¿Sabe usted dónde se encuentra?

Mi espada japonesa: pantalla grande/a todo color.

—¿Quiere que le vea un médico?

282

–No.

Milner, gordo, colonia barata:

–¿Está seguro? Tiene un aspecto bastante maltrecho.

–No.

Shipstad:

–Bill, eres testigo de que el señor Klein ha rechazado recibir atención médica. ¿Qué me dice de un abogado? Usted mismo lo es, de modo que conoce el derecho que le asiste a que un abogado esté presente en el interrogatorio.

–Renuncio.

–¿Está seguro?

Dios santo, Johnny…

–Estoy seguro.

–Bill, eres testigo de que al señor Klein se le ha ofrecido asistencia legal y que la ha rechazado.

–¿Por qué estoy aquí?

–Mírese. –Milner–. La pregunta debería ser dónde ha estado usted.

Shipstad:

–Le recogimos en la Sesenta y siete y Central. Un rato antes alguien había prendido fuego al club Bido Lito's. Teníamos algunos agentes cerca del lugar, en misión de vigilancia general, y uno de ellos oyó a un testigo que hablaba con los detectives del LAPD. Ese testigo declaró que pasaba junto al Bido Lito's poco después del cierre nocturno del local y vio una ventana rota en la parte delantera. Segundos después, el edificio empezó a arder. Desde luego, a mi entender todo apunta a una bomba incendiaria.

Milner:

–En el incendio han muerto tres personas. De momento, suponemos que se trata de los dos propietarios del club y del encargado de la limpieza. Teniente, ¿usted sabe fabricar un cóctel Molotov?

Shipstad:

–No estamos insinuando que fuera usted quien prendió fuego al Bido Lito's. Con franqueza, en el estado en que le recogimos creo que no habría sido capaz de encender ni un cigarrillo. Teniente, fíjese qué panorama: hace dos noches, cinco personas murieron en un club de madrugada en Watts, y una fuente bastante fiable nos ha dicho que Ed Exley y Bob Gallaudet ejercieron grandes presiones para mantener silenciados los detalles. Luego, a la mañana siguiente, su colega el sargento George Stemmons, Jr., aparece muerto en el Bido Lito's. El jefe Exley ofrece a la prensa una versión de opereta sobre ataques cardíacos, cuando nos hemos enterado de que la causa de la muerte fue muy probablemente una sobredosis de heroína que él mismo se administró. Y ahora, cuarenta y tantas horas después, el Bido Lito's se incendia y usted aparece casi en el mismo momento, conduciendo en un estado que indica intoxicación por consumo de narcóticos. Teniente, ¿se da cuenta de la imagen que da todo esto?

El montaje de Kafesjian. Johnny D. chorreando sangre...

Milner:

—Klein, ¿está con nosotros?

—Sí.

—¿Utiliza narcóticos habitualmente?

—No.

—Ah, ¿solo esporádicamente?

—Nunca.

—¿Qué le parecería someterse a un análisis de sangre?

—¿Qué le parecería tener que soltarme por una orden judicial sobre una prueba *prima facie*?

—¡Vaya, el tipo fue a la facultad de derecho! —Milner.

—Klein, ¿de dónde venía cuando le recogimos? —Shipstad.

—Me niego a contestar.

—¡Claro! Apelando al derecho a no autoincriminarse. —Milner.

—No. Apelando al derecho a silenciar información no incriminadora, según detalla la sentencia del caso *Indiana contra Karkness, Bodine, et al.*, 1943.

—¡Sí, señor, el tipo se sabe las leyes! ¿Tienes algo más que añadir, listillo?

—Sí. Que eres un gordo de mierda y que a tu esposa se la folla Rin-Tin-Tin.

Rojo cardíaco, el gordo de mierda.

Shipstad:

—¡Ya basta! ¿Dónde estaba usted, teniente?

—Me niego a responder.

—¿Qué ha sucedido con su arma de servicio?

—Me niego a responder.

—¿Tiene explicación para el estado lamentable en que le hemos encontrado?

—Me niego a responder.

—¿Puede explicarnos qué es esa sangre de su camisa?

Johnny suplicando...

—Me niego a responder.

—¿Qué, no se te ocurre nada, listillo?—Milner.

—¿Dónde ha estado, teniente? —Shipstad.

—Me niego a responder.

—¿Ha sido usted quien ha incendiado el Bido Lito's?

—No.

—¿Sabe quién ha sido?

—No.

—¿Ha sido cosa del LAPD en venganza por la muerte de Stemmons?

—¿Está loco? ¡No!

—¿Fue el inspector George Stemmons, Sr., quien ordenó prender fuego al local?

—Yo no... ¡No! ¡Qué locura!

—¿Lo ha incendiado usted para vengar la muerte de su compañero?

—No. —Bastante aturdido.

—No olimos licor en su aliento. —Milner.

—¿Estaba bajo el efecto de algún narcótico cuando fue encontrado? —Shipstad.

—No.

—¿Consume usted narcóticos?

–No.

Las luces del altavoz en la pared: alguien escuchando en alguna parte.

–¿Le han sido administrados narcóticos por la fuerza?

–No.

Una buena conjetura: EL COPROTAGONISTA DE JOHNNY. Se abrió la puerta y entró Welles Noonan.

Milner salió de la sala. Noonan:

–Buenos días, señor Klein.

Cabello a lo Jack Kennedy, apestando a laca.

–He dicho «Buenos días».

JOHNNY SUPLICANDO.

–¿Klein? ¿Me escucha?

–Le escucho.

–Bien. Tengo unas cuantas preguntas que hacerle antes de que le soltemos.

–Pregunte.

–Eso haré. Y estoy deseando verme cara a cara con usted. Recuerdo ese precedente que le echó en cara al agente especial Milner, así que creo que sería un combate igualado.

–¿Cómo consigue que el pelo le quede así?

–No estoy aquí para compartir con usted mis secretos de peluquería. Y ahora voy a...

–¡Cabrón! ¡No he olvidado que me escupió a la cara!

–Sí. Y yo no he olvidado que usted cometió, como mínimo, una negligencia criminal en el asunto de la muerte de Sanderline Johnson. Hasta aquí, estos son...

–Diez minutos o llamo a Jerry Geisler para que presente un hábeas corpus.

–No encontrará a ningún juez que...

–Diez minutos o contrato a Kanarek, Brown y Mattingly para que presenten querella por acoso policial, que conlleva la comparecencia inmediata ante el tribunal.

–Señor Klein, ¿usted ha...?

–Llámeme «teniente».

—Teniente, ¿hasta qué punto conoce la historia del Departamento de Policía de Los Ángeles?

—Al grano, Noonan. No se vaya por las ramas.

—Está bien. ¿Quién empezó lo que eufemísticamente llamaré «acuerdo» entre el LAPD y el señor J. C. Kafesjian?

—¿Qué «acuerdo»?

—¡Vamos, teniente! Usted sabe que les desprecia tanto como nosotros.

Despistarle, echarle un cebo.

—Creo que fue el jefe Davis, el anterior a Horrall. ¿Por qué?

—¿Y eso fue alrededor del 36 o el 37?

—Más o menos por esa época, creo. Yo me incorporé al departamento en el 38.

—En efecto, y espero que el hecho de tener asegurada la pensión no le haya dado una falsa sensación de invulnerabilidad. Teniente, el capitán Daniel Wilhite es el enlace entre la familia Kafesjian y la División de Narcóticos, ¿verdad?

—Me niego a responder.

—Comprendo. Lealtad corporativa. ¿Ha sido Wilhite quien ha tratado con los Kafesjian desde el principio del «acuerdo»?

—Tal como yo lo entiendo, el jefe Davis hizo tratos con los Kafesjian y fue su contacto hasta que Horrall tomó posesión del cargo a finales del 39. Dan Wilhite no se incorporó al Departamento hasta mediados del 39, de modo que él no pudo ser el primer contacto con la familia, si es que lo ha sido alguna vez...

Noonan, con aire aristocrático:

—¡Oh, vamos, teniente! Usted sabe que Wilhite y los Kafesjian son aliados casi ancestrales.

—Me niego a comentar eso. Pero siga preguntando por los Kafesjian.

—Sí, he oído que han despertado su interés.

JOHNNY SUPLICANDO.

Shipstad:

—Tiene usted muy mala cara, Klein. ¿Quiere tomar algo...?

Noonan:

—¿Le dijo usted a Mickey Cohen que retirara sus máquinas expendedoras y tragaperras? Pues no le ha hecho ni caso. Tenemos fotos de sus hombres encargados de mantenimiento y recaudación.

—Me niego a contestar.

—Hace poco hemos encontrado un testigo importante, ¿sabe? No piqué.

—Un testigo importante —insistió.

—El reloj sigue corriendo.

—Es verdad. Will, ¿crees tú que el señor Klein prendió fuego al Bido Lito's?

—No, señor, no lo creo.

—Klein no puede o no quiere dar cuenta de sus movimientos.

—Señor, no estoy seguro de que él mismo lo sepa.

Me puse en pie. Casi me fallaron las piernas.

—Tomaré un taxi para volver a por mi coche.

—Tonterías. El agente especial Shipstad le llevará. Will, tengo curiosidad por saber dónde ha pasado las últimas veinticuatro horas el teniente.

—Señor, yo diría que ha estado con una mujer de mil demonios o luchando contra un oso.

—Muy agudo, Will. Y la sangre de la camisa apunta hacia lo segundo. ¿Sabes cómo podríamos averiguarlo?

—No, señor.

—Controlando las llamadas por homicidios en el Southside y viendo cuáles de ellos intenta tapar Edmund Exley.

—Me gusta la idea, señor.

—Estaba seguro de que te gustaría. La experiencia nos dice que es un buen sistema, ya que los dos sabemos que Dave, aquí presente, se cargó a Sanderline Johnson. Me parece que estamos ante una empresa familiar. Dave hace el trabajo sucio y su hermana Meg invierte el dinero. ¿Cómo es ese dicho? «La familia que asesina unida permanece...»

Me abalancé sobre él. Las piernas me fallaron. Shipstad me levantó en vilo por la espalda. Los pulgares en mi carótida, arrastrado por el pasillo mientras perdía el conocimiento...

Encerrado, recuperándome rápidamente. Enseguida, despierto del todo. Una sala de metro y medio por dos, paredes acolchadas, sin sillas ni mesa. Un altavoz en la pared y una mirilla acristalada, con vista a la habitación contigua.

Una celda acolchada/puesto de observación. Aprovechar la ocasión:

Cristal agrietado, cierta distorsión. Chirrido del altavoz. Le di un golpe; mejor ahora. Pegué el ojo a la mirilla: al otro lado, Milner y Abe Voldrich.

Milner:

—... lo que digo es que o bien J. C. y Tommy son acusados, o bien les llevará a la ruina la publicidad que se crearán cuando facilitemos a la prensa las actas del gran jurado. Narcóticos va a ser amputada por las rodillas y creo que Ed Exley es consciente de ello, porque no ha tomado ninguna medida para protegerles o para ocultar pruebas. Escucha, Abe: sin Narcóticos, los Kafesjian no son más que un puñado de estúpidos que dirigen un negocio de lavado en seco que les produce un beneficio mínimo.

Voldrich:

—Yo... no... soy... ningún informador.

—No, tú eres un refugiado lituano de cincuenta y un años con una tarjeta verde que podemos revocar en cualquier momento. Abe, ¿te gustaría vivir tras el Telón de Acero? ¿Sabes qué te harían los comunistas?

—No soy ningún soplón.

—No, pero te gustaría serlo. Vas dejando caer indicios. Tú mismo me dijiste que secabas marihuana en una de las máquinas de la lavandería.

—Sí, y también dije que J. C., Tommy y Madge no sabían nada.

Humo de cigarrillos. Rostros borrosos.

Milner:

—Sabes perfectamente que J. C. y Tommy son escoria. Tú siempre te esfuerzas por diferenciar a Madge del resto de la familia. Es una buena mujer y tú eres un hombre básicamente decente que ha ido a parar entre mala gente.

Voldrich:

—Madge es una mujer extraordinaria que por muchas razones... en fin, que necesita a Tommy y a J. C.

—¿Es verdad que Tommy se cargó al conductor borracho que mató a la hija de un policía de Narcóticos?

—Me acojo a eso de la Quinta Enmienda.

—Tú y todo el mundo, maldita sea. No deberían haber retransmitido las sesiones del juicio Kefauver. Abe...

—Agente Milner, por favor: acúseme de algo o suélteme.

—Te dejamos hacer tu llamada telefónica y escogiste hablar con tu hermana. Si hubieras llamado a J. C., él te habría buscado un abogado listo que te sacara enseguida con una orden. Me parece que tienes ganas de hacer lo que debes. El señor Noonan te ha explicado el acuerdo de inmunidad y te ha prometido una recompensa federal por el servicio. Creo que es lo que quieres. El señor Noonan intenta llevar ante el gran jurado a tres testigos principales, y uno de ellos eres tú. Y lo mejor de todo es que, si los tres declaráis, todos los que podrían causarte algún daño serán acusados y condenados.

—No soy ningún informador.

—Abe, ¿Tommy y J. C. mataron al sargento George Stemmons, Jr.?

—No. —Ronco.

—Murió de una sobredosis de heroína. Tommy y J. C. podrían haber falseado algo así.

—No... Quiero decir, no lo sé.

—¿Cuál de los dos?

—Quiero decir que no, no lo creo.

—Abe, no tienes precisamente cara de póquer. En fin, siguiendo con lo que estábamos hablando, sabemos que Tommy toca el saxo en el Bido Lito's. ¿Es un habitual del local?

—Quinta Enmienda.

—Eso déjalo para la televisión. Hasta los críos que rompen una ventana se acogen a la Quinta Enmienda. Abe, ¿hasta qué punto conocían los Kafesjian a Junior Stemmons?

—Quinta Enmienda.

—Stemmons y un tal teniente David Klein les estaban incordiando acerca de un robo que se produjo en la casa hace un par de semanas. ¿Qué sabes de eso?

—Quinta Enmienda.

—¿Esos policías intentaron extorsionar a los Kafesjian?

—No... quiero decir: Quinta Enmienda.

—Abe, eres un libro abierto. Vamos, Stemmons era un yonqui y Klein es el policía más corrupto que puede existir.

Voldrich tosió; el altavoz chirrió con estática.

—No. Quinta Enmienda.

—Cambiemos de tema. —Milner.

—¿Hablamos de política?

—Hablemos de Mickey Cohen. ¿Lo conoces?

—Nunca me he encontrado con él.

—Tal vez no, pero tú eres un veterano del Southside. ¿Qué sabes del negocio de Mickey con las tragaperras?

—No sé nada de ese negocio. Sé que las máquinas tragaperras son para gente con mentalidad de pordioseros, lo cual explica su atractivo para esos negros estúpidos.

—Cambiemos de tema. —Milner.

—¿Hablamos de los Dodgers? Si yo fuera mexicano, me alegraría de abandonar Chavez Ravine.

—¿Qué me dices de Dan Wilhite?

—Quinta Enmienda.

—Hemos echado un vistazo a sus declaraciones de impuestos, Abe. J. C. le cedió el veinte por ciento de la lavandería de Alvarado.

—Quinta Enmienda.

—Abe, todos los hombres que trabajan en Narcóticos tienen propiedades que no pueden permitirse con su sueldo, y pensamos que las han conseguido gracias a J. C. Hemos hecho una auditoría de sus declaraciones de impuestos, y cuando llamemos a los agentes para que nos expliquen la procedencia de esos bienes y les digamos «Cuéntanos cómo los conseguiste y te dejaremos en paz»,

J. C. se verá hasta el cuello con veinticuatro cargos por soborno y fraude fiscal federal.

—Quinta Enmienda.

—Abe, voy a darte un consejo: siempre que te acojas a la Quinta, hazlo de principio a fin. Eso de intercalar respuestas explícitas entre las apelaciones a la Quinta solo sirve para subrayar las respuestas que indican conocimiento culposo.

Silencio.

—Abe, te estás poniendo un poco verde.

Ninguna respuesta.

—Abe, hemos oído que Tommy andaba buscando a un tipo llamado Richie. No sabemos el apellido, pero hemos oído que Tommy y él solían tocar jazz juntos y entrar a robar en casas.

Me pegué más a la mirilla: humo, distorsión.

—Quinta Enmienda.

—Abe, tú nunca has ganado un centavo jugando al póquer, ¿verdad?

Apretando más contra el cristal, forzando la vista, aguzando el oído.

—Estoy convencido de que quieres colaborar con nosotros, Abe. Cuando te decidas a admitirlo, te sentirás mucho mejor.

Ruidos en la puerta de la estancia. Me aparté de la pared.

Dos federales flanqueando a Welles Noonan. Yo hablé primero:

—Usted quiere presentarme como testigo, ¿verdad?

Noonan se atusó el cabello.

—Sí, y mi mujer está a favor de usted. Vio su foto en los periódicos y se quedó muy impresionada.

—¿Quid pro quo?

—No está lo bastante desesperado, pero pruebe.

—Richie no sé qué. Dígame qué sabe de él.

—No. Y le voy a dar una buena bronca al agente Milner por dejar conectado ese altavoz.

—Noonan, podemos hacer un trato.

—No. Todavía no está preparado para suplicar. Caballeros, acompañen al señor Klein a un taxi.

31

Bido Lito's. Amanecer.

Ruinas chamuscadas, el escenario justo en el centro. Montones de cenizas, cristales hechos añicos.

Teléfonos de la acera, intactos. Una moneda en los bolsillos. Que esté en casa, por favor.

Seis timbrazos.

—¿Sí? —Voz adormilada.

—Soy yo.

—¿Dónde estás?

—Estoy bien.

—No es eso lo que... David, ¿dónde estabas?

Hormigueo, solo de oírla.

—No puedo... Oye, ¿han ido a interrogarte?

—Sí, dos hombres del sheriff. Dijeron que era rutina, que estaban preguntando a todas las actrices bajo contrato con Hughes. No parecían saber que Howard me tenía bajo vigilancia y no tuve que dar ninguna coartada para un momento concreto porque no han podido determinar la hora de la muerte de Miciak...

—No digas nombres.

—¿Por qué? ¿Desde dónde estás llamando?

—Desde un teléfono público.

—David, pareces asustado. ¿Dónde estabas?

—Te lo diré si... quiero decir, cuando esto termine.

—¿Es ese asunto de los Kafesjian?

—¿Cómo sabes eso?

—Lo sé y ya está. Hay cosas que tú no me cuentas, así que…

—Hay cosas que tú no me cuentas.

Silencio.

—¿Glenda?

—Sí, y hay cosas que no te contaré.

—Háblame, entonces.

—Ven.

—No puedo, tengo que dormir.

—¿Qué tipo de cosas quieres que te cuente?

—No sé, cosas buenas.

Con voz suave, soñolienta:

—Bien, cuando me veía con H. H. le pedí consejo para invertir en algunas acciones y compré barato. Esas acciones están subiendo ahora, de modo que voy a sacar unos buenos beneficios, creo. Anteanoche, cuando viniste a verme, había cenado con Mickey. Todavía está enamorado de mí, y me obligó a hacer una crítica sobre su estilo de actuar; algo relacionado con un discurso importante que tiene que hacer pronto. El embrague de mi coche va mal y…

—Escucha, todo va a salir bien.

—¿Todo? ¿Seguro?

—Seguro.

—No suenas muy convencido.

—Te llamaré cuando pueda.

Unos vándalos me habían robado los tapacubos. Hora de repasar la película, una vez más:

«POR FAVOR, NO ME MATES».

«POR FAVOR, NO ME MATES COMO MATASTE A TODOS LOS DEMÁS.»

Dos puertas más abajo, una licorería.

Entré y compré un botellín de whisky. De vuelta al coche: tres tragos rápidos.

Escalofríos: sin hormigueos ni calor interno.

Tiré el resto: el alcohol era para pervertidos y para cobardes. Meg me lo enseñó.

32

Mi casa, sano y salvo. Repuse existencias en la sobaquera: mi 45 de los marines.

Acto seguido, un grito:

Mi espada japonesa sobre un estante, salpicada de sangre.

Al lado, cinco de los grandes.

Sueño: JOHNNY SUPLICANDO.

Mediodía. Desperté buscando el teléfono. Un reflejo; una llamada rápida: Ayuntamiento de Lynwood.

Consulta:

Spindrift 4980; un edificio vacío de cuatro plantas: ¿quién era el dueño? Gestiones del funcionario, la respuesta:

Hipoteca ejecutada por el Ayuntamiento de Lynwood. El propietario murió hacia el 46. Abandonado durante doce años, ofertas de reconstrucción recientes: posible alojamiento de desahuciados de Chavez Ravine. ¿Búsqueda de títulos de propiedad? Imposible: una inundación en el sótano había destruido los archivos.

Lynwood. ¿Por qué reunirnos allí?

«Pruebas», había dicho Duhamel.

Salí a por los periódicos, volví a por un café. Cuatro diarios de L. A. llenos de barrio negro:

El tiroteo en el local: cinco muertos, sin pistas, sin sospechosos. Cuatro morenos identificados; nada sobre el «negro» Steve Wenzel. Exley: «Expertos detectives de Homicidios se dedican a este caso exclusivamente. Es un asunto de máxima prioridad para el LAPD».

Un destello:

Hora de cine. Paredes con espejos; familiares, de alguna manera...

El *Herald*:

«Tres muertos en incendio de club de jazz: la policía considera el fuego "accidental"». Exley: «Creemos que el incendio del Bido Lito's no está relacionado con la trágica muerte por ataque cardíaco del sargento George Stemmons, Jr., ocurrida dos días antes en el mismo local».

Intuición: Junior eliminado... por ELLOS.

Intuición: posible prueba quemada.

El *Mirror-News*, punto de vista escéptico:

Policía muerto/infierno en el nightclub... ¿qué relación hay entre ambos sucesos? Stemmons, Sr., citado: «¡Unos canallas negros mataron a mi hijo!». Réplica de Exley: «Eso es absurdo. El sargento Stemmons murió de un paro cardíaco, puro y simple. La oficina del forense ofrecerá los resultados que lo confirmen dentro de veinticuatro horas. Y la idea de que el Departamento de Policía de Los Ángeles prendiera fuego al Bido Lito's como venganza por la muerte del sargento Stemmons es sencillamente disparatada».

Junior RIP: funeral católico próximamente. Oficiante: Dudley Smith, capellán laico.

Sarcasmo:

«Con una investigación federal sobre las bandas en pleno desarrollo en Los Ángeles Sur-Central (investigación que, además, se considera dirigida a desacreditar al Departamento de Policía de Los Ángeles), en sus encuentros con la prensa el jefe de Detectives Edmund J. Exley está haciendo ciertamente todo lo posible para quitar importancia a la actual ola de crímenes en el Southside.

Fuentes locales dicen que en las calles hay tantos agentes federales como hombres del LAPD, con lo que cabría esperar que disminuyeran las estadísticas delictivas. Aquí se cuece algo raro y, desde luego, no es el guiso de barbo que servían en el recientemente calcinado club Bido Lito's».

Exley, *Times* de Los Ángeles: «Lo siento mucho por las autoridades federales que actualmente intentan llevar a cabo una investigación sobre las bandas criminales en Los Ángeles. Están condenadas al fracaso, porque las medidas tomadas por el Departamento de Policía de Los Ángeles llevan muchos años demostrando su eficacia. Al parecer, Welles Noonan ha concentrado sus esfuerzos en incriminar a la División de Narcóticos del LAPD, y hace poco se me preguntó por qué no he apartado del cuerpo a los hombres que trabajan en dicha división. ¿Mi respuesta? Muy sencilla: esos hombres no tienen nada que ocultar».

Una GRAN intuición: Narcóticos, cebo federal.

Times/Herald/Mirror: ningún hallazgo de cadáveres de varones. El *Examiner:* «Pocero hace un descubrimiento macabro». Leo rápidamente:

Un canal de desagüe en el límite de Compton/Lynwood: territorio del Departamento del Sheriff. Hallazgo: cadáver de varón blanco, alto, rubio, unos 70 kilos; sin cabeza, manos ni pies. Muerto hace entre veinticuatro y treinta y seis horas. DESTRIPADO, COLUMNA VERTEBRAL CERCENADA.

«No se encontraron marcas de identificación en el cuerpo. Los detectives del sheriff creen que el o los asesinos decapitaron a la víctima y le cortaron las manos y los pies para impedir una identificación forense.

»Si alguien puede ofrecer información acerca de este hombre, John Doe #26-1958, Boletín de Homicidios del Condado 141-26-1958, llame al sgto. B. W. Schenker, Oficina del Sheriff de Firestone, TU 3-0985.»

Podría llamar a ese número. Podría alegar:

Incapaz de precisar el lugar o el marco temporal: estaba drogado y sometido a coacción.

Mis presuntos coaccionadores: los Kafesjian. Dos hombres por lo menos: lo dictaba la logística.

ELLOS:

Acceso a droga.

Un motivo: órbitas de policías corruptos; Duhamel relacionado con Junior relacionado conmigo.

Podría argumentar detalles:

Johnny y Junior, implicados en el robo de las pieles; quizá más. Junior, aspirante a «rey de la droga», extorsionándolos a ELLOS. Yo, lunático perseguidor de mirones: ELLOS le querían a ÉL.

Podría alegar pruebas:

Mi espada japonesa y cinco de los grandes sobre un estante.

Mi tarifa por trabajo, de conocimiento general en el ramo.

Mi espada, también de conocimiento general: maté a un montón de japos con ella y gané la Cruz de la Armada.

Podría alegar un encadenamiento de hechos:

Yo conocía a Junior/Junior conocía a Johnny/yo incordiaba a los Kafesjian/Junior incordiaba a los Kafesjian/Johnny también los incordiaba directa o indirectamente; directa o indirectamente, debido a ese loco marica de Junior Stemmons/Johnny me llamó para darme explicaciones o para convencerme de algo como lo que yo estoy explicando ahora/los Kafesjian me hicieron matarle... y me convirtieron en estrella del celuloide.

Hora de películas caseras.

Hora de hacer el montaje: ¿quién hizo el trabajo?

Dave Klein, dejado con vida: asesino de cine. El tiempo pasaba, dos posibilidades:

Coacción directa: desiste de lo del mirón.

Montajes LAPD/federales: innumerables ángulos.

Podría alegar teorías:

Supongamos que la llamada de Johnny fue auténtica.

Supongamos que él mantuvo la cita en secreto.

Yo lo comenté con Bob Gallaudet; también con Chick Vecchio, indirectamente.

Chick conocía mi tarifa.

Chick conocía la espada.

Chick los conocía a ELLOS, o a gente que los conocía.

Chick sabía que Junior estaba incordiando a los Kafesjian.

Chick les da el soplo a ELLOS.

99 por ciento seguro: fui coaccionado para matar a Johnny Duhamel.

1 por ciento dudoso: soy un asesino.

Mi último alegato:

No me gusta.

Ducha y afeitado. Demacrado, con nuevas canas: cuarenta y dos años y en pleno declive. Escozor de quemaduras al contacto con la toalla: el hielo seco me obligó a hacerlo. La espada, los cinco de los grandes: táctica del miedo.

Invertir ese dinero...

Llamé a Hughes Aircraft. La voz de Pete:

—Bondurant.

—Pete, soy Dave Klein.

Él, desconcertado:

—Tú nunca me llamas aquí. Algún trabajo, ¿verdad?

—Cinco de los grandes.

—¿A repartir?

—Tu parte.

—Entonces no se trata de un asunto policial como la última vez.

—No, se trata de presionar a un tipo duro.

—Para eso te bastas tú solo.

—El tipo es Chick Vecchio, y estoy al corriente del plan de extorsiones que estás tramando con él y con su hermano. Quiero sacar algún provecho del asunto.

—Y no piensas decirme cómo te has enterado, ¿verdad?

—Verdad.

—Y si digo que no, te encargarás de frustrarnos los planes, ¿verdad?

—Verdad.

—Y has pensado que Chick quizá no se avenga a razones si te presentas tú solo, pero que a los dos juntos nos hará caso, ¿verdad?

—Verdad.

Crujidos de nudillos al otro lado de la línea; Pete reflexionando sobre la propuesta.

—Sube a siete y responde a algunas preguntas.

—Siete.

Pop, pop. Más crujidos. Desagradables.

—Y bien, ¿qué tienes contra Chick?

—Me ha puesto en el punto de mira de los Kafesjian.

—Entonces cárgatelo. Es más tu estilo.

—Necesito sacarle información.

—Chick es un tipo duro.

—Siete. Sí o no.

Estática en la línea. Pop, pop, manos de asesino.

—Sí, con una condición, porque siempre he pensado que en el fondo Chick era un seboso espagueti de mierda, y porque Mickey cambió de idea y les dijo a él y a Touch que se olvidaran del tema del chantaje sexual. Creo que Mickey siempre se ha portado bien conmigo, así que le estoy haciendo un favor que ya me devolverá si alguna vez se olvida de esa mierda de ser un magnate del cine y empieza a comportarse de nuevo como un hombre blanco. Bien, ¿qué táctica quieres emplear?

—Violencia directa, con trapos sucios sobre el propio Chick por si se le ocurre acudir a Sam Giancana. Es el patrón de Chick en la Organización, y a la Organización no le gusta esta clase de extorsiones.

—De modo que quieres pillarle por sorpresa. Traeré la cámara y empezaremos a partir de ahí.

—Bien. Si no tengo que esperar demasiado.

Crujidos de nudillos...

—Vamos, Pete...

—Necesito dos días.

—Mierda.

—Nada de mierda. Chick va a acostarse con la puta Joan Crawford. Por una cosa así merece la pena esperar.

Estrellas de cine/tiempos de cine... Johnny suplicando.

—Está bien. Dos días.

—Y luego está esa condición, Klein.

—¿Cuál?

—Si sospechamos que Chick piensa vengarse, le liquidamos.

—De acuerdo.

Caminando por el aire. Visión en túnel. Hierba periférica.

Puertas laterales.

Paredes con espejos.

Dibujos en espiguilla grises. ¿Un abrigo?

Me dirigí a Lynwood rozando el límite de velocidad.

Primero, Aviation con Hibiscus. La cabina telefónica. Una moneda, marcar:

Pacific Bell me informó de que las llamadas efectuadas desde un teléfono público no se registraban.

Sid Riegle: sus pesquisas sobre suicidios, sin resultados.

Spindrift 4980: todavía abandonado. El apartamento de la planta baja izquierda: abierto.

Cuatro habitaciones vacías. Como si Johnny nunca hubiese aparecido por allí.

Aquella noche llovía; ahora el día era soleado. Di una vuelta por las calles; nada que me hiciese recordar. Patios de bungalows vacíos; manzanas enteras de ellos.

Aquella noche caminando por el aire, como si me llevaran en volandas. Hierba, puertas laterales, un giro a la derecha.

Quizá una habitación a la derecha del patio. Hora de repasar la película.

Aquella noche lluvia; ahora soleado. Posible: huellas secas de pisadas en la hierba.

ADELANTE...

Seis manzanas, treinta y tantos patios. Epidemia de malas hierbas: tierra seca llena de maleza, sin huellas. Puertas del lado derecho cerradas con tablas, con clavos, con cerrojos; cubiertas de polvo, sin señales de uso reciente.

Johnny riendo: «¿Por qué Lynwood, Dave?».
Más vueltas por la calle: infinitos patios vacíos.
Mierda.

Visita a Archivos de la Central. Su almacén de expedientes de robos: fichas de delitos desde el año 50.

Agente Milner: «Hemos oído que Tommy andaba buscando a un tipo llamado Richie. No sabemos el apellido, pero hemos oído que Tommy y él solían tocar jazz juntos y entrar a robar en casas».

La ficha de Tommy, destruida sin duda. La de Richie Nosecuántos, tal vez no.

ADELANTE...

Varones adultos: cuatro archivos completos, ningún «Richard» caucásico. Juveniles: siete Richards –cinco negros y dos blancos–, cebones de más de cien kilos.

«Sin resolver», adultos/juveniles: documentación muy desordenada. Año 50 y posteriores, difíciles de leer. Los ojos cansados. Enfoco: 6/11/51:

Music Man Murray's, N. Weyburn 983, Westwood Village. Trompetas robadas y recuperadas: rastreadas hasta unos delincuentes juveniles anónimos. Sin detenciones, dos chicos sospechosos: «Tommy» y «Richie», sin apellidos. Detective encargado del caso: sargento M. D. Breuning, brigada de L. A. Oeste.

Tres archivos más: ningún Tommy/Richie localizable.

Fácil de interpretar:

El matón Breuning investiga un 459 chapucero. Echa a perder el trabajito y recibe un toque de atención: Tommy es el hijo de J. C. Kafesjian.

Hazlo: trágate la bilis.

Primero llamé a Atracos: «Breuning ha salido». Lo mismo en la calle Setenta y siete. Pruebo en el motel Victory.

–Brigada contra el Hampa, Carlisle.

–¿Sargento? Soy David Klein.

Respiración acelerada:

—¿Sí, qué quiere?

—Escuche, lamento todo ese jaleo con Lester Lake.

—Claro. ¡Ponerse del lado de un negro frente a dos...! Mierda, está bien, teniente, Lester era su soplón. ¿Qué quiere? ¿Hablar con Dudley? Ha salido.

—¿Está Breuning?

—Se ha marchado con Dud. ¿De qué se trata?

—De un antiguo 459 juvenil que llevó Breuning. Noviembre del 51. Dígale a Mike que me llame, ¿de acuerdo?

—¿Mike? Desde luego, Dave.

Corte/tono de marcado.

Cavilando.

Mi mejor jugada ahora: seguirlos a ELLOS.

Mi peor jugada: que me descubran.

Mi mejor pesadilla: ELLOS se acercan a MÍ. Me explican la escena de la película: amenazas, ofertas. Al menos sabría POR QUÉ.

A falta de algo mejor, al barrio negro. Adelante, que suceda algo.

Ahora lugares familiares, sincronizados con la música de mi cabeza. Caras familiares devolviéndome la mirada: negras, hoscas. Circulando a poca velocidad, voces por la radio policial.

Comunicaciones del condado. Nada sobre John Doe/Johnny Duhamel. Nada de Miciak, nada del Bido Lito's. Alivio incompleto.

Hurgué en la guantera: ningún caramelo, solo droga escondida y olvidada. Siseo, crepitación de estática: una pelea de bandas en Jordan High.

Al norte. Una ronda por delante de la casa de ELLOS; numerosa vigilancia federal. Ruido de saxo. Will Shipstad con tapones en los oídos.

Zumbido en la radio: mi banda sonora para Johnny suplicando. Más al norte, llevado por un instinto: Chavez Ravine.

Lleno de federales. No salgo del coche. Observo el panorama:

Órdenes de desahucio clavadas con tachuelas puerta por puerta. Resistencia: un piquete de basura comunista y pachucos. Excavadoras, volquetes. Antidisturbios del LAPD a la expectativa.

Más:

La calle principal acordonada: Reuben Ruiz bailando una samba. Admiradores apretujándose, mujeres con los ojos llorosos. Guardaespaldas federales, hastiados.

Aviso retumbando por la radio:

«¡Código 3 a todas las unidades en las cercanías de South ARDEN 249 repito South ARDEN 249 homicidio múltiple South ARDEN 249 unidades de Detectives transmitan su posición South ARDEN 249 unidades de Homicidios a la escucha en esa zona transmitan su posición!».

33

Acudiendo al Código 3.

South Arden/Joseph Arden/nombre de calle/nombre de cliente.
Una dirección por Hancock Park. Zona rica. Una casa bien, tal vez.

«Solicito unidad de recogida de animales muertos en South Arden 249. Urgente. Notificadas todas las unidades de servicio.»

Abrí el micrófono:

—Urgente, aquí 4-ADAM-31 a Central. Cambio.

«Recibido, 4-A-31.»

—Urgente. Repito, urgente. Teniente D.D. Klein buscando al jefe Exley. Cambio.

«Recibido, 4-A-31.»

Código improvisado:

—Urgente. Avise al jefe Exley que los homicidios de South Arden 249 están probablemente relacionados con el caso principal. Solicito permiso para actuar bajo la autonomía de Asuntos Internos. Localice con urgencia al jefe Exley. Cambio.

«Recibido, 4-A-31. Denos su posición.»

—Tercera con Mariposa, hacia el oeste. Cambio.

Silencio de radio. Acelerando...

«4-A-31. Responda, por favor.»

—Aquí 4-A-31, recibido.

«4-A-31, asuma el mando en South Arden 249, autonomía de Asuntos Internos. Cambio.»

—Aquí 4-A-31, recibido, cambio y corto.

Tercera, rumbo oeste. Dolor de oídos de la sirena. Arden Boulevard, giro a la derecha.

Justo ahí:

Un gran caserón Tudor, muy concurrido: coches patrulla, vehículos del depósito de cadáveres.

Corrillos de civiles en la acera, nerviosos.

Camión de los helados, niños...

Aparqué junto al bordillo. En el porche, dos oficiales con aspecto de tener el estómago revuelto.

Apreté el paso hacia ellos. Un teniente y un capitán. Verdes. Detrás de ellos, un seto rezumando vómitos.

—Ed Exley quiere silenciar este asunto: nada de prensa, nada de Homicidios del centro. Estoy a cargo de todo esto y Asuntos Internos se encarga de la recogida de indicios.

Asentimientos entre náuseas. Nadie preguntó: «¿Y usted quién es?».

—¿Quién lo descubrió?

El capitán:

—El cartero nos llamó. Tenía un paquete de entrega especial y quería dejarlo en la puerta de servicio. Los perros no ladraron como era habitual y el hombre vio sangre en la ventana.

—¿Los ha identificado?

—Sí. Un padre y sus dos hijas. Phillip Herrick, Laura y Christine. La madre murió; según el cartero, se suicidó hace unos meses. Tápese la nariz cuando...

Dentro. Lo huelo: sangre. Flashes de fotógrafos, trajes grises. Me abrí paso entre ellos.

El suelo del vestíbulo: dos pastores alemanes muertos, destripados, rezumando espuma por la boca. Cerca, unas herramientas: pala/tijeras de jardinero/horquilla... ensangrentadas.

Pedazos de carne/babas/regueros de vómito.

Acuchillados, rajados y pinchados: entrañas amontonadas empapando una alfombrilla.

Me agaché y abrí a la fuerza las mandíbulas de los animales. Los presentes me miraron con asombro.

Trapos en la boca. Empapados en clorestelfactiznida.

Déjà vu: el 459 de Kafesjian.

Caminar/mirar/pensar... Los policías de paisano me abrieron paso.

El pasillo delantero: discos rotos/cubiertas rasgadas. Discos de jazz navideños; confirmación de las cartas mamá-mirón.

El comedor:

Botellas de licor y retratos hechos pedazos; otra semejanza con el caso K. Fotos de familia: un padre y sus dos hijas.

Mamá al mirón: «Tus hermanas».

Menciones a suicidio/confirmación de suicidio.

Estampida de técnicos forenses. Voy tras ellos. El estudio.

Tres muertos en el suelo: un varón, dos hembras.

Detalles:

Disparos a los ojos: mejillas negras de la pólvora, agujeros de salida sanguinolentos.

Cojines destrozados sobre una silla: silenciadores de los disparos.

Cizallas, sierra de cadena, hacha: ensangrentadas, apoyadas en un rincón.

La alfombra, empapada y burbujeante.

El hombre con los pantalones bajados.

Castrado: su pene en un cenicero.

Las mujeres:

Acuchilladas/serradas/cortadas con cizallas. Con las extremidades colgando del torso por jirones de piel.

Paredes ensangrentadas, ventanas chorreantes. Chiquillos asomándose por ellas.

Sangre de color rojo arterial en el suelo, el techo, las paredes. Agentes de paisano rezumando neurosis de guerra.

Una foto enmarcada, salpicada: papá apuesto, hijas crecidas.

La familia del mirón.

«¡Jodeeer!»/«¡Dios mío!»/avemarías. Di un rodeo evitando la sangre e inspeccioné los accesos.

El pasillo de atrás, la puerta trasera, los escalones: marcas de palanca, pedazos de carne, más babas.

307

Un zapato de tacón alto junto a la puerta.

Reconstrucción:

El tipo fuerza la puerta, entra con sigilo, arroja la carne y espera fuera.

Los perros huelen la carne, la comen, vomitan.

El tipo entra.

Dispara contra Herrick.

Encuentra las herramientas, mata a los perros.

Las chicas llegan a casa, ven la puerta, entran corriendo. Una pierde un zapato, herramientas esparcidas, y el tipo las oye.

LOOOCO: disparos/mutilaciones; las ventanas emplomadas amortiguan el ruido.

Homicidio/destrucción simbólica; probablemente no robó nada.

Una suposición repentina: las chicas aparecieron inesperadamente.

Salí afuera: árboles, arbustos... Buenos escondites. Ningún reguero de sangre; probablemente había robado algo de ropa limpia.

Agentes de uniforme y un cartero fumando un pitillo. Me acerqué a interrogarlos:

—¿Los Herrick tenían algún hijo?

El cartero asintió.

—Richard. Se fugó de Chino hacia septiembre del año pasado. Estaba condenado por asuntos de drogas.

Mamá: «amigos por correspondencia/misma ciudad»; Richie fugitivo lo explicaba. «Te impulsó a cometer una imprudencia»: Richie había escapado de Chino, cárcel de mínima seguridad.

Uniformados parloteando excitados; Richie, sospechoso al instante: capturado/condenado/gaseado.

¿Richie el asesino? NO. Un repaso minucioso:

Red Arrow Inn: el observatorio de mirón de Richie, asaltado. La cama hecha trizas... con la vajilla de plata del 459 de los Kafesjian. Una cosa absolutamente segura: el asesino y el ladrón eran el mismo hombre. Confirmado por: botellas rotas/discos destrozados/perros eliminados. Richie, observador pasivo; alguien le vigilaba y le presionaba. Tommy K. persiguiéndole con insistencia.

Jugar con una idea: Tommy psicópata total, Tommy revuelve su propia casa, y ahora ESTO.

Vuelvo adentro:

Gotas de sangre –oscuras, disolviéndose– en el pasillo principal, desde la puerta del estudio. Las sigo hasta el piso de arriba, rojo sobre rosa. Un cuarto de baño. Entro.

Agua en el suelo. La taza del retrete llena. Un cuchillo flotando en agua con meados. En la ducha, agua rosa y coágulos de sangre con cabellos.

Reconstrucción:

Ropas ensangrentadas hechas trizas y arrojadas al retrete, que se atasca. Luego, ¿tal vez una ducha? Me acerco al colgador: una toalla húmeda.

Reciente. Asesinados a plena luz del día.

Inspección del pasillo: marcas de pisadas mojadas sobre la moqueta. Rastro fácil, directo a un dormitorio.

Cajones abiertos, ropas desparramadas. Una cartera en el suelo: abierta, sin dinero.

Un permiso de conducir: Phillip Clark Herrick, nacido el 14/5/06. La foto del carnet: «papá» guapo e insulso.

En los compartimentos interiores, una foto: Lucille desnuda.

Un permiso de conducir falso: Joseph Arden, los datos de Herrick, una dirección falsa.

Me asomé a la ventana: South Arden estaba acordonada. Una línea de uniformados mantenía a distancia a los periodistas.

Otros dormitorios...

Un pasillo, tres puertas. Dos abiertas: alcobas de chica, intactas. La tercera puerta, cerrada: cargué con el hombro y saltó.

Lo supe al instante: la habitación de Richie, conservada.

Ordenada, apestando a naftalina.

Pósters de jazz.

Libros: biografías de músicos, teoría de saxo.

Pinturas de estilo infantil: Lucille suavizada, recatada.

Una foto de la graduación; el retrato robot del mirón, clavado a Richie.

Batir de puertas. Me asomo a la ventana: Asuntos Internos entrando en tropel.

Lucille: idealizada, una madonna.

Libros: solo jazz.

Extraño: ningún manual técnico, y Richie sabía poner micrófonos ocultos.

Pasos apresurados. Exley ante mis narices, resollando:

—Usted debería estar abajo. Ray Pinker me ha hecho un resumen, pero antes quería su interpretación.

—No hay nada que interpretar. Ha sido Richie Herrick, o el tipo que irrumpió en su habitación del motel. Repase mis informes; verá que ya lo mencionaba en ellos.

—Lo recuerdo. Y usted me ha estado evitando. Le dije que me llamara después de registrar el apartamento de Stemmons.

—No había nada de que informar.

—¿Dónde ha estado?

—Todo el mundo se empeña en preguntarme lo mismo.

—Esa no es una respuesta.

Sangre en el borde del ala del sombrero. Se había acercado.

—¿Y ahora qué? Y esta sí que es una pregunta.

—Voy a dictar una orden de busca y captura contra Richard Herrick.

—Piénselo primero. Yo no creo que haya sido él.

—Obviamente está esperando a que le pregunte. ¿Y bien, teniente?

—Creo que deberíamos detener a Tommy K. He recibido un buen soplo de que ha estado buscando a Richie Herrick. Richie sabe esconderse muy bien, pero Tommy le conoce a fondo. Tiene más probabilidades de encontrarle que nosotros.

—Ninguna aproximación directa a los Kafesjian. Y voy a dictar esa orden porque los Kafesjian están bajo vigilancia permanente de los federales, lo cual coarta en parte su libertad de movimientos para buscar a Herrick. Además, esas muertes son noticia de primera página. Herrick las leerá y actuará de forma aún más furtiva. Solo podemos controlar a la prensa hasta cierto punto.

310

–Sí. Lo cual debe sentarle como un tiro.

–No lo sabe usted bien, teniente. Y ahora, sorpréndame o deme algo por anticipado. Dígame algo que no sepa.

Le di unos golpes en el chaleco con la punta del índice. Fuerte.

–Johnny Duhamel ha muerto. Es el cadáver desconocido del Departamento del Sheriff de la zona de Compton, y creo que usted y Duhamel estaban juntos en algo turbio. Usted me está echando encima a los Kafesjian, y eso guarda relación con Duhamel. Estos días no tengo la cabeza muy clara y estoy llegando a un punto en que voy a joderle por ello.

Exley retrocedió un paso.

–Queda asignado a Homicidios y a cargo de esta investigación. Puede hacer lo que quiera, menos acercarse a los Kafesjian.

Campanillas en la calle: el camión de los helados.

34

Por la Tercera, camino de la Oficina. Un semáforo en rojo en Normandie. Unos Plymouth me cortaron el paso y me encajonaron.

Cuatro coches. Agentes federales salieron en tropel apuntando sus armas. Por la radio, muy alto:

—Está detenido. Salga con las manos en alto.

Apagué el motor, puse el freno, obedecí. Despaaacio: manos en el techo, brazos separados.

Inmovilizado/cacheado/esposado. Los gilipollas de pelo a cepillo, encantados.

Milner me picó:

—Reuben Ruiz ha dicho que te vio empujar a Johnson.

Tres hombres registraron mi coche. Un tipejo enjuto inspeccionó la guantera.

—Milner, mira. ¡Esto parece caballo!

Jodido Ruiz, soplón mentiroso.

Heroína restregada en mis narices.

El Edificio Federal, en el centro. Escaleras arriba, esposado. Empujado a un despacho...

Cuatro paredes empapeladas; líneas de gráficos visibles debajo.

Noonan y Shipstad esperando.

Milner me sentó; Shipstad me quitó las esposas. Mi droga pasó de federal en federal; coro de silbidos.

Noonan:

–Una lástima que Junior Stemmons haya muerto. Podría haber sido su coartada para lo de Johnson.

–¿Quiere decir que sabe que Ruiz miente? ¿Sabe que Ruiz dormía cuando Johnson saltó?

–Esa bolsa de polvos blancos no lleva ninguna etiqueta que la identifique como prueba policial, teniente. –Shipstad.

–Creo que el teniente está enganchado. –Milner.

–Stemmons sí que lo estaba, desde luego. –Su compañero.

Noonan se tiró del nudo de la corbata. Sus subordinados salieron.

–¿Quiere examinar la orden de detención, señor Klein? –Shipstad.

–Tendremos que corregirla para añadir violación de las leyes federales sobre narcóticos. –Noonan.

Apunté una conjetura:

–Ha conseguido esa orden de un juez amigo. Usted le ha dicho a Ruiz que mienta; cuando hayan terminado conmigo, podrá retractarse. Usted le ha contado al juez lo que se proponía. Lo que tiene es una orden federal basada en una violación de derechos civiles inventada, no un acta de acusación por homicidio de California, porque ningún juez del Tribunal Superior la firmaría.

Noonan:

–Bueno, eso ha captado su atención, teniente. Y, por supuesto, tenemos pruebas concluyentes.

–Suélteme.

–He dicho «concluyentes».

Shipstad:

–Poco después de soltarle a usted, a primera hora de la mañana, dejamos salir a Abe Voldrich para ocuparse de unos asuntos personales. Esta tarde le han encontrado muerto. Ha dejado una nota de suicidio, que un grafólogo ha determinado que fue escrita bajo coacciones físicas. Voldrich había accedido a declarar como testigo federal en todos los asuntos relativos a la familia Kafesjian y a esa un tanto tangencial investigación por robo que llevaban a cabo usted y el difunto sargento Stemmons. Un agente pasó por casa de Voldrich para recogerle y continuar los interrogatorios y entonces le encontró muerto.

Noonan:

—El agente Milner recorrió el barrio buscando información. Un Pontiac coupé azul claro del 56 fue visto aparcado junto a la casa hacia la hora aproximada de su muerte.

—¿Le mató usted? —Shipstad.

—Usted tiene un coche azul, ¿verdad? —Noonan.

—Y usted sabe que yo no lo hice. Sabe que han sido Tommy y J. C. Sabe que tengo un Dodge azul marino del 55.

—Los Kafesjian tienen una coartada excelente para el momento de la muerte de Voldrich. —Shipstad.

—Estaban en casa, bajo vigilancia federal permanente.

—Entonces contrataron a alguien.

—No, el teléfono estaba intervenido. —Shipstad.

—Y lo estaba desde antes de que cogiéramos a Voldrich. —Noonan.

—¿De qué más hablaron por teléfono?

Shipstad:

—De diversos asuntos. Nada relacionado con ese Richie en el que parecía tan interesado anoche, Klein.

Reflexioné: sin novedades de Herrick, sin pistas sobre la matanza de South Arden.

—Al grano, Noonan. ¿Dónde está la «prueba concluyente»?

—Primero su valoración de la situación, señor Klein.

—Usted se propone llevar a tres testigos ante el gran jurado. Yo soy uno, otro acaba de morir y el tercero es ese presunto testigo sorpresa, clave para la acusación. Ahora le falta un hombre, de modo que apostará el doble a mi número. Esta es mi valoración, y ahora oigamos su oferta.

Noonan:

—Inmunidad en la muerte de Johnson. Inmunidad en todos los posibles cargos criminales que se puedan presentar contra usted. Garantía por escrito de que no se iniciará ningún embargo contra usted si se revelara que ha recibido ingresos no declarados como resultado directo de conspiraciones criminales en las que haya tomado parte. A cambio de esto, usted accede a someterse a custodia federal y a testificar ante un tribunal público sobre todo lo que sepa de la familia Kafesjian, su relación con el LAPD y, lo más importante de todo, su propia historia de tratos con el crimen organizado, excluido Mickey Cohen.

Una bombilla encendida: Mickey, testigo principal.

Reflejo instantáneo: Mickey, nunca.

–Es un farol, supongo.

Shipstad rasgó el papel que cubría las paredes. Pilas de jirones de papel; debajo, columnas y gráficos.

Me puse en pie. Cifras y letras en negrita, fáciles de leer.

Columna uno: nombres y fechas, los tipos que me había cargado.

Columna dos: mis transacciones de propiedades, detalladas. Fechas correspondientes: sobornos a la Oficina de Bienes Inmuebles, cinco mil dólares cada uno; mi tarifa por contrato, invertida.

Columna tres: lista de receptores de sobornos. Detalle de los edificios de barrios bajos que me habían ofrecido tirados de precio. Fechas correspondientes: depósitos y liquidaciones.

Columna cuatro: declaraciones de impuestos de Meg del 51 al 57. El dinero no declarado de mi hermana, anotado y documentado: para los sobornos a tasadores y firmantes de permisos.

Columna cinco: nombres de testigos. Sesenta y pico receptores de sobornos.

Nombres y números... latiendo.

Noonan:

–Muchos de los datos relativos a usted son circunstanciales y sujetos a interpretación. Los muertos de nuestra lista solo son los que le adjudican los rumores de los bajos fondos, y esos cinco mil dólares que le llueven del cielo después de cada muerte son poco más que detalles circunstancialmente atrayentes. Lo importante es que usted y su hermana son procesables por siete delitos de fraude a la Hacienda Federal.

Shipstad:

–He convencido al señor Noonan de que amplíe el acuerdo de inmunidad a su hermana. Si accede, Margaret Klein Agee quedará exenta de cualquier cargo federal.

–¿Qué responde? –Noonan.

–¿Klein? –Shipstad.

Tictac de reloj, latidos del corazón... algo se me había pasado por alto.

–Quiero cuatro días de plazo antes de someterme a la custodia. Y quiero una orden federal para acceder a las cajas de seguridad bancarias de Junior Stemmons.

Shipstad, picando el anzuelo:

–¿Le debía dinero?

–Exacto.

Noonan:

–De acuerdo, siempre que le acompañe al banco un agente federal.

Un contrato ante mi cara: letra pequeña latiendo.

Firmé.

—Suenas resignado.

—Todo ha adquirido vida propia.

—¿Qué significa eso?

—Significa que deberías contarme cosas.

—Tú tampoco comentas ciertas cosas. Me llamas desde cabinas de teléfono para no tener que hacerlo.

—Primero quiero solucionarlo todo.

—Dijiste que se estaba resolviendo solo.

—Sí, pero se me está acabando el tiempo.

—¿Se te está... o se nos está?

—Solo a mí.

—No empieces con mentiras. Por favor.

—Solo trato de dejar las cosas claras.

—Pero sigues sin querer contarme qué estás haciendo.

—Es este lío en el que te he metido. Dejemos el tema.

—El lío me lo he buscado yo misma. Tú lo dijiste.

—Ahora eres tú la que suena resignada.

—Esos hombres del sheriff han vuelto.

—¿Y?

—Y un cámara les dijo que me acostaba contigo en mi caravana.

—¿Saben que me contrataron para seguirte?

—Sí.

—¿Qué les dijiste?

—Que soy blanca, soltera y tengo veintinueve años, y que me acuesto con quien me da la gana.

317

—¿Y?

—Y Bradley Milteer les dijo que tú y Miciak tuvisteis unas palabras. Yo dije que conocía Miciak a través de Howard, y que era fácil que cayese mal a cualquiera.

—Bien. Ahí has estado muy bien.

—¿Significa eso que somos sospechosos?

—Significa que conocen mi reputación.

—¿Qué reputación?

—Ya sabes a qué me refiero.

—¿A eso?

—A eso.

—¡Oh, mierda, David!

—Sí, «¡Oh, mierda!».

—Ahora suenas cansado.

—Lo estoy. Cuéntame...

—Yo sabía que me vendrías con eso.

—¿Y?

—Y yo sigo colgada de este alemán, y Mickey me ha pedido que me case con él. Me ha dicho que me «dejaría libre» en cinco años y que me convertiría en una estrella, y últimamente está más evasivo que David Douglas Klein en sus mejores momentos. Está metido en no sé qué extraña actuación y no deja de hablar de su «interpretación» y de su «llamada a escena».

—¿Y?

—¿Cómo sabes que hay más?

—Lo intuyo.

—Chico listo.

—¿Y?

—Y Chick Vecchio me ha estado lanzando indirectas. Es casi como...

—... como si su actitud hubiera cambiado de la noche a la mañana.

—Chico listo.

—No te preocupes, me encargaré de ello.

—Pero no me vas a decir de qué se trata, ¿verdad? No me lo vas a decir.

—Espera unos días más, solamente.

—¿Porque todo va a resolverse?

—Porque todavía queda una oportunidad para que pueda forzar las cosas a nuestro favor.

—Supón que no puedes…

—Entonces al menos lo sabré.

—Vuelves a sonar resignado.

—Es hora de saldar deudas. Lo presiento.

Herald-Express de Los Ángeles, 21/11/58:

LA MATANZA DE HANCOCK PARK
SACUDE A LA CIUDAD

El asesinato del acaudalado ingeniero químico Phillip Herrick, de 52 años, y de sus hijas Laura, de 24, y Christine, de 21, sigue estremeciendo el Southland y tiene desconcertado al Departamento de Policía de Los Ángeles por su tremenda brutalidad.

La policía supone que, hacia la media tarde del 19 de noviembre, un hombre irrumpió en la acogedora mansión de estilo Tudor donde vivía el viudo Phillip Herrick con sus dos hijas. Según la reconstrucción de los hechos realizada por expertos forenses, el hombre accedió al interior por una puerta trasera poco protegida y envenenó a los dos perros de la familia; luego disparó contra Phillip Herrick y empleó unas herramientas de jardinería encontradas en la propiedad para causar terribles mutilaciones tanto al cuerpo del señor Herrick como a los animales. Según todos los indicios, Laura y Christine llegaron en aquel momento y sorprendieron al asesino, que les dio muerte de manera parecida. Acto seguido, el hombre se duchó para limpiarse de sangre y se vistió con ropa limpia perteneciente al señor Herrick. Por último, dejó la casa, no se sabe si a pie o en coche, tras haber llevado a cabo estos brutales asesinatos en un silencio casi completo. El empleado de correos Roger Denton, que acudió a la casa para dejar un paquete de entrega especial, vio sangre

320

en la ventana del estudio y llamó de inmediato a la policía desde una casa vecina.

«Me quedé conmocionado –relató Denton a los reporteros del *Herald*–. Porque los Herrick eran buena gente que ya habían tenido suficientes desgracias.»

UNA FAMILIA NADA AJENA A LA TRAGEDIA

Mientras la policía empezaba a interrogar casa por casa en busca de posibles testigos y los técnicos forenses precintaban la residencia para buscar indicios, los vecinos congregados en el lugar, en un estado de horrorizada perplejidad, relataron al reportero Todd Walbrect los trágicos sucesos padecidos por la familia en los últimos tiempos.

Durante muchos años, los Herrick parecieron disfrutar de una vida feliz en el barrio acomodado de Hancock Park. Phillip Herrick, químico de profesión y propietario de una industria de productos químicos que abastecía de disolventes industriales a lavanderías y establecimientos de limpieza en seco del Southside, era miembro activo del Lions Club y del Rotary Club; Joan (Renfrew) Herrick se dedicaba a hacer obras de caridad y encabezaba las campañas para suministrar cenas especiales a los indigentes de los barrios bajos el día de Acción de Gracias. Laura y Christine se matricularon en la cercana Escuela Femenina Marlborough y más tarde en la UCLA, mientras que el hijo mayor, Richard, de 26 años, estudió en escuelas públicas y tocó en sus bandas musicales. Sin embargo, negros nubarrones se cernían sobre la familia: en agosto de 1955, «Richie» Herrick, entonces de 23 años, fue detenido en Bakersfield por vender marihuana y cápsulas de heroína-cocaína a un agente de policía encubierto. En el juicio fue condenado a cuatro años en la prisión de Chino, una sentencia muy dura para ser el primer delito, impuesta por un juez deseoso de labrarse una reputación de severidad.

Los vecinos afirman que el encarcelamiento de Richie le rompió el corazón a su madre. Joan Herrick empezó a beber y a descuidar sus labores caritativas y pasaba muchas horas sola, escuchando los discos de jazz que Richie le recomendaba en sus extensas cartas desde la cárcel. En 1956 intentó suicidarse; en septiembre de 1957, Richie Herrick escapó de la cárcel de mínima seguridad de Chino y permanece huido, según cree la policía, sin que haya vuelto a ponerse en contacto con su madre. Joan Herrick se sumió en lo que varios conocidos han denominado «estado de amnesia», y el 14 de febrero de este año se suicidó con una sobredosis de somníferos.

Según el cartero Roger Denton, «es una desgracia terrible que hayan caído tantas calamidades sobre una buena familia como esa. Recuerdo cuando el señor Herrick instaló esas gruesas ventanas emplomadas. No soportaba el ruido, y ahora la policía dice que esas ventanas han contribuido a amortiguar el ruido de ese desalmado asesino mientras hacía su trabajo. Echaré de menos a los Herrick y rezaré por ellos».

EXPRESIONES DE ESTUPOR MIENTRAS SE AMPLÍA LA INVESTIGACIÓN DE LA POLICÍA

Una oleada de conmoción se ha extendido hoy por Hancock Park y de hecho por todo el Southland, y un servicio fúnebre por Christine y Laura Herrick ha atraído a cientos de personas al Occidental College, donde ambas cursaban estudios universitarios. Por toda la ciudad, los cerrajeros han informado de un tremendo aumento de trabajo y se han duplicado las ventas de perros guardianes. Asimismo, se está considerando la posibilidad de contratar patrullas de seguridad privada para Hancock Park.

Mientras tanto, la policía se reserva celosamente cualquier información sobre el curso de las investigaciones. A cargo de las pesquisas se encuentra el teniente David D. Klein, comandante de la División de Antivicio del Departamento de Policía de Los Ángeles, quien apareció recientemente en los medios de comunicación a raíz de que un testigo federal bajo su custodia se suicidara en su presencia. El teniente Klein ha escogido como colaboradores a seis agentes de la Oficina de Asuntos Internos del Departamento, junto con su ayudante, el agente Sidney Riegle.

El jefe de Detectives, Edmund Exley, ha argumentado su decisión de escoger al teniente Klein, de 42 años, un oficial con veinte años en el cuerpo y que carece de experiencia en la División de Homicidios. Según él, «Dave Klein es abogado y es un detective muy sagaz. Ha trabajado en un caso de robo que podría tener alguna relación tangencial con este caso y es muy bueno guardando discreción sobre cualquier posible pista. Quiero resolver este caso, y por tanto he seleccionado a los mejores hombres posibles para conseguirlo».

El teniente Klein se dirigió a los periodistas en la Oficina de Detectives del LAPD. «La investigación avanza con rapidez —declaró—. Se están haciendo progresos. Muchos conocidos de la familia Herrick han sido ya interrogados y descartados como sospechosos, y tras exhaustivas pesquisas en la zona circundante a la escena del crimen, no ha aparecido ningún testigo que viera al asesino entrar o salir de la casa. Hemos eliminado como motivo del crimen el robo y la venganza, y, lo más importante, hemos eliminado como sospechoso a Richard, el hijo de Herrick fugado de Chino. En un primer momento fue nuestro principal sospechoso, e incluso lanzamos un comunicado a todas las unidades solicitando su captura, pero ahora hemos anulado dicha petición, aunque Richard Herrick sigue siendo un fugitivo y nos gustaría mucho poder hablar con él. En estos momentos centramos nuestra búsqueda en un psicópata sexual que se rumorea que fue visto cerca de Hancock Park poco antes de las muertes. Aunque ninguna de las tres víctimas sufrió agresiones sexuales, el crimen tiene todos los visos de haber sido perpetrado por un desviado sexual. Personalmente, estoy convencido de que ese hombre, cuyo nombre no puedo revelar, es el asesino. Estamos poniendo todo nuestro empeño en capturarlo.»

Y, mientras tanto, el miedo atenaza el Southland. Las patrullas policiales se han doblado en Hancock Park y el auge repentino de las medidas de seguridad en los hogares sigue aumentando.

Hoy se celebrará un servicio fúnebre por Phillip, Laura y Christine Herrick en la iglesia episcopaliana de St. Basil, en Brentwood.

LA OLA DE CRÍMENES EN EL SOUTHSIDE
DESPIERTA SUSPICACIAS

Citando estadísticas de delincuencia y rumores actuales, el titular de la Fiscalía federal del condado, Welles Noonan, ha declarado hoy que el Southside de Los Ángeles «está rebosante de intrigas criminales» que podrían tener «conexiones a un nivel todavía por determinar».

Noonan, que dirige una investigación federal que ha gozado de gran publicidad sobre el crimen organizado en las zonas de Los Ángeles Sur y Central, recibió a los periodistas en su despacho.

«Durante los últimos cuatro días se han producido ocho muertes violentas en un radio de cinco kilómetros en la zona sur de Los Ángeles –declaró–. Esta cifra duplica la media de cualquier período de un mes de cualquier año desde 1920. Añadan a ello el curioso ataque cardíaco de un joven policía supuestamente sano en un club nocturno, después incendiado, y sumen, tal vez como curiosidad, el cuerpo mutilado de un hombre sin identificar encontrado tres kilómetros más allá, en el límite de Compton y Lynwood. En conjunto, verán que tienen ustedes tema para muchas especulaciones interesantes.

»Hace tres noches, se produjo un tiroteo en un club que funcionaba ilegalmente en Watts –prosiguió Noonan–. Se desconoce lo sucedido, pero dos hombres negros y tres mujeres también negras murieron en el suceso, aunque corren insistentes rumores de que una de las víctimas era blanca. A la mañana siguiente, un joven agente del LAPD llamado George Stemmons, Jr., fue hallado muerto, presumiblemente de un ataque cardíaco, en la trastienda del club de jazz Bido Lito's. Apenas un día y medio después, el Bido Lito's ardió hasta los cimientos. Agentes federales oyeron a un testigo presencial comentar a los detectives del LAPD que había oído una explosión como de un cóctel Molotov momentos antes de que las llamas prendieran el local, pero la Brigada de Incendios Provocados del LAPD atribuye ahora el fuego, que se cobró tres vidas, a un cigarrillo mal apagado.»

Los periodistas interrumpieron la improvisada rueda de prensa con numerosas preguntas. Hicieron mucho hincapié en si la investigación federal sobre el crimen organizado iba dirigida específicamente a desacreditar las medidas del Departamento de Policía de Los Ángeles para mantener la ley y el orden en el Southside, o si la Fiscalía federal estaría adoptando una postura hostil basándose en informaciones incompletas.

Noonan respondió: «Acepto que el cuerpo sin identificar encontrado en Compton quizá no tenga nada que ver, pero les ruego que tomen en cuenta lo siguiente:

»Uno, recuerden lo que les he dicho del testigo presencial del incendio del Bido Lito's. Dos, tengan en cuenta que el padre del joven policía fallecido de un presunto ataque al corazón en el Bido Lito's apenas unas horas antes, y que también es oficial de alto rango de la policía de Los Ángeles, declaró que creía que su hijo había sido asesinado. Ese hombre ha sido suspendido de servicio por sus abiertas críticas al tratamiento que ha dado al caso el jefe Exley, y se rumorea que está en su casa, descansando bajo el efecto de los sedantes prescritos por el médico».

Los periodistas insistieron en si aquella disputa entre los federales y el LAPD no se reduciría a una batalla personal entre dos combatientes del crimen que gozaban de un sólido prestigio y de fama nacional: el propio Noonan y el jefe de Detectives del LAPD, Edmund Exley.

Noonan declaró: «No. Nunca permitiría que las personalidades o las ambiciones políticas dicten el desarrollo de la investigación. Una cosa es segura: en Watts se ha permitido que proliferen los clubes nocturnos ilegales con la aprobación no oficial del LAPD. Cinco ciudadanos negros han muerto como consecuencia de ello, y pese a haber asignado a una docena de agentes al caso, Ed Exley no ha sido capaz de efectuar una sola detención. Ha escondido bajo la alfombra la sospechosa muerte de un policía de Los Ángeles y ha tergiversado deliberadamente los hechos en un caso de incendio provocado con el resultado de tres muertos».

Respecto a otros acontecimientos relacionados con lo anterior, Noonan se negó a comentar los persistentes rumores de que pronto serán llamados a declarar diversos agentes de la División de Narcóticos, y guardó silencio sobre si Abraham Voldrich, un supuesto testigo federal muerto recientemente, se suicidó o fue asesinado.

«Sin comentarios sobre estas cuestiones —dijo—. Pero sobre el tema de los testigos, permítanme asegurar que, cuando llegue el momento de aportar pruebas ante el gran jurado federal, presentaré a un testigo sorpresa de extraordinaria importancia y a otro testigo dispuesto a ofrecer un testimonio realmente asombroso.»

Edmund Exley ha respondido a las acusaciones de la Fiscalía: «Welles Noonan es un politicastro sin escrúpulos, con espurias credenciales liberales. No tiene el menor conocimiento de la situación en el Southside y su campaña de desprestigio contra el LAPD está basada en mentiras, rumores infundados e insinuaciones. La investigación federal sobre el crimen organizado es una maniobra con motivaciones políticas, dirigida a dar publicidad a Noonan como candidato a la Fiscalía del Estado. Pero la investigación no tendrá éxito, porque Noonan ha subestimado gravemente la rectitud moral del Departamento de Policía de Los Ángeles».

Hora de saldar cuentas/el tiempo se agota... CORRE.

El 187 C.P. de los Herrick: seis hombres de Asuntos Internos y Sid Riegle como ayudantes. Cuarenta y ocho horas trabajando en el asunto: Ningún testigo presencial, ningún vehículo identificado. Ninguna huella dactilar, ninguna carta de Richie a mamá encontrada. Confirmación: los perros drogados con clorestelfactiznida.

Repaso de la situación:

Laura y Christine Herrick, buenas chicas. Buenas estudiantes, novio formal: ya casi amas de casa de Hancock Park.

Joan Renfrew Herrick, bebedora en secreto. Intentos de suicidio, suicidio. Un médico vecino me contó:

Joan se autoinfligió quemaduras y le suplicó que le diera morfina. Él le recetó Demerol. Las autolesiones continuaron. Una matrona zombi: escuchando jazz todo el día, flotando entre nubes.

El médico: «Esa mujer bebía Drano, teniente. Su suicidio final era inevitable y fue un piadoso alivio para quienes se preocupaban y sufrían por ella».

Richie Herrick, chico tímido, músico del montón. Un amigo: «Ese matón, Tommy»; «Él y Tommy, uña y carne; creo que Richie estaba colado por la hermana de Tommy». La conmoción del barrio quedó expresada: el tímido Richie, traficante de drogas. Averiguaciones en la comisaría de Bakersfield: Richie fue pillado in fraganti, sin atenuantes. Ningún procesado más (ningún Tommy involucrado): de tres a cuatro años en Chino.

Expediente carcelario de Richie: desaparecido. ¿Mal archivado? ¿Traspapelado? ¿Robado? Posible sospechoso: Dan Wilhite; solo un presentimiento.

Funcionarios de la prisión buscando los papeles: quería averiguar quié-
nes eran los socios conocidos de Richie cuando estaba en Chino.
Informes de fuga, 9/57: adiós, Richie; sin detalles, sin pistas.
Mike Breuning. Todavía sin noticias de él; mi pista de los robos, es-
tancada.
Phillip Herrick:
Sin antecedentes, sin ficha en Antivicio ni en la policía del condado.
Químico.
Fabricante de productos químicos.
PH Disolventes Inc., suministro a cadenas de lavado en seco.
Clorestelfactiznida, producto de la casa.
Distribución por todo el estado a tiendas de lavado en seco e instala-
ciones industriales.
NO cliente: cadena E-Z Kleen/J. C. Kafesjian.
Comprobación de coartadas de los empleados de PH: todos limpios.
Coincidencias en los datos de las dos familias:
Phillip Herrick: nacido el 14/5/06 en Scranton, Pennsylvania.
John Charles Kafesjian: nacido el 15/1/06 en Scranton, Pennsyl-
vania.
Sin antecedentes penales en Pennsylvania. Ficha de empleos de la Po-
licía Estatal:
1930-32: Balustrol Chemicals, Scranton. Phillip Herrick: analista de
disolventes; J.C. Kafesjian: operario/mezclador.
Ficha de Tráfico de California:
6/32: los dos hombres obtienen el permiso de conducir.
Repaso de fechas de nacimiento:
1932-37: nacen Tommy/Lucille, Richie/Laura/Christine.
El tiempo aprieta. CORRE... la custodia se echa encima.
Exley y Noonan, cada cual por su lado; persiguiendo autorizaciones
para abrir las cajas de seguridad.
Noonan: un viaje al Este —furtivo— para solicitar consejo a juristas
federales. Exley, sin moverse del Oeste: más lento, sin relaciones.
TODO en uno: el caso Kafesjian/Herrick.
Resolverlo ahora: LOOCA voluntad.
Disparatadas filtraciones falsas a la prensa: idea mía.

Anunciamos una falsa orden de búsqueda y captura, luego fingimos retirarla. Un falso sospechoso filtrado a la prensa: un psicópata sin nombre como cebo para tranquilizar a Richie y para tentar a Tommy a seguir buscándole.

Una ayuda: la foto policial de Richie en la primera página. Un vago parecido, un retrato robot imperfecto del mirón.

Un estorbo: federales acosándolos a ELLOS.

Exley, en primera página, pinchando:

«Dave Klein es un detective muy sagaz».

«Ha trabajado en un caso de robo que podría tener alguna relación tangencial con este caso.»

Un cebo: empujarlos a ELLOS *hacia Richie/empujarlos a* ELLOS *hacia mí.*

Un obstáculo: estrecha vigilancia federal sobre los Kafesjian.

CORRE...

El funeral de Junior, asistencia obligada de los compañeros del cuerpo. Exley, presente por cuestiones de relaciones públicas; Dudley Smith, sombrío. Stemmons, Sr., aún trastornado, atiborrado de sedantes.

Despedida padre-hijo: lecturas apesadumbradas de la Biblia. Treinta años sin asistir a una ceremonia luterana holandesa. Capto la esencia del mensaje: piedad por los enfermos y por los locos.

CORRE... *Investigadores de Homicidios del Departamento del Sheriff. Preguntas «de rutina», dos sesiones:*

¿Le contrataron para que siguiera a Glenda Bledsoe?

¿Ha intimado con ella?

¿Es ella la que ha robado en las casas de invitados de Hughes?

Sí, sí, no. Sonrisa burlona de uno de los policías.

¿Discutió alguna vez con Harold John Miciak?

Sí. Ese gilipollas que odiaba a la policía.

Complicidad instantánea, un comentario irónico: ¿No le parece que el señor Hughes podría querer joderle por haberse quedado con su dinero y, además, con su chica?

Corriendo conmigo... Sid Riegle y los seis hombres de A.I.: comprobaciones de antecedentes/entrevistas/papeleo. Meg, ocupada en la búsqueda de un título de propiedad: Spindrift 4980. «¿Por qué encontrarnos allí?» Mi propia hermana hurgando en registros, siguiendo la pista del dinero: la fortuna de Phillip Herrick, muy turbia...

Kafesjian/Herrick. Mamá a Richie: «Largo historial de locura/nuestras dos familias».

¿Richie, asesino? No.

¿Tommy, asesino? Dudoso.

Lo cual llevaba a: señor Tercer Individuo, loco.

Insistentes rumores en Detectives: los hombres de Narcóticos al borde del pánico. Deshaciéndose de propiedades en masa, las gratificaciones de Kafesjian al carajo. Según los rumores, Dan Wilhite suplicándole a Exley: «Di algo, haz algo».

Exley sin comprometerse; rumores federales: diecinueve citaciones a otros tantos miembros de Narcóticos.

Mis citaciones, retenidas (vía extorsión de la custodia federal). El testigo clave, Dave Klein, en situación comprometida si aquella filmación llegaba al escritorio de Noonan. Digamos que el «si» era un planteamiento ilusorio; seguía convencido de que la película aparecería allí. El tiempo se agotaba.

Corriendo, pensando:

ELLOS filmaron la película; el hombre clave del asunto, Chick Vecchio. Hacerle cantar: ELLOS me forzaron a hacer de protagonista.

Acusaciones por conspiración, posiblemente pendientes; «tal vez» un testigo corrupto no ofrece garantías.

Tal vez puras fantasías.

Corriendo, observando:

La casa de ELLOS. Vigilancia nocturna; agentes aparcados tres puertas más abajo. Servicio completo: federales delante de la casa, federales detrás. Dentro, bronca familiar: mi nostálgica banda sonora...

Los Dos Tonys: salpicaduras de gomina de los disparos a quemarropa en la cabeza. «¡No, mis hijos!», el sollozo de una de mis víctimas. Un violador de doble vida: la perdigonada le arrancó la cara a ese negro.

Vestidos de seda para Meg, regalos de penitencia. Ahora Meg con Jack Woods: su matón particular. Meg, con diez de los grandes en el bolsillo: Jack, pendiente de cobro; Junior, por otra parte, muerto. Un pensamiento perdido: Abe Voldrich, eliminado. Un coche fue visto. El coche de Jack: misma marca, mismo modelo.

Música para acompañar la vigilancia: la primera noche, un poco de bop por la radio; la segunda, directamente Champ Dineen.

Suave: Richie y Lucille, tal vez amantes. Suave: Glenda, volviéndose hacia mí tras resbalar, tanto valor...

Champ Dineen: la radio del coche, con el volumen muy bajo. El eco de la música en la ventana de Lucille: la misma emisora.

Lucille en la ventana, sin maquillaje, nuevo peinado. Las fotos del dormitorio de Richie a tamaño natural.

Un camisón puesto, casi recatado.

Federales en la calle; la familia cerca.

Un estribillo constante, imposible de acallar: Johnny suplicando...

Dos días consumidos, dos más por delante antes de la custodia. Dos últimas noches con Glenda.

Ella dijo: «Quizá no salgamos de esta».

Yo dije: «Tú sí».

Ella dijo: «Estás cansado».

Ella dijo: «Tú quieres confesar».

IV

La jungla del dinero

35

–Bien, la autorización judicial parece en orden, pero ¿qué es ese sello al pie?
–Es una estampilla de correos. El fiscal envió los papeles a un juez del Este.
–¿Por alguna razón en especial?
Para esquivar a los juristas amigos de Exley. Abre la caja fuerte, tipejo entrometido.
–No. Sencillamente el señor Noonan sabía que el juez federal de este distrito estaba demasiado ocupado para atender autorizaciones de este tipo.
–Entiendo. Bueno, supongo que…
Le corté al instante:
–El documento es válido, así que vamos ya de una vez.
–No es preciso ser tan brusco. Por aquí, caballeros.
Ventanillas de caja, puesto del vigilante, acceso a la caja fuerte. Abierta: una Pinkerton en perfecta formación de revista. Henstell:
–Antes de entrar, quiero que repasemos las instrucciones del señor Noonan.
–Le escucho.
–Uno, puede quedarse todo el dinero que encuentre. Dos, se le permite inspeccionar los papeles personales que encuentre, y puede hacerlo, a solas, en una dependencia del banco. Una vez que los haya revisado, me los entregará para marcarlos y tomar nota de ellos como pruebas federales. Tres, me entregará inmediatamente cualquier artículo de contrabando que pueda encon-

335

trar, como narcóticos o armas de fuego, para identificarlo como prueba.

«Armas de fuego»: escalofrío helado.

—De acuerdo.

—Muy bien, entonces. Señor Welborn, usted primero.

A paso ligero, detrás de Welborn. Pasillos de metal gris; cajas de seguridad de suelo a techo. Giro a la izquierda, giro a la derecha, alto.

Welborn, con las llaves oscilando en sus dedos:

—5290 y 5291. Detrás de esa esquina encontrarán una salita para examinar el contenido.

—Y luego nos dejará usted a solas al agente Henstell y a mí.

—Como desee.

Dos cajas, altas hasta las rodillas; cuatro cerraduras. Hormigueo al meter mis llaves.

Welborn introduce las llaves maestras. Chasquidos simultáneos.

Pañuelos bajo las mangas de mi chaqueta.

Welborn, muy redicho:

—Buenos días, agentes.

Ahora, deprisa… Henstell mirándose las uñas, aburrido…

Abrí unos centímetros las puertas: ambas cajas, rebosantes de papeles apilados. Y JUSTO AHÍ, encima:

Un revólver. Prueba material robada. Huellas espolvoreadas visibles en la empuñadura y en el tambor de la munición. Envuelto en un plástico protector.

Henstell hurgándose la nariz.

Deprisa:

Quitar el plástico, enterrarlo entre la pila de papeles.

Henstell:

—¿Qué tenemos ahí?

—De momento, carpetas y papeles.

—Noonan lo quiere todo, y no me importaría estar fuera de aquí para la hora del almuerzo.

Sacudí las manos hacia abajo; los pañuelos cayeron de las mangas. Tapé el ángulo de visión del federal, limpié el arma.

Tres veces, para asegurarme. Glenda...

Le entregué el revólver.

—Henstell, échele un vistazo a esto.

El federal hizo girar el arma en el dedo y jugó a desenfundar rápido. Un desagradable *déjà vu.*

—Cachas de nácar... Ese Stemmons debía de ser un fetichista de los vaqueros. Y fíjese, sin números en el cañón.

Saqué las cajas de sus nichos.

—¿Quiere inspeccionarlas para ver si hay droga?

—No, pero Noonan lo quiere todo cuando usted termine de examinarlo. También me dijo que le cacheara antes de salir del banco, pero no es mi estilo hacer tal cosa.

—Gracias.

—Le va a encantar la custodia federal. Noonan encarga buenos filetes para el almuerzo todos los días.

Jadeos fingidos:

—¿Quiere echarme una mano con esto?

—Vamos, teniente, no creo que pesen tanto.

Buena pantomima. Transporté las cajas hasta un cubículo situado en un rincón y abrí la puerta. Una mesa, una silla; la puerta, sin cerrojo por dentro. Coloqué el respaldo de la silla bajo el pomo.

Volqué las cajas e inspeccioné el contenido:

Carpetas, fotos, papeles sueltos: lo apilé todo sobre la mesa.

Cuatro llaves en una bolsita con una inscripción: «Cerrajería Brownell, Wabash Ave. 4024, Los Ángeles Este».

Recortes de prensa sueltos. Los desdoblé por los pliegues.

Adelante: una ojeada a todo el material.

Declaraciones mecanografiadas. Asesinato número uno: Glenda Bledsoe/Dwight Gilette. Mi intervención para eliminar pruebas, explicada en detalle por Junior de su puño y letra.

La declaración de Georgie Ainge: original mecanografiado y cinco copias.

Ampliaciones fotográficas: huellas dactilares sacadas de la ficha juvenil de Glenda e impresiones digitales halladas en el arma. Un informe del análisis de las huellas: fotos con los puntos de comparación señalados.

Informe sobre la situación del testigo:

«El señor Ainge vive actualmente en un lugar indeterminado de la zona de San Francisco, bajo nombre supuesto. Tengo acceso a él por teléfono y le he facilitado dinero para que pueda ocultarse y escapar de las posibles represalias del teniente David D. Klein. Permanezco en contacto con él por si fuera llamado como testigo en el proceso del Condado de Los Ángeles contra Glenda Louise Bledsoe».

Mi detector de mentiras interno se activó: hubiera apostado cualquier cosa a que Ainge se había esfumado por su cuenta, sin la ayuda de nadie.

Páginas escritas a mano. Garabatos, jeroglíficos apenas legibles, caligrafía descuidada:

(Ilegible)/«He encontrado una pista en los papeles»/(ilegible)/ «Ha gastado una fortuna hasta el momento»/(ilegible)/borrones de tinta. «De modo que ha gastado una fortuna en manipular al agente John Duhamel»/borrones. «Pero, claro, él es un niñato rico, un policía cuyo padre murió (abril de 1958) dejándole millones.»

Garabatos/dibujos de penes: el marica Junior drogado hasta las cejas. El «niñato rico» –fácil deducción– era Exley; que protegiera a Johnny D. no era una gran sorpresa. Más garabatos/dibujos de pistolas/galimatías indescifrable. «Manipular a ese tipo cuya historia nadie creería.» Manchas de café/borrones/dibujos de pollas/«Ver el expediente marcado como Prueba Uno.»

Rebusco entre la pila de papeles. Ahí está. Una carpeta:

Recortes de periódico de mediados de abril de 1958. Una historia lacrimógena de interés humano.

Johnny Duhamel se pasa a profesional: sus padres «ricos» murieron sin un centavo y la Universidad Estatal de California le reclama el pago de la matrícula. Johnny asiste a clases y trabaja en tres sitios, sin planes de dedicarse al boxeo profesional. Pero la universidad se muestra inflexible: o liquida la deuda pendiente o abandona la facultad.

La historia, en el *Times* de Los Ángeles el 18/4/58. Tres resúmenes en el *Herald/Examiner/Mirror*, 24/4, 2/5, 3/5.

Extraño:

Cuatro diarios de Los Ángeles/cuatro historias. Sin nuevos datos ampliados, sin sondear nuevos enfoques. El dato del expediente de Gallaudet, confirmado: los padres de Duhamel murieron en la ruina.

Más Prueba Uno: fotos numeradas de documentos. Me vino a la memoria una imagen del piso de Junior: la cámara Minox.

Fotos 1, 2, 3: impresos oficiales del First National Bank. Cuentas corrientes y de ahorros abiertas a nombre de Walton White, N. Edgemont 2750, Los Ángeles. Dos depósitos de treinta mil dólares con destino sospechoso: Edgemont solo llegaba al número 2400.

Anotaciones en el reverso:

#1: «El director dijo que "Walton White" le había resultado "algo familiar" y le describió como un hombre blanco de 1,85 de estatura, 70 kilos, cabello rubio canoso, gafas, rondando los cuarenta».

#2: «Mostrada fotografía de Edmund Exley aparecida en una revista. El director confirma que E.E. abrió las cuentas de "Walton White"».

#3: «El director dijo que "Walton White" (E.E.) solicitó de inmediato un talonario de cheques para empezar a hacer transacciones.»

Ahora acalorado. Empecé a sudar.

Fotos 4, 5, 6: cheques cancelados de "Walton White". Cuatro mil, cuatro mil más, cinco mil: 23/4, 27/4, 30/4/58.

Librados a:

Fritzie Huntz, Paul Smitson, Frank Brigantino.

Bingo: los firmantes de los artículos sobre Duhamel fusilados del *Times*.

Foto 7: otro cheque cancelado. Once mil y pico dólares pagados al Fondo de Deudas de Alumnos de la Universidad Estatal de California.

«De modo que ha gastado una fortuna en manipular al agente John Duhamel.»

«Manipular a ese tipo cuya historia nadie creería.»

Sobornos a periodistas.

Johnny, comprado.

Junior, haciéndose con datos bancarios confidenciales: habilidad intimidatoria y encanto pre-LOOOCO.

Sudor. Goteando sobre la carpeta:

Recortes de prensa de Duhamel boxeador.

Una declaración: Chuck «el Griego» Chamales, promotor de boxeo del Olympic Auditorium.

«Revelación efectuada bajo la amenaza de hacer pública su relación con Lurleen Ruth Cressmeyer, de 14 años.»

Johnny D. amañó su único combate profesional.

Ed Exley le pagó para que lo hiciera.

Duhamel se lo contó a Chamales «una noche que estaba borracho». El Griego a Junior, textualmente: «No me dio más detalles. Se limitó a confiarme, confidencialmente, que ese tal Exley tenía un trabajo especial para él».

Unas cuantas páginas más de garabatos/galimatías. Una hoja escrita en letra de molde:

APÉNDICE

Como antiguo instructor de la Academia en materia de pruebas, fui invitado a la fiesta de jubilación del sargento Dennis Payne, celebrada el 16 de octubre pasado. Allí hablé con el capitán Didion sobre mi reciente ascenso a sargento y sobre mi asignación a Antivicio. Según el capitán, mi padre consiguió que el antiguo jefe del Departamento, el jefe Green, trasladara a David Klein y le diera el mando de Antivicio aunque solo fuera teniente; en parte, la intención de mi padre era preparar el camino para que finalmente yo me incorporara a esa división. El capitán Didion se pasó media hora contándome historias de Dave «el Ejecutor» y solo le presté atención porque quería sonsacarle información confidencial acerca de Johnny. El capitán me dijo que Exley había solicitado personalmente que Johnny fuera graduado antes de tiempo (el ciclo de instrucción finalizaba el 10/7/58) a fin de incorporarlo a una posible vacante en la Patrulla de Wilshire, lo cual no tenía pies ni cabeza para Didion. Asimismo, Dennis Payne confirmó lo que yo sospeché cuando Johnny fue eximido de asistir a mis clases: que Exley encargó personalmente esas misiones secretas a Duhamel, pidiéndole al capitán Didion que le fueran asignadas aunque técnicamente era todavía un cadete.

Exley y Duhamel, socios manipuladores. ¿Manipulando a QUIÉN?
Sospechosos:
Los Kafesjian.
Narcóticos.
«Ese tipo cuya historia nadie creería.»
«Ese tipo», en singular. ¿Un desliz semántico?: tal vez sí, tal vez no.
Sospechosos, en singular:
Tommy K.
J. C.
Dan Wilhite.
Mal asunto: con lo que tenía, no podía relacionarlos directamente con Johnny.
Entreabro la puerta. Henstell en el pasillo, caminando arriba y abajo. Coloco de nuevo la silla, la encajo bajo el pomo. Vamos allá...
Prendí una cerilla y la apliqué a una hoja de la carpeta: los trabajos manuales del marica ardieron con un chisporroteo. Más cerillas, más hojas: una pequeña hoguera sobre la mesa.
Humo por la rendija de la puerta...
Henstell golpeó la puerta desde el otro lado.
—¡Klein! ¿Qué está haciendo, maldita sea?
Llamas, papel hecho cenizas, humo. Volqué la mesa y apagué el fuego a pisotones.

—¡Klein! ¡Maldita sea!

Abro la puerta, le aparto de un empujón, tosiendo por efecto del humo...

—Dígale a Noonan que era un asunto personal. Dígale que sigo siendo su testigo y que ahora estoy en deuda con él.

Del banco, directamente a L. A. Este, algo mareado por la leve inhalación de humo. La custodia federal, a cuarenta y siete horas vista. Dos días para resolver aquello:

LARGO HISTORIAL DE LOCURA DE NUESTRAS DOS FAMILIAS.

Al este hacia el Olympic; nubes de lluvia empapando la contaminación. Perseguidor/perseguido/compañero asignado/compañero jodido:

El expediente de Richie en Chino seguía sin aparecer; los hombres del alcaide estaban revolviendo cajas de documentos archivados para encontrarlo. Sid Riegle había salido en busca de Richie: el barrio negro/Hancock Park. Ningún rastro.

Contacto con los seis hombres de Asuntos Internos: ninguna nueva conexión Herrick/Kafesjian. Conexiones establecidas: Pennsylvania/trabajo en la química/llegadas a L. A. años 31-32. Bodas a finales del 31: Joan Renfrew, Madge Clarkson (sin antecedentes, consultados sus lugares de nacimiento).

Meg a la caza inmobiliaria: búsqueda del título de propiedad de un piso en Spindrift. Nada de momento, pero seguía en ello.

Los Kafesjian en casa, presos de la fiebre claustrofóbica. Federales ante la casa, federales detrás. La familia, sometida a un cerco estrecho; no había modo de decirles:

Vosotros y los Herrick, juntos en los asuntos sucios. Botellas de licores estrelladas/perros cegados/música hecha añicos: asesinato/suicidio/castración. Lo HUELO. Acabaréis por decírmelo, por decírselo a alguien: esta vez cuento con un respaldo muy sólido.

Sólido y sucio: Exley. Sólido/cauto/listo/capaz: Noonan.

Utilizarlos a ambos: luchar/revolverse/mentir/suplicar/ manipularlos.

Mi arma contra Exley: Johnny D. Contra el federal, desarmado todavía: aquel fuego había consumido mi impulso. Henstell: «¿Sabe?, el señor Noonan estaba empezando a pensar que sería usted un testigo bastante bueno».

Estaba/está/estaría/estuviese: EL TIEMPO APREMIA. Junior, amenaza desactivada: Glenda, a salvo. Ahora, momento de ocuparme de mi nueva tarea: el FEDERAL.

Aún no me habían tomado declaración previa a la presentación ante el tribunal; por tanto, custodia significaba interrogatorio. Noonan –cauto/capaz–, haciéndome llamadas telefónicas sin cesar:

«Está llevando un caso de homicidio, teniente. Qué raro».

«¿Sería Richard Herrick el Richie en el que parecía usted tan interesado? ¿El mismo hombre en el que Tommy Kafesjian parece tan interesado? El jefe Exley contó al *Herald* que usted trabajaba en un robo que podría estar relacionado con las muertes. Tendremos que hablar de eso cuando esté bajo custodia.»

«Comprendo el dilema en que se encuentra, David. Tal vez se le ocurra pensar que puede engañarnos y ser un testigo no tan favorable cuando tenga que declarar sobre sus relaciones con el crimen organizado, evitándose con ello una sentencia a muerte del Sindicato. Naturalmente, gozará de protección federal después de su testimonio ante el gran jurado, pero debe saber que no toleraremos falsedades ni mentiras por omisión.»

Jodido tipo listo.

Habría apostado a que me ocultaba información. Mi gran temor, aquellos seguimientos de los federales después de lo de Johnson. Conjetura aventurada, difícil de quitarme de la cabeza: Abe Voldrich eliminado; un Pontiac azul visto en las inmediaciones. Jack Woods –nueve muertos por encargo como mínimo–, mi asesino favorito. Jack Woods, orgulloso propietario de un Pontiac del 56 azul claro.

Al centro: el puente de la calle Tres, Boyle Height. Al este, hacia Wabash: Cerrajería Brownell...

Una caseta en mitad de un aparcamiento.

Cuatro llaves, tres de ellas numeradas; quizá sacara algún dato de valor.

Detuve el coche ante la caseta y toqué el claxon. Apareció un hombre con una sonrisa profesional.

—¿En qué puedo ayudarle?

Le mostré la placa y el juego de llaves.

—Llaves 158-32, 159-32, 160-32 y una sin numeración. ¿Para quién las hizo?

—Ni siquiera tengo que mirar los archivos, porque el código 32 es ese almacén-consigna para el que hago todas las llaves de las taquillas.

—¿De modo que no sabe quién alquiló esas taquillas en concreto?

—No, señor. La llave sin numeración es de la puerta del local. Las numeradas corresponden a cada taquilla. Y no hago duplicados a menos que el encargado del lugar me dé el visto bueno.

—¿Qué «lugar»?

—El Lock-Your-Self, en North Echo Park Boulevard 1750. Está abierto las veinticuatro horas, por si no lo sabía.

—Es usted muy rápido con sus respuestas, amigo.

—Bueno…

—Vamos, cuénteme.

—Bueno…

—Nada de «Bueno…». Soy agente de policía.

Con voz entre el gimoteo y la adulación:

—Bueno, detesto hacer de soplón, porque el tipo me cayó bastante bien.

—¿Qué tipo?

—No recuerdo su nombre, pero es ese pequeño boxeador mexicano de los gallos que siempre pelea en el Olympic.

—¿Reuben Ruiz?

—Exacto. Vino ayer y me dijo que quería un duplicado de las llaves numeradas, como si hubiera visto las llaves pero no hubiese podido echarles el guante a los dos juegos originales que entregué. «De ninguna manera», le dije. «Ni que fuera el mismísimo Rocky Marciano.»

—¿De modo que hizo dos juegos de llaves para el Lock-Your-Self?

—Uno original para el encargado, otro para el cliente. El encargado mandó a alguien para hacer un segundo juego para el cliente, porque la gente que había alquilado las taquillas quería un duplicado.

Juego número uno: Junior. Juego número dos: tal vez Johnny D., el colega de Reuben.

—Verá, agente, las cerraduras y las llaves se cambian continuamente para evitar robos. Así que, si habla con Bob, el encargado, ¿querrá decirle que estoy cumpliendo con mi parte para mantener las cosas...?

Apreté el acelerador. El cerrajero se tragó los gases del tubo de escape.

Echo Park, junto a Sunset. Un almacén de grandes dimensiones. Un aparcamiento, sin vigilante en la puerta. Abrí con la llave que traía.

Un local enorme: una red de pasillos entrecruzados, con taquillas a ambos lados. A la entrada, un plano con números y códigos.

La zona del código 32 estaba etiquetada como «Jumbo». Sigo el plano: dos pasillos más allá, vuelta a la izquierda.

Tres contenedores de dos metros de ancho, desde el suelo hasta el techo.

Llenos de arañazos: marcas de ganzúa en la cerradura.

Introduzco las llaves, las puertas chirrían:

158-32: abrigos de visón colgados de perchas. Tres metros de fondo por dos de ancho.

Siete perchas vacías.

159-32: estolas y otras pieles, amontonadas en una pila hasta la altura de los hombros.

160-32: abrigos de zorro/visón/mapache. Montones de ellos, colgados/apilados/doblados/arrojados de cualquier manera.

Johnny/Junior/Reuben.

Dudley Smith, jefe de la investigación del robo de pieles, burlado/engañado/vendido.

Exley y Duhamel, manipulando ¿A QUIÉN?

Visón: lo toco, lo huelo. Las perchas vacías... ¿el striptease de Lucille con el abrigo de pieles? ¿Johnny intentando vender el alijo de pieles a Mickey Cohen?

Reuben Ruiz: ex ladrón/hermanos ladrones.

Su intento directo de hacerse con las llaves, sin éxito.

Marcas de ganzúa/local sin vigilancia/Lock-Your-Self: abierto las veinticuatro horas.

Clic de llaves/clic de cerraduras/clic del cerebro. Saqué la pluma y el bloc de notas. Tres taquillas; dejé tres notas idénticas en su interior:

> Quiero hablar sobre Johnny Duhamel, Junior Stemmons y quienquiera más que esté relacionado con esto. Es un asunto de dinero, independiente de Ed Exley.
>
> D. Klein

Cerré las puertas —clic de cerraduras/clic del cerebro— y busqué un teléfono.

Encontré una cabina en Sunset. Llamé a Antivicio, dos tonos:

—Riegle.

—Sid, soy yo.

—Es decir, eres tú y quieres algo.

—Exacto.

—Bien, dime lo que sea, pero te adelanto que este trabajo de Homicidios me está dejando agotado.

—¿Qué significa eso?

—Significa que Richie Herrick no aparece por ninguna parte. Primero Exley emite una orden de busca y captura, luego la anula, pero ni aun así podemos localizar a un hombre blanco soltero de quien se sabe que frecuenta los barrios negros.

—Ya lo sé, y nuestra mejor baza es dejar que Tommy Kafesjian lo encuentre por nosotros.

—Lo cual no parece muy probable, con esos camellos armenios enclaustrados en su casa y vigilados de cerca por los federales.

—Sid, toma nota de esto.

—Vale, te escucho.

—El almacén de North Echo Park 1750.

—Está bien, he tomado nota. ¿Y ahora qué?

—Ahora coges tu coche particular y te dedicas a vigilar la entrada y el aparcamiento. Anota el número de matrícula de cualquiera que entre. Cada cinco o seis horas, comunica los datos a Tráfico. Mantén la vigilancia hasta mañana por la mañana y llámame entonces.

Gruñidos teatrales.

—¿Me lo explicarás todo entonces?

—Ajá.

—¿Es el caso Herrick?

—Es todo, joder.

36

Reuben Ruiz: convencerle con palabras o por la fuerza. Lo que fuera preciso.

Archivos me facilitó su dirección: South Loma 229. Bastante cerca. Llegué enseguida. Su hermano Ramón en el porche.

—Reuben está en Chavez, haciendo de *puto* para la ciudad de Los Ángeles.

Otra vez al coche: Chavez Ravine.

Muy concurrido ahora; desahucios inminentes. «Aparcamiento Policía»: un solar de tierra. Coches policiales apretujados morro contra cola: del Departamento del Sheriff, del LAPD, de los federales.

Pequeñas colinas frente a la calle principal; chiquillos mexicanos arrojando piedras desde ellas. Coches patrulla abollados y llenos de arañazos.

Un camino de acceso, estrecho y polvoriento. Lo recorrí hasta llegar a la cima, observé el panorama:

Provocadores cargando contra la línea de contención de los uniformados. La calle principal, acordonada. Chabolas flanqueando calles/laderas/barrancos; todo lleno de notificaciones de desahucio. Equipos de cámaras filmando puerta a puerta: federales y un sombrero cabeceando.

Y un montón de chabolistas arremolinados en torno al sombrero.

Bajé la ladera hacia allí; unos patrulleros me franquearon el paso en el control policial. Contemplé el panorama: Shipstad, Milner, Ruiz vestido de torero.

Reuben:

Repartiendo dinero, envuelto por los pachucos.

—*¡Dinero!*

—*¡El jefe Ruiz!*

Algarabía de gritos en mexicano. Incomprensibles.

Milner con cara de pasmo: ¿qué es esto?

Me abrí paso a empujones, agitando la mano. Shipstad me vio. Tembloroso y sofocado. Probablemente Henstell se había ido de la lengua.

Él se abrió paso hacia mí. Chocamos: nos llevamos las manos a la americana, instintivamente.

—*¡Gracias al jefe Reuben!* —Ruiz arrojando billetes.

Un solar de tierra a un lado de la calle. Shipstad señaló hacia allí. Le seguí. La sombra de un árbol, un cartel: «Notificación de desalojo».

—Justifique esa quema de papeles antes de que Noonan revoque su inmunidad y haga que le arresten.

Un imán para la vista: Reuben repartiendo billetes.

—Míreme, Klein.

A él, jerigonza legal:

—Eran pruebas incriminatorias totalmente ajenas al caso. No tenían nada que ver en absoluto con la familia Kafesjian ni estaban relacionadas con aspecto alguno de sus investigaciones o de mi testimonio ante el gran jurado. Noonan ya tiene suficiente contra mí y no he querido proporcionarle más información por la que pudiera procesarme.

—De abogado a abogado, ¿cómo puede llevar esta vida?

Me mordí la lengua.

—Mire, Klein, estamos intentando ayudarle a salir de esto con vida. Estoy desarrollando un plan para trasladarle después de que testifique, y, con franqueza, Noonan opina que no debería esforzarme tanto en mis preparativos.

—¿Y eso significa… ?

—Eso significa que Noonan me desagrada ligeramente más de lo que me desagrada usted. Y significa que está a punto de dete-

349

nerle y presentarle como testigo hostil, y luego soltarle para que
Sam Giancana o quien sea le haga matar.

En tecnicolor: Meg encarcelada/maltratada/cosida a tiros.

—¿Trasladarán a mi hermana?

—Imposible. Esta última travesura le ha costado la credibilidad
ante Noonan, el trasladar a su hermana no entraba en el acuerdo y
no existe ningún precedente de que los hampones hagan daño a
los familiares de los testigos fugitivos.

COGE DINERO.

Ruiz, arrojándolo a la gente.

—Nosotros somos su única esperanza. Arreglaré las cosas con
Noonan, pero preséntese en el Edificio Federal pasado mañana a
las ocho en punto de la mañana, o daremos con usted, detendre-
mos a su hermana e iniciaremos los trámites para una acusación de
fraude a Hacienda.

Griterío de la multitud, polvo. Reuben mirándonos.

Agité las llaves en alto. El sol se reflejó en el metal. Reuben
asintió.

Shipstad:

—Klein…

—Estaré allí.

—A las ocho en punto.

—Ya le he oído.

—Es su única…

—¿Qué está haciendo Ruiz?

El federal miró hacia el boxeador.

—Expiar sus culpas o algo parecido. ¿Puedes culparle? ¿Todo esto
por un estadio de béisbol?

Reuben empezó a acercarse.

—¿Ha venido a verle a él? ¿Y qué son esas llaves?

—Déjeme un momento a solas con él.

—¿Es personal?

—Sí, es personal.

Shipstad se alejó; Ruiz se cruzó con él y guiñó un ojo. El bailarín Reuben, con el disfraz de torero y una sonrisa:

350

—Eh, teniente.

Agité las llaves ante él.

—Empieza a hablar.

—No. Primero asegúreme que esto solo es una charla informal entre dos testigos colegas, y luego que no tiene ningún interés por endosarle a un pobre peso gallo mexicano una acusación por robo.

Bulldozers calle abajo, una chabola derribada.

—Las llaves, Reuben. Viste las originales, te aprendiste los números de memoria e intentaste que el cerrajero te hiciera un duplicado. Y había marcas de ganzúas y de palancas en las taquillas del almacén.

—No le he oído decir nada parecido a «Esto es solo una charla entre dos tipos que quieren ahorrarse problemas mutuamente».

Chirridos de pala excavadora/crujidos de madera/polvo. El ruido me hizo dar un respingo.

—No estoy en condiciones de ir arrestando a gente.

—Ya me lo imaginaba, después de lo que he oído decir a los federales.

—Canta, Reuben. Tengo la ligera sensación de que quieres hacerlo.

—De hacer penitencia, tal vez. De cantar, no lo sé.

—¿Te llevaste alguna piel de ese almacén, Reuben?

—Tantas como yo y mis honrados compinches de robo pudimos agarrar. Y ya no me queda ninguna. Lo digo por si quería usted un visón para su hermana la casera.

Flores creciendo entre malas hierbas; el aire saturado de contaminación.

—De modo que robas unas cuantas pieles, las vendes y repartes el dinero entre tus pobres hermanos explotados, ¿no es eso?

—No. Primero le regalo unas pieles de zorro plateado a mi vecina la señora Mendoza, porque desvirgué a su hija y no me casé con ella. Entonces vendo las pieles, y luego me emborracho y empiezo a repartir el dinero.

—¿Y ya está?

—Sí. Y esos estúpidos se lo gastarán probablemente en entradas para ver a los Dodgers.

—Reuben...

—¡Está bien, joder! Johnny Duhamel, mis hermanos y yo hicimos el trabajo del almacén de pieles de Hurwitz. Usted quizá estaba investigando en esa dirección cuando nos vimos en mi vestuario, de modo que ahora será mejor que me cuente lo que ha descubierto del caso antes de que vuelva a estar sobrio y me harte de esta penitencia.

—Pongamos que Johnny está siendo manipulado por Ed Exley.

El aire cargado de humo. Reuben tosió.

—Ha escogido un tema jodidamente oportuno.

—Supuse que, si Johnny hablaba con alguien, sería contigo.

—Supuso muy bien.

—¿Te explicó algo al respecto?

—La mayor parte, creo. Escuche, Klein, ¿esto es... ya sabe, extraoficial?

Asentí. Ahora con calma: aflojarle la cuerda.

Tic tic tic tic.

Tirar de la cuerda:

—Reuben...

—Sí, de acuerdo, teniente. Creo que fue en primavera, por abril o algo así. Exley leyó en el periódico esa historia sobre Johnny. Ya sabe, uno de esos artículos que llaman de interés humano. Eso del joven universitario que tiene que trabajar en todos esos empleos, que es una promesa en los Guantes de Oro pero que tiene que pasar a profesional aunque no le guste, porque sus padres murieron y le dejaron en la ruina y tiene que pagarse la universidad. ¿Me sigue hasta aquí?

—Continúa.

—Bien. De modo que Exley abordó a Johnny, le hizo propuestas y le... digamos, manipuló. Le dio dinero, pagó su crédito universitario y saldó las deudas que habían dejado sus padres. Exley es una especie de niño rico, un policía que recibió una gran herencia, de modo que le dio a Johnny un montón de pasta y también pagó a los periodistas de los otros periódicos para que escribieran, ya sabe, esas otras historias parecidas sobre el muchacho, destacando en especial el aspecto de que había tenido que pasarse a profesional por «necesidades financieras».

—Y Exley obligó a Johnny a perder el único combate profesional que disputó.

—Exacto.

—Y los artículos de los periódicos y el combate amañado estaban destinados a mostrar a Johnny como una especie de chico sin suerte, de modo que la historia resultara convincente cuando Duhamel presentase la solicitud de ingreso en el LAPD.

—Exacto.

—¿Y Exley hizo que Johnny entrara en la Academia?

—Exacto.

—Y todo esto tenía por objeto buscarle una fachada legal para encargarle trabajos encubiertos.

—Exacto, para acercarse a alguien o a algo que Exley tenía entre ceja y ceja, pero no me pregunte quién o qué, porque no tengo idea.

ELLOS/Dan Wilhite/Narcóticos: mezclarlos, encajarlos...

—Continúa.

Saltitos, fintas; Reuben chorreando sudor.

—Mientras Johnny estaba en la Academia, Exley le buscó un trabajito externo: fue ese caso en el que, digamos, se infiltró entre esos muchachos del Cuerpo de Marines que andaban robando y dando palizas a esos maricas cargados de dinero. Ese bicho raro de Stemmons, ya sabe, ese excompañero suyo, era profesor de Johnny en la Academia y leyó el informe que escribió el muchacho sobre el asunto.

—¿Y?

—Y Stemmons... En fin, Stemmons sentía a la vez atracción y repulsión por los homosexuales. Y Johnny le hacía tilín, lo cual ponía furioso al muchacho, porque Johnny es un tipo muy macho. Así pues, Johnny atrapó a la banda de ladrones de maricas y la policía militar de los marines consiguió pruebas contra ellos. Johnny se graduó en la Academia y fue destinado inmediatamente a la Oficina de Detectives, porque el caso de los maricas le hacía parecer muy adecuado y porque ser un campeón de los Guantes de Oro le proporcionaba un prestigio muy conveniente. En cualquier caso, ese irlandés, ya sabe, Dudley Smith, le tomó simpatía y le destinó a la Brigada contra el Hampa, porque un exboxeador le venía de perlas para el trabajo violento al que se dedican.

Las cosas iban encajando; de momento, ninguna sorpresa.

—¿Y?

—Y, de algún modo, Stemmons descubrió que Exley estaba, como usted dice, manipulando a Johnny. Y le montó ese numerito de marica celoso. Y eso no le gustó nada a Johnny, pero no le sacudió a ese puto maricón como se merecía porque Stemmons era su antiguo profesor de obtención y recogida de pruebas, y porque además podía destapar todo el jodido chanchullo que tenía montado con Exley.

Amagando golpes, salpicando sudor; pequeños movimientos sincronizados con sus palabras.

—¿Y?

—Y ustedes los polis siempre con ese «¿Y?» para hacer que la gente siga hablando.

—Entonces probemos con «¿Qué más?».

—¿Qué más? Bueno, calculo que fue por esos días cuando Johnny se enredó en el asunto de las pieles. Dijo que tenía ayuda desde dentro y nos contrató a mí y a mis hermanos solo para hacer el trabajo de carga. Por entonces Johnny estaba metido en, por así decirlo, cosas muy malas, y yo di por sentado que era algún trabajo de matón para la Brigada contra el Hampa, pero él me dijo que era algo mucho peor, tan malo que incluso temía contárselo a su buen amigo Exley. Ese jodido Stemmons no hacía más que soltarle a Johnny todo ese rollo sobre su mente de genio del crimen y... no sé, de algún modo descubrió lo del golpe de las pieles.

Ruiz, comemierda sonriente; fintas, resoplidos.

—¿Cuándo te contó Johnny todo eso?

—Después del golpe de las pieles. Cuando nos pusimos los guantes y me dijo que le diera esa paliza como penitencia.

—Y, más o menos por entonces, Stemmons intentó hincarle el diente a la parte del botín de Johnny.

—Exacto.

—Vamos, Reuben. Exacto... ¿y?

—Y Johnny me dijo que el trabajo de las pieles era un montaje de Exley desde el principio. Era parte de lo que podría llamarse «sus trabajos encubiertos», y Exley estaba compinchado con ese Sol Hurwitz. Hurwitz era una especie de jugador arruinado y ese jodido ricacho de Exley le compró todas las pieles y le dijo a Johnny cómo simular el robo.

AUDAZ.

Faltaban piezas por encajar.

El robo, Exley. La investigación, Dudley Smith. ¿Por qué Exley había asignado a alguien tan bueno?

Cronología de los eslabones pendientes (meras suposiciones):

Johnny ofrece las pieles calentitas a Mickey Cohen.

Dud encuentra la pista Cohen, lo cual hace que Mickey se cague de miedo.

Exley intercede.

Exley manipula a Mickey. ¿Con qué intención?

Mickey, actuando en dos frentes: magnate del cine/hampón chapucero de barrios bajos. Seguía sin retirar sus tragaperras del Southside.

Chick Vecchio: vinculado a Mickey.

Chick, delator: entrada en escena de los Kafesjian.

Mickey y Chick, conectados con:

ELLOS/Narcóticos/Dan Wilhite.

Conexiones:

Desaparecidas/ocultas/disimuladas/tergiversadas LOOOCAS...

Reuben, lanzando golpes, sonriente:

—Bien, supongo que todo esto quedará entre nosotros dos. Entre dos testigos colegas.

—Supones bien.

—¿Johnny ha muerto?

—Sí.

—Es una pena que no estuviese casado. *Mea culpa*, joder, porque podría haberle regalado un bonito abrigo de visón a su viuda.

Ruido de derrumbe. Otra chabola derruida.

37

A tiro de piedra: de Chavez Ravine a Silverlake. Una ronda hasta
la casa de Jack Woods. Su coche ante la puerta.

Azul claro reluciente: el amor de Jack.

La puerta delantera entornada. Llamé con los nudillos.

—¡Estoy en la ducha! ¡Está abierto!

Entré. Descarado Jack: teléfonos y papeletas de apuestas a plena
vista. Una foto en la pared: Jack, Meg y yo, el Mocambo, 1949.

—¿Recuerdas aquella noche? A Meg le dio por los Brandy
Alexander.

Meg sentada entre los dos; difícil de saber de quién era la chica.

—Estás recorriendo la calle de los recuerdos muy deprisa, colega.

Me volví.

—Un par de días antes te habías cargado a un tipo para Mickey.
Estabas eufórico, así que te encargaste de pagar la cuenta.

Jack se ajustó el albornoz.

—¡Mira quién habla!

—¿Te cargaste a Abe Voldrich?

—Sí, ¿por qué? ¿Te importa?

—No exactamente.

—Entonces has venido solo para recordar viejos tiempos.

—Se trata de Meg, pero no me importaría una explicación.

Jack encendió un cigarrillo.

—Chick Vecchio me encargó el trabajo de parte de Mickey.
Dijo que Narcóticos y Dan Wilhite lo querían muerto. Voldrich

era el recaudador de la familia Kafesjian para el LAPD. Chick dijo que era idea de Mickey, que los federales habían convencido a Voldrich para que testificara y Mickey quería cortar sus conexiones con los Kafesjian. Diez de los grandes, socio. Mi premio de consolación por ese camello que se me escapó, ese Stemmons.

—Me temo que no me convence.

—¿Qué más da? Los negocios son los negocios, y Mickey y esos armenios tienen muchos chanchullos en marcha en el barrio negro.

—Hay algo que no concuerda. Mickey ya no liquida a gente, y tampoco tiene diez de los grandes ni para salvar su vida.

—Entonces fueron directamente los Kafesjian, o Dan Wilhite a través de Chick. Oye, ¿qué te importa quién…?

—Apostaría a que Wilhite no conoce a Chick personalmente. El amante de mi hermana, aburrido.

—Mira, Chick se aprovechó de que tú y yo somos amigos. Me dijo que Voldrich podía soplarles a los federales algo sobre ti, y me preguntó si no quería ganar diez de los grandes y ayudar a un compañero. Y ahora, ¿quieres decirme cómo has sabido que el trabajo era mío?

Piezas: ocultas/disimuladas/manipuladas…

—Dave…

—Los federales vieron un coche como el tuyo cerca de casa de Voldrich. No tienen la matrícula, o ya habrías tenido noticias de ellos.

—Entonces solo es una conjetura fundamentada.

—Eres el único matón que conozco con un coche azul claro.

—¿Y qué hay de Meg?

—Primero dime qué hay entre vosotros dos.

—Parece que está pensando en dejar a su marido y buscar un sitio para los dos.

—¿Una pensión con teléfono? ¿Algún piso para partidas de dados?

—Hace muchos años que dejamos de parecerle tipos decentes, de modo que no hagas como si Meg no conociera el paño.

Aquella foto: una mujer, dos asesinos.

—Los federales me tienen cogido por las pelotas. Pasado mañana entraré bajo su custodia, y si intentan apretarme las clavijas con el trato de inmunidad que hemos pactado Meg podría salir malparada. Quiero que le digas que saque nuestro dinero del banco y quiero que la ocultes en lugar seguro hasta que te llame.

—Muy bien.

—¿Solo «Muy bien»?

—Muy bien, envía postales desde el escondite que te busquen los federales. Desde hace un par de semanas ya tenía la impresión de que te estaban presionando.

Aquella imagen...

Jack sonrió.

—Meg me dijo que estaba buscando ese título de propiedad que le pediste, y que cada vez que hablas con ella por teléfono suenas menos como un tipo duro.

—¿Y más como un abogado?

—No, más como un tipo que trata de comprarse una salida.

—Cuida de ella.

—Escribe cuando puedas, consejero.

Una llamada a Homicidios desde una cabina. Noticias de mierda: ni rastro del expediente de Richie Herrick en Chino. Un mensaje: reunirse con Pete Bondurant, ocho de la mañana, el Smokehouse, Burbank.

El asunto Vecchio, cerniéndose amenazador.

Tiempo que matar. Griffith Park, a tiro de piedra de Silverlake. Subí por la carretera este hasta el Observatorio.

Un claro entre la contaminación, una vista: Hollywood, hacia el sur. Junto a la entrada, una serie de telescopios a monedas montados sobre plataformas giratorias.

Tiempo que matar, algo de cambio en el bolsillo; enfoqué uno hacia el plató.

Cristal borroso, asfalto, colinas. Coches aparcados. Más arriba, ahí: la nave espacial.

Ajusto la lente, guiño el ojo. Gente.

Sid Frizell y Wylie Bullock charlando: quizá su habitual discusión sobre sangre y vísceras. Una imagen borrosa, corrijo la lente: vagabundos durmiendo entre los matorrales.

Más cosas:

Un abrazo a la puerta de una caravana: Touch y Rock Rockwell. A la derecha: más extras de Mickey C., parloteando. Un destello metálico: la caravana de Glenda. Glenda.

Sentada en la escalerilla con las piernas recogidas. El vestido de vampira, cada vez más ajado; descolorido, deshilachado.

Cristal borroso, franjas de sol. Gente pasando por delante, obstruyendo mi visión. Difícil de ver, fácil de imaginar:

Su respiración más lenta, guiándome hacia allí.

El cabello un poco más oscuro debido al sudor.

Glenda, tocándose las cicatrices. Implícito en sus ojos: el horror me dio la voluntad... y no te contaré cómo.

Resol, fatiga visual. Enfoco en otra dirección: una pelea entre vagabundos; revolcándose por el suelo, forcejeando.

El visor se queda a oscuras con un chasquido; se había terminado el tiempo. Los ojos me escocían. Los cerré y me quedé quieto un momento.

Fuego graneado de imágenes:

Dave Klein, rompehuelgas: clavos en la punta del garrote.

Dave Klein, cobrador de apuestas: trabajo de bate de béisbol.

Dave Klein, asesino: resaca de cordita y hedor a sangre.

Meg Klein, sollozante: «No quiero que me quieras de esa manera».

Joan Herrick: «Largo historial de locura en nuestras dos familias».

Por favor, que alguien me dé una última oportunidad de saber.

–... de modo que el señor Hughes está furioso. Un psicópata hizo pedazos a Harold Miciak y Hughes pensaba que la cosa estaba clara, pero ahora la policía de Malibú cree que no ha sido el Diablo de la Botella. Ahora dicen que alguien despedazó a Miciak y le estranguló para simular que era cosa del psicópata, y la exesposa de Miciak no deja de incordiar al señor Hughes para que ponga algún sabueso a investigar, ¡como si él tuviera que gastarse dinero en el asunto! Luego, además de todo eso, Bradley Milteer descubre que estás liado con Glenda Bledsoe y que ella ha estado robando en los picaderos de Hughes sin que tú le hayas pasado el informe correspondiente.

Hacia el Southside, en el coche de Pete. Bien pertrechado: cachiporra y puños americanos.

–Yo te conseguí el trabajo de Glenda. El señor Hughes no me lo confió a mí porque sabe que estoy expuesto a que me pillen. Yo le dije dele el trabajo al viejo Ejecutor, porque es un tipo bastante estoico en lo que se refiere a las mujeres.

Me estiré. Tortícolis, nervios crispados.

–Te estoy pagando siete de los grandes para esto.

–Sí, y me has invitado a un asado y a una cerveza, algo que, con franqueza, el señor Hughes no ha hecho nunca. Lo que digo es que el señor Hughes está furioso contigo, y que podrías ahorrarte todos estos quebraderos de cabeza.

Normandie hacia el sur. Pete fumando; entreabrí la ventanilla. Un recuerdo: mi llamada a Noonan un rato antes.

—Usted ha quemado posibles pruebas federales. Tiene suerte de que no haya revocado su inmunidad inmediatamente, y ahora me pide este favor tan extraordinario.

—POR FAVOR.

—Me gusta ese temblor en la voz.

—POR FAVOR. Mañana levante la vigilancia sobre los Kafesjian. Es el último día que tengo antes de entrar en custodia y quiero ver si descubro unas cuantas cosas antes de entregarme.

—Supongo que esto tiene que ver con ese tal Richie al que buscan los Kafesjian, y que podría ser Richard Herrick, el de ese chapucero caso de triple homicidio en el que está trabajando.

—Así es.

—Bien. Me gusta la sinceridad, y haré lo que me pide si usted declara toda la información que posee de Richie durante las entrevistas previas a la presentación ante el gran jurado.

—De acuerdo.

—Quedamos en eso, entonces. Vaya con Dios, hermano Klein.

«Hermano» Klein. Chico del coro luterano: puños/ porras/ nudilleras...

Pete me dio un codazo suave.

—Chick ha quedado con Joan Crawford en el Lucky Nugget. Ella irá de incógnito, y van a jugar unas manos de póquer o algo así, sin grandes apuestas, y luego se irán al picadero. Tengo que tomar unas fotos del encuentro, y luego Chick me hará la señal convenida. Les seguimos hasta el lugar, dejamos que se pongan a tono y terminamos el trabajo.

Aire frío, faros cabeceando. Un cartel: «¡El Dodger Stadium es tu sueño! ¡Apoya el proyecto Chavez Ravine!».

Pete:

—Siete de los grandes por tus pensamientos.

—Estoy pensando que Chick debe de tener un montón de dinero en alguna parte.

—Si piensas quedártelo, significa que tendremos que cargárnoslo.

—Solo era una idea.

—Y nada mala. ¡Dios!, tú y una actriz excamarera. ¿De veras...?

—Sí, merece la pena.

—No era eso lo que iba a preguntarte.

—Ya lo sé.

—Así están las cosas, ¿eh?

—Así están.

Directos al sur. Gardena. Pete comentando rumores:

Fred Turentine, escuchas clandestinas para *Hush-Hush*: material escandaloso a cambio de dinero negro. El borracho Freddy, desaparecido: de sus bares favoritos y de su trabajo de instructor en la cárcel. Presión federal, negros inquietos: no se podía distinguir a las buenas esposas de las chicas de la calle.

Gardena: latidos de neón en el barrio de los palacios del póquer. El Lucky Nugget: el Cadillac de Chick en el aparcamiento, con la capota bajada.

Paramos un poco más atrás, dispuestos para el seguimiento. Actividad en el asiento delantero: Joan Crawford y Chick besuqueándose con ardor.

—¡Agáchate! ¡Van a verte!

Me agaché y escuché. Chasquido de las portezuelas del coche. Me incorporé de nuevo. Los tortolitos, camino del local.

Pete se apeó.

—Echa una cabezada, si quieres. No pongas la radio o me dejarás sin batería.

Les seguí con la vista: la actriz de cine, el matón extorsionador. Moví el dial de la radio: noticias, basura religiosa, bop.

Un recuerdo: desplumando a los borrachos de Gardena en la época del instituto. Del bop a las baladas, callejón de la memoria: subiendo la cremallera del vestido del baile de graduación de Meg demasiado despacio...

A la mierda. Iba a gastar la batería: apagué la música y cerré los ojos.

Pete, abriendo su puerta:

—Despierta. Se marchan.

El Cadillac arrancó, con la capota subida. Pete lo siguió, no demasiado cerca.

Este, norte: el aire fresco me despejó. Seguimiento fácil: coches confabulados. Pete conducía muy relajado. Con un codo fuera de su ventanilla, ignorante de todo, la jodida Joan Crawford.

Rumbo norte, Compton, LYNWOOD: terreno peligroso.

Chick, delante de nosotros, giro a la izquierda, giro a la derecha: Spindrift Drive.

4800, 4900: placas en las aceras latiendo extrañas/delirantes/ raras. 4980: Johnny D. «¿Por qué encontrarnos allí?»

Me costaba respirar. Bajé el cristal de la ventanilla.

Giro a la izquierda, giro a la derecha.

Patios vacíos.

Escalofríos de hielo seco: calor y frío.

Pete:

—¡Joder, nunca te hubiera creído tan maniático del aire fresco!

Chick se detuvo. Destellos de las luces de freno, como una señal.

Recuerdos:

El pinchazo de la aguja.

El hormigueo, el calor por dentro.

Chick y Joanie, caminando envueltos en el amor:

Hacia un patio vacío, por el sendero de la DERECHA.

Entonces:

Flotando, como transportado en volandas.

Giro a la DERECHA. Una habitación cochambrosa. LA FILMA-CIÓN.

Ahora:

Tragando aire, con dificultad para respirar, atenazado por el recuerdo de Johnny.

Pete se detuvo junto al bordillo.

—Chick me pasó una nota. Sabe que unos tipos filman pelícu-las porno aquí, y ha pensado que a Joanie le encantaría conocerlo. Las estrellas de cine no dejan de asombrarme jamás.

Clic. Un recuerdo tardío, brutal:

Glenda había dicho que Sid Frizell estaba filmando películas porno.

«En una casa abandonada.»

«En LYNWOOD.»

—Eh, Klein, ¿te encuentras bien?

Repaso de las armas: el 45, porra, puños americanos.

—Adelante.

Pete cargó la cámara.

—Todo a punto. Entramos cuando oigamos «¡Oh, nena, qué bien!».

Preparado: el metal en los nudillos rascaba contra mi anillo de la facultad de derecho.

Pete:

—Vamos.

Corrimos hacia allí: cubos de estuco, senderos, hierba.

La escena, de nuevo: la filmación, Johnny suplicando «POR FAVOR, NO ME MATES».

Gemidos sexuales: una de las casuchas de la derecha. Nos acercamos de puntillas, escuchamos:

Jadeos obscenos. Chick:

—¡Oh, nena, qué bien!

Pete con la cámara a punto.

Miradas, asentimientos, patada a la puerta: abierta a la primera.

Oscuridad completa durante medio segundo.

Destellos de flash: Joan Crawford chupándosela a Chick V. hasta las amígdalas.

A ritmo acelerado:

Parpadeos del flash. Joanie huyendo por la puerta, desnuda, chillando.

Chick con la mano en un interruptor de la pared: luces encendidas.

Un revólver magnum en la mesilla de noche. Lo cogí y eché un vistazo a la habitación:

Paredes con espejos.

Suelo de linóleo, puntos rojo oscuro. Sangre seca.

Chick en la cama, cerrándose la bragueta.

Golpes, culatazos, deprisa…

Le di en la cara, le arreé en la entrepierna, le retorcí los brazos. El hueso crujiendo bajo mis manos. Chick se encogió hecho un ovillo.

Una sombra sobre la cama: Pete, conteniéndome.

—Tranquilo. Le he dado a la Crawford algo de ropa y dinero. Tenemos tiempo para hacer esto como es debido.

Chick volvió a doblarse con un graznido, y por una buena razón: dos puños enormes cerniéndose directamente sobre él.

Una amenaza trillada. Pete, con visible regocijo:

—El izquierdo significa el hospital, el derecho la tumba. El derecho te quita la vida y el izquierdo te quita la respiración. Estas dos manos son la pesadilla y el mal de ojo, son los colmillos del diablo que se cuela por la chimenea.

Chick se incorporó, ensangrentado y tembloroso.

—Estoy en la Organización. Soy un hombre protegido. Daos los dos por muertos.

—Dave, hazle una pregunta al tipo.

—Me vendiste, Chick. Te conté que iba a reunirme con un «policía rudo y apuesto» en Lynwood. Y ahora, para empezar, dime a quién se lo contaste y cómo se les ocurrió la idea de esa película casera.

—No pienso decir nada.

Pete le agarró por el cuello. Un movimiento brusco: noventa kilos aerotransportados. Chick se estrelló contra la pared del fondo; el espejo se hizo añicos.

Chick, un muñeco de trapo con una mueca de estupor: «¿Uh?».

Pete ya encima de él; crac, crac: crujidos de dedos entre sus manazas. Chick demostró agallas: ni un gemido audible.

Hinqué la rodilla a su lado.

—Me vendiste a los Kafesjian.

—Que te den por culo.

—Chick, hace tiempo que nos conocemos. No hagas esto más desagradable.

—Lo único desagradable aquí eres tú.

—Tú me entregaste a los armenios. Admítelo, y seguimos desde ahí.

—No le dije a nadie que ibas a reunirte con ese policía del que me hablaste. Joder, si alguien te tendió una trampa fueron otros. Puede que me enterara de que ellos te habían preparado una encerrona, pero fue después de que sucediera, joder.

—Has dicho «ellos». ¿Te refieres a los Kafesjian?

—No, es solo una manera de hablar. Te metieron en esa trampa porque naciste para ello, por toda la mierda que has hecho sin que te pasara nada. Te vendieron, pero te aseguro que no fui yo.

Pete:

—No sabía que conocieras a los Kafesjian. Pensaba que eras estrictamente un hombre de Mickey.

—Vete a la mierda. No eres más que un chulo imbécil que trabaja para Howard Hughes. Me cago en tu madre. Y mi perro se folla a tu madre.

Pete soltó una carcajada.

Chick, con los dedos rotos, blanco de dolor:

—Ya me han sacudido fuerte otras veces. Te acabo de dar unas respuestas gratis como introducción, pero en adelante no esperes más.

Manchas de sangre en el suelo. Johnny sollozando.

—Has dicho «ellos». ¿Quiénes, los Kafesjian? Dame algún detalle que pueda utilizar.

—¿Quieres decir pasárselo a los federales? Sé que has hecho un trato con Welles Noonan.

Aquel matón grasiento, exudando perfume de Joan Crawford.

—Dame el nombre de esos cabrones. Quiero detalles.

—¿Detalles? ¡Toma detalles! —Levantando un dedo corazón retorcido y machacado—. Chúpamela, boche mamón…

Le agarré la mano. Un enchufe en la pared. Le metí el dedo en la corriente…

Chispas/humo. Chick, entre convulsiones. Yo, estremeciéndome también con sus sacudidas.

Pete me zarandeó:

—¡BASTA, VAS A MATARLO!

Chick se soltó: un temblor incontrolado en las rodillas, la cara poniéndose verde por momentos.

Rápido:

Pete le arrojó sobre la cama. Almohadas, sábanas, mantas: en cuestión de segundos, un cabrón momificado.

El temblor de rodillas cediendo, el tono verdoso difuminándose.

Johnny Duhamel suplicando... EN ESTA HABITACIÓN.

Cogí el revólver y abrí el tambor. Seis balas. Saqué cinco.

Miré a Pete. Asintió: «Creo que ya se encuentra bien».

Me vuelvo hacia Chick, le muestro el arma, le enseño el cilindro, lo hago girar, lo cierro.

Chick. En su mirada: «No lo harás...».

Apunté a quemarropa: mi arma, su cabeza.

–Has dicho «ellos». ¿Te referías a la familia Kafesjian?

Sin respuesta.

Apreté el gatillo. Clic. Cámara vacía.

–¿Cómo entraste en contacto con los Kafesjian? No sabía que les conocías.

Sin respuesta.

Apreté el gatillo. Clic. Cámara vacía.

–Sé que le encargaste a Jack Woods el trabajo de Abe Voldrich, y Jack dijo que la orden venía de Mickey. No me lo creo, así que ya me estás diciendo quién dio la orden.

Chick, con voz rasposa:

–¡Que te jodan!

Apreté el gatillo. Dos veces. Cámaras vacías.

Pete aulló:

–¡Jodeeer!

Chick, un arcoíris: poniéndose gris/verde/azul.

Amartillo el arma, presiono el gatillo muuuy leeento...

–¡Está bien, está bien, POR FAVOR!

Aparté el revólver. Chick tosió, escupió flemas y cantó:

–Me dieron la orden de buscar a alguien para el trabajo de Abe Voldrich. Supongo que pensaron que yo era demasiado conocido en el Southside como para encargarme personalmente, así que pensé «Dave Klein podría quemarse con ese asunto de los federales», y «Jack Woods hará el trabajo por dinero, y además es amigo de Dave y querrá ahorrarle un problema», de modo que hablé con él y estuvo de acuerdo, aunque todavía me regateó la tarifa. —Su voz más ronca ahora—: Así que... imagina: hablé con Voldrich. Los federales le habían soltado durante un día o así para que pudiera ocuparse de algún asunto personal, y yo quise averiguar qué sabía antes de hacer que Jack le matara. Y vaya, vaya lo que me dijo... —Chick, soplón febril—. Fíjate y escucha bien.

Pete hizo crujir los nudillos. Un ruido seco, como los chasquidos del martillo del revólver.

Chick, revolviéndose entre las mantas:

—Voldrich dijo que los federales tenían muchas ganas de presentarte como testigo. Dijo que había oído hablar a Welles Noonan y a ese tipo del FBI, Shipstad. Comentaban que habían puesto micrófonos en tu casa y que tenían una cinta en la que hablabas de forma vaga sobre tus trabajos de matón, y en la que también salía Glenda Bledsoe diciendo que se había cargado a un chulo negro llamado Dwight Gilette. Imagina, Davey: Noonan le dijo a Shipstad que iba a ofrecerte inmunidad, a sacarte un montón de información, y que luego violaría el acuerdo a menos que testificaras contra Glenda por el cargo de asesinato. Shipstad intentó convencer a Noonan de que no jugara sucio contigo, pero Noonan te odia tanto que no quiso saber nada.

Imagina:

La cama daba vueltas.

La habitación daba vueltas.

El revólver daba vueltas...

—¿Quiénes son ELLOS?

—Dave, por favor. Lo que acabo de contarte es la pura verdad.

—Hay algo que no encaja. Tú no eres el tipo que mandarían los Kafesjian para encargarse de Abe Voldrich. Vamos, Chick, ¿quién me tendió la trampa para que matara a Johnny Duhamel?

—¡Dave, por favor...!

Todo daba vueltas...

—¡Por favor, Dave...!

368

Le aticé. Culatazos con el arma. Las mantas amortiguaron el impacto. Tiré de ellas, le golpeé en las costillas. La cama dio vueltas.

—¿Quién me preparó la encerrona?

Sin respuesta.

—¿Qué pasa con Mickey? ¿Por qué están esos tipos de fuera de la ciudad controlando sus tragaperras con los federales justo delante?

Sin respuesta.

—¿Estás de parte de los Kafesjian? ¿Estás compinchado con esos armenios? ¡Vas a decirme de una puta vez todo lo que sepas de por qué Tommy anda detrás de ese tal Richie Herrick!

Sin respuesta. Volví a trabajarle las costillas. Las cachas del revólver se resquebrajaron. Pete me hizo una señal: CALMA.

Hice girar el tambor otra vez.

—¿Sid Frizell está filmando películas porno aquí?

Sin respuesta.

Apreté el gatillo. Clic. Cámara vacía.

Chick se hizo un ovillo, temblando...

Apreté el gatillo. Clic. Cámara vacía.

Tembloroso, con ojos que suplicaban delatar:

—Ellos dijeron que necesitaban un lugar para trabajarse un poco a alguien, así que les hablé de este lugar. Sid y su gente estaban montando las secuencias porno, así que el sitio estaba vacío.

—¿Te dijeron que iban a filmar su propia película?

—¡No! ¡Dijeron «trabajarse a alguien»! ¡Eso fue lo que dijeron!

—¿Quién filmó la película? ¿Colaboró alguien del equipo de Mickey?

—¡No! ¡Frizell y sus chicos son unos jodidos payasos! ¡No conocen a nadie excepto a mí!

—¿Quién te da las órdenes?

—¡No, Davey, por favor!

Apoyé el revólver en el colchón, junto a su cabeza.

—¿Quiénes son?

—¡NO! ¡NO PUEDO! ¡NO HABLARÉ!

Apreté el gatillo. Clic/clic/rugido. El fogonazo del cañón prendió fuego a su pelo.

El grito.

La mano enorme apagando las llamas; extendiéndose enorme para acallar el grito.

Un susurro:

—Lo esconderemos en uno de tus edificios. Haz lo que tengas que hacer y yo le vigilaré. Probaremos a sonsacarle algo sobre el dinero y tarde o temprano se irá de la lengua.

Humo. Restos de colchón posándose.

Chick medio calvo, chamuscado.

TODO DABA VUELTAS.

39

De vuelta a L.A., solo en el coche de Pete. Paradas en teléfonos públicos de la ruta.

Se lo conté a Glenda: te van a detener por lo de Dwight Gilette. Ella soltó una maldición y urdió un plan: coger un autobús hasta Fresno, ocultarse en casa de una antigua compañera del autorrestaurante. Me asaltó el miedo a que tuviera el teléfono intervenido y la instruí para que lo comprobara. Glenda sacó cables y revisó diodos: no había micrófonos ocultos en su aparato.

Su despedida:

—Somos demasiado guapos para perder.

Jack Woods, tres llamadas sin respuesta; Meg, lo mismo. Una cabina frente a la Oficina; suerte: Jack acababa de llegar. Le conté que los federales me habían jodido: coge a Meg, coge el dinero, LARGAOS.

—Está bien, Dave.

Ningún adiós.

Subí corriendo a Antivicio. Una nota del oficinista sobre mi mesa: «Llame a Meg. Importante».

La bandeja de Entradas, la de Salidas: ningún informe nuevo sobre Herrick.

Miré en el escritorio: el expediente del caso Kafesjian/Herrick había desaparecido.

Sonó el teléfono.

—¿Diga?

—Jefe, soy Riegle.

—¿Sí?

—Vamos... Usted me asignó una vigilancia, ¿recuerda? Ese local de almacenaje; usted me dijo...

—Sí, lo recuerdo. ¿Es una llamada de rutina o tienes algo interesante?

Riegle, mosqueado:

—Tengo doce horas de visitantes normales, certificados por Tráfico, y un asunto interesante.

—Cuenta.

—Pues bien, un tipo entró y volvió a salir enseguida, corriendo hacia su coche con cara de susto. Así que anoté la matrícula y la comprobé. El tipo ya me había parecido algo familiar. Y resulta que era Richard Carlisle, ¿sabe quién le digo? Es un hombre del Departamento y creo que trabaja para Dudley Smith.

Pistas inconsistentes.

—Jefe, ¿está usted...?

Colgué el teléfono; pistas inconsistentes, pero algo tomando forma:

Dick Carlisle, detective del caso de las pieles.

Dick Carlisle, compañero de Mike Breuning.

11/51: Breuning cierra una investigación sobre un robo juvenil. Autores confirmados: Tommy K. y Richie Herrick.

Mi expediente del caso Kafesjian/Herrick, desaparecido.

Recorrí el pasillo hasta Personal. Solicitudes de petición de expedientes sobre el mostrador del encargado de archivos: solo para jefes de división.

Le pedí con tono autoritario:

Michael Breuning, Richard Carlisle, déjeme ver los expedientes.

—Sí, señor. —Diez minutos, vuelve con las carpetas—. No puede sacarlas del archivo.

Carlisle, empleos anteriores: nada de interés.

Breuning. Una relación con la película: técnico de revelado de Wilshire Film Processing, del 37 al 39, antes del LAPD.

Una pista: inconsistente, circunstancial.

Una de la madrugada, de vuelta en Antivicio. Pensamientos dispersos: Pete vigilando a Chick en mi casa vacía de El Segundo.

Chick:

«ELLOS».

Asustado de decir «los Kafesjian».

Asustado de delatarlos/a ELLOS/¿quiénes?

La nota de mi mesa: «Llame a Meg. Importante».

Circunstancial. La carne de gallina me eriza el vello.

Meg en casa de Jack: merecía la pena intentarlo. Tres timbrazos. Jack, alterado:

—¿Sí?

—Soy yo.

Ruido de fondo: tacones de aquí para allá. Jack:

—Meg está aquí. Se lo está tomando bastante bien, quizá un poco nerviosa.

—¿Os marcháis mañana?

—Sí. Iremos a los bancos a primera hora, sacaremos el metálico y nos llevaremos letras bancarias. Después nos marcharemos a Del Mar, abriremos nuevas cuentas y buscaremos alojamiento. ¿Quieres hablar con ella?

Tac tac... Meg caminando nerviosa. Los tacones altos hacían que las costuras de sus medias se arrugaran.

—No. Dile que solo es un adiós temporal, y pregúntale para qué quería que la llamara.

Tac tac, voces bajas. Pisadas de vuelta, Jack:

—Meg dice que ha encontrado un rastro parcial sobre ese edificio de Lynwood.

—¿Y?

—Ha encontrado algunos informes de tasación de la propiedad en ese archivo del sótano del Ayuntamiento. Y lo que ha encontrado es un informe de 1937 en el que aparecen Phillip Herrick y un tal Dudley L. Smith como licitadores por el 4980 de Spindrift. Oye, ¿crees que puede ser ese Dudley Smith?

Manos sudorosas. Colgué el teléfono.

Ahí está:

Ed Exley contra Dudley Smith.

40

Busqué en mi mesa: TELÉFONOS DE EMERGENCIA DE MANDOS. Jefe de Detectives (casa). Marqué.

Exley. La una de la madrugada, despierto:

—¿Sí? ¿Quién es?

—Klein. Acabo de descubrir que usted va a por Dudley Smith.

—Venga a verme ahora. La dirección es South McCadden 432.

Una casa Tudor con enrejados. Luces encendidas, la puerta entornada. Entré sin llamar.

Un salón ostentoso, sacado de un catálogo. Exley con traje y corbata perfectamente anudada. ¡Joder, a las dos de la madrugada!

—¿Cómo lo ha descubierto?

—Conseguí antes que usted la autorización para abrir las cajas de seguridad de Junior Stemmons. Tenía pruebas de que usted controlaba a Duhamel, y Reuben Ruiz acabó de llenar algunos puntos oscuros sobre el robo de las pieles. Descubrí que Dudley y Phillip Herrick compartieron cierta propiedad en el año 37. Herrick y J. C. Kafesjian llegaron a Los Ángeles unos cuantos años antes, y apostaría a que fue Dudley quien puso en contacto a J. C. y el Departamento.

Exley, allí plantado, con los brazos cruzados:

—Continúe.

—Todo encaja. Me robaron los expedientes sobre Kafesjian y Herrick, y los registros carcelarios de Richie han desaparecido. Dudley podría haber cogido ambas cosas fácilmente. A él le encanta patrocinar a protegidos, de modo que usted le pasó por las narices a Johnny Duhamel.

—Continúe.

Ahora, un buen sobresalto:

—Yo maté a Johnny. Dudley me drogó, me provocó y lo filmó. ¡Hay una maldita película del asunto! Creo que está esperando a utilizarme para algo.

El «sobresalto» de Exley: una vena pulsando en el cuello.

—Cuando me dijo que Duhamel estaba muerto, supe que tenía que ser Dudley. Pero ese asunto de la película me sorprende.

—Sorpréndame. Cuénteme lo que sepa al respecto.

Exley acercó un par de sillas.

—¿Cuál es su opinión sobre Dudley Smith?

—Inteligente y muy obsesionado con el orden. Cruel. Más de una vez se me ha ocurrido que es capaz de cualquier cosa.

—Más allá de lo que pueda imaginarse.

Vello de punta.

—¿Y?

—Y ha estado tratando de hacerse con el control del crimen organizado en Los Ángeles desde hace años.

—¿Y?

—Y en 1950 adquirió una gran cantidad de heroína robada durante una reunión entre Mickey Cohen y Jack Dragna para alcanzar una tregua. Contrató a un químico que se pasó años desarrollando compuestos con ella, a fin de encontrar el modo de producir la droga más barata. Su intención era aumentar los beneficios con la venta, utilizarla para mantener sedados a los elementos criminales negros, y a continuación introducirse en otros negocios. Su objetivo final era controlar una especie de crimen organizado «contenido». Quería perpetuar las empresas ilegales dentro de unas zonas concretas, sobre todo en el Southside.

—Sea más específico.

Exley, lentamente, provocándome:

—En el 53, Dudley participó en un intento de apoderarse de un negocio de pornografía. Se concertó una cita en una cafetería, el

Nite Owl, y Dudley envió a tres hombres armados. Los pistoleros simularon un atraco durante el cual murieron seis personas. Dudley hizo todo lo posible para cargarles los asesinatos a tres delincuentes negros, pero estos escaparon de la cárcel y, como ya sabe, yo me los cargué a los tres y al hombre que los escondía.

La estancia dio vueltas a mi alrededor.

—El caso se dio por cerrado, pero, como también sabe, más tarde se presentó un tipo con una coartada válida para los negros que me había cargado por lo del Nite Owl, lo cual provocó la reapertura del caso. Ya sé que está al corriente de la historia, Klein, pero bastará con insistir en dos hechos: que los auténticos pistoleros resultaron muertos durante la investigación reabierta, y que no dejaron el menor rastro que pudiera conducir a Dudley Liam Smith.

La habitación, un torbellino. Mi cabeza, tratando de atar cabos:

Dudley, ¿interesado en la pornografía? LA PELÍCULA. Sid Frizell filmando películas guarras en la casa de Lynwood; sin relación con Smith.

—Y ahora Dudley tiene en marcha nuevos planes de dominio, sobre todo en el barrio negro.

—Bravo, teniente.

—Dudley manipula a Mickey Cohen, ¿verdad?

—Continúe.

—Mickey Cohen ha tenido un comportamiento muy raro desde que empezó el asunto de los federales. En lo que va de año, cuatro de sus hombres han desaparecido: Dudley los ha despachado. Lo único que tiene en marcha Mickey es esa estúpida película de terror que está financiando y que no creo que tenga relación con nada de esto.

—Continúe.

—Mickey se ha comportado de un modo extraño desde que empezó el asunto de los federales. No ha querido deshacerse del negocio de las tragaperras en el Southside, y eso que le he avisado media docena de veces. Ha traído a gente de fuera de la ciudad para ocuparse de las recaudaciones a plena luz, con los federales presentes y tomando fotos. Comenté el asunto con Chick Vecchio y este intentó venderme no sé qué estupidez de que Mickey estaba devolviendo un préstamo del sindicato con sus porcentajes del negocio de las monedas. Chick está compinchado con Dudley. Dudley se cargó a los cuatro tipos de Mickey e hizo un trato con Chick. Chick es el contacto entre Dudley y Mickey. Eso de seguir con las tragaperras ante las narices de los federales es una especie de maniobra de distracción.

Exley, el muy cabrón, sonrió.

—Todo eso es exactamente lo que yo pienso.

—Hablemos de Johnny. Cuénteme cómo le utilizaba.

—No. Antes hábleme de lo que ha averiguado sobre Stemmons.

Yo insistí en lo mío:

—Sé lo de esas cuentas bancarias que usted abrió. Sé que pagó a esos periodistas para que escribieran historias sobre Johnny. Sé que usted se ocupó de sus deudas, que le obligó a amañar aquel combate y que le metió en la Academia. Usted planificó personalmente el robo de las pieles, así que creo que también arregló las pistas para que Dudley se convenciera de que el golpe había sido cosa de Johnny. Usted sabía que a Dudley le encanta crearse a sus «protegidos», de modo que le puso ante las narices una maldita perita en dulce.

—Continúe.

—Breuning y Carlisle también están con Dudley.

—En efecto.

—Usted le consiguió a Johnny ese trabajo encubierto mientras estaba en la Academia.

—Sea más explícito en eso.

Exley guiándome/apremiándome/elogiándome. Ese cobarde manipulador...

—Le aleccionó para que se pasara de la raya. A Dudley le gustan los tipos duros, de modo que usted se aseguró de que Johnny se creara cierta fama de matón.

—Bravo, teniente.

Lanzándole un hueso a un perro.

–A usted le gusta manipular a la gente tanto como a Dudley. Y tengo que decirle que él es mejor.

–¿Está seguro de eso?

–No, cabrón, no lo estoy. Pero estoy convencido de que cada vez que se mira en el espejo ve a Dudley.

Exley «furioso»: una leve sonrisa, una mueca tensa.

–Continúe.

–No. Siga usted con la cronología de los hechos. Dudley picó el anzuelo e hizo que asignaran a Johnny a la Brigada contra el Hampa. Es el jefe de la División de Atracos, de modo que le tocó llevar la investigación del caso Hurwitz. Usted colocó pistas que condujeran a Dudley hasta Johnny. ¿Qué sucedió luego?

–Luego Johnny se convirtió oficialmente en matón de la Brigada contra el Hampa. Un trabajo brutal, teniente. Siempre he pensado que estaba usted muy capacitado para desempeñarlo.

Puños apretados; me dolían los nudillos.

–Reuben Ruiz dijo que Johnny estaba haciendo algunas «cosas muy malas». Dudley empezó a manipularle entonces, ¿verdad? Creyó que el golpe era cosa de Johnny y le gustó el estilo. Le impresionó tanto que le confió sus planes.

–Por ahí va bien. Siga.

–«Siga», una mierda. ¿Qué «cosas muy malas»?

–Dudley hizo que Johnny aterrorizara a los maleantes de fuera de la ciudad para los que tenía planes. Johnny me contó que tenía dificultades para hacerlo.

–Debería haberle frenado entonces.

–No. Necesitaba más.

–¿Cree que esos tipos de fuera de la ciudad eran los mismos que se ocupaban de las máquinas de Mickey? ¿Cree que eso significa que Dudley está controlando a Mickey?

–Sí. No estoy del todo seguro, pero me parece posible.

La silla de Exley: cinta adhesiva colgando de uno de los listones de madera.

–Explíquese.

378

Exley se quitó las gafas para limpiarlas. Sin ellas sus ojos parecían blandos.

—Johnny empezó a perder el respeto de Dudley. Era demasiado débil con los hombres de fuera de la ciudad, y me dijo que Carlisle y Breuning le vigilaban de vez en cuando, al parecer porque Dudley empezaba a sospechar de él instintivamente. Entonces Junior Stemmons reapareció en la vida de Johnny, por pura casualidad. Los dos se encontraron trabajando en South-Central, y de algún modo Stemmons obligó a Johnny a reconocer su participación en el robo de pieles. Parece ser que Johnny no me implicó en el asunto, pero Stemmons intuyó que alguien movía los hilos en las sombras. Dudley se dio cuenta de lo inestable y peligroso que resultaba Stemmons, y yo creo que sospechó que intentaba extorsionar a Johnny. Lo que sé con seguridad es que Dudley intentó conseguir una orden judicial para echar mano a las pruebas que pudiera guardar Stemmons en las cajas del banco, y doy por sentado que torturó a Johnny para saber hasta dónde estaba enterado Junior, antes de provocar que usted lo matara. Yo ya había acudido a un funcionario federal al que conozco, y él retrasó la petición de Dudley mientras yo intentaba conseguir por mi cuenta otra orden de registro. Pero usted fue el primero en acceder a las cajas de seguridad, y tengo la impresión de que Welles Noonan le ayudó a ello.

La cinta colgando... Solo quizá.

—Así es.

—¿Va a ser testigo federal?

—Se supone que sí.

—Pero no pensará testificar, ¿verdad?

Glenda: posibles acusaciones FEDERALES pendientes.

—Sobre todo, pienso en escapar.

—¿Qué le retiene?

—El asunto Kafesjian-Herrick.

—¿Espera conseguir alguna especie de compensación?

—No. Solo quiero saber por qué.

—¿Eso es todo?

–No. Quiero que me traiga una taza de café y quiero saber por qué me asignó al robo de los Kafesjian.

Exley se incorporó.

–¿Cree que Dudley mató a Junior Stemmons?

–No. Habría hecho desaparecer el cuerpo para ganar más tiempo y así poder llegar a las cajas de seguridad.

–¿Cree que fue una sobredosis auténtica?

–No. Apuesto por Tommy K. Imagino que Junior se puso pesado y Tommy se cabreó. Sucedió en el Bido Lito's, de modo que Tommy dejó el cuerpo allí. Los Kafesjian incendiaron el local para destruir pruebas.

–Quizá tenga razón. Espere, le traeré ese café.

Salió. Sonidos en la cocina. Tiré de la cinta adhesiva.

Bingo. 34L-16R-31L: la combinación de la caja fuerte. Una pensamiento lógico: cualquier estúpido rico podría dejarse olvidado aquel recordatorio en la silla. Volví a pegar la cinta donde estaba y eché un vistazo a la sala: fría, cara.

Exley trajo café en una bandeja. Me serví una taza para cubrir las apariencias.

–Usted me asignó al robo de los Kafesjian para echarle un cebo a Dudley.

–Sí. ¿Le ha dicho algo?

–Indirectamente, y le dije sin tapujos que usted me estaba utilizando como una especie de agente provocador. Se conformó con eso.

–Y ahora le tiene pillado con esa película de la que me ha hablado.

«POR FAVOR, NO ME MATES.»

–Hábleme de eso. De Dudley y los Kafesjian.

Exley tomó asiento.

–El robo en sí fue una pura coincidencia, y me limité a aprovechar el hecho de que Dan Wilhite le mandó a usted a tranquilizar a J. C. Sospecho que el robo y las muertes de los Herrick, que sin duda están relacionadas, apenas tienen una relación tangencial, como mucho, con Dudley. Básicamente, desde la reapertura del caso del Nite Owl, empecé a hacer averiguaciones sobre Dudley entre los agentes retirados. Y me enteré de que fue él, y no el jefe Horrall, quien inició la relación de los Kafesjian con el Departamento hace veintitantos años. Fue él quien introdujo el concepto del tráfico de drogas «contenido» a cambio de mantener cierto orden en el Southside y de informaciones y soplos. Y, por supuesto, muchos años después le entró esa locura del funcionamiento controlado de la delincuencia organizada en general.

—¿Qué hay de Phillip Herrick?

—Esa pista suya sobre la copropiedad inmobiliaria es el primer indicio que tengo sobre una conexión Smith-Herrick. Verá, yo solo quería distraer la atención de Dudley. Sabía que él estaba organizando algo en South-Central y que se llevaba una pequeña comisión de J. C. Kafesjian. Yo quería alarmar un poco a la familia y esperaba que, con su reputación, Dudley le hiciera alguna propuesta.

—Y entonces usted me manipularía a mí.

—Sí.

Amanecía. Mi último día en libertad.

—He quemado las pruebas de Junior. Tenía anotaciones, sus cheques cancelados a esos periodistas... Todo.

—Todos mis tratos con Duhamel eran verbales. Y acaba de asegurarme que no existen pruebas de mi implicación en todo esto.

—Es un consuelo saber que saldrá bien librado de esta.

—Usted también puede conseguirlo.

—No me tire de la cadena. No me ofrezca protección, y no me hable de proteger al Departamento.

—¿Tan desesperada considera su situación?

La luz del día. Los ojos me escocían.

—Simple y llanamente, estoy jodido.

—Pídame un favor, entonces. Se lo concederé.

—He conseguido que Noonan levante la vigilancia sobre los Kafesjian. Estarán libres de vigilancia solamente hoy, y creo que irán tras Richie Herrick. Quiero una docena de hombres para un seguimiento móvil en coches civiles con radio, y una frecuencia especial para controlar sus llamadas. Es un tremendo varapalo contra Dudley, lo cual debería alegrarle mucho.

—¿Cree que Richie puede llenar algunas lagunas en la conexión entre Dudley y los Kafesjian?

—Creo que lo sabe todo.

Exley me tendió una mano: Dave, colega.

—Instalaré un puesto de radio en la comisaría de Newton. Vaya por allí a las diez y media. Tendré a sus hombres informados y dispuestos.

La mano, insistente. No hice caso.

—Ha abandonado a los de Narcóticos a su suerte. El Departamento necesita un chivo expiatorio y los ha escogido a ellos.

La mano desapareció.

—Tengo informes exhaustivos sobre todos los agentes de Narcóticos. Cuando llegue el momento se los entregaré a Welles Noonan como medio de conseguir una reconciliación. Y, haciendo un paréntesis, sepa que Dan Wilhite se suicidó anoche. Dejó una nota en la que hacía una breve mención a los sobornos que había aceptado, y dentro de poco pienso remitirle a Noonan un informe al respecto. Es evidente que Wilhite no quería ver expuestos sus secretos más oscuros; algo que debería usted tener en cuenta si decide testificar contra el Departamento.

Jodida luz matutina. Deslumbrante.

—Eso ya no me importa.

—Pero aún me necesita. Puedo ayudarle a satisfacer su curiosidad respecto a esas familias, así que no olvide que sus intereses son idénticos a los míos.

Jodida luz matutina. Me quedaba un día.

41

10.30. Comisaría de Newton. Una sala de reuniones. Sillas frente a mí.

Sin haber dormido: el trabajo al teléfono me había tenido ocupado. Recapitulación: a primera hora de la mañana, registrarme en el motel Wagon Wheel.

Las notas que dejé en el almacén de las pieles: Dudley sabía que yo sabía/Dudley sabía dónde vivía.

Llamadas:

Glenda dijo que estaba a salvo en Fresno.

Pete dijo que tenía oculto a Chick V., con Fred Turentine de guardia. A buen recaudo en un edificio mío, nombres falsos en los buzones, imposible de rastrear.

—Cuando se encuentre un poco mejor lo voy a agarrar por mi cuenta. Ese tipo tiene dinero escondido en alguna parte, estoy seguro.

Implícito: robarle, matarlo.

Welles Noonan tenía noticias de los Kafesjian:

Según nuestro acuerdo, se suspendía toda vigilancia federal solo por un día. Ya estaba preparada la desinformación para televisión: «La vigilancia y la investigación paralizadas por requerimiento judicial».

—Espero que nuestros amigos piensen que ha sido gracias a una intervención del LAPD y reanuden su vida normal. Que Dios le guíe en su misión, hermano Klein. Y esta tarde conecte el Canal 4 o la KMPC a las tres menos cuarto. Créame, aparecerá usted con todos los honores.

Maldito traidor mentiroso.

Los encargados del seguimiento entraron y tomaron asiento. Había de todo: tipos de traje y corbata, otros con pinta informal. Doce hombres, sus miradas clavadas en mí.

—Caballeros, soy David Klein. Estoy al mando del caso de los homicidios de los Herrick y, por orden del jefe Exley, van a establecer ustedes una vigilancia permanente durante veinticuatro horas sobre J. C., Tommy, Lucille y Madge Kafesjian. Esperamos que alguno de ellos nos conduzca hasta Richard Herrick, a quien el jefe Exley y yo queremos interrogar como testigo material del 187 de los Herrick.

Leves gestos de asentimiento. Exley ya les había informado.

—Caballeros, las carpetas que tienen delante contienen fotografías de los cuatro Kafesjian facilitadas por la División de Inteligencia, junto con las fotos de la ficha de Richard Herrick de la Oficina del Registro estatal y un retrato robot más reciente. Fíjense en esas caras. Memorícenlas. Un grupo de tres seguirá a cada miembro de la familia, tanto a pie como en coche, y no queremos que los pierdan en ningún momento.

Carpetas abiertas, fotos fuera. Profesionales.

—Todos ustedes son hombres experimentados en seguimientos; de lo contrario, el jefe Exley no les habría escogido. Tendrán coches civiles equipados con radio y la División de Comunicaciones les ha conectado en la banda 7, que está absolutamente a prueba de escuchas de los federales. Estarán conectados de coche a coche, de modo que podrán hablar entre ustedes o contactar conmigo en la base. Todos ustedes saben cómo hacer un seguimiento escalonado, y tenemos micrófonos de largo alcance colocados cerca de la casa de los Kafesjian. Hay un hombre a la escucha en un coche base camuflado, y una vez que hayan ocupado sus posiciones en la zona él les dirá cuándo ponerse en marcha. ¿Alguna pregunta hasta el momento?

Ninguna mano levantada.

—Caballeros, si ven a Richard Herrick, lo queremos vivo. Como mucho es un mirón, y el jefe Exley y yo creemos que fue un hombre que le espiaba a él quien en realidad liquidó a la familia Herrick. Si le abordan, dudo que reaccione con violencia o que se resista a la detención. Quizá intente huir, en cuyo caso le perseguirán y le atraparán vivo por todos los medios necesarios. Si alguno de ustedes sorprende a uno de los Kafesjian, en concreto a Tommy o a J. C., tratando de matar o de hacer daño de alguna forma a Richard Herrick, mátenlo. Si el propio Tommy descubre que le siguen e intenta escapar, persíganle. Al menor movimiento agresivo contra uno de ustedes, mátenlo.

Silbidos, sonrisas.

—Eso es todo. Pueden irse.

Micrófonos ocultos en mis paredes, en mi teléfono. Micrófonos espiando a Glenda, espiando a Meg. Fred Turentine, «el rey del micrófono oculto», custodiando a Chick.

Micrófonos ocultos en mis pisos: más de trescientos. Conversaciones de los inquilinos: arregla el techo, mata las ratas. Bop atronando por los micrófonos, negros haciendo trizas mis cuchitriles de alquiler.

—¿Señor? ¿Teniente Klein?

Desperté apuntando con el arma, el dedo en el gatillo.

Un uniformado, con cara de susto.

—Señor, ha llamado el hombre del coche base. Dice que los dos hombres Kafesjian se han puesto en marcha y que les ha oído hablar de Richie Herrick.

42

Informes de seguimiento. Parloteo constante en la banda 7:

11.14: Madge y Lucille en casa. J. C. y Tommy conduciendo hacia el este en sendos coches.

11.43: J. C. en la Biblioteca Pública del centro. Seguimiento a pie, comunicaciones por walkie-talkie.

La sección de música. J. C. despertando a vagabundos: «¡Eh! ¡Tú conoces a Richie Herrick, antes venía a leer aquí! ¡Eh, has visto a Richie, dime!».

Ninguna confirmación sobre Richie.

12.06: J. C. en el coche, hacia el este.

12.11: Madge y Lucille en casa.

Dolor de oídos. Los auriculares me apretaban.

12.24: J. C. en un cine de mala muerte.

«Está iluminando con una linterna a los vagabundos que duermen dentro. No está consiguiendo nada y se está poniendo furioso.»

12.34: J. C. caminando. Interrogatorio en la Misión de Jesús Salvador.

12.49: Tommy deambulando por los bajos fondos.

12.56: Tommy en una librería de revistas porno.

12.58: Tommy hablando con un empleado.

¿Conexión?:

Revista *Transom*: Richie Herrick, autor.

13.01: Tommy presionando al empleado. Unidad 3-B67, walkie-talkie: «El tipo le está suplicando. Si Tommy saca un arma, intervengo».

13.01: J. C. en un puesto de perritos calientes.

13.03/13.04: Tommy en el coche, hacia el norte.

13.06: Unidad 3-B67, walkie-talkie: «He hablado con el tipo de la librería. Dice que Richie compró revistas guarras allí. Richie dijo algo de un piso en Lincoln Heights y él se lo ha dicho a Tommy para quitárselo de encima».

13.11: Tommy, autovía de Pasadena dirección norte.

13.14: Tommy, en la salida de Lincoln Heights.

13.19: J. C. almorzando: cinco salchichas, Bromo-Seltzer.

13.21: Lucille saliendo de casa en su Ford Vicky.

13.23: Tommy circulando por North Broadway, Lincoln Heights.

13.26: Madge en casa.

13.34: J. C., postre asqueroso: dónut relleno de mermelada con cerveza.

13.49: Tommy circulando por calles secundarias, Lincoln Heights.

13.53: Lucille, autovía de Pasadena dirección norte.

13.56: Lucille, en la salida de Lincoln Heights.

13.59: 3-B67/3-B71, conversación cruzada:

Lucille conduciendo por Lincoln Heights.

Tommy conduciendo por Lincoln Heights.

En zigzag, norte/sur/este/oeste, pero sin encontrarse.

Suposición fundamentada:

Dos perseguidores de Richie persiguiendo a Richie con propósitos distintos.

Quizá Lucille había recibido un soplo por teléfono. El empleado de la librería porno, tal vez.

14.00-14.04: Todas las unidades sobre J. C./Tommy/Lucille:

Ningún rastro de Richie Herrick.

Estática en el transmisor. Manipulé los diales: chirridos, palabras extrañas: «múltiple», «ajuste de cuentas, quizá», «Watts».

Un técnico me dio unos golpecitos en el brazo.

—Lo siento, teniente, un Código 3 está interfiriendo las líneas.

—¿De qué se trata?

—Homicidios en el Haverford Wash. Puede que sea un tiroteo, un asunto entre bandas.

Se me erizó el vello de la nuca.

—Usted controle la banda 7. Yo acudo a la llamada.

Watts, Código 3. Me uno a la multitud: blancos y negros, furgonetas de laboratorio, coches de federales. Watts profundo, rural: campos, barracas esparcidas.

Un risco. Vehículos policiales en el borde. Subí hasta allí patinando y zigzagueando.

Hombres mirando hacia abajo; federales y LAPD juntos. Me abro paso, echo un vistazo:

Un vertedero de aguas construido en cemento: siete metros de profundidad.

Aguas de alcantarilla hasta el tobillo; técnicos chapoteando en ellas.

Regueros de sangre en el terraplén de la derecha.

Cuatro cuerpos inmersos en aguas residuales justo al fondo.

Pendientes de cemento para acceder a ellos. Me deslicé cuesta abajo. Técnicos forenses haciendo fotos. Luces de focos reflejándose en el agua ensangrentada.

Alcé la vista:

El terraplén bordeado de árboles: buen escondite.

Miré hacia abajo:

Cartuchos de escopeta cabeceando en el agua fangosa.

Reflexión:

Emboscada al resguardo de los árboles; los muertos, abatidos con postas.

Chapoteé en el limo entre el revuelo de técnicos. Arriba sonaron más sirenas. Cuatro cadáveres boca abajo, con la espalda desgarrada desde la rabadilla hasta las costillas.

Arriba, voces confusas: Noonan, Shipstad, Exley. Hombres del laboratorio moviendo los cuerpos y salpicándose de sangre.

Los cuatro muertos boca arriba: dos blancos, dos mexicanos.

Reconocí a tres: matones que recaudaban monedas para Mickey.

Conclusión instantánea:

Una emboscada de Dudley. DISPAROS POR LA ESPALDA. Las víctimas, delincuentes del barrio negro.

Teoría instantánea:

Muertes escenificadas para los federales; toda la responsabilidad, achacada a bandas de fuera de la ciudad. Una charada de Dudley Smith, DE ALGÚN MODO.

Observo:

Exley avanzando por el agua; los bajos de los pantalones, empapados.

Más cerca, Noonan: pantalones remangados, ¡ligas en los calcetines!

Fragmentos de comentarios técnicos:

Los muertos con armas en las manos.

Arriba, casquillos usados, con restos de hilos; los asesinos llevaban chalecos antibalas.

Hombres del laboratorio rodeando a Exley, reteniéndole. Noonan ya junto a mí, salpicándome.

Agitando fotos, comparándolas con los muertos. Muerto de miedo.

—¡Oh, Dios! ¡Oh, no! Hemos identificado a estos...

Le llevé lejos de Exley. Noonan dio un puntapié al agua; saltaron varios cartuchos.

—Hemos identificado a esos hombres. Mickey Cohen les había traspasado su negocio de tragaperras del Southside. Formaban parte de un sindicato del Medio Oeste... Mickey dijo que eran los que mataron a esos hombres suyos que desaparecieron hace algún tiempo. Mickey ya no tiene agallas para tratar con las bandas... Les ha vendido su negocio de las monedas para retirarse.

Tonterías. Mickey, un actor. Glenda criticaba su «estilo».

Noonan:

—Vamos a presentar a Mickey como testigo. Le hemos garantizado la inmunidad y le hemos prometido una medalla federal por sus servicios. Cree que eso le ayudará a conseguir una franquicia para el juego en el distrito, lo cual es absurdo ya que esa ley no será aprobada nunca por la Legislatura Estatal.

El señor fiscal federal, portaligas a cuadros escoceses.

—Klein, ¿usted sabe algo de esto?

Confirmado: Mickey, «testigo principal». Un destello: Bob Gallaudet apoyaba el juego en el distrito.

Exley mirándonos.

—Klein...

—No, no sé nada.

—Esto nos puede perjudicar. Mickey iba a testificar contra esos hombres.

«Nos»/«nosotros»: Glenda había dado esquinazo a los federales.

—Quiero un día más antes de entrar en custodia.

—De ninguna manera. No vuelva a pedírmelo, y ni se le pase por la imaginación que le conceda nuevos favores. Hoy es su último día para satisfacer su curiosidad por los Kafesjian; a partir de mañana, esa curiosidad será asunto de testimonio federal.

El señor fiscal federal: condones usados pegados a los tobillos.

—¿Quién cree que ha matado a esos tipos?

—Yo diría que unos mafiosos de la Costa Este. Yo diría que ha corrido la voz de que Mickey liquidaba sus tragaperras y algún tipo de la Costa Este intenta quedarse con el negocio.

Puras estupideces sin base.

Dudley Smith en mi cabeza: «Confía en mí, muchacho».

Arriba, gritos:

—¡Señor Noonan! ¡Señor Noonan, está hablando por la radio!

Noonan escaló el terraplén entre chapoteos; Exley me hizo gestos con el dedo para que me acercara.

Le ignoré y subí la pendiente reprimiendo unos escalofríos. Coches de federales, agentes federales: Shipstad, Noonan, Milner y el jodido resto.

Mickey Cohen por la KMPC:

«... y realizo este anuncio público con toda sinceridad, de modo que voy a anunciarlo de una vez: he cortado mis relaciones con el hampa. Es un *mitzvah* y un buen acto de expiación, y me propongo colaborar en la investigación federal sobre el crimen organizado que se desarrolla actualmente en el barrio ne... quiero decir, en el Southside de Los Ángeles. Hago esto con gran *tsuris* personal, que significa "dolor" para los muchos espectadores y oyentes angelinos que no entienden el yiddish. He tomado esta decisión porque unos sanguinarios gángsters del Medio Oeste mataron a cuatro de mis hombres hace unos meses y ahora amenazan a mi exesposa, y a este respecto permítanme aclararles que esos rumores de que ella me había dejado por un cantante negro de calipsos son falsos. También he tomado esta decisión porque es lo debido según enseña la Biblia, este maravilloso y perpetuo bestseller que contiene tantas maravillosas lecciones para gentiles y judíos por igual. He vendido mi negocio de máquinas expendedoras del Southside a los recién llegados del Medio Oeste para salvar vidas. Ahora estoy dispuesto a ayudar a mi querido amigo, el fiscal federal Welles Noonan, y a sus valientes...»

Mickey desvariando.

Shipstad sonriendo.

Noonan temblando: pies mojados, furia.

«... y la investigación federal sobre el crimen organizado se realiza siguiendo los principios expresados en la Biblia, en uno de esos capítulos de gentiles que han servido de base a películas inspiradoras como *Sansón y Dalila* o tal vez la deslumbrante *Los diez mandamientos*.»

Noonan:

—Ahora el testimonio de Mickey resultará un poco decepcionante. Me gustaría poder cargar estos muertos a los Kafesjian, pero esos armenios nunca han mostrado interés por las máquinas expendedoras. Mañana por la mañana a las ocho en punto, hermano Klein. Traiga información sobre los Kafesjian y ni se le ocurra pedir una prórroga.

Dudley Smith, dulce como Jesús: «Confía en MÍ, muchacho».

43

16.09: J.C. y Madge en casa.

16.16: Lucille caminando por Lincoln Heights; bares, quioscos.

16.23: Tommy caminando por Lincoln Heights. Unidad 3-B67: «Me parece que está buscando en pisos de drogatas. Ha entrado en cuatro casas durante las dos últimas horas, y todas me han parecido lugares de trapicheo».

16.36: Lucille caminando.

16.41: Tommy caminando.

3-B67: «He llamado a la Brigada de Highland Park para preguntar sobre esos sitios donde ha estado Tommy. Me han dicho que son lo que pensaba. Tommy y Lucille todavía no se han encontrado, lo cual no deja de asombrarme».

16.53-16.59: todas las unidades: sin rastro de Richie Herrick.

17.02: Base a todas las unidades J.C./Madge: dirigirse a Lincoln Heights y peinar el terreno en busca de Richie.

17.09: Lucille en Kwan's, la Pagoda del Chow Mein. 3-B71: «Ha entrado directa a la cocina, y conozco bien este sitio. Tío Ace Kwan vende caballo, así que apuesto a que Lucy no ha pasado por aquí para comprar chop suey.

17.16: Lucille saliendo del restaurante. 3-B71: «Parece nerviosa y lleva una bolsa de papel marrón».

Extraño. ¿Lucille, pinchándose? Improbable.

¿Richie, yonqui? Lo mismo.

Tommy recorriendo sitios de droga: ????

17.21: Tommy meando en la calle a plena vista de los niños. 3-B67: «¡Dios, vaya cipote! ¡Ese payaso debe de tener el récord mundial de los blancos!».

Un ayudante me dio con el codo; me quité los auriculares.

—¿Qué sucede?

—Ha venido a verle un jefazo. En el aparcamiento. Urgente. Exley.

Salí. Al pasar por la sala común, una radio civil atronando: ¡Matanza entre bandas! ¡Mickey Cohen se reforma!

Fuera, Dudley. Repantigado en un coche patrulla.

Breuning y Carlisle junto a la valla, donde no podían oírnos. Breuning, con un gabán de espiguilla. Los dibujos estampados que vi durante LA FILMACIÓN.

—Hola, muchacho.

No parpadees, no hagas movimientos bruscos, no tiembles.

—Encontré tus notas, muchacho.

Me acerqué más. Le olí: colonia de malagueta.

—Espero que te quedaras con una espléndida estola de visón para esa encantadora hermana tuya. ¿Todavía anda liada con Jack Woods?

—Tengo a Chick Vecchio a buen recaudo. Él me sopló que fuiste tú el de la película y el de las pieles, y que eres tú quien manejaba a Mickey y a esos tipos de las máquinas que te has cargado en Watts.

—Creo que estás mintiendo. Creo que tu única fuente de información es lo que cuenta Exley. Das por sentado que le he contado a Chick cosas que en realidad nunca le he dicho; además, para ser franco, dudo que Vecchio se haya ido de la lengua, por mucho que le hayas torturado.

—Prueba a encontrarle.

—¿Está muerto o solo indispuesto temporalmente?

—Está vivo, y hablará para seguir así.

Breuning y Carlisle observándonos con ojos saltones.

—No pueden oírnos, muchacho.

No pestañees, no tiembles…

—Muchacho, tus notas decían que querías actuar independiente de Edmund Exley. Eso me ha parecido estimulante. Y tu mención al dinero me lo ha parecido aún más.

—Breuning me puso esa espada en la mano. Te cambio a Vecchio por él, la película y cincuenta mil.

—Mike no fue el director de tu debut en el cine.

—Digamos que él paga por ello.

—Muchacho, me sorprendes. Estaba convencido de que tus tendencias homicidas tenían estrictas motivaciones económicas.

—Me temo que tendrás que aceptar este nuevo aspecto de mi personalidad.

Dudley estalló en una carcajada.

—Muchacho, tu sentido del humor es realmente saludable. Acepto tu propuesta.

—Entonces esta noche. Un lugar público.

—Sí, es precisamente lo que estaba pensando. ¿Qué te parece a las ocho, en el aparcamiento del mercado de Hollywood Ranch?

—De acuerdo.

—Haré que Mike lleve los cincuenta. Creerá que es un asunto de sobornos y le diré que te acompañe a recoger a Vecchio. Llévatelo contigo, y cuando hayas resuelto las cosas llámame a AXminster 6-4031 para decirme dónde puedo encontrar a Chick. Ah, una cosa más, muchacho: Mike llevará puesto un chaleco antibalas; tenlo presente a la hora de apuntar.

—Estoy sorprendido. Breuning y tú tenéis un largo pasado juntos.

—Sí, muchacho, pero tú y yo tenemos un largo futuro juntos. Y ya que hablamos de eso, ¿qué información calculas que tiene Ed Exley?

Sellar el trato, tocar a Dud. La colonia... Contuve una náusea.

—Muchacho...

Pasé el brazo en torno a sus hombros.

—Exley sabe todo lo que hago y todo lo que Johnny Duhamel pudiera contarle. No hay nada por escrito, y lo que Duhamel le contara ya es imposible de corroborar. Exley me dirigió contra ti en el asunto del robo de los Kafesjian, y lo único que lamento es que sea un pez demasiado gordo para cargárselo.

—¿Me estás diciendo que nuestras transgresiones podrían acabar sin castigo como consecuencia de su falta de pruebas?

—Estoy diciendo que salvarás el cuello... si refrenas tus planes con Mickey.

—¿Y tú, muchacho? ¿Me excedería si pronuncio la palabra «lealtad»?

—La cosa está entre los federales, Exley o tú. Y tú eres el único que tiene dinero contante y sonante.

Esta vez fue él, Dudley Liam Smith, quien me abrazó.

—Has hecho una sabia elección, muchacho. Hablaremos de Exley más tarde, y no voy a insultar tu inteligencia con la palabra «confianza».

18.16: J. C. y Madge en casa.

18.21: Tommy rondando cuchitriles de drogadictos, Lincoln Heights.

18.27: Lucille rondando bares, Lincoln Heights.

18.34: Todas las unidades: sin rastro de Richie Herrick.

18.41: Tommy cenando en Kwan's, la Pagoda del Chow Mein.

3-B67, walkie-talkie: «No sé leer los labios, pero es evidente que Ace Kwan le está contando a Tommy que Lucille le acaba de comprar un poco de caballo. Tommy se ha puesto como una furia. ¡Oh!, ya se marcha. 3-B67 a base, cambio y corto».

18.50: Tommy deambulando al azar por Lincoln Heights, en zigzag.

18.54: Lucille caminando por Lincoln Park, hablando con vagabundos.

18.55/18.56/18.57/18.58: Mike Breuning, imaginado muerto de cien maneras distintas.

NO...

45

−... así que voy a engañar a Dudley. No pienso entregarle a
Vecchio, y además cree que voy a matar a Breuning. Le vamos a
cargar a Breuning la muerte de Duhamel, y yo declararé que
Tommy K. mató a Steve Wenzel, lo cual nos da algo con que
presionar a los Kafesjian. Breuning se va a cagar en los pantalones
cuando le ARRESTE. Luego le...

−Klein, ¿quiere calmarse?

−Calmarme, ¡una mierda! Soy abogado, escúcheme usted
atentamente.

−Klein...

−No, escuche esto. Breuning delata a Dudley, luego Gallaudet
convoca una sesión especial del gran jurado del condado para escuchar declaraciones. Le robamos la escena a los federales en el
asunto de Narcóticos y en los manejos de los Kafesjian ajenos a
Dudley, y yo testifico sobre la muerte de Duhamel y todas las
conspiraciones relacionadas con los Kafesjian, Dan Wilhite, Narcóticos, Smith, Mickey Cohen, los tipos que me he cargado, todo.
Soy policía y abogado: seré el chivo expiatorio, declararé cuando
llegue el juicio, dejaremos jodidos a los federales, usted quedará
tan bien que Welles Noonan se marchitará y desaparecerá y Bob
Cámara de Gas utilizará los juicios para llegar directo a gobernador y...

−Klein...

−¡Exley, POR FAVOR, déjeme hacer esto! Dudley sabe que soy
un asesino y cree que me está manipulando con lo de Breuning.

Ahora, si arresto a Breuning y le traigo aquí, se cagará encima. Sin Dudley, ese tipo no tiene huevos. ¡Exley, POR FAVOR!

Tic tic tic tic tic... segundos/un minuto...

—Hágalo.

Calor agobiante en la cabina telefónica. Empapado en sudor, abrí un poco la puerta para respirar.

—Y nada de agentes camuflados en el Ranch Market. Breuning podría reconocerlos.

—Está bien. Hágalo.

De teléfono público en teléfono público. Precauciones por miedo a los micrófonos ocultos. Larga distancia, veinte monedas. De la comisaría de Newton al autorrestaurante Mel's Drive Inn, Fresno.

Glenda habló por los codos:

Touch le había dicho a Mickey que había ido a Tijuana para hacerse un raspado. ¿Y quién era su sustituta en el rodaje? Ni más ni menos que Rock Rockwell, travestido. Había visto la aparición de Mickey, testigo federal, en televisión. Gran publicidad para El vampiro atómico.

Descarada Glenda, cuéntamelo todo.

Ahora estaba sirviendo coches: patines, disfraz de vaquera. Fugitiva de los federales y... ¡mierda!, le derramó encima una malta al fiscal del distrito de Fresno y al tipo le gustó. Buenas propinas, cada vez más experta patinadora, salsas excelentes. Glenda elegante, Glenda fuerte. Cuéntame ALGO.

Empezó a hablar menos; su cháchara de chica dura dio paso a otra voz más ronca. Glenda asustada: encadenando cigarrillos para templar los nervios.

Le dije:

Me asustaste.

Me apartaste de esa mujer a la que no tengo que querer.

Mercado de Hollywood Ranch: Fountain con Vine.

Entrada al aire libre, el aparcamiento. Coches, compradores, mozos empujando carritos.

20.02: plantado en la acera, sudoroso, agobiado. El chaleco antibalas, muy ajustado.

Breuning caminando hacia mí. Atravesando el aparcamiento en diagonal.

Portando un maletín.

Más que gordo. El chaleco antibalas se abultaba en las caderas.

Luces de aparcamiento: bajo ellas, vulgares compradores. Nada de agentes encubiertos merodeando.

Avancé al encuentro de Breuning. Él agarró con fuerza el maletín. Cuello gordo de sapo asqueroso.

—Enséñame el dinero.

—Dud ha dicho que primero me entregues a Vecchio.

—Tú solo enséñamelo.

Abrió el maletín, solo un par de dedos. Fajos de billetes. Cincuenta de los grandes, fácilmente.

—¿Satisfecho?

Un mozo del mercado se acercó dando un rodeo, con las manos en el delantal. Un tupé, familiar...

Breuning se volvió hacia él: ¿Pasa algo?

Familiar, en blanco y negro brillante: la foto de la vigilancia de las tragaperras...

Breuning echó mano a su arma.

El maletín cayó al suelo.

Mi 45 se atascó con el chaleco.

El mozo del mercado disparó a través del delantal con ambas manos. Breuning recibió dos impactos limpios en la cabeza.

Gritos.

Un soplo de brisa... dinero volando.

Liberé por fin mi revólver; el mozo se volvió hacia mí, con ambas manos a la vista.

A quemarropa: tres balazos impactaron en mi chaleco y me arrojaron hacia atrás. Humo del cañón en sus ojos. Disparé a través de él.

A quemarropa. Imposible fallar. Un tupé ensangrentado limpiamente cortado, hostia puta...

Gritos.

Compradores agarrando billetes.

Breuning y el mozo enredados en el suelo, muertos.

Otro «mozo» del mercado apoyado en el capó de un coche, apuntándome.

Gente corriendo/arremolinándose/apretujándose/tragándose el pavimento.

Me arrojé al suelo boca abajo. Disparos. De fusil, atronadores.

Francotiradores en los tejados.

El segundo mozo, huyendo y mezclándose entre el gentío, escudos humanos.

Francotiradores. Exley me había echado una mano.

Disparando contra el mozo. Fallando por mucho.

Una orden por megáfono:

—¡Alto el fuego! ¡Tiene un rehén!

Me incorporé. «Rehén»: el mozo arrastrando a una viejecita por el cuello.

La anciana agitaba los codos, le clavaba las uñas, ofreciendo una feroz resistencia.

Destello de una hoja afilada: el tipo le rebanó la garganta hasta segarle la tráquea.

Rugido del megáfono:

—¡Disparad!

Una ráfaga de fusil acribilló a la anciana. El mozo alcanzó la acera arrastrando un peso muerto.

Eché a correr...

En diagonal, por su lado ciego.

Alguien, en alguna parte:

—¡NO DISPAREN! ¡ES DE LOS NUESTROS!

Lo pillé con el escudo levantado: aquel guiñapo con la boca abierta y el cuello cercenado. Disparé a través del rostro de la anciana y los dos cuerpos se separaron. Identifiqué al hombre como otro de los fotografiados por los federales.

47

«Prosigue la oleada de crímenes que tiene desconcertadas a las autoridades. Hace apenas una hora, cuatro personas han resultado muertas a tiros en el pintoresco mercado de Hollywood Ranch, dos de ellas identificadas como criminales con base en el Medio Oeste, disfrazados de empleados del mercado. También ha resultado muerto un agente del LAPD, así como una mujer inocente tomada como rehén por uno de los criminales. En el revuelo consiguiente, han quedado esparcidos por el lugar miles de dólares caídos de un maletín, y si a este suceso se suma el ajuste de cuentas entre bandas acaecido horas antes en Watts, que también ha dejado un saldo de cuatro muertos, la ciudad de Los Ángeles empieza a parecer la ciudad de Los Demonios.»

Mi habitación del motel, noticias por televisión. La verdad de lo sucedido:

Respaldo de Exley, objetivos de Smith: Breuning y yo. La charada de Dudley: un ajuste de cuentas entre policías corruptos, dinero de sobornos descubierto. Mi película con Johnny, reservada para entonces: mi reputación, aún más destrozada post mortem.

«... el jefe de Detectives del LAPD, Edmund J. Exley, habló para los reporteros en el lugar de los hechos.»

Recapitulación.

Mi llamada de control a Newton:

—Tommy y Lucille siguen recorriendo Lincoln Heights, y siguen sin encontrarse. Y... eh... señor, otra cosa... Su compañero, el agente Riegle, ha llamado para decir que... esto, señor, ha dicho que le comunicara que el jefe Exley ha lanzado una orden de busca y captura contra usted porque ha dejado el escenario del tiroteo sin avisar a nadie.

Exley ante las cámaras: «Por el momento no vamos a desvelar la identidad de las víctimas por razones legales. No confirmaré ni negaré las especulaciones de una cadena de televisión rival sobre la identidad del policía que ha resultado muerto, y en estos momentos solo puedo afirmar que ha caído en el cumplimiento de su deber mientras intentaba atrapar a un criminal con un cebo de dinero marcado del LAPD».

Flashback: el tipo de las tragaperras tragándose los sesos de la anciana.

Llamé a El Segundo. Ring, ring...

—¿Sí? ¿Quién es? —Pete Bondurant.

—Soy yo.

—Eh, ¿estabas en el mercado de Hollywood Ranch? Por las noticias han dicho que Mike Breuning había muerto y que otro policía se había largado del lugar de los hechos.

—¿Chick sabe lo de Breuning?

—Sí, y la noticia lo ha dejado acojonado. Vamos, Dave, ¿estabas allí sí o no?

—Dentro de una hora pasaré por ahí y te lo contaré. ¿Está Turentine con vosotros?

—Aquí lo tengo.

—Dile que prepare una grabadora y pregúntale si ha traído el equipo para rastrear la frecuencia de la policía. Dile que quiero una escucha clandestina de la banda 7 de la comisaría de Newton.

—¿Y si no tiene el equipo?

—Entonces dile que vaya a buscarlo.

48

El piso franco, en mi edificio de renta baja.

Pete, Freddy T.; Chick Vecchio, esposado a una tubería de la calefacción.

Una grabadora y un receptor de onda corta sintonizado en la banda 7.

Unidades móviles informando a Newton. Base emitiendo a los coches: Exley en persona.

Informaciones:

Tommy y Lucille, cada cual en su coche, recorriendo Lincoln Heights, Chinatown, en dirección sur.

El hombre apostado junto a la casa de los K.: «Lo he oído por el micrófono exterior. Me ha parecido como si J. C. le pegara una buena paliza a Madge. Además, he visto pasar coches federales con suma discreción cada hora más o menos».

Unidad 3-B71: «Lucille anda por Chinatown haciendo preguntas. Parece bastante nerviosa y el último tugurio donde ha entrado, el Kowloon, me ha olido a garito de drogas».

Pete royendo costillas de cerdo.

Fred con un vaso largo en la mano.

Chick, contusiones y morados, la mitad del cuero cabelludo chamuscado.

Fred se sirvió otro trago.

—Tú y los Kafesjian… No logro encajarlo.

—Es una larga historia.

—Claro, y no me importaría oír algo distinto de esas malditas llamadas de radio.

—No le digas nada o terminará en *Hush-Hush* —intervino Pete.

—He estado pensando que una docena de coches de vigilancia y Ed Exley controlando personalmente las llamadas significa que se trata de algún asunto grande, sobre el cual Dave debería ser más explícito. Por ejemplo, ¿a quién andan buscando esos imbéciles de Tommy y Lucille?

Se enciende una bombillita:

Richie Herrick, «el Mirón»: recluso en Chino/sabe colocar micros. Fred Turentine, conductor ebrio: programa de enseñanza en Chino.

—Freddy, ¿cuándo diste esas clases de electrónica en Chino?

—Desde principios del 57 hasta que me aburrí y conseguí la libertad condicional, hará unos seis meses. ¿Por qué? ¿Que tiene que ver eso con...?

—¿Asistió a tu curso un chico llamado Richie Herrick?

Una bombillita, débil, en la cabeza del borrachuzo Freddy.

—¡Síií! Richie Herrick: se fugó de Chino y un psicópata ha despedazado a su familia hace poco.

—Entonces ¿acudía a tus clases?

—Pues claro. Le recuerdo porque era un chico tímido y porque ponía discos de jazz mientras el resto de la clase trabajaba en sus proyectos.

—¿Y?

—Y nada más. Bueno, también estaba ese otro chico blanco que era su colega, y que también se apuntó a la clase con Herrick. El tipo no se separaba de él, pero no creo que hubiera nada de mariconeo entre ellos.

—¿Recuerdas cómo se llamaba?

—No. No consigo ubicarlo.

—¿Descripción?

—Mierda, no sé. Era solo un interno, la típica chusma blanca con uno de esos tupés. Ni siquiera recuerdo por qué le habían encerrado.

¿Algo?/¿Nada? Difícil de saber. Los historiales de Chino, desaparecidos...

–Dave, ¿de qué va todo es...?

–Deja en paz a Klein. –Pete–. A ti te pagan por esto.

Banda 7:

Tommy en su coche por Chinatown.

Lucille en su coche por Chinatown, cerca de Chavez Ravine.

Bajé el volumen y agarré una silla. Chick echó la suya hacia atrás.

Mirándole de frente:

–DUDLEY SMITH.

–Dave, por favor... –Voz rasposa.

–Él está detrás de todo el alboroto del barrio negro y acaba de mandar a la muerte a Mike Breuning. Cuéntame lo que sabes de él, y luego te soltaré y te daré algo de dinero.

–Supongamos que no quiero.

–Entonces te mataré.

–Davey...

Pete me hizo un gesto: dale whisky.

–Davey... Davey... por favor.

Le ofrecí el vaso de Freddy.

–Vosotros no conocéis a Dudley. No sabéis lo que me haría.

Licor añejo y seco, tres dedos.

–Bebe, te sentirás mejor.

–Davey...

–¡Bebe!

Chick apuró el vaso. Volví a llenarlo y le observé mientras tragaba.

Al instante, el alcohol le suelta la lengua:

–¿De cuánto dinero estamos hablando? Tengo gustos caros, ¿sabes?

–Veinte de los grandes. –Pura mentira.

–Eso es muy poco para mí.

Pete:

–Díselo, cabrón, o seré yo quien acabe contigo.

–Vale, vale, vale.

Señaló el vaso. Lo volví a llenar.

407

—Canta, Chick.

—Vale, vale, vale. —Dando lentos sorbos.

Acerqué la grabadora a su silla y pulsé la tecla de grabar.

—Dudley, Chick. Las pieles, Duhamel, los Kafesjian, toda la historia de la conspiración.

—Supongo que sé la mayor parte. Creo que a Dudley le gusta hablar porque piensa que todo el mundo le tiene demasiado miedo como para irse de la lengua.

—Al grano.

Con la bravuconería que da el alcohol:

—Domenico «Chick» Vecchio sabe muy bien cuándo hay que hablar y cuándo es mejor callar. Y digo que a la mierda todo el mundo menos seis, los que hacen falta para portar el ataúd.

—¿Quieres hacer el puto favor de cantar de una vez? —Pete.

—Vale, vale. Empecemos por Dudley, que era el jefe de la División de Atracos. Exley tenía una especial fijación por él, porque sabía que Dud había hecho un montón de trabajos a lo largo de los años...

—¿Como el trabajo del Nite Owl?

—Sí, como lo del Nite Owl. En cualquier caso, Dudley siempre se encargaba en persona de los casos de robo más interesantes, simplemente porque él es así. De modo que Exley encargó a Atracos el robo de las pieles de Hurwitz, y Dud puso manos a la obra y consiguió ciertas pistas que más tarde descubrió que habían sido colocadas por Exley, y esas putas pistas le condujeron a su propio presunto protegido, Johnny Duhamel.

Freddy y Pete royendo costillas de cerdo, extasiados.

—Continúa.

—Bien. Resulta que Dudley había reclutado a Johnny el Escolar para la Brigada contra el Hampa. Ya sabes que se le cae la baba por los tipos duros, y cuando estuvo en la Academia del LAPD Johnny había demostrado cierta vileza muy del gusto de Dud. Así pues, Johnny estaba en la brigada ejerciendo de matón cuando Dudley descubrió que era uno de los putos ladrones. Y en una reacción muy propia de Dud, el descubrimiento le llenó de satisfacción. Dud acusó a Johnny de participar en el golpe y Johnny lo admitió, pero se negó a delatar a sus cómplices, lo cual también impresionó a Dud. De modo que decidió silenciar la participación de Johnny en el robo de las pieles y le confió algunos de sus propios golpes, lo cual significaba que, de momento, la trampa de Exley estaba dando resultados.

Siseo de la cinta. Y Chick cantando de plano ahora:

—Entonces Dudley se incautó de las pieles de Johnny y las guardó en un almacén. Unas pocas salieron de allí, porque Dudley le dijo a Johnny que se acercara a Lucille Kafesjian cuando Exley os asignó el caso del robo a ti y a ese colgado de Stemmons. Johnny se encaprichó un poco de Lucille y le regaló un visón.

—¿Dudley le dijo a Johnny que se acercara a Lucille?

—Sí, una especie de guardaespaldas por si empezabais a presionar demasiado a la familia.

—Y luego, ¿qué?

—Luego ese condenado de Stemmons se entrometió en el asunto. Había sido instructor de Johnny en la Academia y Johnny le tenía desde entonces por un marica reprimido. Pues bien, resulta que Junior vio a Lucille hacer un striptease con el visón que Johnny le había regalado. Creo que Junior estaba en el Bido Lito's trabajando en el asunto del robo. Johnny también estaba allí, y él y Junior hablaron, lo cual reavivó la jodida llama amorosa que Stemmons había alimentado tiempo atrás.

—Así que, en un primer momento, Junior se acercó como colega.

—Exacto, y supongo que todo ese numerito de matón de la Brigada contra el Hampa no era realmente el estilo de Johnny, sino solo el papel que le hacía interpretar Exley. En cualquier caso, Johnny estaba muy harto y se sentía fatal con todo aquello, y le contó a Stemmons lo brutal que era el trabajo, y Junior empezó a sospechar que alguien manipulaba a Johnny en las sombras. Johnny no llegó a delatar abiertamente a Dudley, pero le habló a Junior de las «audiciones» que estaba haciendo Dudley, sin citar nombres.

–¿Qué «audiciones»?

–Dud hacía venir a esos tipos de fuera de la ciudad. Los necesitaba para encargarse de las máquinas tragaperras del Southside y quería que los federales los vieran. Dud dijo más tarde que Johnny comprendió que los tipos serían eliminados cuando Mickey hiciera pública su presentación como testigo federal.

El colector de Haverford Wash. Cuatro muertos.

–Pero Johnny no le confió eso a Junior, ¿verdad?

–Verdad.

–¿Y los recaudadores de las máquinas solo eran peleles destinados a ser eliminados?

–Exacto.

–¿Qué me dices de las «audiciones» en sí?

–Dudley les dijo a esos tíos de fuera de la ciudad que tenían que ganarse el derecho a trabajar para él. Y les dijo que eso significaba soportar el dolor. Les pagó por dejar que Johnny les hiciera daño mientras él observaba y les hablaba de toda esa basura filosófica. Dick Carlisle comentó que Dud les había quebrado la voluntad y los había convertido en jodidos esclavos.

–¡Hostia puta! –murmuró Pete.

–No me lo puedo creer –dijo Freddy.

–¿Quién mató a esos tíos de las máquinas?

–Carlisle y Breuning. ¿Queréis oír un bonito detalle de Dudley? Hizo que empaparan las postas en matarratas y volvieran a rellenar los cartuchos.

–Volvamos a Johnny.

Chick se desperezó, con un tintineo de la cadena de las esposas.

–Dud hizo que Johnny controlara a los recaudadores. Ya sabéis, vigilarles mientras manipulaban las máquinas tragaperras. Estaba dedicándose a eso cuando una noche Stemmons le abordó y empezó a contarle todas esas chifladuras suyas. Carlisle les vio juntos y tuvo la sensación de que Johnny podía ser un espía, así que se lo contó a Dudley y este hizo que Carlisle y Breuning le siguieran de lejos. En fin, que no sé quién mató a Stemmons (probablemente Tommy o J. C. Kafesjian), pero más o menos al tiempo que Carlisle empezaba a sospechar, J. C. le contó a Dudley que Stemmons se había vuelto loco, que sacaba dinero a los camellos, que trataba de chantajearles a él y a Tommy y que les había dicho que podía sacar dinero de tu investigación del robo. O sea, que ese chalado maricón de Junior andaba por ahí proclamando su rollo de que iba a hacerse el amo del barrio negro, y estoy seguro de que Dudley se lo habría cargado personalmente de no haber sido por esa sobredosis, fuera cosa suya o de los Kafesjian.

—Y luego, ¿qué?

—Luego Dud recibió el soplo de que Johnny te había llamado para concertar un encuentro. Y te aseguro que no fui yo. De ese modo tuvo la confirmación de que Johnny era un maldito traidor, un señuelo o algo así.

La reunión: Chick estaba al corriente. Bob Gallaudet, también.

—¿Y luego?

—Johnny te citó en ese bungalow de Lynwood. Había sido propiedad de Dudley hacía tiempo, de modo que supongo que Johnny quería encontrarse contigo cerca del lugar donde... ya sabes.

Cambio de tema:

—Phillip Herrick.

—¿Quién es ese?

—Lo mataron en Hancock Park la semana pasada. Dudley y él fueron copropietarios de ese lugar de Spindrift 4980.

—¿Y?

Deducción clara: no sabía nada de Herrick.

—De modo que Johnny me dijo que nos viéramos allí, y ese pequeño plató que utilizabais no estaba lejos. ¿Qué crees tú que querría enseñarme?

—El plató de las películas porno, quizá.

—Quizá, pero tú me dijiste que Sid Frizell no tenía ninguna relación con los planes de Dudley.

411

—Y es verdad, pero a Dud le encanta el porno, y cuando se hizo amigo de Mickey este le habló de esa basura de película de sangre y vampiros que estaba produciendo y le contó que Sid Frizell quería filmar películas guarras, pero no encontraba dónde. Dud le dijo a Mickey que le dijera a Frizell que podía usar uno de esos bungalows de Lynwood, de modo que Sid lo hizo, pero te aseguro que ni siquiera sabe que Dudley existe.

ALGO... alguna RELACIÓN. Traspasándome como un rayo.

—¿Dudley es el dueño de esos pisos?

—Estoy seguro de ello, a través de hombres de paja. Calculo que es propietario de otros veinte lugares más abandonados, comprados a bajo precio mediante manejos sucios con el Consejo Municipal de Lynwood.

—¿Y?

Con una sonrisa burlona de borracho:

—Y, ¿sabes?, a Dudley Liam Smith no le ponen cachondo las chicas, los chicos ni los terrier airedales. Lo que le va es mirar. ¿Recuerdas las paredes de espejos de ese piso donde me trincaste? Pues tiene un montón de lugares como ese. Ahora se le ha ocurrido la idea de filmar películas guarras a escondidas, sin que los que follan sepan que los están mirando. Ha llegado a un acuerdo con la Oficina de Tierras y Caminos para acoger a los desahuciados de Chavez Ravine en esos pisos y en esos cuchitriles de Spindrift. Dudley se propone filmar a todos esos comedores de tacos follando y vender las películas a degenerados como él, que se ponen calientes con esa mierda del voyeurismo.

Rumores:

Sid Frizell filmando películas porno en LYNWOOD.

La inminencia del traslado de los chicanos a LYNWOOD.

Ese ALGO. Clic:

El vampiro atómico.

Película gore: incesto/ojos fisgando/ceguera.

El 459 de los Kafesjian: perros cegados.

El 187 de los Herrick: tres víctimas con las cuencas de los ojos destrozadas a tiros.

Sid Frizell, aspecto de expresidiario.

No conectado con Dudley: Chick me había convencido.

Algo no encajaba: faltaba ALGO.

—Dudley y Mickey —dije.

—Quieres decir qué sé de los planes de Dudley, ¿no es eso?

Carraspeo por la onda corta: «Chinatown, Chinatown, Chavez Ravine».

—Exacto.

—Bien, la palabra clave es «contención». Es la idea sagrada de Dudley, y lo que se propone es levantar un imperio en el Southside, extendiéndose quizá hasta Lynwood, donde tiene todas esas propiedades. Solo venderá droga a los negros, dirigirá la prostitución y la pornografía desde las sombras, y por lo visto también controlará todas las máquinas tragaperras que Mickey ha abandonado. Se supone que su gran golpe será la aprobación del juego en el distrito, con Mickey de pantalla. Dud se cargó a todos los hombres de Mickey menos a Touch y a mí, y luego consiguió que Mickey aceptara ser amigable con los federales. Ahora Mick es un héroe, un tonto adorable, y Dud cree que puede comprar más propiedades en Lynwood y empezar a, como él dice, «contener» la economía ahí abajo, y luego colocar a Mickey para que dé la cara en la franquicia de juego en el distrito, todo limpio y legal.

—La Legislatura Estatal nunca aprobará la ley del juego en el distrito.

—Bueno, supón que Dudley tiene otra opinión. Supón que cuenta con un político al que ha untado lo suficiente como para estar seguro de que la ley será aprobada.

Bob «Cámara de Gas» Gallaudet: defensor del juego en el distrito.

El chivatazo de mi reunión con Duhamel.

Piel de gallina: las quemaduras del hielo seco empezaban a escocer otra vez.

—De modo que Dud descubrió que ibas a verte con Johnny. Breuning y Carlisle te noquearon y te drogaron, y Dud torturó a

Johnny antes de que tú le hicieras picadillo. Le hicieron reconocer que Exley le utilizaba de señuelo y que tenía esas falsas cuentas bancarias y el dinero en billetes de sus operaciones guardados en una caja fuerte en su casa. Johnny dijo que había intentado varias veces retirarse del asunto porque sabía que probablemente los tipos de las máquinas terminarían cosidos a tiros, y que las cosas no acabarían ahí, pero Exley había seguido enviándole a averiguar más cosas.

Zumbido en la radio: Tommy en el coche; Lucille en el coche.

Pete y Freddy, anonadados: jodeeer/hostia puta...

—¿Por qué filmó Dudley la escena? ¿Por qué no se limitó a matarnos a los dos?

—Dijo que quería tenerte pillado y utilizarte. Dudley pensaba ofrecerte el trabajo de enlace y recaudador para el LAPD. Dijo que podría utilizarte para acabar con Exley. Dijo que seguramente eres un abogado bastante bueno y creía que podrías enseñarle cosas sobre el mantenimiento de la propiedad.

Chick emitiendo ondas mentales: postrarse ante Dudley o morir.

Pete emitiendo ondas mentales: matar al espagueti y quedarse su dinero.

Freddy emitiendo ondas mentales: al *Hush-Hush* le encantaría ESTO.

El vampiro atómico. INCESTO/GORE.

—Chick, ¿qué sabes de Sid Frizell?

—Creo que casi nada.

—¿Ha cumplido alguna condena?

—En la prisión del condado, por no pagar la pensión alimenticia. No es ningún tipo duro de penitenciaría, si es en eso en lo que estás pensando.

A Freddy:

—Sid Frizell. Es un tipo alto y delgado de unos treinta y cinco años. Con un acento como de Oklahoma.

—No me suena. ¿Se supone que debo conocerlo?

—Pensaba que tal vez le habrías dado clase en Chino.

414

–Creo que no. Quiero decir, yo soy un especialista en escuchas, de modo que me fijo en cómo habla la gente. Lo siento, pero no había nadie con acento okie en mi clase.

FALTABA ALGO.

Descolgué el auricular y hablé con una telefonista. Me puso con Chino.

Contestó un ayudante del alcaide. Venga, dilo:

Prepáreme una lista de los internos que coincidieron con Richie Herrick en Chino. ¿Si me la envía por mensajero? No, volveré a llamarle para que me informe de palabra.

Dos de la madrugada: la custodia, muy cerca. Chisporroteo en la radio. Pop/pop: Pete haciendo crujir los nudillos. Chick atontado por el alcohol, con el pelo chamuscado: culpa mía.

Olores: comida rancia, humo. Un vistazo por la ventana: cubos de basura rebosantes. Mi edificio: nueve de los grandes al año, beneficios limpios.

Pienso: chivatazos, golpes.

Intentos desesperados, últimos recursos.

Welles Noonan, un rival de Gallaudet.

Probar intercambios: Glenda por Bob G. y Dudley.

El teléfono del dormitorio; manos temblorosas en el dial. MA 4-0218. Noonan.

–Oficina del Fiscal Federal, agente especial Shipstad.

–Soy Klein.

–Klein, esta llamada no se ha producido nunca. –En voz baja, furtiva.

–¿Qué?

–Noonan ha recibido una película. Entrega especial. Eres tú despedazando a otro tipo, y yo sé que es una trampa, pero a él no le importa. En una nota dicen que enviarán copias a la prensa si testificas para nosotros, y Noonan ha dicho que tu pacto de inmunidad queda cancelado. Ha emitido una orden federal de detención contra ti, y recuerda: esta llamada no se ha producido nunca.

CLIC...

Sillas/cajones/mesas... lo arrojé todo por el suelo y lo pateé y lo destrocé. Me lancé a golpear las cortinas, sin fuerza en los brazos; me sentía mareado de agotamiento.

Graznidos en la radio:

«Madge sale de la casa sola. El coche base la sigue».

«Lucille entrando en Chavez Ravine. Conduce erráticamente, pasa rozando los árboles...»

49

Faros cruzándose, caminos de tierra. Chavez Ravine.

Oscuro, sin farolas. Solo luces policiales. Luces giratorias, faros, linternas. Agentes de seguimiento en vehículos y a pie.

Un parachoques incrustado en un árbol: el Ford de Lucille, abandonado.

Órdenes de busca y captura contra mí...

Aparqué el coche y subí corriendo por el camino de acceso. Abajo, haces de linterna en zigzag: una búsqueda chabola por chabola.

—Muchacho...

Oscuridad. Solo la voz. Apunté hacia ella, casi apreté el gatillo.

—Muchacho, escucha antes de actuar precipitadamente.

—Le has enviado la película a Noonan.

—No. Ha sido Bob Gallaudet. Le conté que tenías escondido a Chick Vecchio y Bob pensó que Chick se portaría como un cobarde y nos delataría. Muchacho, ha sido Bob quien te ha entregado a Noonan. Amenazó con hacer pública una segunda copia de la película si comparecías como testigo federal, dando por sentado que tu testimonio nos condenaría a él y a este viejo irlandés que tanto afecto te tiene pese a todo. Noonan se puso como una furia, por supuesto, y Bob dio marcha atrás prudentemente y planteó una alternativa más juiciosa: dijo que la amenaza de la película seguía en pie, pero que no presentaría su candidatura a fiscal general si Noonan prometía no mencionar su nombre durante el juicio. Noonan, que es un tipo inteligente, aceptó.

—¿Gallaudet le habló de ti a Noonan?

—No, bendito sea Alá. Consiguió dominar el pánico y solo se habló vagamente de complejas conspiraciones criminales. Estoy seguro de que Noonan me considera un simple policía entrado en años, con buena labia y fama de estricto.

Abajo, gritos. Unos faros perdidos iluminaron a Dudley, sonriente y bonachón.

—¿Quién le dio a Bob la copia de la película?

—Mike Breuning. Tenía miedo de que nuestras empresas estuvieran en peligro, así que negoció entregarle una copia a Gallaudet a cambio de un trato. Por desgracia para él, Mike me confesó lo que había hecho antes de que le enviara a reunirse contigo, y por eso le preparé esa fatal encerrona.

—¿Y Gallaudet?

—Fue a reunirse con Alá, muchacho. Limpiamente descuartizado e imposible de encontrar. Si no lo has hecho ya, mata a Vecchio, y entonces solo quedará Exley sin pruebas sólidas.

—Chick me ha dicho que Duhamel se lo contó todo a Exley.

—Sí, es cierto.

—También me ha dicho que Exley guarda dinero en una caja fuerte.

—Sí, también es verdad.

—¿En su casa?

—Sí, muchacho. Sería lo lógico.

—¿Una gran cantidad de dinero?

—Sí, así es. Muchacho, ve al grano, ya me estás irritando.

—Yo puedo abrir esa caja. Mataré a Vecchio y robaré el dinero de Exley. Nos lo repartiremos.

—Eres muy generoso, y me sorprende que no hayas expresado rencor por la encerrona en el mercado.

—Quiero caerte bien. Si escapo, no quiero que persigas a la gente que deje aquí.

—Eres muy considerado al dar por segura mi supervivencia.

—¿Y el dinero?

—Aceptaré la mitad con mucho gusto.

Revuelo al pie de la colina: policías derribando a patadas las puertas de las chabolas.

–Chick te ha contado el alcance de mis planes, ¿no, muchacho?

–Sí.

–¿Y has llegado a la conclusión de que disfruto mirando?

–Sí.

–Yo lo considero una compensación, una dispensa, por la gran labor de contención que voy a llevar a cabo. Lo considero una manera de entrar en contacto con una suciedad atrayente sin sucumbir a ella.

FLASH: Lucille desnuda.

–Tú también eres un mirón, muchacho. Has entrado en contacto con tus propias tendencias oscuras y ahora disfrutas con la emoción de ser un mero espectador.

FLASH: las ventanas del motel.

–Comprendo tu curiosidad, muchacho.

FLASH: las cintas del mirón; imágenes sincronizadas con sonidos.

–Me complace que también parezca haber despertado la curiosidad de los Kafesjian y de los Herrick. Muchacho, podría contarte muchas historias soberbias de esas dos familias.

FLASH: ventanas abiertas, iluminadas. CUÉNTAME COSAS.

–Muchacho, ¿notas cómo empieza a tomar forma una base para un entendimiento? ¿Empiezas a ver que los dos somos almas gemelas, hermanos en curiosi…?

Gritos, linternas convergiendo…

Bajé a la carrera, tropezando y trastabillando. Chabolas apretujadas unas contra otras; luces fijas sobre una puerta.

Hombres del grupo de seguimiento arremolinados fuera. Me abro paso, miro:

Lucille y Richie Herrick, muertos.

Torniquetes atados/venas hinchadas/bocas paralizadas en un jadeo.

Abrazados sobre un lecho de abrigo de visón.

Papelinas de heroína, agujas y Drano sobre una piel de zorro.

50

8.01 de la mañana: fugitivo federal.

Piso de fugitivo, coche de fugitivo: un Chevrolet del 51 comprado en un chatarrero. Llamadas de fugitivo:

Glenda a salvo. Estilo contra miedo: ganando el estilo.

Sid Riegle, en estado de pánico: hombres de Exley arrestaban a los míos.

Noticias de la Oficina: Lucille y Richie, muertos de un cóctel de caballo y Drano. Sid: «Ray Pinker dice que ella lo mató primero y luego se suicidó. El doctor Newbarr dice que nada de asesinato y suicidio posterior; todo estaba demasiado ordenado y bonito».

Más noticias:

Tommy y J. C. arrestados por los federales y soltados a las cuatro de la madrugada. Madge K. desaparecida; el coche que la seguía la había perdido.

Una llamada a Pete: encuéntrame a esa mujer, ella puede CONTARME COSAS.

En el coche de fugitivo, por el paso de Cahuenga hacia el sur. Miradas de pánico por el retrovisor; todo parecía extraño y sospechoso.

Noticias por la radio: ¡Ola de crímenes sacude L. A.! ¡Mickey Cohen, testigo federal! ¡El fiscal del distrito Gallaudet falta a un desayuno con la prensa; los periodistas que asistieron, frustrados!

La despedida de Dudley la noche anterior: «Necesitaré una prueba que demuestre lo de Chick. Bastará con su mano derecha: lleva un tatuaje muy reconocible».

Rompecabezas:

Sangre de El vampiro/el caso Kafesjian-Herrick: ¿quién?/¿por qué?

Al sur: Hollywood, Hancock Park. Giro a la izquierda: South McCadden, 432.

Virgen: ningún coche en la acera o en el camino de entrada.

Llegué hasta la puerta y llamé. Nadie mirando: navaja en la cerradura, hasta forzarla.

Dentro.

Cierro la puerta, echo el cerrojo, enciendo la luz, avanzo.

Inspeccioné las paredes del salón: ningún cuadro, ningún panel falso.

Inspeccioné el estudio: fotos enmarcadas de Dudley Smith, maestro de ceremonias del cuerpo. Las aparto, miro detrás...

Ninguna caja fuerte.

El piso de arriba. Tres dormitorios, más paredes, más fotos:

Dudley Smith como Papá Noel en un pabellón de enfermos de polio en el 53.

Dudley Smith, orador invitado de la Cruzada Cristiana Anticomunista.

Dudley Smith en la escena de un crimen: examinando a un negro muerto.

Tres dormitorios, veinte fotos de Dudley Smith. Combustible para el odio de Exley.

Ninguna caja fuerte.

Abajo de nuevo. Registro de la cocina. Nada.

Comprobé la moqueta: muy lisa y bien pegada. El piso de arriba: alfombras pequeñas en el pasillo. Las aparté.

Bajo una persa roja, un panel con bisagras.

Insertado en él, un dial giratorio y un tirador.

Con mano temblorosa: 34L-16R-31L. Dos ensayos, un chasquido. Tiro de la manija.

Pequeñas sacas de lona bancarias. Cinco. Nada más.

Billetes de cien, de cincuenta, de veinte. Usados.

Cerré la tapa, hice girar el dial y coloqué de nuevo las alfombras. Abajo, a la cocina...

El juego de cuchillos. Cogí una cuchilla de carnicero, con los nervios crispados...

Chick.

51

–Davey... por favor.

Poderes mentales: suplicándome dos segundos después de que apareciera en la puerta. En la mano derecha, un tatuaje: «Sally X siempre».

–Davey, por favor.

683 de los grandes y la cuchilla. Pete fuera buscando a Madge, Fred acostado en el dormitorio.

Chick, esposado. Verborrea del pánico:

Hace tiempo que nos conocemos, lo hemos pasado bien, lamento haberme tomado a broma lo de Glenda, pero no puedes culparme por eso, ¿verdad? Nos hemos divertido juntos, hemos hecho dinero, Pete quiere matarme, lo lleva pintado en la cara...

–Davey, por favor.

Cojín para amortiguar el estampido. Cortinas como improvisada mortaja.

–Davey... por Dios... Davey...

Cansado. Sin ánimos para hacerlo... todavía.

El muerto hablante:

Desapareceré... puedes confiar en mí... Glenda es estupenda... Sid Frizell dice que tiene madera de estrella. Frizell... vaya tarugo... no tiene ideas... ese tipo de la cámara, Wylie Bullock, es el doble de listo y ni siquiera sería capaz de dirigir el tráfico en Marte... Tú y Glenda... os deseo lo mejor... Dave, sé lo que te ronda por la cabeza, puedo verlo en tus ojos...

Cansado.

Sin ánimos para hacerlo… todavía.

Sonó el teléfono. Descolgué:

—¿Sí?

—Soy Pete.

—¿Y?

—Y he encontrado a Madge Kafesjian.

—¿Dónde?

—Motel Skyliner, Lankershim con Croft, en Van Nuys. Habitación 104, y el tipo de recepción dice que está en plena llorera.

—¿La estás vigilando?

—Tú pagas, de modo que yo vigilo esa habitación hasta que me digas lo contrario.

—Tú quédate ahí. Iré enseguida, así que…

—Oye, he hablado con el señor Hughes. Dice que el sheriff ha encontrado a un testigo que vio a Glenda rondando por el picadero de Hollywood Hills la noche que se calcula que murió Miciak. La policía local cree que está implicada y la busca como sospechosa. Parece que la chica se ha largado de la ciudad, pero…

—¡Tú quédate en el motel!

—Tú pagas, jefe. ¿Cómo está Chick…?

Colgué y marqué el número directo de Chino.

—Despacho de la ayudante del alcaide Clavell.

—¿Está Clavell? Soy el teniente Klein, del LAPD.

—¡Ah, sí, señor! El señor Clavell me dejó una lista de nombres para que se la lea.

—Dígame primero todos los internos que han salido en libertad.

—¿Las direcciones actuales también?

—Primero los nombres. Quiero ver si hay alguno que me suene.

—Sí, señor.

Con voz lenta, precisa:

—Altair, Craig V.; Allegretto, Vincent W.; Anderson, Samuel; Bassett, William A.; Beltrem, Ronald D.; Bochner, Kurt; Bonestell, Chester W.; Bordenson, Walter S.; Bosnitch, Vance B.; Bullock, Wylie D…

Ting/clic: allí había ALGO. El ALGO que faltaba.

424

Wylie Bullock.

El cámara de *El vampiro*.

El hombre de las ideas, exigiendo más sangre y vísceras a Sid Frizell.

—Burdstall, John C; Cantrell, Martin...

—Volvamos a Wylie Bullock. Deme la fecha de salida y su última dirección conocida.

—Hum... Salió en libertad condicional el 9 de noviembre de 1957 y la dirección que dejó es: Parque de Caravanas de Larkview, Arroyo con Brand, en Glendale.

Freddy en el pasillo, bostezando.

—¿Quiere el resto de los nombres, señor?

Colgué el auricular.

—Cuando estuviste en Chino, ¿tenías a un tal Wylie Bullock en tu clase?

—Sí... Eso es. Ese era el tipo que andaba siempre con Richie Herrick.

Adrenalina. Zuuum.

Chick:

—Dios te salve, María, llena eres de gracia, el Señor es contigo...

Ejecución aplazada: la suerte de los tontos.

52

Archivos/Tráfico:

Bullock, Wylie Davis, nacido el 16/7/25. Castaño/ojos marrones, 1,75, 74 kilos. Detenido en 3/56, cargos por pornografía; de tres a cinco años en Chino.

Ocupación: fotógrafo-cámara. Vehículo: Packard Clipper del 54, blanco y salmón, Cal. GHX 671.

Autovías hacia Glendale; mi coche destartalado eructaba humo. Wylie/Madge/Dudley: CONTADME COSAS.

Salida de Arroyo, al sur hasta Brand: el Parque de Caravanas de Larkview.

Zona de aparcamientos, ningún Packard de dos colores a la vista. A la entrada, un plano: «W. Bullock», tercera fila, sexta caravana.

Jardines de piedras, caravanas fijadas al suelo, mujeres blancas pobres tomando el sol. Mi ALGO QUE FALTABA:

Frizell-Bullock, confabulados. Wylie, insistente: ¡Incesto! ¡Sácale los ojos al vampiro!

Tercera fila, sexta caravana: una Airstream cromado. Mi 45, desenfundado con disimulo. Llamo con los nudillos.

Ninguna respuesta, ninguna sorpresa, ningún Packard. Empujé la puerta. Cerrada. Demasiados curiosos cerca como para forzar la entrada.

El plató. En marcha.

Por las autovías de vuelta: mi cafetera jadeaba y silbaba. Griffith Park, el plató. Ni rastro del coche de Bullock.

Mickey junto a la nave espacial, tocado con un casquete judío.

—Los federales y el LAPD han estado buscándote por aquí. Y la policía local de Malibú también ha estado aquí tras los pasos de mi exestrella, Glenda Bledsoe, con la que tengo entendido que andas jugando a enterrar la colita. Me rompes el corazón, hermoso ladronzuelo.

Nadie del equipo, solo Mickey.

—¿Dónde está todo el mundo?

—Ese hatajo de imbéciles... *El ataque del vampiro atómico* está, en la jerga del cine, listo para montar. Glenda puede parecer un poco musculosa en las escenas finales, ya que Rock Rockwell la sustituyó en las tomas de lejos, pero, aparte de eso, considero mi película un hito del arte cinematográfico.

—¿Dónde está Wylie Bullock?

—¿Por qué habría de saberlo? ¿Por qué habría de importarme?

—¿Y Sid Frizell?

—Pagado, despedido y, por lo que a mí respecta, a bordo del barco nocturno a Ninguna Parte.

El casquete, la insignia con la bandera en la solapa: Mickey el héroe.

—Pareces contento.

—Tengo una película terminada y he hecho amigos entre los federales. Y no te atrevas a acusarme de soplón, porque cierto fiscal federal me dijo que tú también tenías esas tendencias.

La encantadora locuacidad de Dudley.

—Te echaré de menos, Mickey.

—Huye, David. El dolor que has causado exige su justo castigo. Lárgate a las Galápagos y dedícate a mirar cómo follan las tortugas bajo el sol.

Paso de Cahuenga: de vuelta entre humos asfixiantes. Lankershim con Croft: el motel Skyliner.

Forma de herradura: bungalows baratos con vistas a la piscina. Pete aparcado junto a la acera; dormitando con el respaldo del asiento hacia atrás.

Estacioné detrás de él. Dinero para soltar lenguas en el maletero. Me llené los bolsillos de billetes.

Bordeé la piscina. Habitación 104. Llamé a la puerta. Madge abrió enseguida.

Demacrada. El abundante maquillaje empeoraba las cosas aún más.

—Usted es ese policía. Cuando entraron en nuestra casa... usted vino a...

«En plena llorera»: ojos húmedos, rastros de lágrimas.

—Lamento lo de su hija.

—Ha sido una muerte piadosa para los dos. ¿Ha venido a detenerme?

—No. ¿Por qué habría de...?

—Si no lo sabe, yo no pienso decírselo.

—Solo quería hablar con usted.

—Y por eso se ha llenado los bolsillos de dinero.

Billetes de cien asomando.

—Pensé que no estarían de más.

—¿Le ha enviado Dan Wilhite?

—Wilhite está muerto. Se suicidó.

—Pobre Dan. —Un breve suspiro.

—Señora Kafesjian...

—Pase. Contestaré a sus preguntas si promete no difamar a los chicos.

—¿Los chicos de quién?

—Los nuestros. Los de quien sea. ¿Qué es lo que sabe exacta...?

Hice que se sentara.

—Hábleme de su familia y de los Herrick.

—¿Qué quiere saber?

—Cuéntemelo todo.

1932. Scranton, Pennsylvania.

J. C. Kafesjian y Phillip Herrick trabajan en Balustrol Chemicals. J. C. es operario; Phillip, analista de disolventes. J. C. es tosco, Phil es culto; son amigos, nadie sabe por qué.

1932. Los amigos se trasladan juntos a Los Ángeles. Cortejan a sendas mujeres y se casan con ellas: J. C. con Madge Clarkson, Phil con Joan Renfrew.

Pasan cinco años: los hombres trabajan en aburridos empleos en fábricas de productos químicos. Nacen cinco hijos: Tommy y Lucille Kafesjian; Richard, Laura y Christine Herrick.

J. C. y Phil son pobres y están hastiados y frustrados. Sus conocimientos de química les inspiran un plan: licor de destilación casera.

Lo hacen... y tienen éxito.

La Depresión continúa; los pobres necesitan alcohol barato. J. C. y Phil se lo venden a buen precio; los obreros de los campos de trabajo son su principal clientela. El negocio es lucrativo y engordan sus cuentas.

J. C. y Phil, amigos y socios.

J. C. y Phil, cada uno de ellos acostándose con la mujer del otro.

Ninguno de los dos lo sabe:

Dos aventuras más antiguas que sus matrimonios. Amantes: J. C. y Joan, Phillip y Madge. El adulterio continúa. Nacen cinco hijos; su paternidad, poco clara.

J. C. abre un local de lavado en seco; Phil invierte en una fábrica de productos químicos. Juntos, prosiguen con el negocio del licor casero.

J. C. presiona a Phil para que reduzca costes: disolventes alcohólicos de inferior calidad significarían más beneficios.

Phil acepta.

Venden una partida de matarratas a unos obreros y diez de ellos quedan ciegos para siempre.

22 de junio de 1937:

Un ciego entra en una taberna con una escopeta de cañones recortados.

Dispara al azar. Tres parroquianos mueren en el acto.

El ciego se mete el cañón en la boca y se vuela la cabeza.

El sargento Dudley Smith investiga el caso y descubre el origen de la ceguera del individuo. Sigue el rastro del licor hasta Phil y J. C. Les hace una oferta: su silencio a cambio de una participación en los beneficios.

Ellos acceden.

Dudley advierte la vena codiciosa de J. C. y la cultiva. Dudley cree que podría mantenerse a los negros «sedados» mediante drogas y convence a J. C. para que sea él quien se las venda. También convence al jefe Davis para que permita a J. C. «servirles»: un camello controlado y un informador para la recién creada Brigada de Narcóticos.

Dudley oculta su papel y pocos conocen que es él quien reclutó a J. C. El jefe Davis se retira en el 39; ocupa el cargo el jefe Horrall. Se apunta la medalla del reclutamiento de Kafesjian y escoge al agente Dan Wilhite para actuar de contacto con él.

Transcurren los años: Dudley sigue teniendo su parte del negocio. Las lavanderías de J. C. florecen y el armenio levanta todo un imperio de la droga en el Southside. Phil Herrick se hace rico por medios legítimos: Disolventes PH es un gran éxito.

El adulterio continúa: J. C. y Joan, Phillip y Madge.

Las dos mujeres han asegurado a sus amantes que han tomado precauciones para no quedar embarazadas. Ambas han mentido: desprecian a sus maridos, pero no los dejarán. Madge sabe que J. C. la mataría; Joan necesita el dinero de Phillip y sus nuevas relaciones sociales.

Cinco hijos.

Paternidad dudosa.

No se revela ningún parecido comprometedor.

Joan quería un hijo de J. C., quien la trataba con una ternura insólita en él. Madge también quería uno de Phillip; ella despreciaba a su tosco marido. La duda de la paternidad suaviza las cosas: así lo creen ambas mujeres.

Post-Segunda Guerra Mundial:

El comandante Dudley Smith, destacado en el extranjero, vende penicilina de contrabando a nazis prófugos. Phil Herrick, oficial naval, sirve en el Pacífico; J. C. Kafesjian dirige sus lavanderías y el negocio de la droga. Dudley vuelve a L. A. a finales del 45; Herrick, tras catorce meses en el mar, vuelve a casa por sorpresa.

Encuentra a Joan embarazada de nueve meses. Le pega una paliza, y se entera de que J. C. ha sido su amante desde que se casaron. Ella había pensado dar al niño en adopción, pero el regreso imprevisto de Phil lo ha impedido. Ha ocultado el embarazo con largos períodos de encierro en casa; Laura, Christine y Richie, en el internado, ignoran lo sucedido.

Joan corre a ver a J. C.

Madge les oye y discute con ellos.

J. C. golpea brutalmente a las dos mujeres.

Madge confiesa su larga relación con Phil Herrick.

Maridos cornudos, esposas cornudas. Hombres enfurecidos, las dos mujeres golpeadas y violadas. Caos terrible. Abe Voldrich hace intervenir a Dudley Smith.

Dudley hace que los cinco niños se sometan a análisis de sangre. Los resultados son ambiguos. Joan Herrick da a luz; Dudley estrangula al pequeño de tres días.

Laura y Christine no se enteran nunca del asunto de su linaje.

Tommy, Lucille y Richie, sí; algunos años después.

Los dos chicos crecen siendo amigos, quizá hermanos: ¿quién es el padre de cada cual? Se dedican a robar casas y a tocar jazz. Richie se enamora de Lucille. La consuela con Champ Dineen: el músico tampoco está seguro de sus raíces.

Tommy emula a su padre «titular», J. C., y vende droga cuando aún no ha terminado el instituto. Siempre le ha atraído Lucille y ahora existe la posibilidad de que no sea su hermana. La viola y la convierte en su puta personal.

Richie lo descubre y jura matar a Tommy.

Tommy se ríe de la amenaza; dice que a Richie le faltan agallas.

Richie conduce hasta Bakersfield y compra un arma. Lo pillan vendiendo droga; Dudley Smith intercede, pero no consigue convencer al fiscal para que retire los cargos. Richie Herrick, sentenciado a Chino: 1955.

Tommy jura que lo matará cuando salga: sabe que Lucille, su puta personal, está muy enamorada de él. Richie jura matar a Tommy: ha ultrajado y degradado a su posible hermana, a la que él ama castamente.

Lucille se descarría: prostituta, bailarina ante la ventana, provocadora de hombres. Phil Herrick intenta apartarla de todo eso: Lucille podría ser hija suya. Su primer encuentro es una cita callejera. Lucille accede solo por burlarse de él.

Pero su buen trato la sorprende: el posible papá se parece más a Richie que a Tommy. Los encuentros continúan: siempre de charla, siempre jugando. Phil Herrick y Lucille: tal vez amantes papá/hija, tal vez solo una puta y su cliente.

Y Madge y Joan se hicieron amigas. Se protegieron de la locura juntas: tiempo fugitivo pasado en simples charlas. Confidentes: años de refugio parcial.

Richie escapó de Chino, con el único propósito de vigilar/espiar a Lucille. Joan y Richie intercambiaron cartas; Richie le contó que un amigo a punto de salir en libertad provisional le vengaría sin dolor. El hombre parecía tener cierta influencia sobre Richie; este jamás había revelado su nombre.

Joan se había suicidado hacía nueve meses; la locura había estallado de golpe. Lucille no sabía que Richie la espiaba; Tommy leyó los informes de Junior Stemmons y dio por sentado que el mirón era Richie. Juró matarlo; temía que algún hombre de Exley diera antes con él. Lucille le encontró: el billete a la salvación para los dos en una aguja.

Pañuelos de papel en el suelo. Una caja entera hecha trizas entre las manos nerviosas de Madge.

—¿Usted diría que eso es «todo», teniente?

—No lo sé.

—Entonces es usted un hombre muy curioso.

–¿Le dice algo el nombre de Wylie Bullock?

–No.

–¿Quién mató a Junior Stemmons?

–Yo. Stemmons estaba presionando a Abe Voldrich en una de nuestras lavanderías. Temí que descubriera la verdad sobre Richie y Lucille y quise protegerlos. Lo ataqué casi sin pensármelo, y al final Abe lo redujo. Sabíamos que Dudley nos protegería si lo matábamos, y Abe sabía que Stemmons era un adicto.

–De modo que Abe le puso la sobredosis y lo dejó en el Bido Lito's.

–Sí.

–Usted se lo dijo a Tommy y él prendió fuego al local. Y como había estado rondando por allí, tenía miedo de que encontrásemos alguna prueba contra él.

–Sí. Y no siento en absoluto lo de ese joven Stemmons. Creo que sufría tanto como Richie y Lucille.

Vacié los bolsillos. Grandes puñados de billetes.

–Es usted de lo más inocente, teniente. El dinero no hará que J. C. y Tommy desaparezcan.

53

«TODO» = «MÁS» = «BULLOCK»

De vuelta al parque de caravanas. Un Packard de dos colores en el aparcamiento. Detuve el coche detrás de él, resoplando humo.

Voces, unas pisadas en la grava.

Una humareda espesa; salí de ella tosiendo. Exley y dos hombres de Asuntos Internos, armados con fusiles.

«Todo» igual a «más» igual a...

Humo, polvo de grava. Guardaespaldas con armas largas, Exley sudando dentro de un traje a medida.

—Bullock mató a los Herrick y revolvió la casa de los Kafesjian. ¿Cómo ha sabido...?

—Llamé a Chino y conseguí mi propia lista, teniente. La mujer del despacho del alcaide me dijo que se había vuelto como loco cuando le mencionó a Bullock.

—Vamos a por él. Y eche de aquí a esos hombres. Sé que Bullock tiene algo sobre Dudley.

—Ustedes esperen aquí. Fenner, dele su escopeta al teniente.

Fenner me la arrojó. Cargué un cartucho en la recámara.

—Vamos allá —dijo Exley.

Ahora:

Echamos a correr: tercera fila, sexta caravana. Unos civiles nos miraron boquiabiertos. La Airstream: murmullo de radio, la puerta abierta...

Irrumpí apuntando; Exley entró detrás de mí. A tres palmos, Wylie Bullock en una silla de jardín.

Ese tipejo anodino:

Sonriente.

Levantando las manos poco a poco, como le gusta a la policía.

Extendiendo los diez dedos: sin tretas.

Le metí el cañón de la escopeta bajo el mentón.

Exley le esposó las manos a la espalda.

El murmullo de la radio: Starfire 88 en Yeakel Olds.

—Señor Bullock, queda detenido por los asesinatos de Phillip, Laura y Christine Herrick. Soy el jefe de Detectives del LAPD y me gustaría interrogarle aquí primero.

El cubil del monstruo: fotos del *Playboy*, un colchón. Bullock: camiseta de los Dodgers, ojos marrones y tranquilos.

Le animé a hablar:

—Sé lo tuyo con Richie Herrick. Sé que le dijiste que le vengarías de los Kafesjian, y apuesto a que conoces el nombre de Dudley Smith.

—Quiero una celda para mí solo y tortitas para desayunar. Si me dicen que sí a eso, hablaremos aquí.

—Cuéntanoslo como si fuera una historia.

—¿Por qué? A los policías les gusta hacer preguntas.

—Esto es distinto.

—¿Tortitas y salchichas?

—Claro. Todos los días.

Sillas en círculo; la puerta cerrada. Sin preguntas y respuestas, sin libretas de notas. El maníaco habla:

Junio, 1937. Wylie Bullock, casi doce años: «Era solo un crío, ¿comprenden?».

Hijo único; padres buenos... pero pobres. «Nuestro piso no era mayor que esta caravana y cenábamos todas las noches en una taberna porque daban segundas raciones gratis de fiambre.»

22 de junio:

Un ciego loco entra en la taberna. Disparos de escopeta al azar: sus padres resultan muertos, totalmente destrozados.

«Me hospitalizaron porque sufrí una especie de shock.»

Luego casas de adopción –«algunas buenas, otras no tanto»–, sueños de venganza faltos de un malo: el pistolero ciego se había suicidado. Escuelas profesionales, buena mano para las cámaras: «El bueno de Wylie ha nacido para fotógrafo». Trabajos de cámara, y una curiosidad: 22/6/37... ¿por qué?

Wylie, detective aficionado; no dejaba de incordiar a los policías. Para quitárselo de encima: «Insistían en que el expediente del caso se había perdido». Análisis de periódicos de la época: el sargento Dudley Smith, encargado de la investigación. Llamadas a Smith, ahora teniente: ninguna respuesta.

Rondó aquella taberna. Los rumores rondaban también por el lugar: una partida de licor en mal estado había causado la ceguera del pistolero. Siguió el hilo de aquellos rumores: ¿quién vendía aquel whisky adulterado en el 37?

Años de investigación inútil: «Imposible de comprobar, ¿sabe?». Dos rumores persistentes: «alcohol cortado con disolvente de limpieza en seco» y «ese tipo armenio, J. C.».

Wylie hizo una asociación lógica: las tiendas de la cadena E-Z Kleen/J. C. Kafesjian. «No tenía pruebas, pero parecía clarísimo. Tenía un álbum de recortes de prensa del caso del ciego, y también la foto del sargento Smith del año 37.»

«Se estaba convirtiendo en una obsesión.»

Alimentando esa obsesión, trabajos de cámara. Ilegales: «Tomaba fotos guarras y las vendía a marineros y marines allá en San Diego».

El centro de su obsesión: los Kafesjian.

«Estuve, digamos, rondando en torno a ellos. Descubrí que J. C. y Tommy vendían droga y tenían conexiones con la policía. Lucille era una furcia y Tommy un cabrón hijo de puta. Tenía la sensación de que eran casi como mi familia natural. Tommy tenía ese colega, Richie, y los dos tocaban una música de jazz espantosa. Yo solía seguirlos, y entonces vi que tenían una gran pelea acerca de Lucille. A Richie lo trincaron vendiendo droga en Bakersfield, le cayó una sentencia en Chino y un día, en una tienda E-Z Kleen, oí a Tommy decirle a Abe Voldrich que cuando Richie saliera era hombre muerto.»

A principios del 56, dos obuses le sacuden a la vez:

Uno: mientras está frente a una tienda de la cadena en el Southside, ve reunidos a J. C. Kafesjian y Dudley Smith, diecinueve años mayor que en la foto de los periódicos.

«Supuse que Dudley Smith y los Kafesjian estaban juntos en algo sucio. No podía demostrar nada, pero pensé que tal vez Smith había hecho la vista gorda con J. C. y aquel veneno que vendía. Al cabo de un tiempo, me convencí de ello.»

Empezó a tramar planes de venganza. El Hombre de los Ojos que llevaba dentro empezó a maquinar planes. Se declaró culpable de venta de pornografía. Su abogado le recomendó que pidiera clemencia.

«En la cárcel del condado, un tipo me habló del laboratorio de rayos X de Chino. Un trabajo estupendo. Imaginé que podría conseguir el puesto si me hacían cumplir condena en la penitenciaría estatal, por mis conocimientos de fotografía. En fin, que ahora tenía un plan de verdad y quería pasar una temporada en Chino para poder estar cerca de Richie.»

El juez le sentenció de tres a cinco años en la penitenciaría estatal. Se tuvo en cuenta, como esperaba, su experiencia en rayos X: Wylie Davis Bullock, a Chino.

«Así que me mandaron a Chino y entré en contacto con Richie. Era un chico solitario, de modo que hice amistad con él y me contó esa maldita historia tan INCREÍBLE.»

Increíble:

Los Kafesjian, los Herrick: ¿quién era padre y quién era hijo de quién? Phil Herrick y J. C., traficantes de alcohol en los años treinta. Las muertes del ciego: Richie dijo que sí, que tal vez aquella había sido la pista de partida de Dudley Smith. ¿El incesto?: quizá/casi/hermano/padre... rollos de pervertidos.

«Les aseguro que nunca han oído nada comparable a lo que me contó Richie.»

Richie, apocado/mirón:

«Me dijo que estaba enamorado de Lucille, pero que no la tocaría porque podía ser su media hermana. También dijo que le encantaba espiarla».

Richie, charlatán incontenible:

«Él me ayudó a juntar las piezas. Averigüé lo suficiente sobre Dudley Smith como para saber que, algún tiempo después de que se cometieran los asesinatos, había descubierto la implicación de Herrick y Kafesjian. Imaginé que Smith se había acercado a ellos y que estos le pagaban para que no revelara lo del whisky adulterado. Ahora no me quedaba ninguna duda. Ahora sabía que aquellas dos familias de tarados habían acabado con la mía».

Richie, amenazando con vengarse de Tommy:

«Yo sabía que no tenía huevos para hacerlo. Le dije: Espera y yo te vengaré, si prometes no molestar a los Kafesjian».

Richie lo prometió.

«Entonces su madre le escribió y le soltó todo ese rollo lloriqueante de que iba a suicidarse. Richie se largó de Chino. Jodida seguridad mínima: sencillamente, se largó.»

Richie andaba por ahí suelto.

Bullock salió en libertad condicional dos meses después.

«Intenté encontrar a Richie. Vigilé las casas de los Kafesjian y de los Herrick, pero no le vi nunca.»

«Esa Lucille, en cambio... ¡uau! La observé muchas veces bailando y contoneándose desnuda.»

Pasaron los meses. «Un día, poco antes de que se suicidara, vi a mamá Herrick dejar una carta en el buzón para el cartero. Me acerqué y la cogí. Iba dirigida a Champ Dineen, ese payaso del jazz al que Richie adoraba. La dirección era un apartado de correos, así que imaginé que mamá y Richie estaban usándolo para mantenerse en contacto en secreto. Le envié una nota a Richie a ese apartado: "Me encanta ver a Lucille bailando y contoneándose en la ventana. Ahora ten paciencia y tendrás tu venganza".»

La nota dio resultado. Pasaron los meses. Bullock espió a Richie espiando a Lucille. SORPRESA: Richie el mirón, aficionado a las escuchas clandestinas; había sacado provecho de las clases de electrónica. Bullock se mantuvo en el camino recto: trabajos en el cine, cumplir con su agente de la condicional... Nadie sabía que el Hombre de los Ojos seguía tramando planes.

«Empecé a tener esas ideas descabelladas.

»El Hombre de los Ojos dijo que debía seguir a los Kafesjian y a Dudley Smith por pura diversión.

»Un día, cuando seguía a Smith, le vi reunirse con Mickey Cohen para comer. Ocupé un reservado contiguo al de ellos y oí a Cohen contar que estaba filmando esa película de terror en Griffith Park como tapadera legal, y que ese Sid Frizell, el director, se dedicaba a rodar películas porno a escondidas. Smith aseguró que le encantaban las películas guarras y que Cohen le dijera a Frizell que ponía a su disposición un lugar adecuado y seguro para rodar. Cohen dijo que Frizell era lo bastante gilipollas como para aceptar la oferta.»

Entonces se presentó en el plató del *Vampiro atómico*. «Estaba ansioso por trabajar en la peli.» Ofreció sus servicios como cámara por un sueldo bajo y Cohen le contrató. Bullock manipuló al atontado de Sid Frizell, necesitado de ideas. «Le sugerí esas secuencias incestuosas y todo ese rollo de la ceguera porque pensé que un día le enseñaría la película terminada a Richie. Le dije a Frizell que tenía experiencia en películas porno y él no paró de darle la lata a ese tipo de Cohen, Chick Vecchio, para que hablara con Smith. Smith dio su visto bueno y Frizell empezó a rodar en ese lugar de Lynwood.

»Así que me encontré metido de lleno en el fregado, pero aún no tenía desarrollado ningún plan concreto. Entonces entró en acción el Hombre de los Ojos.»

Y el Hombre de los Ojos le dijo que asustara a los Kafesjian con un robo ritual en su casa. Haz que parezca cosa de Richie: mantenle asustado, que siga escondido.

«De modo que hice lo que me decía. Supongo que todo tenía una especie de simbolismo, porque el Hombre de los Ojos me dijo cómo hacer las cosas exactamente. Intenté dejar ciegos a los perros con ese producto para la limpieza en seco, pero no dio resultado, así que les arranqué los ojos. Rompí unas botellas de licor como referencia al asunto del whisky adulterado y rompí los discos de jazz de Tommy porque el Hombre de los Ojos dijo que eso simbolizaría el odio que Richie le tenía a Tommy. A Richie siempre le había disgustado que Lucille hiciera de puta, de modo que desgarré sus pantalones ajustados y me hice una paja encima de ellos.»

Diversión perversa.

«El Hombre de los Ojos me dijo que pusiera nervioso a Richie. Cuando le encontré en uno de esos moteles llorando por Lucille, destrocé el colchón de la habitación que ocupaba y dejé allí la vajilla que había robado, para asustarle. Con eso del robo y del asunto de los federales había mucha presión alrededor de los Kafesjian, de modo que el Hombre de los Ojos me dijo que empezara por liquidar a Phil Herrick. Las hijas volvieron a casa por sorpresa y el Hombre de los Ojos dijo que me las cargara también. Como Richie era un jodido fugitivo, imaginé que la policía pensaría que era cosa suya y se lanzaría tras él inmediatamente.»

¿Y luego?

«El Hombre de los Ojos me dijo que matara a Tommy y a J.C. lentamente. Me dijo que le sacara los ojos a Dudley Smith y me los comiera.»

¿Y ahora?

«Tortitas y salchichas, detective. Y una celda agradable y segura solo para mí y el Hombre de los Ojos.»

Él, relamiéndose de satisfacción.

Masa de tortitas en un estante.

TODO.

Pinchazos en el pecho/dolor de cabeza/sequedad de boca. Dudley Smith se encuentra con el Hombre de los Ojos.

Exley señalando la puerta.

Le seguí afuera. Un sol fantasmal. La gente del parque de caravanas observándonos.

—¿Cómo ve la situación, teniente?

Darle largas/mandarle a la mierda. MENTIR:

—Quiero entregar a Bullock a Welles Noonan. Estoy evadiendo la custodia federal y el tipo puede facilitarme las cosas. Es un testigo clave contra Dudley y los Kafesjian, y si colaboramos con los federales podremos minimizar los efectos de su investigación, sobre todo si usted les entrega a Narcóticos.

–Ese hombre está loco. No es un testigo válido.

–Sí, pero para nosotros no es más que un psicópata. Ni siquiera está en condiciones de ser juzgado.

–Gallaudet conseguirá llevarle al banquillo. Y ejercerá la acusación personalmente.

–Bob está muerto. Estaba confabulado con Dudley en una trama para dominar el juego en el distrito. Dudley lo mató.

Le fallaron las piernas y le ayudé a mantenerse en pie: Edmund Jennings Exley, bañado en sudor frío.

–Tengo a Chick Vecchio a buen recaudo; me ha pedido que le garanticen custodia federal. Y Madge Kafesjian completó algunos detalles de la historia de Bullock y me contó que había sido Dudley quien había conectado a J. C. con el Departamento. Escuche esto, Exley: todo está «contenido». Vecchio, Bullock, Madge: los tres acusan a Dudley y solo sale perjudicado Narcóticos. El plan básico será de usted y solo le pido que haga una cosa por mí antes de que entregue a Bullock.

–¿En concreto?

–Llamar a Noonan. Dígale que le envía la documentación sobre Narcóticos. Dígale que retire la orden de busca y captura contra mí hasta que presente a los testigos.

Hazlo. Muerde el cebo. Me largaré con tu dinero...

–¿Exley...?

–Está bien. Lleve a Bullock a algún lugar seguro cuando haya anochecido. Después llámeme.

–¿Hablará con Noonan?

–Sí, voy a llamarle ahora.

–Me sorprende que se fíe de mí.

–Yo he traicionado antes su confianza. Y me estoy quedando sin estrategias. Solo le pido que tenga cuidado con la escopeta y que intente no matarlo.

Me instalé en la caravana.

Bullock continuó hablando de tortitas y del Hombre de los Ojos.

TODO *giraba vertiginosamente. Hacia atrás, hacia delante: hacia atrás, a Meg; hacia delante, a Glenda.*

Planes de huida. Proyectos. Intrigas. Nada cuajó.

Llegó el crepúsculo. No encendí las luces. Una música procedente de alguna parte: TODO *volvió a girar en mi cabeza.*

Nada cuajó.

Bullock se quedó dormido, esposado a la silla.

Nada cuajó.

Bullock murmuró algo ininteligible en pleno sueño.

Sacudidas, estremecimientos, algo parecido a un gimoteo desgarrándome por dentro.

Me apoyé contra la pared...

Muertes, palizas, sobornos, mordidas, comisiones, extorsiones. Cobro de alquileres mediante violencia, trabajos de matón, de rompehuelgas. Mentiras, amenazas, promesas pisoteadas, juramentos rotos, obligaciones desatendidas. Robo, engaño, codicia, mentiras, muertes, palizas, sobornos, comisiones, Meg...

El gimoteo emergió de mi garganta. Bullock ladeó la cabeza para oírlo mejor. Luego sollozos, conteniendo las lágrimas. Unos sollozos y unos temblores tan violentos que toda la caravana se sacudía.

TODO.

Dando vueltas, cayendo, confesando.

No sé cuánto tiempo duró.
Salí de ello con un pensamiento:
NO ERA SUFICIENTE.
Hice la llamada.

54

El aparcamiento de Sears & Roebuck: amplio, vacío. A una calle de allí, mi bloque de pisos del Eastside.

Temprano. Luces voltaicas sobre el asfalto. Él nos veía.

683 de los grandes metidos en cuatro maletines.

El revólver del 45 sujeto al tobillo con cinta.

Wylie Bullock en el asiento delantero. Esposado, con las manos en el regazo.

A su lado, la cuchilla de carnicero de Exley.

Unos faros acercándose.

Coloqué los maletines del dinero sobre el capó. Sin americana, sin pistolera. Que me cacheara.

—Llegas temprano, muchacho.

—Tomo precauciones.

—Dadas tus circunstancias, yo también las tomaría. ¿Y ese tipo que veo en el coche?

—Es el piloto. Me llevará al sur.

Echó un vistazo; la ventanilla del pasajero estaba a medio bajar. Bullock mantuvo la calma, con mi americana sobre las esposas.

—¡Unos maletines magníficos! ¿Has contado cuánto hay?

—Casi setecientos mil.

—¿Es mi parte?

—Sí.

—¿A cambio de...?

—De la seguridad de la gente que dejo aquí.

—¿La gente, muchacho? ¿Tienes más seres queridos además de tu hermana?

—En realidad, no.

—¡Aaah! Estupendo. ¿Y Vecchio?

—Muerto.

—¿Has traído la prueba que te pedí?

—Está con el dinero.

—Bien. Entonces, dado que Edmund Exley es inabordable y está bastante comprometido, yo diría que aquí nos despedimos.

Me acerqué un poco más, tapándole la visión. Cobertura para Bullock.

—Sigo teniendo curiosidad por algunas cosas.

—¿Cuáles?

Su tono, ligeramente más alto. Aún no era el momento de ponerle furioso.

—Madge Kafesjian me contó lo del ciego y los muertos. Me admiró cómo hiciste el trato con J. C. y Phil Herrick.

Dudley soltó una carcajada, un enorme rugido teatral.

Eché la mano hacia atrás y abrí la puerta de Bullock.

—Entonces era muy atrevido, muchacho. Comprendí las metáforas de la codicia y de la rabia ciega, y no se me pasó por alto lo absurdo de un invidente empuñando un calibre diez.

—Me gustaría haberte visto negociar el trato.

—Fue algo bastante prosaico. Simplemente les dije a los señores Kafesjian y Herrick que su licor fabricado a bajo coste había causado cuatro muertes y numerosos e indecibles sufrimientos. Les informé de que, a cambio de un porcentaje de sus beneficios comerciales, tales padecimientos seguirían siendo un asunto que se resolvería estrictamente entre ellos y Dios.

—¿Nada más?

Bullock murmurando.

—También recurrí a un convincente argumento visual. Una fotografía forense de una joven pareja decapitada pareció ejercer cierto efecto en su respuesta.

Los murmullos, más audibles. Carraspeé para disimularlos.

—Muchacho, ¿ese piloto tuyo habla solo?

Un asomo de recelo. Cuidado con sus manos.

—Muchacho, ¿quieres abrir el maletín que contiene la verificación?

Di otro paso hacia él.

Dudley flexionó las manos una fracción de segundo demasiado deprisa.

Me apoyé sobre un pie para soltar un rodillazo con la otra pierna. Él esquivó el golpe.

Sendos cuchillos asomando de los puños de su camisa. Cojo un maletín, me cubro con él...

Dos estiletes empuñados con destreza.

Dirigidos contra mí. Dos hojas rasgan el cuero, se clavan en él.

Tiré el maletín.

Dudley se plantó ante mí, con los brazos abiertos de par en par.

Bullock salió del coche con la cuchilla de carnicero entre las manos.

—¡EL HOMBRE DE LOS OJOS! ¡EL HOMBRE DE LOS OJOS!

Lancé otro rodillazo.

Dudley cayó al suelo.

Bullock se abalanzó sobre él con la cuchilla por delante.

Golpes sin control: las esposas no le dejaban empuñar bien el arma. La hoja rajó la boca de Dudley de oreja a oreja. Un golpe de gracia fallido: la cuchilla golpeó el asfalto.

—¡EL HOMBRE DE LOS OJOS!

Bullock encima de Dudley.

Mordiscos.

Zarpazos.

Buscándole los ojos.

Miro: una cuenca vacía chorreando sangre.

—¡NOOO!

Mi grito, mi revólver en la mano, apuntando a los dos hombres en una confusa maraña.

Disparé dos veces. Dos fallos: las balas rebotaron en el pavimento.

Dos tiros más, apuntando a Bullock... La cara del loco reventó. Fragmentos de hueso salpicándome en los ojos.

Más disparos a ciegas. Zumbidos de balas rebotadas, una imagen borrosa.

Dudley sobre Bullock, separándole las manos a la fuerza.

Dudley tambaleándose, gritando exultante; se había vuelto a meter el ojo en su sitio.

Agarré el dinero y eché a correr. A mi espalda retumbó un eco:

—¡EL HOMBRE DE LOS OJOS! ¡EL HOMBRE DE LOS OJOS!

Una semana. Reconstrucción:

Corrí la distancia que me separaba de mi bloque de pisos. En el sótano, viejos escondrijos de apuestas ilegales. Guardé allí el dinero.

Llamadas desde el teléfono del conserje:

A Glenda, larga distancia: abandona, agarra el dinero, escóndete. A Pete en El Segundo: suelta a Chick; Glenda tiene veinte de los grandes para ti.

Pandemonium en Sears: coches patrulla acudiendo al tiroteo. Bullock muerto; Dudley trasladado a toda prisa al Queen of Angels. Mi explicación: hablen con el jefe Exley.

Me detuvieron, atendiendo a la orden de busca y captura de Exley. Me dejaron hacer una llamada. Telefoneé a Noonan.

Se produjo una batalla por la custodia. LAPD contra los federales: ganó Noonan.

Protección a testigo material; sin cargos contra mí todavía.

Una suite en el Statler Hilton. Vigilantes amistosos: Jim Henstell y Will Shipstad.

Un televisor en la habitación. En las noticias:

Mickey Cohen, buen ciudadano, colaborador de los federales.

Bob «Cámara de Gas» Gallaudet, nueve días desaparecido: ¿dónde está el fiscal del distrito?

Visitas frecuentes de Welles Noonan.

Mi táctica: mutismo absoluto.

La suya: amenazas, lógica de abogado.

Exley le visitó el día que atrapamos a Bullock. Le propuso un trato:

Un esfuerzo conjunto LAPD/federales: limitación de la investigación a Narcóticos y Dave Klein aporta cuatro testigos. Colaboración asegurada; Exley citado textualmente: «Enterremos el hacha de guerra y trabajemos juntos. Uno de los testigos será un hombre de alto rango del LAPD, más que un declarante hostil. Ese hombre tiene conocimientos muy íntimos sobre la familia Kafesjian y yo diría que podría abrírsele proceso federal por al menos media docena de cargos. Creo que su presencia compensará más que de sobra la pérdida de Dan Wilhite, quien desgraciadamente se suicidó la semana pasada. Señor Noonan, ese oficial está de mierda hasta el cuello. Lo único que quiero es que sea presentado como un individuo aislado, como un caso totalmente autónomo del LAPD, igual que ha accedido a presentar a la División de Narcóticos».

Lo siguiente: una conferencia de prensa conjunta, LAPD/ federales.

Mis «testigos»:

Wylie Bullock, muerto.

Chick V., probablemente escondido.

Madge, lamentándose en algún rincón.

Dudley Smith, en estado crítico.

Relaciones públicas «críticas». Exley manipuló a la prensa: no salió ni una palabra del asunto Bullock. Ninguna acusación pública contra mí; Bullock, incinerado.

Sin «testigos». Y Noonan furioso.

Amenazas:

«Procesaré a su hermana por evasión de impuestos».

«Entregaré a la Fiscalía las cintas con las grabaciones: Glenda Bledsoe reconoció haber matado a Dwight Gilette.»

«Tengo grabada su voz diciéndole a un tal Jack: "Mátalo". Si se niega a hablar conmigo, haré que los agentes federales investiguen entre sus conocidos hasta dar con ese hombre.»

Mi táctica: mutismo absoluto.

Mi as en la manga: era el único testigo. Y lo sabía TODO.

Los días pasaron lentamente. No más noticias de la «ola de crímenes» en Los Ángeles. Noonan y Exley pusieron el sedante: Tommy y J. C., bajo vigilancia federal. Intocables.

Una visita de Ed Exley.

—Creo que usted me ha robado el dinero. Colabore con Noonan y dejaré que se lo quede. Va a necesitar dinero y yo no lo echaré en falta.

»Sin su testimonio no podremos tocar a Dudley.

»Si este acuerdo con los federales fracasa, el Departamento ofrecerá una imagen vergonzosa de ineficacia.

Mi táctica: mutismo absoluto.

Una visita de Pete B. En susurros:

—Glenda tiene el dinero y me ha pagado lo que me correspondía. Corren rumores de que eres un soplón de los federales y Sam Giancana acaba de anunciar un contrato.

Una visita de dos sabuesos del Departamento del Sheriff:

—Queremos a Glenda Bledsoe por el asunto de Miciak.

Mi táctica: confesión. Le maté yo solo. Dejé caer detalles de las heridas; los tipos de la policía local tragaron. Dijeron que me acusarían de asesinato en primer grado.

Noonan, presente, se plantó: «Utilizaré todo el poder del gobierno federal para mantener a este hombre bajo mi única custodia».

Una llamada. Jack Woods para confirmar:

—Meg está bien. Sam G. ha hecho correr la voz. Date por muerto.

Noticia vieja.

Días largos, jugando a cartas con Will Shipstad para matar el rato. Intuición: el agente odia el trabajo de federal y odia a Noonan. Le insinué un trato: borrar la cinta de Glenda por treinta de los grandes.

Accedió.

Noonan lo confirmó al día siguiente: «¡Esos técnicos incompetentes!». Una pataleta monumental.

Noches largas; pesadillas: muertes, palizas, sobornos, extorsiones, mentiras.

Dormir mal, insomnio.

Miedo a quedarme dormido por las persistentes pesadillas: Johnny suplicando, Dudley tuerto.

Glenda, una imagen difícil de evocar, una voz fácil de oír:

«Tú quieres confesar».

Dos noches, seis cuadernos de notas completos. Dave Klein, el Ejecutor, confiesa...

Muertes, palizas, sobornos, extorsiones, comisiones: toda mi carrera en la policía hasta Wylie Bullock. Mentiras, coacciones, promesas incumplidas, juramentos rotos. Exley y Smith, mis cómplices. Que se entere el mundo.

Noventa y cuatro páginas; Shipstad filtró la confesión a Pete B.

Por medio de Pete, copias a Hush-Hush, *el* Times *de Los Ángeles y la Fiscalía General del Estado.*

El tiempo apremiaba y Noonan se volvía loco: quedaba pendiente la conferencia de prensa y me necesitaba en ella.

Amenazas, ofertas, más amenazas...

Hablé:

«Deme dos días de libertad bajo vigilancia federal. Cuando vuelva a custodia, prepararemos mi declaración».

Noonan, a regañadientes, medio fuera de sí:

«Está bien».

Herald-Express de Los Ángeles, 6/12/58:

SE SUSPENDE CONFERENCIA DE PRENSA LAPD-FEDERALES

El anuncio de la semana pasada sorprendió a todo el mundo: el Departamento de Policía de Los Ángeles y la Fiscalía Federal del distrito del sur de California celebrarían una conferencia de prensa conjunta. Adversarios durante la investigación sobre el crimen organizado en el Southside que aún tiene en marcha el fiscal Welles Noonan, los dos organismos han mantenido durante los últimos tiempos una relación de todo menos amistosa. Funcionarios federales acusaron al LAPD de permitir el aumento desorbitado de la delincuencia en el sur y el centro de la ciudad, mientras que el jefe de Detectives del LAPD, Edmund Exley, acusó al señor Noonan de organizar una campaña de desprestigio contra su Departamento por motivos políticos. Estas disensiones finalizaron la semana pasada, cuando los dos hombres ofrecieron a los periodistas declaraciones idénticas. Ahora, la conferencia de prensa de mañana ha sido suspendida precipitadamente, lo cual ha dejado desconcertados a muchos miembros de la comunidad de servidores de la ley y el orden.

La nota de prensa de la semana pasada estaba redactada con sumo cuidado y solo insinuaba que se estaba haciendo un esfuerzo conjunto entre el LAPD y los agentes federales, dirigido posiblemente a conseguir actas de acusación contra miembros de la División de Narcóticos del Departamento de Policía. Mañana debían hacerse públicos muchos más datos, y una fuente anónima de la Fiscalía Federal ha declarado que, en su opinión, este esfuerzo conjunto se ha visto frustrado debido al incumplimiento de unas promesas oficiales. Preguntado sobre a qué «promesas» se refería, esta fuente concretó: «Un oficial de la policía de Los Ángeles ha escapado a la custodia federal. Este oficial tenía que haber testificado contra miembros de la División de Narcóticos del LAPD y contra una familia de delincuentes con la que dicha división ha mantenido una larga relación, y también tenía que haber presentado a declarar a un total de cuatro testigos potenciales más. Estos testigos no han sido aportados, y cuando se permitió al oficial abandonar la custodia durante cuarenta y ocho horas para resolver unos asuntos personales, atacó al agente que lo vigilaba y huyó. Para ser sinceros, sin ese hombre la Fiscalía solo puede presentar como testigo a Mickey Cohen, un antiguo gángster.»

ESPECULACIONES SOBRE
LA OLA DE CRÍMENES

Esta situación se produce en mitad de una oleada de crímenes estadísticamente sobrecogedora, concentrada en gran parte en el Southside. El índice de homicidios en la ciudad aumentó el mes pasado en un 1.600 por ciento y, aunque no han querido confirmarlo ni el LAPD ni la Fiscalía, ciertas especulaciones relacionan las muertes en ajustes de cuentas de la última semana en Watts con el tiroteo del mercado de Hollywood Ranch, que también dejó un saldo de cuatro muertos. Añadan a eso la misteriosa desaparición del fiscal del distrito Robert Gallaudet y los homicidios –aún por resolver– de la familia Herrick, el 19 de noviembre pasado, y tendrán lo que el gobernador Goodwin J. Knight ha llamado «una situación explosiva. Tengo completa confianza en la capacidad del jefe Parker y del jefe ayudante Exley para mantener el orden, pero uno aún se pregunta qué puede haber causado un aumento tan drástico en la criminalidad».

El jefe Exley se negó a comentar las razones de la suspensión de la conferencia de prensa. Preguntado sobre la reciente ola de crímenes, declaró: «Ha sido una mera coincidencia, los sucesos no guardan relación entre sí y la situación ya se ha normalizado».

Mirror de Los Ángeles, 8/12/58:

EL LAPD SE ADELANTA A LOS FEDERALES EN UNA JUGADA ARRIESGADA

El jefe de Detectives del Departamento de Policía de Los Ángeles, Edmund J. Exley, famoso por su firmeza, convocó esta mañana una improvisada rueda de prensa. Se esperaba que Exley hablase de la reciente investigación federal sobre la delincuencia en el Southside y que ofreciera algún comentario sobre las razones que han llevado al LAPD y a la Fiscalía Federal del Distrito a abandonar, según parece, la fugaz «actuación conjunta» en la investigación del crimen organizado en el Southside y en la División de Narcóticos del propio Departamento de Policía.

Sin embargo, Exley no hizo ninguna de ambas cosas. En lugar de ello, mediante una breve declaración preparada, lanzó duras acusaciones contra la División de Narcóticos y afirmó que él en persona aportaría pruebas incriminatorias a un gran jurado del condado especialmente reunido para el caso, y que ofrecería voluntariamente información sobre delitos fiscales a la Oficina del Fiscal Federal.

Tras describir Narcóticos como «una unidad policial de funcionamiento autónomo que se había desquiciado», Exley declaró estar convencido de que «la larga tradición de corrupción» de esa unidad no abarcaba a otras divisiones del LAPD, pero añadió que la División de Asuntos Internos, bajo su propia supervisión personal, iba a «peinar este cuerpo de policía como una jauría de sabuesos, para tener la certeza de que la corrupción no se ha extendido más allá».

Exley se negó a responder a las preguntas de los perplejos reporteros, aunque anunció que el oficial responsable de la División de

454

Narcóticos, el capitán Daniel Wilhite, de 44 años, se había suicidado recientemente. Exley declaró también que los detectives de Asuntos Internos están entrevistando a diversos agentes de Narcóticos para que accedan a declarar voluntariamente ante el gran jurado.

Preguntado sobre el grado de corrupción de Narcóticos, el jefe Exley lo calificó de «muy alto». «Tengo datos concluyentes que apuntan a que esa división ha estado en connivencia con una depravada familia de traficantes de estupefacientes durante más de veinte años. Tengo la intención de reformar la División de Narcóticos de arriba abajo y me propongo desarticular esa organización criminal familiar. Remitiré a la Fiscalía Federal toda la información correspondiente a su jurisdicción, pero el fiscal Welles Noonan debe saber que voy a asumir la responsabilidad principal en la limpieza de mi propia casa.»

Revista *Hush-Hush*, 11/12/58:

¡¡¡LA LIBERTAD DE EXPRESIÓN, AMORDAZADA!!! *J'ACCUSE! J'ACCUSE!*

«Nitroglicerina periodística»: este es el único modo de calificar las noventa y cuatro páginas que llegaron a la redacción de *Hush-Hush* hace diez días. Una bomba atómica de acusaciones que también ha sido enviada a un periódico de Los Ángeles y a la Fiscalía General del Estado.

Tanto ese periódico como la Fiscalía han decidido hacer caso omiso del documento; nosotros hemos optado por publicarlo. La fuente confidencial que transmitió esta bomba atómica literaria certificó su autenticidad, y en *Hush-Hush* le creímos. Noventa y cuatro páginas de revelaciones bochornosas, acerbas, candentes. Las confesiones de un policía corrupto de Los Ángeles, fugitivo de los gángsters, de la policía y de su propio pasado violento. Nuestros lectores deberían haberlo leído todo aquí el 18 de diciembre, pero ha sucedido algo inesperado.

Gatitos y gatitas, en este asunto estamos pisando un terreno legal resbaladizo. Podemos describir las maquinaciones «legales» que nos ha impuesto la censura; nuestros abogados dicen que la vaga descripción del contenido de ese material que ofrecemos en el párrafo anterior no viola el interdicto «legal» presentado contra nosotros por el Departamento de Policía de Los Ángeles.

Pero vamos a ir un poco más allá en nuestra descripción: esas noventa y cuatro páginas habrían hecho hincar la rodilla al LAPD. Nuestro remitente (lamentablemente) anónimo, imperturbable en la confesión de su propia corrupción, acusaba también a conocidos policías de Los Ángeles de manejos ilícitos y delictivos a una escala espectacular, y afirmaba que mandos del LAPD encubren una compleja red de circunstancias que rodea la reciente ola de crímenes en la ciudad. Revelaciones muy candentes, capaces de levantar ampollas, perfectamente verificables... y no podemos ponerlas por escrito.

Hasta aquí, todo lo que nuestros abogados nos permiten contar de esas noventa y cuatro páginas. ¿Os ha abierto el apetito? Bien, ahora pasemos a atizar vuestra indignación:

Un empleado nuestro, un hombre encargado de conseguir información por vías electrónicas, tiene un problema con la bebida. El hombre vio esas noventa y cuatro páginas, se dio cuenta de que eran pura dinamita y llamó a un conocido suyo del LAPD. Nuestro empleado, un prófugo que ha incumplido la libertad provisional con varias denuncias pendientes por conducir ebrio, filtró esas páginas a su conocido, que las hizo llegar a la jerarquía policial. Y el LAPD ha conseguido un requerimiento judicial para impedir su publicación. Nuestro empleado ha sido recompensado: las denuncias contra él han sido declaradas nulas y retiradas. Nuestras noventa y cuatro escandalosas páginas han sido secuestradas y no podemos publicar ni una sola línea bajo amenaza de procesamiento.

¿Y ese otro periódico de la ciudad? ¿Y la Fiscalía General del Estado?

No han dado crédito a sus noventa y cuatro páginas. Las han tachado de bazofia sin pies ni cabeza. Los hechos monstruosos que contienen son demasiado terribles para creerlos posibles.

¿Y el autor? Sigue campando a sus anchas, en los florecientes bajos fondos de nuestra ciudad de Los Ángeles Caídos.

¿Conclusión? Tú decides, lector. Expresa tu condena por esta censura fascista. Escríbenos. Escribe al LAPD. Expresa tu indignación. Apoya a un policía corrupto cuyo *mea culpa* ha resultado demasiado explosivo para hacerlo público.

TITULARES:

Times de Los Ángeles, 14/12/58:

**CONVOCADO EL GRAN JURADO;
TESTIFICAN LOS AGENTES
DE NARCÓTICOS**

Mirror de Los Ángeles, 15/12/58:

**OÍDOS SORDOS A LAS DENUNCIAS
DE «CENSURA» DE *HUSH-HUSH***

Herald-Express de Los Ángeles, 16/12/58:

**EL LAPD DESCALIFICA LAS
ACUSACIONES DE *HUSH-HUSH***

Times de Los Ángeles, 19/12/58:

**AGENTES DE NARCÓTICOS,
PROCESADOS**

Mirror de Los Ángeles, 21/12/58:

EXLEY CALIFICA DE «ABSURDAS» LAS ACUSACIONES DE *HUSH-HUSH*

Mirror de Los Ángeles, 22/12/58

PRESUNTOS REYES DE LA DROGA ANTE EL GRAN JURADO

Herald-Express de Los Ángeles, 23/12/58:

POLÉMICA DECISIÓN DEL GRAN JURADO: LOS KAFESJIAN NO SERÁN PROCESADOS; EL FISCAL EN FUNCIONES ADMITE IRREGULARIDADES EN LOS TESTIMONIOS DE NARCÓTICOS

Examiner de Los Ángeles, 26/12/58:

GALLAUDET SIGUE DESAPARECIDO; CONTINÚA LA BÚSQUEDA

Mirror de Los Ángeles, 27/12/58:

ALCALDE POULSON: LAS ACUSACIONES DE *HUSH-HUSH*, RIDÍCULAS

Mirror de Los Ángeles, 28/12/58:

SE DA POR CONCLUIDA
LA INVESTIGACIÓN FEDERAL
SOBRE EL CRIMEN ORGANIZADO

Herald-Express de Los Ángeles, 3/1/59:

CONCEDIDA UNA PENSIÓN
ESPECIAL A POLICÍA
MAESTRO DE CEREMONIAS

La escena era triste, conmovedora; la antítesis de los recientes titulares policiales: «Agentes de Narcóticos procesados por corrupción». La escena era la de un policía de Los Ángeles malherido, luchando por su vida en una cama de hospital.

Dudley L. Smith, capitán del LAPD. Nacido en Dublín, criado en Los Ángeles, oficial de Servicios Estratégicos, coordinador de agentes encubiertos durante la Segunda Guerra Mundial. Cincuenta y tres años de edad, treinta como policía. Esposa y cinco hijas. Numerosas menciones al valor, maestro de ceremonias del LAPD, capellán laico. Dudley L. Smith, apuñalado en un altercado con un ladrón hace cinco semanas, sigue debatiéndose por su vida.

Hasta el momento, está ganando la batalla: ha perdido un ojo, está paralizado, ha sufrido lesiones cerebrales y probablemente no volverá a caminar. Cuando está lúcido, entretiene a las enfermeras con su acento irlandés y esas bromas de que se dedicará a la publicidad como el hombre del parche que anuncia las camisas Hathaway. Pero la mayor parte del tiempo carece de esa lucidez, lo cual resulta desolador.

El LAPD no facilitará más detalles del suceso en el que resultó herido Dudley Smith, pues sus compañeros saben que este preferiría ahorrar a la familia del ladrón —muerto en el enfrentamiento— la ignominia del conocimiento público de su nombre. Se trata de un asunto lamentable, como lo es el hecho de que Dudley Smith requerirá cuidados sanitarios intensivos el resto de su vida.

Su pensión como policía y sus ahorros no alcanzarían a cubrir los costes, y Smith es demasiado orgulloso como para aceptar contribuciones caritativas de miembros del cuerpo. Se trata de un policía legendario y muy apreciado, que ha dado muerte a ocho hombres en el cumplimiento del deber. Conocedor de todo esto, el jefe de Detectives del LAPD Edmund Exley solicitó al Consejo Municipal de Los Ángeles que ejerciera una prerrogativa apenas utilizada y le concediera una pensión especial, una cantidad que cubriera indefinidamente los costes de su estancia en un centro sanitario equipado con todo lo necesario.

El Consejo Municipal votó y concedió la pensión a Dudley Smith por unanimidad. El jefe Exley declaró a los reporteros: «Es importante que el capitán Smith permanezca bajo control y reciba los cuidados que merece. Se recuperará y podrá vivir el resto de sus días libre de los agotadores problemas del trabajo policial».

Dudley L. Smith, héroe. Que esos días sean muchos y pacíficos.

V

Canción de cuna

55

Recipientes de comida para llevar, periódicos apilados: un mes encerrado en un escondrijo de Pete.

Una casa de campo en las afueras de San Diego. Un refugio seguro: su exesposa estaba en Europa, en un viaje turístico de seis semanas. El alquiler en negro a Pete: dos de los grandes a la semana.

Periódicos. La historia, dispersa:

Mi confesión censurada por mandamiento judicial.

Dudley medio muerto.

La investigación federal por tierra.

Narcóticos destruida, Exley triunfante.

Tiempo para pensar.

Llamadas telefónicas; Pete informando desde el mundo exterior:

Órdenes de detención contra mí —estatal y federal—, nueve acusaciones en total. «Te buscan por lo de Miciak, por fraude fiscal y por conspiración para delinquir, dos acusaciones del fiscal estatal y tres de los federales. Se ha facilitado tu descripción a nivel nacional y aparece en todos los boletines de los federales. Puedes quedarte en la casa hasta el 27 de enero, pero eso es todo.»

Pete, el 13 de enero:

«Glenda aún está en Fresno. Los federales la tienen bajo vigilancia, pero creo que podré traerla a escondidas para una visita antes de que te marches».

14 de enero:

«He llamado a Jack Woods. Me ha dicho que Meg está bien y lo he comprobado con un tipo de los federales que conozco. También me ha dicho que Noonan no va a presentar cargos contra ella por fraude fiscal; está demasiado ocupado en la preparación de alguna nueva investigación como para que la chica le importe una mierda.»

15 de enero.

16 de enero.

17 de enero.

Cansado, harto: cinco semanas seguidas a régimen de comida china para llevar.

18 de enero:

«Dave, no puedo conseguirte un pasaporte. No tengo ningún contacto de confianza y he oído que los proveedores de los gángsters se niegan a venderlos porque imaginan que tú eres el comprador».

19 de enero. Fiebre de huida a ciegas.

Pesadillas. TODO dando vueltas.

20 de enero:

«Glenda cree que han levantado la vigilancia sobre ella. Dice que va a traerte el dinero dentro de un par de días».

21 de enero; Pete, acojonado:

«El señor Hughes ha descubierto que te estoy escondiendo. Está furioso porque Glenda ha salido bien librada de lo de Miciak y por lo de… joder, ya sabes: tú y ella. El señor Hughes quiere una compensación personal y ha dicho que, si colaboras, no te entregará. Dave, intentaré no pasarme mucho».

56

De rodillas, aturdido. Ondas de choque subiendo por el espinazo. Un golpe más.

El patio de atrás; Howard Hughes, observando.

Me incorporé, atontado: dientes sueltos, labios partidos. Izquierda-derecha/izquierda-derecha/izquierda-derecha; mi nariz, incrustada en la garganta. Sostenido en pie; la piel de las cejas desgarrada, cayéndome sobre los ojos.

Howard Hughes, de traje formal y con sombrero.

De bruces al suelo, patadas...

—No. Usa los puños.

Incorporado a tirones: gancho de izquierda/gancho de izquierda; escupiendo encías, sin nariz, respirando con dificultad. Gancho de izquierda/gancho de izquierda: crujido de huesos.

Sin piernas, sin cara; el anillo de sello machaca desde la mandíbula hasta la raíz del cabello.

—Un poco más.

—No aguantará.

—No me contradigas.

Sin piernas, sin cara. Ojos al sol, rojo abrasador: por favor, no me dejes ciego. Izquierda-derecha/izquierda-derecha:

—Déjalo para el doctor.

Desvaneciéndose en alguna parte. No me arranques los ojos.

Girando, cayendo.

Música.

*Oscuridad/luz/dolor; pinchazos en el brazo, absurda dicha. Luz =
visión. ¡No me arranques los ojos!*

Girando, cayendo... TODO *a ritmo de bop. Riffs de Champ Dineen. Lucille y Richie arrojados del paraíso.*

Sudor. Bofetadas frías en el rostro. Una cara: un viejo.

Aguijonazos que devoran el dolor.

Pinchazos en el brazo = absuuurda dicha.

TODO... *girando, cayendo.*

Restregones en las mejillas, no tan agradables: barba cerrada y crecida.

Tiempo: de luz a oscuridad, de luz a oscuridad, de luz a oscuridad.

Un hombre con gafas... quizá un sueño. Voces: vagas, reales a medias.

Música.

57

Cuatro días sedado.

El doctor, al salir:

—Le he dejado algunas ampollas de morfina. Está recuperándose muy bien, pero tendrán que arreglarle algunos huesos dentro de un mes o así. Ah, y un amigo suyo le ha dejado un paquete.

Latidos sordos desde la barbilla hasta la frente. Periódicos recientes; miro las fechas: 22 a 25 de enero.

Ante el espejo:

La nariz aplastada y reventada.

La mandíbula torcida.

Sin cejas: en su lugar, tejido cicatricial.

Las entradas del cabello más acusadas; los cortes en el cuero cabelludo me habían dejado medio calvo.

Dos orejas nuevas.

Un ojo estrábico, el otro normal.

Cabello castaño oscuro transformado en gris puro en cuestión de una semana.

En resumen:

Un nuevo rostro.

En plena curación: los puntos de sutura extraídos, los cardenales difuminándose.

Inspeccioné el paquete:

Un pasaporte en blanco.

Un revólver del 38, con silenciador.

Una nota sin firmar:

Klein:

Asuntos Internos dio contigo y he decidido dejarte ir. Me has servido muy bien y mereces la oportunidad que te doy.

Quédate el dinero que cogiste. No soy muy optimista, pero ojalá que el pasaporte te ayude. No voy a disculparme por haberte utilizado como lo hice, ya que creo que la situación de Smith lo justificaba. Ahora Smith está neutralizado, pero si consideras que la justicia que le impartiste no es suficiente, tienes mi permiso para llevarla a término. Francamente, yo ya he acabado con él. Ya me ha costado suficiente.

Orden indirecta: matarlo.

No a ÉL: a ELLOS.

58

–Hacíamos una pareja estupenda.

–Ahora la única que está de buen ver eres tú.

Dientes sueltos, dolorido.

–Estás cambiado, David.

–Claro, no hay más que verme.

–No es eso. Es que llevamos cinco minutos juntos y todavía no me has pedido que te cuente cosas.

Glenda: bronceado de camarera de autorrestaurante, casi flaca.

–Solo quiero mirarte.

–He tenido mejor aspecto.

–No, no es cierto.

Ella me tocó el rostro.

–¿Yo lo merecía?

–Costara lo que costase.

–¿Tal cual?

–Sí, tal cual.

–Deberías haber aceptado ese contrato para el cine cuando tuviste la oportunidad.

Bolsas de dinero junto a la puerta. El tiempo acabándose.

Glenda dijo:

–Cuéntame cosas.

Vuelta a entonces, remontándome a siempre: se lo conté TODO.

A veces dudé: el puro espanto me dejó mudo. Y ese silencio, implícito: tú... cuéntame.

Unos leves besos dijeron no.

Se lo conté todo. Glenda escuchó, como hechizada. Como si supiera.

La historia quedó flotando entre nosotros. Besarla era doloroso; sus manos dijeron déjame a mí.

Me desnudó.

Se desvistió justo fuera de mi alcance.

Me excité poco a poco: solo déjame mirar. Glenda, manos suaves, persistentes... dentro de ella, medio loco solo de mirarla.

Ella se movió por encima de mí, sin tocarme el cuerpo magullado. Solo mirarla no era suficiente; tiré de ella.

Su peso sobre mí fue una tortura. La besé con fuerza para abrirme paso entre el dolor. Ella empezó a llegar al clímax, el dolor cedió, me corrí entre sus espasmos.

Abrí los ojos. Glenda enmarcó mi rostro con sus manos. Solo mirándome.

Dormido: el día da paso a la noche. Despierto sobresaltado. Un reloj junto a la cama: 1.14.

26 de enero.

Una cámara sobre la cómoda. De la exesposa de Pete. Comprobé el carrete: quedaban seis fotos.

Glenda se removió.

Fui al baño. Un plato con las ampollas de morfina; abrí una y la mezclé en un vaso con agua.

Me vestí.

Metí doscientos de los grandes en el bolso de Glenda.

El dormitorio...

Glenda bostezando, con los brazos estirados. Sedienta. Le ofrecí el vaso de agua.

Lo apuró. Un par de vueltas en la cama, arrebujada bajo la sábana, y dormida otra vez.

La contemplo.

Una media sonrisa roza su almohada. Un hombro al descubierto: las viejas cicatrices de un tono bronceado.

Tomé fotos:

Su cara. Ojos cerrados, sueños que nunca me contaría. Luz de lámpara, luz de flash: cabellos rubios sobre sábanas blancas.

Sellé el carrete.

Cogí las bolsas del dinero. Pesadas, obscenas.

Crucé la puerta reprimiendo unos sollozos.

Fácil:

Tomé un autobús hasta L. A. y alquilé una habitación en un hotel. Hice que me subieran una máquina de escribir. Un pasaporte en blanco transformado en válido.

Mi nuevo nombre: Edmund L. Smith.

Foto válida: instantáneas de fotomatón y pegamento.

Mi billete de ida: Pan Am, de L. A. a Río.

Mis heridas iban curando.

Mi nueva cara era adecuada: no recordaba en nada al guapo Dave Klein.

Las ampollas de morfina me calmaban el dolor y me dejaban eufórico. Con una idea delirante: Te has librado.

Todavía no.

Compré una carraca de coche; doscientos dólares en metálico.
Camino del aeropuerto, di un rodeo hasta South Tremaine 1684.
Ocho de la mañana. Tranquilo, pacífico.
Voces dentro. De macho belicoso.
Di la vuelta a la casa, probé la puerta de atrás. Abierta. El cuarto de la lavadora, la puerta de la cocina... la abro.
J. C. y Tommy a la mesa, tomando cerveza.
¿Cómo?
¿Qué diab...?
J. C. primero. El silenciador, ZUP... sesos saliendo por los oídos. Tommy, con la botella de cerveza levantada. ZUP... cristales en los ojos.
Gritó:
—¡PAPÁ!
¡EL HOMBRE DEL OJO! ¡EL HOMBRE DEL OJO! Los freí a tiros. Los dejé sin cara, sin ojos.

61

Movimiento en el aeropuerto: federales, hombres del sheriff, espías de las bandas. Pasé entre ellos, sin el menor parpadeo. Llegué al mostrador.

Servicio amistoso, un vistazo al pasaporte. Pasé el control con las bolsas del dinero. «Que tenga un buen vuelo, señor Smith.»

Me largué. Tal cual.

La voluntad de recordar.

Sueños febriles… aquella época ardiente.

Ahora ya viejo: un gringo exiliado, rico gracias a inversiones inmobiliarias. Mi confesión completa, pero aún no suficiente.

Posdatas:

Will Shipstad, detective privado desde el año 59.

Reuben Ruiz, campeón de peso gallo, 61-62.

Chick Vecchio, muerto a tiros en un atraco a una licorería.

Touch V., representante de travestis en Las Vegas.

Fred Turrentine, muerto: cirrosis. Lester Lake, muerto: cáncer.

El lugar perdido/la época ardiente/yo, de alguna manera, cercano a ellos.

Madge Kafesjian, sola: la casa, los fantasmas…

Welles Noonan, condenado por coacción al jurado, 1974. Sentenciado de tres a cinco años en una penitenciaría federal. Suicidio mediante sobredosis de Seconal mientras era conducido a Leavenworth.

Meg, anciana y viuda. Mi fuente de ingresos desde entonces hasta hoy. Los dos, ricos: nuestros edificios de pisos en los barrios bajos, cambiados por urbanizaciones de viviendas adosadas.

Girando, cayendo… Temiendo olvidar:

Mickey Cohen, perpetuo luchador, dos condenas a cárcel. Muerto de un ataque al corazón en el 76.

Jack Woods, Pete B.: viejos y achacosos.

Dick Carlisle:

Retirado del LAPD; nunca acusado de cómplice de Dudley Smith. «Dick el Rey de las Pieles»: el botín del asunto Hurwitz financió su ex-

pansión comercial. Magnate de la limpieza en seco después de comprar la cadena E-Z Kleen a Madge K.

Dudley Smith, todavía lúcido, todavía fascinador: entonando canciones gaélicas a las enfermeras que le atienden.

Edmund Exley:

Jefe de Detectives, jefe de Policía. Congresista, vicegobernador, actual candidato a gobernador.

Reconocido admirador de Dudley Smith; una admiración astuta, políticamente ventajosa.

Dudley, libertino con parche en el ojo. En sus momentos de lucidez, un gran sabio: comentarios mordaces sobre «contención», siempre dispuesto para reportajes retrospectivos. Un recordatorio: entonces los hombres eran hombres.

Glenda:

Estrella de cine y de televisión. Sesentona: la matriarca de una serie de larga duración.

Glenda:

Famosa durante treinta y tantos años. Siempre conmigo: aquellas fotos, cerca de mí en todo instante. Siempre joven en mi recuerdo; evitando ver todas sus películas, todas sus fotos en la prensa.

En mis sueños: girando, cayendo.

Como Exley y Dudley y Carlisle.

Exiliados de mí, con cosas que decirme: horrores prosaicos que definen su larga supervivencia. Palabras para poner al día esta confesión liberadora.

Sueños: girando, cayendo…

Voy a volver. Voy a obligar a Exley a confesar, con la misma sinceridad con que lo he hecho yo, cada uno de los tratos monstruosos que ha efectuado a lo largo de su carrera. Voy a matar a Carlisle y voy a hacer que Dudley cuente con detalle cada momento de su vida, para eclipsar mi culpa con el peso tremendo de su maldad. Voy a matarle en nombre de nuestras víctimas. Voy a buscar a Glenda y a decirle:

Cuéntame algo.

Cuéntamelo todo.

Olvida el tiempo que hemos estado separados.

Ámame con ardor en el peligro.